你说,

今年什么时候会下雪?

余醒.

余醒 著

长江出版社

图书在版编目（CIP）数据

隐衷 / 余醒著. -- 武汉：长江出版社，2025.5.
ISBN 978-7-5804-0040-6
Ⅰ. I247.5
中国国家版本馆CIP数据核字第2025S0Z601号

隐衷　余醒 著
YIN ZHONG

出　　版	长江出版社
	（武汉市解放大道1863号）
选题策划	眸　眸
市场发行	长江出版社发行部
网　　址	http://www.cjpress.cn
责任编辑	李诗琦
封面设计	Aquavit
印　　刷	长沙鸿发印务实业有限公司
版　　次	2025年5月第1版
印　　次	2025年5月第1次印刷
开　　本	880mm×1230mm　1/32
印　　张	12
字　　数	369千字
书　　号	ISBN 978-7-5804-0040-6
定　　价	49.80元

版权所有，翻版必究。如有质量问题，请联系本社退换。
电话：027-82926557（总编室）　027-82926806（市场营销部）

目录

第一章
别来无恙 ················· 001

第二章
一步一步 ················· 015

第三章
命运羁绊 ················· 090

第四章
生日之礼 ················· 134

第五章
游园之行 ················· 167

第六章
不期而遇 ················· 190

第七章
支离破碎 …………… 214

第八章
再回南城 …………… 245

第九章
重归于好 …………… 284

第十章
回首往事 …………… 331

番外 1
小意外 …………… 370

番外 2
小日常 …………… 376

第一章　别来无恙

晚上七点半，尹谌结束一台长达六个小时的手术，回到更衣室。他摘掉口罩，换下无菌服，洗过手后，在水池前弯下腰，掬一捧水泼在了脸上。

水冷得惊人，他由于过度疲劳而稍显萎靡的精神重振了些许。抬头面对镜子，水流声暂歇，尹谌看着镜中沿面颊滑落的水滴，听着在安静氛围中尤为刺耳的雨打窗户的响声，呆立原地，不知在想什么，直到有同事进来才回过神。

在办公室写完这天的报告，尹谌换好衣服，乘电梯到一楼大厅，走出轿厢时迎面碰上了拿着记录板的护士江瑶。

"尹医生，下班啦？"女孩儿笑着同他搭话，"下午您那位朋友拍片检查过了，没什么大碍，只是扭了脚，卧床静养即可，您不用担心。"

听到"朋友"二字，尹谌先是愣了一下，随即点头道："麻烦你了。"

尹谌刚走出去两步，又被江瑶叫住："外面下雨了，尹医生没带伞吗？"

两手空空的尹谌透过大门看了外头一眼，雨比刚才更大了，风吹得雨丝微斜，仿佛铺开了一层细密的薄纱，世间万物都变得朦胧起来。

江瑶上前，递给尹谌一把雨伞，说："雨好大，这个你拿去用吧。"

尹谌刚想要推辞，江瑶不由分说地将伞塞到他手里，道："我今天值夜班，用不着伞，等明天你来上班再还我就好了。"

话说到这份上，再拒绝就会显得不近人情，于是他向江瑶道了谢，提着伞走了出去。

他要去的是医院旁边的地铁站。

尹谌的住处离医院不远，因为此处是交通要道，经常堵车，所以他一般不开车上班,而且乘地铁仅需四站路,是最方便快捷的方式。

因为下雨,乘地铁的人格外多,车厢门一开,里头的乘客鱼贯而出,外面的人着急地往里挤,尹谌避开人流,等他们差不多都上完了才缓步下车。

地铁出口处聚着许多避雨的人,尹谌从边上侧身挤出,撑开伞的同时,一片被雨水浸湿的树叶自头顶落下,滑过雨伞边缘,打着转飘落在脚边。

尹谌仰头,深吸一口潮湿的空气。

原来已经是秋天了。

独自居住的好处之一便是吃喝可以随便对付,不用考虑别人。于是尹谌在街边的熟食店称了点凉拌菜,想着家中的冰箱里还剩小半块冬瓜,切片烧个汤正好。

尹谌刚走到小区门口,就接到了贺嘉勋的电话。

也许是听见了雨声,贺嘉勋问:"下这么大的雨,尹哥,你还在外面?"

尹谌把塑料袋移到撑伞的那只手上,举起手机放到耳边,回道:"刚下班。"

"您老又十分潇洒地没带伞?"

尹谌"嗯"了一声,说:"早上出门的时候没下雨,同事借了我一把。"

"快让我猜猜!"贺嘉勋来了兴趣,"是那个姓江的护士,对不对?上回我看她见到你就脸红……咳,我真是咸吃萝卜淡操心,就凭尹哥你的人气,搁哪儿都淋不着雨。"

尹谌的语气依旧平淡,道:"别贫了,有事就说。"

贺嘉勋便切入正题,回道:"还是同学聚会的事儿,班长又打电话来了,希望你也能来。"

尹谌踩着路面的积水前行,想也没想就拒绝了:"还是算了吧,下周我有五天夜班,腾不出时间。"

"你不是上手术台了吗,还值夜班?"

"上手术台也只是当副手,"尹谌答道,"哪个医生不值班?"

尹谌硕士毕业后就进到这所三甲医院,现在已有近一年的时间,即将脱离见习期的他却一点儿都不着急——因为在急诊科值班可以接触到各种患者，还有各种普通门诊难遇到的紧急情况，尹谌很享受这个学习积累的过程。

贺嘉勋还是不理解临床医学专业成绩第一的毕业生为什么不能主刀，尹谌就把医院里的规矩搬出来，三言两语解释完。许久未见的二人聊了聊近况，话题又绕回即将在南城举办的同学聚会。

"尹哥，你当真不来吗？虽说你是后面才转来的，但跟班上的同学都处得不错。还记得老孙吗？班长说他老人家现在还念叨着你呢，你就一点儿也不想我们？再说了，作为咱们班头脑、颜值、人气三项都第一的人物，你不在，这聚会多没劲儿啊。"

尹谌在道路尽头拐了个弯儿，走进通往住宅楼的曲折小道，回道："前几年的聚会没我在，不是也顺利进行了吗？"

电话那头安静了片刻，贺嘉勋委婉地问："尹哥，你是不是怕……那个姓唐的也来？"

尹谌一脚踩进路面凹陷的水洼里，溅起的雨水打湿了裤脚。他停留须臾，便继续往前走，平淡道："不是。"

贺嘉勋又道："他不会来的，大明星哪有空参加什么同学聚会啊，再说了，当年是他理亏，尹哥，你用不着……"

"不是因为他，"尹谌打断他的话，"首都和南城来回就要花一整天的时间，总不能千里迢迢赶回去就为吃顿饭。这样吧，改天你们来首都玩，我一定请假陪同，尽好地主之谊。"

现在尹谌的性格比起在学校的时候要温和许多，是以贺嘉勋才大着胆子一再邀请他参加聚会。而刚才一番婉拒的话听着温和客气，实则仍透着拒人于千里之外的冷漠，贺嘉勋想起从前的事，便没再劝。

"那就这么说定了，下个月我可又要去首都出差了。"

尹谌这才扯开嘴角笑了一下，道："嗯，没问题。"

贺嘉勋平日里就聒噪，东拉西扯了几句，还没有挂电话的意思，又打听起尹谌的生活来。

尹谌正想打断贺嘉勋的八卦，他走到楼栋门口，视线越过雨幕，看见一双穿着拖鞋的脚，一只踩在地上，另一只悬在半空，随后目光上移看到了包裹在牛仔裤里的细长双腿，上半身倒是捂得严实，竖起的外套衣领把脸遮住了大半。

电话里贺嘉勋还在喋喋不休，尹谌站定，抬眸，不期然对上一张熟悉的面孔。

淅沥的雨声伴随着在衣服的遮挡下变得低沉的人声——

"好久不见。"

尹谌走到电梯前，挂断电话，把手机放回风衣口袋。身后传来一深一浅的脚步声——跟上来的人腿脚不太灵活。尹谌想起中午在医院急诊处的情景，按捺住作为医生的职业本能，没有回头看。

二人一起上了电梯，尹谌按下楼层，后面的人没按。

电梯抵达 20 楼，门缓缓打开，靠近门口的尹谌先迈步出去。这栋楼是一梯两户，对门住着一对新婚夫妇。他在入户的地垫处抖了抖伞，顺手将伞立在墙边，随后像平时一样掏钥匙开门，换鞋进屋，抬手开灯。

不同的是，这次门没能轻松关上，被什么东西挡住了。

隔着门板，尹谌听见有人说："我还在外面呢。"比起方才打照面时的局促，那人嗓音软了许多。

尹谌无暇分辨这语气意在示弱，或是有什么别的意图，看着扒着门框的几根白净的手指，没办法强行关门，僵持片刻，问道："你想干什么？"

门外的人刚才没打伞，不知在楼栋前站了多久，袖口都被雨水浸湿了。他蜷了蜷手指，还是没松开门框，指甲盖因用力呈青白色。

"我想进去。"他说。

这话听起来有些可笑，尹谌却笑不出来。

"你说过……"门外的人又道，"以后没地方去，可以随时来找你。"

似有一阵疾风迎面吹来，瞬间将尹谌的思绪拉回许多年前的那个夜晚。

他确实给过这样的承诺，一个放到现在看来无比荒唐的承诺。

尹谌紧抿双唇，抵住门的手却不由得松了劲，就在这时，门外的人借机侧身从门缝里挤了进来。他进门的第一件事就是摘掉帽子，扯开拉链，尹谌不由得后退两步。

不速之客有一张在雨水的浸润下更显苍白的脸，几缕湿透的碎发垂在额前,引着人去细看他的面容。

再次见到唐柊,尹谌心中唯有不解。

他既已离开,又回来做什么?

唐柊好似浑然没察觉尹谌的疑惑,在玄关脱掉鞋子,扫视一圈,没在鞋架上找到第二双拖鞋。他赤脚蹦进屋里,视线开阔后,惊叹地叫了一声,对还站在门口的尹谌道:"你家好大啊。"说着便反客为主地扶着墙四处游逛。

唐柊白天崴了脚,行动很是不便。偏生他又走得急,在从客厅前往厨房的途中不小心膝盖磕到桌腿,没摸到可以支撑身体的东西,在即将摔倒的刹那,后方伸来一只手——尹谌扶了他一把,堪堪帮他稳住身形。

"我还以为要摔跟头了呢,"唐柊喘了几口气,扭头露出笑容,"谢谢。"

尹谌抽回手,漠然的脸色并未因为这句感谢和这个笑容缓和,他面无表情地问:"说完了吗?"

唐柊怔道:"啊?"

尹谌琥珀色的瞳孔毫无波澜,声音也是冷的,他说:"说完就出去。"

笑容僵在唇边,唐柊呆愣了一会儿,沾了几颗细小雨珠的睫毛猛颤几下之后,睁大的杏眼又弯了回去。

"还没说完呢,"他边说边又往前蹦了两步,"别着急赶我走啊。"

尹谌这间公寓的厨房是半开放式的,唐柊很轻松地找到冰箱,打开冷藏室的门,扫了一眼里头的东西,把脑袋从冰箱门后探出来,说:"有冬瓜,做个汤正好。"

尹谌没理会唐柊,径自走到料理台前,把手中的塑料袋放下,拿出两个盘子,直接把凉拌菜连袋子一块儿装进盘子里。

唐柊蹦了过去,双手扶住桌沿,说:"别连着袋子装进去,不卫生。"想了想,他又笑起来,"是不是懒得洗盘子?我就知道。"

唐柊对他的习惯了如指掌,这令尹谌心中升起一股难以言喻的烦躁,他转身去冰箱拿出早上剩的粥,盛了一碗放进微波炉里加热。

"粥不能这么热,受热不均,不好喝的。"唐柊说完伸手拨弄了几下锅,里面还剩下一点儿冻成块状的粥,见尹谌不作声也不阻拦,他大着胆子拿了个空碗,把剩下的粥装了进去。

冬瓜汤终究没做,尹谌用热粥就着凉拌菜,又拆了一罐刚从冰箱里拿出来的老干妈,坐到桌边慢条斯理地吃了起来。

唐柊顺势坐在他对面,边用筷子搅动粥,边问几句诸如"你每天都这么晚下班吗?""你每天都这么晚吃饭吗?"之类的话,得不到回应也不气恼,把摆在桌子中间的盘子往尹谌跟前推了推,捧起粥喝了一口,遗憾道:"早知道你吃这个,我就带点儿好吃的来了。"

自打大学毕业从学校搬出来独居后,尹谌几乎每天都是这么解决吃饭问题的。医院工作繁忙,下班时间不固定是常态,有时候连找张桌子坐下吃饭的时间都没有,他自是不觉得这样有什么问题,也不知道唐柊口中的"好吃的"指的是什么美味珍馐。

许是唐柊好日子过惯了,嫌弃这些普通食物,跑他这里挑三拣四来了——尹谌只能找到这么一个合理的解释。

吃完饭,尹谌将碗放到厨房的水池里。晚上时间有限,天不热的话,他会把碗留到第二天早上一起洗,把脏锅、脏碗都泡在水池里,看着水没过锅沿,尹谌关掉水龙头,转身进了洗手间。

十五分钟后,洗完澡的尹谌擦着头发出来,去冰箱里拿喝的,意外瞥见刚才放在水池里的锅碗瓢盆不见了,随手扔在锅边的抹布也被洗干净搭在一边。

客厅的沙发上,唐柊抱着尹谌进屋后脱下的风衣在叠,见尹谌拿着一瓶水站在厨房门口,便抬头冲他笑道:"天转凉啦,怎么还喝冰水?"没得到回应,他继续叠衣服,"外套随便乱扔会皱的,你家怎么没有挂衣服的架子啊?"

尹谌的手是热的,矿泉水是冰的,瓶壁上很快凝起一层水珠,水珠顺着指尖滑落,砸在地板上。

"你想干什么?"尹谌又问了一遍。

这回唐柊似是已经想好应对的方法,将叠好的衣服捧起,笑容里多了一丝狡黠,回道:"没想干什么,我就过来看看你。"

尹谌没再理他,关上卧室门去睡了,第二天起床的时候发现唐柊已经走了。

尹谌松了口气,洗漱完,进到厨房,打开橱柜看了一会儿整齐摆在里面的干净碗碟,拿出餐具,开火做饭。

他的早餐向来简单——残粥冷饭配上咸菜萝卜。昨天的粥没剩下,今天只好煎个蛋。

蛋刚打进锅,他就接到了来自母亲的电话。

"吃早饭了吗?"

"在煎蛋。"

"早上少吃油腻的,对身体不好。"林玉姝年轻时就很注意养生,早上打电话意在监督儿子的饮食,"外头的早点就更不能吃了,不卫生。"

尹谌吃了大半年外面的食物,最近才在母亲的逼迫下在家解决早餐和晚餐。他把鸡蛋翻了个面,应道:"嗯,知道了。"

母子二人都是不爱说话的冷性子,所以即便相依为命多年,相处起来也仍有几分疏离。

出门时,尹谌在玄关看到一个装着X光片的袋子,是唐栎昨天的检查报告。他举高片子,迎着光看了看,如江瑶所说,确实没伤到骨头。尹谌把X光片塞回去,拎着塑料袋走出家门,乘电梯到负一层的停车场,扬手将袋子扔进垃圾箱里。

这天有一台难度颇高的手术,尹谌做一助。做术前准备的时候,主刀刘医生提醒尹谌这台手术务必认真观摩。

"这个手术存在一定的失败率,愿意做这个手术的人一年比一年少,可不多练的话,又没法儿取得进步。"现年五十多岁的刘医生笑道,"机会难得,你可得看仔细了。"

尹谌自是应下,这也是他第一次观摩这个手术,书本上的知识化作实践,他才知道这项手术的惊险。

刘医生主刀的这台手术很成功,病人被推出手术室后,不到三个小时就醒了。然而大家还没来得及高兴,病人就出现了呼吸困难、呕吐不止的排斥反应,心率也突现异常波动,甚至短暂停跳了十几秒,在药物控制下才勉强稳定下来,之后病人再度陷入昏睡。

一场惊心动魄的抢救结束,尹谌摘掉医用口罩,站在走廊尽头的窗前休息。不多时,刘医生也走过来,与他并排而立望向窗外,二人的神色都难掩疲惫。

走廊很安静,刘医生缓缓叹了口气,说:"这个手术,用'从鬼门关走一遭'来形容也不为过。这个手术对病人来说代价实在太大,若非无路可走,我们当医生的也不会允许病人跨出这一步。"说到这里,他拍了拍尹谌的肩,"我们这辈怕是不行了,只能指望你们新生的太阳掌握好这方面的技术,降低失败的风险,造福后来人。"

或许是这场手术带来的冲击太大,尹谌一时未能参透这种技术存在的意义,听了这席话,只点了一下头,表示自己听进去了。

这天下班比前一天早,尹谌留在办公室里写了会儿报告,收拾完下楼的时候,看到江瑶在住院部前台值班,便走过去,把已经晾干收好的伞还给她。

"这几天天气都不太好,过会儿说不定还要下雨,"江瑶把伞又推回尹谌跟前,"尹医生就拿着吧,等天放晴了再还给我。"

尹谌这次没有接受,直接道:"我今天开车了。"

被拒绝的江瑶面上浮起羞窘,即使被这么多人看着,还是鼓起勇气道:"那……尹医生你这周末有空吗?我爷爷的病多亏了您,我想请您吃个便饭。"

她说的是上个月她爷爷深夜中风,多亏了在急诊科值夜班的尹谌准确判断出了病因,让老爷子获得及时治疗的事。

"那是我作为医生应该做的,"尹谌想都没想就拒绝了,"好意我心领了,谢谢。"

回去的路上,车子在拥堵路段缓慢前行,尹谌手握方向盘,思绪从白天那台紧张的手术中抽离出来,脑子里涌入一些平日里未曾思考的杂念。

他不是不知道医院的同事在背后说他高冷、难相处,不过尹谌都没放在心上。医生是他的职业,与治病救人无关的事都不值得他浪费时间,他也不需要别人的理解。

他从小便是如此,寡言的性格也是这样养成的。

在地下车库停好车,尹谌抬腕看了一下时间,比坐地铁多花了整整十三分钟。他忽略了早上选择开车的原因,乘电梯直达20楼,走出轿厢没两步,便瞥见家门口坐着一个人。

唐桦换了件短款绒外套,看见尹谌,立刻笑了起来,边从门口的地垫上爬起,边唤道:"你回来啦!"

唐柊这天不是空手来的——他带了一袋咸鸭蛋。

"夏天那会儿我奶奶腌了好几缸,到现在都没吃完。"唐柊挤进屋后,脱掉鞋,一瘸一拐地走到厨房,打开冰箱,把蛋一颗颗往里放,"首都这儿不兴吃这个吧?就算有卖的,肯定也没我奶奶做得好吃,这几个蛋我都观察过了,保证个个流油。"

唐柊收拾完,像是突然想起了什么,跑回玄关处翻找,但什么也没找到,扭头问尹谌:"我的 X 光片呢?"

尹谌脱下外套,视线落在别处,回道:"扔了。"

"啊……"唐柊有些失落,说,"你都不问问我的脚怎么了吗?"

尹谌没问,唐柊自顾自说开了:"我昨天工作的时候不小心扭的,今天也没法儿休息,清早起来继续拍,天黑才收工。资本家压榨起劳动者来,简直惨无人道……"

不请自来的人自是不会受到欢迎,没等唐柊说完,尹谌就挽起袖子进了厨房,开始淘米煮粥。

唐柊没跟进去,尹谌以为这样他总该走了,可把粥煮上出来一看,见他又在叠扔在沙发上的衣服。

这个人以前便是这样,想到哪儿就做到哪儿,自顾自地行动,放肆地闯入他人平静的生活,他将他当做朋友后对方又一走了之,干净彻底得仿佛从未来过。

如今离开的人又高调出现,温顺地坐在那儿叠衣服,无论是谁,哪怕脾气再好也不免恼火,况且尹谌的脾气本来就算不上好。可他也不擅长发脾气,学生时代可以仗着年轻气盛通过拳头发泄负面情绪,现下走上社会,他再像从前那样撒野发狂,只会让人觉得幼稚蠢笨。

唐柊察觉到他的不快,放下衣服走过去,说:"你生气啦?"

唐柊上前两步,有些紧张地说:"你别……别这么凶啊。"

明知道该离开,唐柊还是鼓起勇气走向他,不允许自己胆怯后退。

尹谌拿起沙发上叠了一半的衣服,突然说:"这房子是租的。"

唐柊平复呼吸,扬起苍白的唇维持笑容,说:"我能摸到这儿,还能查不出业主的名字吗?"

尹谌稍怔,很快便反应过来,说:"贷款的。"他直起腰,看向唐柊,"我和以前一样,没钱。"

唐柊的脸色更白了几分,有些无措地咬了一下仍在发抖的嘴唇,说:"也是,毕竟这么大的房子呢,地段又好,全款不太现实。"

见唐柊还没有离开的意思,尹谌权当他还没从刚才的对话中回过味来,自己先抽身而出,把衣服扔到卧室的床上,旁若无人地从呆立在原地的唐柊面前经过,回到厨房。

掀开锅盖,蒸腾的热气融进初秋微凉的空气中,周遭只能听见锅里食物翻滚的声音,尹谌视若无睹地煮着粥,他想着唐柊也许会自行离开,不再自讨没趣。

唐柊腿伤未愈,所以走路的动静不小,他蹦跳着挪到灶台一侧站定,笑道:"你煮了粥啊,刚好可以配我带来的咸鸭蛋。"

尹谌恍若未闻,搅完便把锅盖放回去,冲了一下手就往外走。后方传来急促磕绊的脚步声,尹谌行至客厅中央,转过身,眉宇间似有不耐,问道:"还不走?"

他已经把能说的话都说了,再多一个字都像在烧开的锅底下面添一把木柴,使得滚水四溢,灼人心肺。

唐柊面颊紧绷,那一缕笑似将消失,偏又在狠狠一个咬牙之后留住了。

"除了你这里……"唐柊在距离尹谌一米的地方说,"我没别的地方可以去啊。"

一夜雨疏风骤,清晨推开窗户,空气里仍残留着泥土的芬芳。

这天是难得的休息日,尹谌早有安排,洗漱后回到房间,瞥了一眼前一天被随手扔在床头的风衣,转身打开衣柜,拿了件新外套。他和前一天一样开车出门,不同的是这天没吃早餐。尹谌习惯在休息日彻底放松,不学习,不工作。能不干的活儿就尽量省略。

尹谌换好衣服,拿起放在玄关斗柜上的车钥匙出门时,看到花瓶下面压着一张纸,是张随处可见的便笺纸,抽出来一看,上面写着一行娟秀的字:周末也要吃早餐。

有些人走也走不干净,徒留这些惹人心烦的只言片语。捏着纸片的手指紧了紧,尹谌终是没浪费时间,将它揉作一团,直接丢进门口的垃圾桶里。

车子离开马路,驶入宽敞的辅道。路两旁种了银杏,初秋时节仍是碧绿居多，只有叶边隐隐泛黄。时间尚早，负责打扫的人还未上工。车轮无声碾过被风雨打落在地的枯叶，让尹谌想起南城的这个时候，如若前夜下过雨，一脚踩下去，除了水花飞溅，还能听到坚硬的梧桐叶发出的脆响。

在雕花铁门前停留片刻，大门缓缓打开，尹谌在前来迎接他的管家的指引下，把车子停在了楼前的空地上，随后绕过花园，走进这座外观巍峨的中式宅邸。

进屋便有人通报："大少爷到了。"

尹谌来这里的次数不多，还不太习惯这个家的规矩，出于礼貌，原想等人带他进去，可客厅里坐在沙发上的老人向他招手道："小谌来了，快过来坐。"

他便走了过去，恭敬地唤了一声："爷爷。"

尹正则年逾八十，头发花白，身体还算硬朗，一看见尹谌，就高兴地说："最近工作是不是很忙啊？"

尹谌在他边上坐下，回道："还好，就是手术时间安排得比较紧凑。"

"当初就不该学医，比旁人多念那么些年书，好不容易工作了，还要从基层干起。"尹正则把茶杯放在茶几上，脸色沉了下来，"当年你妈妈要是不赌那口气，没把你带到那破地方藏着，而是放在我身边养，现在哪里用得着这么辛苦。"

尹正则和林玉姝向来不和，这些年就算有尹谌在中间调解，他们之间的关系也没有丝毫改变，甚至因为尹谌的前程发展，两边的矛盾还日益加深，现如今几乎到了老死不相往来的地步。

"不辛苦，"尹谌早就放弃劝说了，他每半个月来这里一次只是为了完成任务，或者说是为了报答恩情，"要没有学医，怎么为爷爷保养身体？"

尹正则听了这话，又笑起来，说："好，还是我的大孙儿孝顺懂事，比那个不成器的不知道强多少倍。"

"那个不成器的"回来的时候，尹谌刚给尹正则测过血压，摘下听诊器，在专门的本子上记录数值。

尹正则问来人："你爸呢？"

门口的年轻男孩儿散漫地踢掉鞋子,随便踩了双拖鞋走进来,随意道:"那是您儿子,您问我?"

尹正则不顾尹谌刚才给的"保持心平气和"的忠告,横眉竖眼道:"说好的回来吃午饭,又跑哪儿疯去了?你们父子俩简直一个德行,我不问你问谁?"

年轻男孩儿嬉皮笑脸道:"那我这就给您打个电话问问去。"走到厅里,看见尹正则对面还坐了个人,他顿时来了劲,"哟,大哥来了啊。"

尹谌跟这个名义上的弟弟尹谦并不是很亲近,只点了一下头当作打招呼。

反倒是尹谦大大咧咧自来熟,一屁股坐在尹谌旁边,问他:"哥,你最近忙什么呢,这么久没回来?"

"没忙什么。"尹谌说。

尹谦挤眉弄眼道:"哥,你什么时候陪我一块儿去酒吧玩玩?"

"玩,玩,玩,整天就知道玩!"尹正则差点儿没把手中的茶杯盖掷到尹谦的脑袋上,"你哥才不像你一样不学无术,回头我给他说桩像样的亲事,把你远远地甩到后面去!"

尹谦还是笑嘻嘻的,回道:"甩就甩呗,当弟弟的就该给大哥垫背。"

等尹正则回了房间,尹谦凑过去,压低声音说道:"哥,你真要听老爷子的安排啊?"

尹谌没正面回答,只说:"工作还没走上正轨,没空想这些。"

"我就说嘛,"尹谦拍腿道,"不趁着年轻多玩玩,等老了,铁定后悔。"

尹谌不置可否地笑了一下,把医用器材收拾好。

尹谦把手机相册翻出来给他看,说:"我最近认识了一个人。"

尹谌又看了一眼,没答话。

"是个小明星,走流量的那种。"尹谦主动介绍起来,"人特别傲,主动找了他几次要签名,都不搭理我。"

照片上的唐柊侧头对着镜头微笑,头顶的一束灯光汇聚在他黝黑的瞳孔中,表现出几分难以言喻的神秘感。

尹谦收回视线,提醒道:"小心爷爷说你就知道追星。"

"老爷子认为和这些戏子来往最跌份了,他要是知道了,非得抽死我。"尹谦话说得严重,实则毫不在意,"不过我也就只想认识一下他,毕竟是个当红明星,认识他能在我那帮朋友面前显摆显摆,没真的想成为朋友。"

"是吗?"尹谌反问了一句。

"是啊,娱乐圈里的人交朋友很难的。"尹谦解释道。

回去的路上,天又下起雨来,多雨的天气总是会在无形中给人增添麻烦,比如尹谌把车停到地下车库后,才想起来他刚才只顾着往回赶而忘了买菜。冰箱里最后一个鸡蛋已经被他煎了吃了,如果不想晚上临到饿了再冒雨出门,就只能现在出去一趟。

小区外面的便利店就有菜卖,尹谌从后备厢拿了伞,在地下车库走了一阵儿,从离小区门最近的楼梯上到地面。到地方后,尹谌随便挑了几样好处理的菜,回去的时候没从地下车库绕,直接沿着小区的人行道往住宅楼的方向走去。

他不是没有设想过某种可能,只是没想到来得这么快。

唐柊这天穿了一双运动鞋,看来脚腕好些了,只不过走路的姿势仍有些古怪,楼前唯一能避雨的地方已经被倾斜的雨丝打湿了一片,唐柊迈步走来的时候,在地砖上滑了一下,只能顺势别扭地跑下台阶,拍着胸口惊魂未定道:"还以为又要摔了。"

尹谌停下脚步,在原地站定。

"这儿门禁好严啊,昨天我是尾随别的住户进去的,今天没蹭上。"唐柊又向前走了两步,拨开额前碍事的湿发,抹了一把脸上的雨水,"高档小区都是这样的吗?刚才巡逻的保安看到我站在这里,差点儿把我赶出去。"

既然他现在还在这里,就代表保安没有恪尽职守,或者被眼前的人摆了一道。尹谌认为后者的可能性更大,因为唐柊从前就很机灵,用班主任老孙的话说就是"满脑子鬼主意"。

可能是没听到"你怎么又来了"给的底气,唐柊又道:"雨好大啊,我可以借你的伞躲一会儿吗?"

尹谌没说话,唐柊就当他默认了,自顾自冲上前,矮身钻进伞下。

雨桎梏了行动,尹谌一时竟没来得及拒绝。

躲进伞下的唐柊先摘掉兜帽,接着用袖子胡乱擦了擦脸。

也许是怕碰脏尹谌的衣服,唐柊擦完脸,把袖子往上挽了几下,抬头的时候忽觉这情景熟悉,脱口而出道:"你还记不记得我们曾经在校门口碰……"

"不记得。"尹谌直截了当地打断。

唐柊的笑容僵了片刻,小声说:"也对,事情都过去这么久了,我也是刚才突然想起来……"

尹谌从来都是如此,如果说没有后退是性格使然,那么没把唐柊推出去便是出于教养,或者出于遵守诺言的诚信,哪怕那个承诺早已过了时效。

黑色伞布将尹谌的脸色映衬得更加冰冷,那是一种由内而外的无声抗拒,仿佛世间万物都与他无关,只要他不听不看不想,就不会受到影响。而这一切都在唐柊的预料之中,因为这是他一手造成的。

这便是明明他的害怕一点儿也不比尹谌少,但也必须要勇往直前的原因。

"不记得没关系,"唐柊深吸一口气,"那我们忘掉过去,重新开始做朋友,好不好?"

雨还在下,尹谌握着伞柄的手倏地一紧,接着嘴角扯出一个讥诮的笑,心里也像灌进了这秋日的雨,沉闷而萧萧。

忘掉?说得倒轻松。

秋天是四季中最短的季节,也是承载了最丰沛回忆的季节。

忘掉……他怎么可能忘得掉?

第二章　一步一步

　　九年前的初秋,十八岁的尹谌和母亲林玉姝一起南下,来到距离首都一千多公里的南城。路途漫长,下火车的时候,尹谌还在为这座城市与首都截然不同的气氛愣神,林玉姝已经打听好路线,领着他乘上拥挤的地铁一号线,嘴上时不时催促:"快点儿,再晚房东就睡下了。"

　　这座城市正处在高速发展、新旧交替的阶段,那种夹在林立高楼中匍匐蜷缩的老楼随处可见,周边甚至还保留了许多配套商铺。下了地铁换步行,尹谌拖着行李走过楼前的窄巷时,看见其中一家店铺还亮着灯,没有招牌,屋里头的一面墙上挂了几件颇具江南特色的旗袍,看起来是个成衣店。

　　穿过坑洼不平的水泥路,所谓的"新家"就是她们母子眼前第一栋老楼里的一间狭小两居室。

　　一脚踏进去就踩到一块碎了大半的米黄色地砖,尹谌低头,用脚尖碰了一下,从地面剥离的碎砖发出"咔嗒"一声轻响。

　　尹谌提起行李箱,绕过那块支离破碎的地砖,一言不发地走进林玉姝指的那间房,打开行李箱,开始安置带来的东西。

　　房间隔音很差,门明明是关着的,但外面林玉姝和房东讨价还价的声音还是一字不落地传进了尹谌耳朵里。

　　"面积有67平方米吗?看着50平方米都不到。"

　　"合同上白纸黑字都写着呢,老楼又没什么公摊面积,我有必要在这上面做文章吗?"

　　"那这地板砖怎么回事,说好的设施齐全呢?"

　　"冰箱、空调和洗衣机哪样没有?地板砖可不属于合同里的配套设施。"

"那这水池和马桶……"

"哎呀,凑合用吧,不行找人来修修。看在你们是外地人,初来乍到,房租已经很便宜了,要是住的话,您签个字,押一付三;不租的话,您请便吧。"

"……"

声音低了下去,尹谌知道林玉姝妥协了。他站起来环顾四周,一张靠墙的板床,一张勉强能当书桌用的木桌,边上立着一个袖珍的双开门衣柜,三样家具组成了这间简陋的卧室。

所幸尹谌的行李很少,他将衣服塞进柜子,再将书摞在桌角,就没什么好收拾的了。

老旧的电热水器"嗡嗡"烧了半天都没显示绿灯,尹谌不想等,就着自来水迅速擦了个身。

总算闻不到在长途火车上闷出来的汗味了,但躺在床上的尹谌还是睡不着。

他平躺在陌生的床上,闻着陈旧的墙皮散发出的霉味,盯着斑驳发黄的天花板,直到眼眶泛酸,才缓缓闭上眼睛。

次日是阴天,尹谌像往常一样六点起来,推开房门出去,就见林玉姝已经把冒着热气的锅端上桌了。

"以后提前半个小时起床,"林玉姝边盛面条边道,"昨天忘了跟你说,新学校晨读课时间安排得早。"

听到这里,尹谌恍惚了一下,按说他今年本该毕业的,但因为南城与首都使用的课本及教授的知识有许多不同,林玉姝担心他跟不上,所以干脆让他多念一年。

她这个决定没跟任何人商量,尹谌也是昨天上了火车才知道的。学籍已经转过来了,名也报上了,在一切尘埃落定后,他再说什么都晚了。

尹谌便点头答应,坐下吃饭。

他吃完背上书包时,林玉姝又从厨房探出头来,问:"记得学校怎么去吗?"

尹谌躬身换鞋,答道:"记得。"

林玉姝擦擦手,要出来送他。

老房子格局分布不合理，厨房的推拉门狭窄，所以林玉姝出来的时候肩膀不慎撞了一下门框，她这天第三次不满地"啧"了一声。

"到新学校后跟同学好好相处。"趁尹谌还没出门，林玉姝叮嘱道，"越是小地方的学校，越是要低调，把你弄到这里不容易，别让妈妈担心。"

绑好鞋带，尹谌直起腰，在门关上前低声应道："嗯。"

新学校名不见经传，是一所普通的学校——

两根方柱中间夹着两扇对开的铁门，门前为方便学生停放交通工具辟了块用栅栏围起的空地，此时里面稀稀拉拉停了几辆自行车，可见到校人数还不足一半。

上学时间方面，林玉姝显然多虑了，尹谌上惯了普通学校，他很了解学生们的作息。

尹谌第一天上学，还没有校服穿，经过操场往教学楼方向去时，被好几个学生用异样的目光打量。

"同学，"有人喊他，"同学，你哪个班的？今天开学典礼，你怎么不穿校服？"

喊他的人一路小跑，从尹谌背后绕到他身前。

尹谌站定，瞟了一眼男生胸前别着的"值日生"胸牌，问："三班怎么走？"

矮瘦的男生推了推鼻梁上的眼镜，惊讶道："啊？三班在2号楼三楼，就是从南往北数第二栋。"

尹谌道了谢，抬脚便走。男生追上去，问他："同学，哎，同学，你是要去找人，还是……"

"转校生，"尹谌旁若无人地大步向前，"三班的。"

约莫二十分钟后，教室里五十多个座位基本坐满，一个头发秃了一半的中年男人走进教室，用手上的课本拍了一下讲台，稀稀拉拉的读书声就此打住。

"新学期，新气象，瞧瞧你们一个个没睡醒的样子！"中年男人一开口就是标准的班主任恨铁不成钢的口气，"要不要我跟数学老师说一下，前两节课别上了，让你们睡个够？"

有气无力的几句"不要"里夹杂着几声"要,要,要",班主任又重重摔了一下课本,大声道:"都给我打起精神来,待会儿上课我会在外面看,逮到谁打瞌睡,大课间就把他拉到国旗下和校长并排站!"

台下的学生们懒散地应着,其中有几个艰难地坐直了身子,这番"恐吓"算是起了点效果。

班主任把新课表贴在布告栏,交代班长带几名同学去领新书后,便把饱经"蹂躏"的化学课本夹在腋下,刚要走,戴着黑框眼镜的男班长忽然站起来,提醒道:"老师,您还没给大家介绍我们班的新同学。"

此话一出,本来如同死鱼般趴在桌上的学生纷纷坐直,朝教室内外四处寻望,问班长新同学在哪儿。

班长指向最后一排,说:"他来得早,先让他坐在那儿了。"

经班长提醒,班主任终于想起了这么件事,走回讲台翻开名册,说:"新同学叫尹……尹湛是吧?那让我们欢迎新同学上台来做个自我介绍。"

尹湛便站了起来,从过道走到讲台上,在五十多双眼睛的注视下,从容地用粉笔在黑板上写下姓名,转过身来面向大家时神情依旧冷淡,道:"我叫尹湛,今后请大家多多关照。"

尹湛说着恭敬礼貌的话,做的事的确也周到。

大家目送他回到座位上,扭头冲黑板一看,龙飞凤舞的"尹湛"两个字头顶都标了拼音,尤其是"湛"字,注音有碗口大。

在同学们的窃笑声中,班主任尴尬地清了清嗓子,夹上书走了。

"孙老师就是我们的班主任,他人很好的。"第一节课下课后,班长戚乐奉命来给尹湛调整座位,"可能是我们这儿很少有转学生,加上开学事多,他给忙忘了。"

班长说的是孙老师忘记班上多了位转学生,连人家的名字都不会念的事。尹湛本就没把这件事放在心上,听了班长的话,只"嗯"了一声。

戚乐从第四组蹿到第一组,又慢吞吞地挪回来,表情有些为难,解释道:"班上空位不多,尹同学你个子又高,恐怕没有更好的位子可以……"

尹谌听懂了他的意思，回道："我就坐在这里。"

戚乐就是早上在操场抓风纪的值日生，这会儿见尹谌坐下来还是很高，而且课桌下的腿都伸不开，羡慕道："尹同学真的好高啊，一点都不像我们这个年级的学生。"

说者无心，听者有意，尹谌把腿往里收了收，淡淡道："我上学晚，比你们都大一岁。"

"那也很高啊。"

尹谌想起母亲的叮嘱，正欲再说点儿什么，前排的男生突然转过身来，加入了话题："你们在聊怎么长个子吗？除了喝牛奶，还有什么可以长到男生平均身高线以上的方法吗？"

前排的男生是个剃了寸头的单眼皮男生，刚才晨读课时就热情地告诉了尹谌他的姓名，说自己叫贺嘉勋，白羊座。

戚乐说："我也想知道，不如你问问尹同学。"

贺嘉勋转向尹谌，眼神充满期待，喊道："尹哥……"

尹谌不喜欢被人这样称呼，这让他想起了另一个叫他哥的人。他眼中闪过一丝异色，尽力克制心中的情绪，不让它展露在脸上，他已经习惯戴着面具生活了。

尹谌把新发的一摞书往桌子中间移了移，隔开贺嘉勋搭在他桌沿的手，敷衍道："天生的。"

开学典礼安排在第二节课下课后的大课间，尹谌因为没有校服，班主任怕他站在队伍里会影响整体的和谐，便让他留在教室。

这样安排正合尹谌的意，他怕吵，不喜欢人多的场合，这个五十多人的大教室坐满人的时候拥挤不堪，现下只剩他一个人，反而浑身舒坦。

尹谌前一天睡得晚，这会儿脑袋还昏昏沉沉的。他已经睡了一节半的数学课，此时趁着意识清醒，翻开数学书，循着那半节课老师讲的重点圈了几道例题，然后合上书本，打算趴下再睡会儿，结果激昂的音乐声突然在耳边炸响。

《运动员进行曲》，这是整队上操了。

尹谌烦躁地撸了一把头发，推开椅子站了起来。

早上在热心班长戚乐的带领下，他已经把这栋楼的构造摸清楚了。他去两栋楼之间的回廊走了一圈，在小卖部买了瓶矿泉水，拧开盖子刚喝了一口，就被不知道从哪里蹿出来的年级主任逮住了："哪个班的？为什么不去参加开学典礼？"

尹谌解释说是因为他没校服，所以班主任让他留在教室。

颧骨很高、面相刻薄的女主任被迫仰着脑袋打量他，问道："你真是我们学校的？"

尹谌心知自己的身高在一群学生中有多扎眼，干脆告诉年级主任自己的班级和姓名，让她去确认。在怀疑的眼神的注视下，他转身拐了个弯儿，捞起外套上的兜帽，扣在脑袋上。

他一点儿都不喜欢引人注目，更讨厌被人盯着瞧。那些学生看他的眼神总是带着惊讶，活像发现了一个异类。

三两口把水解决掉，将空瓶捏瘪，扔进垃圾桶，尹谌顺便去了趟洗手间。厕所只有男女之分，所以尹谌在看到男厕的门关着的时候，即便觉得奇怪，也没想太多，手上一使劲，就把门推开了。

直到听到"咔嚓"一声怪响，看见脚边躺着的用来抵住门的扫帚杆折成了两段，尹谌才知道厕所里有人。

厕所里头的人显然没想到会有人闯进来，扔在地上的东西也没来得及收拾，条件反射地先捂脸。

尹谌看了看扔得到处都是的面巾纸，再看缩在角落里背对着他的人，若有所思。

不过这与他无关。

尹谌进到厕所里的隔间，上完厕所出来洗手的时候，见那人正蹲在地上捡满地的垃圾，从他的角度，只能看到那人一截细白的脖子。

洗手池前面是一整面的镜子墙，尹谌拧开水龙头，抬头的瞬间，视线不期然与同样看向镜子的人相撞。

那人头发蓬乱，脸上不知抹了什么东西，灰一块黄一块的，模糊了面部线条，鼻子和嘴巴都快糊到一起了，一双眼睛倒是干净透亮，瞪了尹谌一眼就心虚似的别开目光。

尹谌没摘兜帽，由于背光站着，大半张脸隐没在黑暗中，加上身材高大，整个人在狭小空间内的存在感尤为明显。

哪怕他只是在洗手，毫无窥探他人隐私的意图，可那男生还是介意了。

"看什么？"脸的颜色和脖子的颜色看起来有些脱节的男生举起手中的面巾纸，粗声粗气，口吻凶悍，眼神却躲闪着不敢冲镜子看，"没见过男的洗脸啊？"

话刚出口，唐柊就后悔了。

唐柊用牙齿蹭了一下舌尖，不由得将脑袋埋得更低。幸好洗手池跟前站着的那人没吱声，洗过手关上水龙头就走了，经过他身边的时候一秒都没停留，步子快得掀起了一阵风。

唐柊竖起耳朵，确定脚步声远了后，松了口气，吐槽道："耍什么酷啊……"

唐柊站起来，面向镜子，用手上的面巾纸在脸上抹了几下，脏兮兮的东西还是擦不掉，他无奈放弃，把白白浪费的一堆面巾纸心疼地拾掇好，扔进边上的纸篓里。

他踩着点混在自己班的队伍中一起进了教室，好友苏文韬搭着他的肩，边走边跟他咬耳朵："本来我给你挡得好好的，可第一节课下课的时候老孙来教室看转校生的座位安排，一眼瞅到你不在，我说你去厕所了，谁知道你第二节课下课还没来，整队的时候，老孙把班长骂了一顿，问他怎么点的名，班上有人缺席都不知道。"

唐柊表情沉痛道："我待会儿向班长请罪去。"

"到时候千万别摆这个表情，"苏文韬劝道，"配你这张没洗干净的脸，简直丑到让人无法原谅。"

唐柊摸了一把擦不干净的脸，更沉痛了，回道："……好吧。"

因为开学典礼的占用，第三节化学课只余不到二十分钟。

台上的老孙唾沫横飞，恨不得在这十几分钟里把整本书的知识点讲完，台下的唐柊躲在书后面照镜子，巴掌大的小圆镜左移右晃，确认奶奶给抹的不知名染料布满整张脸，连耳垂后都没放过后，他颓然地放下镜子长叹一声。

孙老师在讲台上点名："唐柊，重复一遍我刚才讲的内容。"

这一声无异于平地惊雷，唐柊腾地站起来，顶着桌子推了一下前座的苏文韬。

然而苏文韬昨晚通宵抄作业，这会儿瞌睡还没醒透，翻了半天书也没能给后面的好友指条"明路"。

唐柊心道倒霉,以为自己又要被派出去守大门了,只见老孙盯着他看了一会儿,皱眉道:"你怎么搞的,固体可燃有机岩上脸了?非要这么邋里邋遢地来学校?"

但凡与化学沾边儿,老孙都爱用学名而非俗名来称呼。全班的视线"唰"地聚集在唐柊身上,见他那张脸果然跟抹了煤炭一样灰扑扑、脏兮兮的,顿时爆发出一阵哄笑。

老孙拍着讲台说道:"笑什么?你们也没好到哪儿去。"转而面向唐柊,"我让你重复一遍我刚才讲的内容。"

唐柊舔了一下嘴唇,有样学样道:"笑什么?你们也没好到哪儿去!"

老孙顿时脸一拉,同学们笑得更停不下来了。

下课后,唐柊溜到第一组找班长戚乐,握着他的手直喊"大恩不言谢"。戚乐腼腆地笑道:"都是老同学,分到一个班是缘分。木冬冬,你以后还是少逃课吧,我们学校的录取率逐年降低,今天又转来一个新同学,竞争更激烈了,考不上好学校的话,将来……"

唐柊用"好好好""是是是""没问题"肯定三连阻止了戚乐的喋喋不休,准备跑路的时候才后知后觉地意识到班长这段话的重点,问:"新同学?"

"嗯,新同学就是第四组最后一排那位……"戚乐扭头指给唐柊看,却发现椅子空着,人不知跑哪儿去了,"奇怪,刚才还在呢。"

唐柊也就随口一问,对什么新同学的并不很感兴趣,他挥别戚乐,回到自己的座位上,趁上课铃还没响,拍了一把前桌苏文韫的肩,说:"中午老地方?"

苏文韫没回头,只比了个"OK"的手势。

第三节课课后,睡眼惺忪的尹谌被叫到了办公室。

"怎么样,第一天上课还习惯吗?"班主任老孙一脸和蔼,拉了张凳子叫他坐,"我们这儿的教材跟首都那边不一样,进度也拉得比较快,我已经跟几名主科老师说了,你要是遇到什么麻烦,课后可以向他们请教。"

尹谌没坐,回道:"习惯,谢谢老师。"

"我看你今天上课的时候打瞌睡了,昨晚是不是没休息好?"
"不是。"
老孙没什么应付转学生的经验,被尹谌过分简短的回答弄得有些尴尬,于是翻开桌上的学籍档案,问道:"听说你在首都那边的学校成绩很好,有没有当过班干部啊?"
尹谌面无表情地回答道:"没有。"
老孙往后翻了一页,又问:"我看这上面写你加入过校篮球队,还在市里拿了奖?我们学校也很重视素质教育,回头我跟体育老师说一声,安排你进体队?"
"不用,"尹谌道,"我球打得很烂,奖是混来的。"
老孙找不到能聊下去的话题,无奈地从抽屉拿出几张 A4 纸大小的表格,从笔筒里抽了支笔一起递过去,说:"那你把这几张表格填一下吧。"
尹谌接过一看,是一堆包括个人信息在内的学生资料表格。
睡蒙了的他这会儿神志清醒不少,拧开笔盖,弯腰趴在桌上逐行填写。在写到家庭联络表时,他笔尖在"父亲"那一栏停顿几秒,瞥了一眼最上方的"必填项目"几个字,勾了下唇角,在空格里狠狠划下一条表示删除的斜杠。

早上天色就比较朦胧,临近中午终于下起雨来。
下课铃一响,三班的五十多名学生便作鸟兽状散去,只有三两个自己带了饭的还留在教室。
贺嘉勋就是其中一员,他用保温盒带了饭菜,热情地邀请新同学共进午餐。
"今天我妈给我带多了,尹哥,一起吃吧!"
尹谌站起来道:"不了,我回家吃。"
"好吧,我还以为你要去食堂。"贺嘉勋咬着勺子,从桌肚里掏出一把折叠伞,"那你拿着伞,外面雨挺大的。"
尹谌正好走过贺嘉勋的桌子,刚要拒绝,贺嘉勋眼明手快地把伞揣进他的兜帽里,说:"那我先吃饭了,尹哥,回见!"
尹谌反手把伞从帽子里掏出来,想了想,扔下一句"谢了",便拎着伞出去了。

023

其实尹谌没打算回家。

在首都上学的时候,他就没有中午回家的习惯,那样回答纯粹是为了应付不必要的人际关系,避免接下来可能听到的"你去哪儿吃""一起去食堂啊"之类的"麻烦"。

新学校的地理位置尚可,毗邻老城区商圈,出校门过个马路就有一条美食街,穿过去,街道那头还有一所小学。

尹谌进了街东头离马路最近的一家饭馆,扫一眼菜单,点了个十来块钱的招牌套餐,随便找了个位子坐下。

老板将套餐端上桌,尹谌才知道这个套餐是传说中的南城特色——鸭血粉丝和小笼包的组合。尹谌用筷子捞了一把汤里少得可怜的几根粉丝,心想这新学校周边饭馆的饭菜分量与之前学校的差距未免太大。

鸭血粉丝汤的味道也一言难尽,淡得仿佛没加盐。味精倒是撒了大把,鲜得尹谌这张吃惯了重口的北方嘴都吃不消,他挑了两筷子就把汤碗推到一边,勉强把一笼七个的袖珍包子解决掉。

吃完就结账走人的尹谌发现外头的雨更大了。

来的路上尹谌没打伞,这会儿看着沿途奔跑躲雨的路人,他冷不丁地想到有伞不打和没伞可打的区别,用拇指按下按钮,伞"唰"地撑开了。

南城的雨跟首都的也不太一样,首都的秋雨伴随着冷空气,砸在身上会让人觉得刺骨。而南城的雨细密如织,带了点儿江南的柔和婉约,不小心落了几滴在肩上,让人分不清是春雨还是秋露。

尹谌将吃饭时脱下的外套搭在臂弯,身着单衣的他踩到一片被暴雨打落的梧桐叶,不由得为再次发现两地的不同而出神,这时,他的思绪倏然被街西头传来的吵嚷声打断。

"跑!你小子再跑!"嗓门粗犷的男人吼道,"老子看你能跑到哪儿去!"

嘈杂的脚步声盖过雨声,尹谌扭头望去,只见为首的两个学生模样的男生一人手里拎着个硕大的尼龙袋跑得飞快,身后跟着三四个表情凶狠的男人,看体型,也是学生。

原本美食街的路就狭窄,甚至竖了禁止机动车通行的标志,可这几个人甫一出现,顿时就让原本安静的道路变得"兵荒马乱"。

只听"哐"的一声巨响,其中一个逃跑的男生撞翻了路边某个店铺支在外面供客人使用的沙滩伞,屋檐下的几张塑料椅倒了一地。

逃跑和追逐的人就此被分为两路,后面有个男人被绊了个跟头,他的同伴忙回头搀扶,一时痛呼声和叫骂声不绝于耳。

已经与他们拉开距离的两个学生抓住机会,其中一个把手里的尼龙袋塞给另一个,目送他拐进小巷后才继续撒腿狂奔。

尹谌身为局外人,这场闹剧只打算看到这里。他越过地上那片梧桐叶,往马路那边的方向走去。他刚走出去两三步,先是听见一阵由远及近的急促脚步声,还没来得及回头,就被一个人从身后撞了上来。

准确地说,是钻进伞里的人想要装成是与他同行的熟人,尹谌偏头看见那人校服上的校徽,就知道此人是那两个"亡命匪徒"中的一个。

"兄弟,帮个忙,"不速之客扯着一边的伞沿鬼鬼祟祟地往下压,"回头必有重谢!"

尹谌身量高,这人比他矮大半个头,又弯腰驼背不敢露脸,从背后乍一看,仿佛挂在尹谌身上。

可惜他不知道尹谌有多讨厌和人亲近,尤其讨厌半路杀出来的陌生人。

尹谌活动了一下肩膀,举着雨伞的手肘一顶,轻松把人推出去半米远。

谁想此人脸皮挺厚,还没站稳就又回来了,大声道:"哥,家里就一把伞,你等等我,一起嘛!"

想是后面那帮人回过神追上来了,这人心思活络,知道周边到处都是穿着校服的学生,找个地方背对着就能安然躲过去。

又被认作哥的尹谌眉头一皱,正欲发作,这时,对方继续大声说:"在这儿碰到也算缘分一场,都说了回头谢你,别这么小气好不好!"

尹谌简直要被气笑了,这人不只脸皮厚,强盗逻辑还一套一套的。

"天哪,下着雨呢,就不能回家说?"

"别看了,人呢?往哪儿跑了?"

"好像是那边,快追!"

一帮人呼啦从身边跑过,溅起一地积水。

尹谌愣了一下,偏头看向身边的人。

"干吗这副表情?你又不吃亏。"

说这话的人长了一张小巧的脸,下巴尖俏,刚才淋了不少雨,有发黑的水沿着鼻梁往下滑,所经之处,洗出道道白皙底色。

不过让尹谌认出这人的并不是这满脸的古怪脏污,而是那双大而亮的眼睛。

唐栎正欲再强词夺理,却忽然改口道:"那什么……就当你吃亏,行了吧?"

见尹谌还是没反应,誓要当场报恩的唐栎指着自己泥水纵横的脸蛋儿,问道:"你说……你想要我怎么报答你?"

尹谌没回答他,径自往前走去,唐栎迅速环顾一眼四周,确定暂时安全后,他忙追上去:"哎,你等等我啊……你现在要去哪儿……吃午饭了吗……你这伞有些眼熟啊……"

尹谌始终没有反应,只顾走自己的路。

过了马路,走到校门口,唐栎欣喜地发现这人居然是同校的,笑道:"你也是我们学校的?以前怎么没见过你,哪个班的呀?"

他一路跟着上楼,看着对方长腿一迈跨进教室,忙抬头确认了好几次班牌,眨了眨眼睛,蒙了。

下午第一节课前的自习时间,苏文韫跟唐栎交头接耳——
"东西藏好了吗?"
"我办事,你放心!已经藏在最安全的地方了,随时可以去取。"
"好,好,好……对了,咱们班那个新同学什么来头?"
"你说第四组最后一排那个?据说是从首都转来的。"

唐栎以为自己听错了,惊道:"首都?疯了吧,我们学校什么时候厉害到让首都学生千里迢迢慕名而来了?"

见负手走过来的老孙半路被后排的同学叫住问题目,苏文韫趁机又转过头,小声吐槽:"谁知道呢,康庄大道不走,非要跑我们这儿来挤独木桥,可能长得好看的人脑子都不太好。"

唐栎觉得苏文韫这小子在拐着弯儿骂自己,但碍于教室里太安静,也不好同他计较。

他们的座位在第三组中后排,脖子往左扭个一百二十度就能看到第四组最后一排。唐栎看见新同学把新书摊开盖在脑袋上,脸朝窗户趴着，正在睡觉。

唐柊看完，转回去，又拍拍前座苏文韫的肩，问："哎，新来的同学叫什么名字啊？"

南城隶属J省，以课标知识多且难、学习安排紧且繁著称。

作为在本市能排到前十名的学校，教导处对学生们还比较宽容，给了一周两节体育课的优待，作为本校重视素质教育的证明。

周一下午就有一节体育课，然而这天雨还没停，三班全体学生只好留在教室上自习。

教数学的陈老师上午那两节课没讲够，把暑假布置的几张试卷发下来，让前后桌交换，边讲边让大家互相帮忙批改。

尹谌拿的是贺嘉勋的卷子，错误率高达60%以上。

把卷子换回来的时候，贺嘉勋笑嘻嘻地把空白的试卷递给尹谌，说："尹哥，我给你把重点题目都圈出了，你要是不乐意重新做一遍，我的那张你拿去也行。"

尹谌选择了空白试卷。

陈老师走后，自习课还剩十五分钟，尹谌正用铅笔在第一道大题上做辅助线，前座的贺嘉勋又转过头，把一沓东西放在尹谌的桌角，解释说："木冬冬给你的。"

尹谌还没来得及问木冬冬是谁，怕被热爱在教室外面巡视的老孙逮住的贺嘉勋就缩头缩脑地转回去了。

那是一沓十六开的透明包书皮，看数量，正好够包这天发的书。

尹谌随便翻了一下书皮，中间夹着几张纸，最上面那张写着：感谢出手相救，送些实用的给你！

这几个字横平竖直，很秀气，尹谌翻到下一张，是一整版不干胶标签贴，想来是贴在封皮上用的，那个叫木冬冬的家伙还贴心地把班级和名字给预先写上了。

看着标签贴上写错的名字，从小到大经常被叫错名字的尹谌哼笑一声，心想这种新奇的错法倒是头一回见。

开学第一天学校没有安排晚自习。

下午最后一节课结束之后，唐柊跑到厕所，不死心地跟脸上还没处理干净的染料较量,苏文韫提着两只尼龙袋在门口等他,嘴里道:"祖宗,你倒是快点儿啊,都过饭点了,我们这生意还做不做了?"

"做啊,当然做,"唐柊用跟同桌借来的洁面乳狠狠地擦脸,"我这不是为了咱们流动摊点的形象嘛,总不能再像中午那样把小朋友吓跑吧。"

"吓跑小朋友事小,引来地头蛇事大。"想起中午的大逃亡,苏文韫还心有余悸,"你说咱们要不要换个地方卖啊?实验小学门口那块地方都被他们包了,我们在人家眼皮子底下抢生意,不是找打吗?"

他们抢的是开学这几天实验小学门口的文具生意,两只尼龙袋里面装满了铅笔、橡皮、文具盒,还有各色包书皮。没人比他们这两个熟手更清楚小学生报到需要准备些什么,老师的要求多且烦琐,文具都要求统一样式,他们卖进价便宜的文具,赚的就是一些学生没经验、准备不充分的钱。

唐柊把沾了灰黑污渍的面巾纸扔掉,见镜子里的面孔总算没那么惊悚了,才松了口气,无所谓道:"怕什么,斗不过就跑,就算捅到学校里,也是明摆着的勤工俭学,校长说不定还会给我们发奖状呢。"

苏文韫勉强被说服,哼哼唧唧地应了,见唐柊还要折腾一会儿,便把尼龙袋放在地上,蹲下清点里面的货物。

"不对啊……"苏文韫越点越迷惑,挠头道,"十六开的包书皮我只留了我们的份,怎么只剩这几张了?"

唐柊掬了一捧凉水浇在脸上,说:"包书皮啊?我拿去报恩了,就中午帮我忙的那个新同学。"

"标签贴也给了?"

"不只,我还贴心地给他写了名字,不想欠他的人情。"洗干净脸后,唐柊甩了甩脑袋说道。

同一时间,另一边,尹谌没来由地打了个喷嚏,继续往前走的同时揉了一下鼻子。由于体质原因,他天生对气味敏感,连两座不同的城市都能通过气味区别开。比如首都的雨后空气清洌干冷,而南城则潮湿黏糊。路边小摊散发的热气时而飘来,梅花糕、茴香豆、酒酿元宵……空气里流动着各种食物混杂的甜香。

租的房子离学校不远,尹谌沿着路边低矮破落的商铺走一阵儿,经过一幢待拆的楼房,再穿过一条小巷就到了。

尹谌早上出门早,巷子两边的店都没开门。这会儿正是万家灯火闪烁的时候,前一晚见过的那家成衣店也亮起了昏黄的灯,一个头发斑白的老奶奶坐在门口的老式缝纫机前踩踏板,时不时抬头朝外面张望,像在等谁回来。

夜鸟归巢时分,尹谌却不太想回那个新家。他在楼洞的拐角处倚墙站了一会儿,老楼的声控灯年久失修,是以好几个人上下楼梯从他身边经过,都没看见隐匿在黑暗中的他。

独处,对于尹谌来说是安全感的来源之一。在这短暂的时间里,他想了很多,从无忧无虑的童年时期到颠沛流离的少年时期,再到被当成一个物件争来抢去,不得不掩藏锋芒的当下。

直到周遭喧嚣渐起,楼上各家的窗户里传来炒菜声和浓浓的油烟味,尹谌才回过神来。他深呼一口气,拎起书包走出去,结果在拐角处迎面撞上了一个人。

对方显然吓得不轻,手中的东西都掉在了地上,结巴道:"尹……尹哥,你怎么在这儿?"

一个小时后,住在楼下的贺嘉勋以同学的身份登门拜访,林玉姝客气地将他带到尹谌的房间,招呼道:"待会儿我把茶点送来,小谌,你好好招待客人。"

门关上,尹谌指着房间里唯一能坐的床,说:"坐吧。"

贺嘉勋把手上拎着的一串葡萄放下,对他说:"我们这儿好久没来新邻居了,我妈让我转达一下欢迎和慰问。"

尹谌点了一下头,回道:"谢谢。"

贺嘉勋坐下后,将这不大的房间四处打量一番,道:"你们刚搬过来,还有不少东西没添置吧?"

尹谌说:"用不着,就是个睡觉的地方。"

贺嘉勋"啧"了一声表示不赞同,说:"睡觉的地方更应该布置得温馨舒服啊,看你这儿,窗帘都是破的。"

尹谌顺着他的视线望去,床头的布窗帘下方果然有一个裂口,窗外路灯的光刚好从中透进来。他转身,随便抄起一本书竖在窗台上挡着。

贺嘉勋被他简单粗暴的解决方法弄得一愣，定睛一看，见书里面还夹着张什么证书，挪过去翻开，惊道："天哪，钢琴十级！"

尹谌垂眼收拾从书包里拿出来的新书，没说话。

"听老孙的口气，尹哥成绩也很好？"贺嘉勋做了个抱拳的动作，"德智体美全面发展，小弟佩服。"

虽然这生活条件怎么看也不像有钱人家，但贺嘉勋还没无脑到会追问他们家是不是遭逢了什么变故——哪怕他心里就是这么认定的，毕竟尹谌又冷又傲，怎么看都像个落难的贵公子。

贺嘉勋不由得起了点儿讨好的心思，从口袋里摸出口香糖，压低声音道："尹哥，吃吗？解解乏。"

尹谌接过他掏出来的口香糖，道："谢谢。"

见尹谌看着也像是一个好相处的人，于是贺嘉勋闲来无事还翻了翻他放在桌上的书。

"尹哥，木冬冬给的书皮你怎么不用啊？"翻到那沓透明的书皮，贺嘉勋不经意地问道。

尹谌随意道："你要的话就拿去。"

贺嘉勋道了谢，乐颠颠地把书皮卷了卷，揣兜里，又说："说起木冬冬，他也住咱们这一带，我和他算是从小一起长大，这么些年，我可从来没见到过那家伙送我什么书皮……尹哥，你们怎么认识的啊？"

尹谌用"在学校门口碰到过"应付过去，但贺嘉勋的嘴巴闲不住，又开始跟尹谌八卦："初中我就跟唐桉在一个学校，你猜这人那会儿的外号叫什么？"

尹谌并不感兴趣，但还是出于礼貌回问："什么？"

"贫民窟小帅哥，哈哈哈。"贺嘉勋说着拍腿大笑起来，"我们这儿破是破了点儿，等拆迁也能分不少钱呢，'贫民窟'是在形容唐桉抠门儿，谁都别想占到他一点儿便宜。"

接着贺嘉勋举了几个例子佐证唐桉的抠，比如他校服总定最大号的，一穿就是三年；比如他因为怕花钱从不参加同学聚会；再比如他去小卖部买包面巾纸都要在比对价格后选最便宜的，回头还撕开分层用。

"关于'帅哥'这个称谓，他从前是挺好看的，至少在我们普通人中相当鹤立鸡群。谁知道男大十八变，之后越变越丑，人又那么小气。"贺嘉勋耸肩道。

尹谌脑子里闪过那双黝黑发亮的眸子及蓬乱得不可思议的头发，还有下雨天从脸颊滚落的道道泥水，在贺嘉勋关于此人如何不好惹的絮叨声中，他不置可否地扯了一下嘴角。

次日清晨，尹谌从桌肚里掏出写满"3班，尹谌"的标签纸，先是怔住，随后看到下面压着的字条，顿时明白过来。

"昨天写错了，这是新的。"

"现在我们两清！"

两行字，依旧没有落款，从末尾力透纸背的感叹号可以看出写字的人对于浪费了好几张标签纸的事有多么咬牙切齿。

尹谌对这种自我感动式的单方面的"报恩"方式无言以对，把这几张连同前一天写错的那几张一起塞进笔袋里。

本以为这只是换了新环境后的一个小插曲，就像未来两年的异乡生活是他生命中的一段短暂经历一样，过去便过去了。可天不遂人愿，越是想独来独往一身轻松，麻烦事就越容易找上门。

周五晚自习，尹谌依旧用两节课写作业，一节课睡觉。他趴下没多久，就听见右前方传来古怪的声音。

"噗——哒，噗——哒，喂，大个子……喂，尹谌同学！噗——哒，噗——哒，醒一醒！"

尹谌很怕吵，更烦有人在他休息的时候吵。他眉宇微蹙，用胳膊捂住一边耳朵，打算继续装睡，可那条变本加厉的"蛇"继续吐芯子，刺耳的气音好似锐器摩擦黑板，刮得人耳膜生疼。

前座躲在高摞的书山后偷看漫画的贺嘉勋自然也听到了动静，赶忙用后背推了一下尹谌的桌子，提醒道："尹哥，尹哥，你脚下……"

尹谌烦不胜烦，猛地坐直身体，曲放在桌下的腿顺势往前一伸。

不动还好，这一动就坏了事。只听一阵细微的"咔嚓"声，尹谌慢慢抬起右脚，低头看去，一面裂成三块的小圆镜赫然躺在他脚边，反射着教室天花板上的节能灯管的光。他花了点儿时间弄清楚状况，才朝右前方抬起头。

镜子的主人瞪着一双大而亮的眼睛，嘴巴半张，透过覆在脸上的层层不明污渍，还是能看出他的震惊以及掩饰不住的痛心疾首。

仿佛尹谌踩碎的不是一面普通的镜子，而是什么价值连城的传世古董镜。

晚自习下课后，涉事诸人约在学校后门碰头。

唐柊带了苏文韫，尹谌屁股后面跟着贺嘉勋，四个人围成一圈站，莫名有种正经谈判的架势。

尹谌不喜和人挤作一堆，不动声色地往后退了两步，说："这镜子多少钱？我赔给你。"

"怎么赔？"苏文韫替唐柊出头，"这可是木冬冬的奶奶给他做的，你能赔个一模一样的吗？"

尹谌瞟了一眼被唐柊宝贝似的捏在手心里的东西，借着路灯的光隐约能看见镜子背面手工缝制的花样。

贺嘉勋认为他们不讲道理，争辩道："你们这是什么态度？尹哥也是不小心。再说了，也可能是你自己没拿稳，掉在了地上时就已经摔坏了呢。"

"不可能，"唐柊发话了，"这镜子我带在身边好多年了，从来没摔坏过，只被他踩了一脚就……"

贺嘉勋道："你什么意思啊？打定主意赖上我尹哥了呗？"

苏文韫哼了一声，说："你个墙头草，一口一个'哥'，他是不是给了你什么好处，你才这么帮着他？"

"你住嘴，我站在真理这一边！"

"真理就是他踩坏了木冬冬的镜子！"

"不就是个破镜子嘛，再买一个就是了。"

"那是他奶奶给他做的，不是一般的镜子！"

……

二人吵得不可开交，当事人却出奇地镇定。

唐柊说完那句话后就垂下脑袋，心里不知在想些什么。尹谌始终冷着脸，双手插兜站着，视线落在唐柊手里四分五裂的镜子上。

"这样吧，"终是尹谌打断了吵嚷，"镜子给我，我找地方帮你修。背面没破损，换个镜面应该可行。"

唐柊抬起头，黯淡的眼里有了点儿神采，随后像是想到了什么，又缩回手，拒绝道："不行……我还是自己去修吧。"

这是不放心把镜子交给别人。

尹谌正好也懒得跑这趟，说："那你修完告诉我多少钱。"

唐柊有些纠结，打量尹谌的眼神充满了怀疑，迟疑道："你先……先垫点儿，到时候多退少补。"

一旁的贺嘉勋跳起来道："嘿！你这小气鬼，难道我尹哥还能赖账不成？"

尹谌把口袋里唯一一张百元纸钞掏出来，递给唐柊，问："够吗？"

唐柊看到钱就两眼放光，方才的失落和颓丧一扫而空，迅速抽走那张钱，小鸡啄米般点头道："够了，够了。"

回去的路上，贺嘉勋又是好一顿唠叨，说什么"他那种小气鬼，只进不出""钱给了他等于肉包子打狗，有去无回""信不信他修那东西只花十块钱也能说成一百"等等。总结下来就是尹谌不该给这么多，应该给两个硬币把他打发走。

尹谌没搭理他，因为他脑袋里已经把这事儿略过去了，正在思考第二天的安排。

白天听戚乐说，所有学校都不敢在周六和周日安排学生补课。但有不少任课老师在自己家里开设了补习班，班上一半以上的同学都报了两到三名主科老师的课。

尹谌虽然是复读，可经过这一周的适应和调整，他明显感觉到两地学习进度和难度的不同，他平生第一次有了吃力的感觉，甚至想把这边去年的课本借来啃一遍，最好能带上当时的笔记还有随堂练习。

贺嘉勋的就算了，他的笔记几乎没有参考价值，戚乐说他去年的课本和笔记都借给家里的一个亲戚了，一时半会儿要不回来……还能问谁借呢？尹谌陷入了两难。

坦白说，难倒也没有很难，无非就是拉不下脸去拜托别人。

以前在首都的学校，尹谌哪怕算不上什么名人，至少也从未在这种事情上操过心，想要什么就会有人送上门来，所以低头请教什么的完全不符合他的习惯。

"想什么呢，尹哥？"贺嘉勋大着嗓门打断他的思绪，"明天，龙藏河，去不去？"

尹谌回过神，问："哪儿？"

"就龙藏河呀，我们南城的必去景点，我妈一早就叫我带你去转转呢，附近正好是孔庙，吃喝玩乐什么都有。"

"我就不去了。"

"为什么呀？"

尹谌扯谎道："明天要帮我妈打扫卫生。"

贺嘉勋却说："那好办，我们就去下午半天。"

"我真不……"

"是不是怕家长不放人？明天我先去你家跟你妈妈讲，保准她同意。"贺嘉勋一拍手，"就这么说定了，来南城不逛逛名胜古迹怎么行！明天就让作为东道主的我带你好好逛上一逛。"

尹谌放弃挣扎。

算了，说不过他。

其实如果真不愿意去，尹谌有的是借口推托，既然默认去了，就代表他一来懒得推托，二来还是有那么点儿想去的。

他不想把对南城的印象停留在眼前这狭窄的方寸间。如若以后回想，除了人头攒动的陌生车站、阴冷潮湿的老房子、挤满学生的学校，尹谌希望回忆中也能有几个天朗气清的片段。

雨断断续续下了一周，周六早上放晴时，每家每户都把被子拿出来晒，楼下不大的空地上扯起一根长长的晾衣绳，连周遭的灌木丛上都摆了几个枕头吸收阳光，放眼望去，姹紫嫣红，好不热闹。

穿过小巷前往地铁站的路上，尹谌看到那家成衣店也在门外的空地上立了衣架，一排唐装和一排旗袍迎风飘荡。

贺嘉勋顺着他的目光看去，道："那就是木冬冬家的店，里头那个是他奶奶。"

柜台前的老人正在慢吞吞地穿针，举着针对着光看了好半天才找准针孔。

"别看他小气巴拉的，可他奶奶人很好，之前校服定大了，想裁个裤脚，我们送到店里，她一晚上就弄完了，还没收我们钱。"贺嘉勋说，"尹哥，你校服也拿到手了吧？有需要裁剪的地方可以送过去给唐奶奶弄。"

"没有，挺合身的。"尹谌收回视线，"我们走吧。"

景区紧邻城区，坐两站地铁，再走大约一千米就到了。

龙藏河是古时南城的护城河，而孔庙便矗立在东水头到西水关的一片规模宏大的古建筑群中。

但凡对外开放的景点，都避免不了商业化的侵蚀，此处尤为严重。走进内街，到处都是商铺和摊点，零星几个收费小景点夹杂其中，幸而景区内青瓦白墙，绿水环绕，他们走走逛逛，也不觉得无聊。

倒是贺嘉勋，说好的做向导，到了景点里头比谁都兴奋，尤其是买门票进了古时候作为科举考场的贡院，见张桌子都要上去摆个造型让尹谌帮忙拍照，说要为毕业考试攒好运。

在龙藏河南岸的龙腾照壁前再次摆拍无数次后，"摄影师"尹谌忍不住问："不是说你们南城人都把这儿当成自己家后花园吗？"

"是啊，想来就来，想走就走。"贺嘉勋道，"不过本地人很少来这里啦，这些什么地方特产都是骗外地人钱的。"

尹谌无言以对。

话是这么说，但贺嘉勋的兴致依旧很高，见到杂耍玩具要上前试一试，瞧见哪家有试吃必挤过去尝一口。尹谌不喜欢凑热闹，就在照壁前找了个地方坐下，看河面的粼粼波光。

坐了不到五分钟，就有个服务生模样的人过来，说这里的位子必须点单才能继续坐，尹谌只好点了两杯果汁，以便继续在这儿等贺嘉勋。

许是节假日的关系，此处点单占座的人很多，等了许久，两杯果汁才上来。

尹谌远远看着有些眼熟的服务生端着餐盘挤进人堆里时，就预感到不妙，再看那人步伐歪扭，身形不稳，等人快到跟前时，尹谌下意识地起身去接应。

然而还是晚了。

旁边有一桌人吃完准备走，其中一个中年男人边跟同行者说话边往过道挤，转身时撞了一下正在送餐的服务员。

本就没站稳的服务员身体猛地向前一扑，餐盘上的一杯果汁被尹谌接住，另一杯没来得及接，翻倒砸在地上，摔得粉碎。

尹谌把洒了一半的果汁杯稳稳放在桌上，抬眼望去，正好对上与前一晚如出一辙的眼神。

穿着围裙、戴着服务生帽子的唐柊瞠目看他，好像在说——怎么又是你？！

事情处理得很快，尹谌谢绝了老板再送两杯果汁的赔偿，这个意外以扣唐柊两个小时的时薪宣告结束。

为了少扣点儿钱，唐柊摆出招财猫笑脸，对老板说了无数遍"碎碎平安"，扭头的瞬间笑容消失，气势汹汹地冲过去，拿起桌上仅剩的半杯果汁"咕嘟咕嘟"喝了个底朝天。

尹谌见事情解决，站起来要走，却被唐柊叫住："这就走了？"

尹谌回过头，用毫无波澜的眼神无声询问："还有什么事？"

唐柊咬牙，狠瞪面前这个表现得事不关己的人。他知道这件事不该怪到尹谌头上，可前一天刚被这人弄碎了传家宝镜，今天又因为这人点的果汁白忙活两个小时，怎么会有这么巧的事，接连倒霉都是因为这家伙？

尹谌转过身，问："你想怎么样？"

唐柊听到这话，更气了，什么叫他想怎么样？从昨天到今天，这人可是一句道歉或者安慰的话都没有，大家同学一场，至于这么冷漠无情吗？

难不成尹谌这家伙还记着校门口自己蹭他伞的事？

思及此，唐柊有些心虚，再一想……不对啊，那事都两清了，有什么好心虚的？

唐柊挺起胸膛，理直气壮地等尹谌给他道歉。

尹谌也在等唐柊说话，等了一会儿，见他光瞪眼，不表达需求，权当他没什么要说的，转身又要走。

唐柊傻眼，急忙摘掉帽子和围裙，小跑着跟上，问道："你去哪儿？"

尹谌沿着台阶下去，往游船售票处的方向走去。

"你要去坐船？"唐柊边追边说，"这个游览项目可无聊了，上船就放个大喇叭给你讲故事，都是在网上能搜到的东西，还收六十块，真是黑心。"

尹谌问:"你坐过吗?"

唐柊眼神飘忽了一下,结巴道:"当……当然坐过,我是南城本地人,能没坐过吗?"

尹谌站到买票的队伍末尾,漫不经心道:"那我试试有多无聊。"

二十分钟后,龙藏河一艘满载游客的画舫上,贺嘉勋压低声音道:"尹哥,你干吗请这家伙一起坐船啊?"

"我刚打翻了他一杯果汁。"尹谌说。

"啧,那也别让这家伙得逞啊,我寻思他就是故意的,一杯果汁换一张船票,赚翻了好吧。"贺嘉勋越说越觉得自己的推测准确,"刚才唐柊赖在那里不肯走,估计就是等着你叫他一起上船呢。"

画舫缓缓开动,水波在脚下荡漾,尹谌以一句"算了"堵住了贺嘉勋喋喋不休的嘴。

尹谌透过雕花木窗往逐渐远离的码头看,脑海中浮现出刚才排队时的事。在他随口问了一句"你坐不坐"之后,唐柊便收起仅剩的一点儿张牙舞爪,满脸惊诧,眼神中甚至流露出几分受宠若惊的欣喜,只是嘴上却一分也不退让,扬着下巴说:"坐!不坐白不坐!"

船里响起柔和的播音腔女声,果然如唐柊这位本地人所说,广播开始用大喇叭给大家讲述与沿途风光对应的典故。

贺嘉勋已经是第七次坐这船了,闲着无聊四处张望,忽然,他似是发现了什么,用胳膊肘碰了碰尹谌,说:"哎,尹哥,你看唐柊听得多投入。"

刚才他们三个是排在后面上的船,所以剩下的座位不多,唐柊主动坐了最后那排单独的位子,这会儿他正把手臂支在前座的椅背上,双手托腮,脸朝窗外,配合着解说看得目不转睛。

看起来完全不像坐过这船的样子。

广播里讲的无非是一些老百姓们喜闻乐见的才子佳人的故事,浪漫婉约中掺杂着家国仇恨和对现实的无奈,偶尔听两个还好,多了难免枯燥乏味,船行至中段,好几个游客都听睡着了。

"这种故事也就骗骗小朋友。"贺嘉勋感叹完,又瞟了后面的唐柊一眼。

天色将晚,桨声灯影中,河畔的屋檐下亮起盏盏红灯笼,画舫摇摇晃晃游过石拱桥。

尹谌偏头望去时，恰逢船尾驶过桥洞，唐柊的面孔从黑暗中浮现，几束光穿过婆娑树影，落在他身上。

此刻的唐柊全无平日里斤斤计较的市侩模样，唇角微扬，笑容恬淡，斑驳的光点在他眼中连成一片绚烂的星云，似乎只要再多给一点点，就能亮过那随夜色倾泻而下的皎皎月光。

从船上下来，贺嘉勋伸了个大大的懒腰，说："都这么晚了啊……尹哥，我们吃点儿东西再回去吧。"

"我还有事，"尹谌没把接下来的安排告诉他，只说，"你先回去吧。"

贺嘉勋也没多问，交代人生地不熟的尹谌注意看路标，有事电话联系后，就挥挥手走了。

唐柊如果回家的话，刚好和贺嘉勋顺路，可是他却没跟贺嘉勋一起走。

尹谌循着来时的印象，沿着照壁往反方向走，经过大路拐进石板路小巷，走了一段后扭头一看，发现唐柊还跟在他后面。

"看什么看？"唐柊翻了个白眼，"我正好也走这条路。"

其实尹谌本来也没打算说什么，转身继续前行。

这个时间孔庙游客熙攘，拐进这幽深小巷里的人倒不多。

尹谌研究过路线，准备抄近路早些出去，因为他打算去学校周围看看有没有合适的补习班，学习进度但凡落下一截，接下来就会节节倒退，他想趁差距还没有那么大的时候尽快补上。

来南城并非他自愿，可即便环境和心境大变，把眼下能做的事做好仍是他唯一的目标。

前面就是出口，隐隐能看见马路边上的灯光，尹谌本打算加快脚步，却在听到唐柊的说话声后放慢了步伐。

"就是换一面新的镜子，背面的镜托还用原来的……可以修吧？太好了！这是奶奶给我做的，要是镜子没法儿修，那我真不知道该怎么办了。"

唐柊站在一间两米多宽的小铺前，把碎成三片的镜子递给里面的老头儿，紧张兮兮地看着老头儿戴上眼镜仔细打量镜子。

"镜子上这绣工厉害啦。"

没想到老头儿端详了半天就冒出这么一句夸奖,唐柊笑道:"那可不,我奶奶心灵手巧,年轻的时候是我们那儿有名的绣娘。"

老头扶了扶眼镜,问:"这白色的……是什么花呀?"

"刺桂花,就是柊树的花。"唐柊在店铺的台阶前蹲下,指给老头儿看,"就这白色的一小朵,很香的,我们南城也有,运气好的话下个月就开了。"

老头儿道:"我孤陋寡闻了,还真没见过这树。"

唐柊笑得眉眼弯弯,炫耀道:"那您现在见到啦,我奶奶是照着实体画的花样儿,相似度高达99.99%。"

老头儿被唐柊逗笑了,用尺子测量过镜面的大小,便转身回屋拿工具去了。

唐柊舒了口气,颇有一种烦恼得以解决的轻松感。刚才他在门外看到这家传统工艺店有卖布艺镜子,就抱着试一试的心态问了,没想到真的可以修。

唐柊这会儿才有空看店名叫什么,他站起身,往后退了两步,打算看窗口上的牌匾,结果一不留神踩到了一个人的脚。

扭头一看,是尹谌。

"你怎么回来了?"唐柊比他矮大半个头,面对面的时候需要仰视,"脚可是你自己送上门给我踩的,这么宽的路,非要站我后面。"

尹谌转动了一下身体,示意唐柊看这条路到底有多"宽"。

唐柊看到他的后背几乎抵在对面的墙上,这距离,确实是因为刚刚自己只顾倒退所以才踩到人的,他悻悻地挠了一下后脑勺,说道:"不好意思啊。"

尹谌不是来听他道歉的,被踩一脚也并没有生气。他直接越过这个话题,问:"镜子可以修?"

唐柊愣了一下,答道:"啊?可以啊。"

"好。"

尹谌丢下一个字便要走,仿佛他回头只是来确认一下镜子是不是真的可以修好。

可刚抬脚,就被唐柊拦住了去路。

"哎,你等等。"唐柊伸出手臂挡在他身前,"来都来了,看看

039

怎么修的,还有究竟要花多少钱呗。"

尹谌冷着脸,睨了一眼位于左下方的拦路者。

两人极大的身高差令人倍感压力,勉强达到这个年纪平均身高线的唐柊从未觉得自己这么矮小过,他咽了一口唾沫,坚持把话说完:"反正你们都觉得我会贪钱,不如等等看到底要花多少,眼见为实,省得又无缘无故赖我头上。"

尹谌觉得这个"又"还有"无缘无故"显得自己很不讲道理,可想起这家伙强词夺理的劲儿,又实在懒得跟他浪费口舌。

尹谌觉得等一会儿也没什么,便转身在店铺门口找了个不碍事的地方倚着。

孰料修个镜子状况百出。

老板好不容易找到大小差不多的镜面,可碎镜片取不出来,他只好先把裹着镜边的布拆开一部分。历尽艰难,碎镜片总算取出来了,可新镜面又塞不进去了,他只好再拆一段。

既然拆了,就要缝回去,唐柊的奶奶绣工好,镜边缝得密实整齐,老头儿是个业余的,对着之前的针脚都绣得磕磕绊绊,一针紧一针松的,圆镜子都快被他补成多边形了。

唐柊看不下去,捞起袖子说:"还是我来吧。"

老头儿把小板凳让给他,唐柊绕进里屋坐下,捻起绣花针就缝了起来。

老头儿在边上看了一会儿,夸道:"小伙子,你这手艺不一般啊,快赶上专业的了。"

唐柊扬眉道:"我可是我奶奶的得意弟子。"

"现在愿意学这个的年轻人少啦。"老头不禁感叹,"你有没有想过以后干这一行,继承你奶奶的衣钵?"

唐柊摇头道:"我不想,我奶奶也不同意我干这行。"

老头叹气道:"也是,现在就算眼睛绣坏了,又能挣几个钱?大家都得向生活低头啊。"

唐柊抿唇笑笑,说:"不过我奶奶就是靠做绣活儿供我念的书。"

"那你父母呢?"

"我妈走得早,我爸……前两年也去了。"

"可怜的孩子,怪不得这么懂事,我那个孙子要是有你一半懂事,老头子我做梦都能笑醒。我孙子既调皮又自大,谁都管不住,可惜生在我们普通人家,不然……"

"爷爷别这么想,路是自己走出来的,您孙子有您疼爱已经很幸运啦。"

……

尹谌双臂抱胸立于门外,听见远处的钟声整点报时,才惊觉里头的二人已经聊了近半个小时。

他还有事,着急走,便腾出一只手叩了几下木头门框,示意唐柊抓紧时间。唐柊正跟老头儿聊得热火朝天,冷不丁被敲击声吓得一哆嗦,针扎在了指尖上。

听到倒抽气声,尹谌探头往里看,唐柊把左手食指放在嘴里用力吮了两下,抱怨道:"你干吗一惊一乍的?"

尹谌心道不知是谁一惊一乍,刚想问怎么了,老头儿就拿了张创可贴递过来,说:"还不快递给他。"

尹谌反应慢了半拍,还没弄明白怎么回事,唐柊就先跳起来夺过创可贴,说:"给我吧。"

老头儿笑眯眯道:"你们是好朋友吧……"

尹谌一个"不"字刚出口,唐柊便抢话道:"我们是同班同学来着!"

老头儿点头笑了笑,继续修起镜子来。

在唐柊的坚持下,老头儿最后只收了五块钱的手工费。

一张票子换成一把票子,镜子也修好了。唐柊心情很好,在石板路上一蹦一跳的,看见路口有人推着板车卖莲蓬,顺手大方地斥巨资买了三个。

"五块钱三个,我拿一个,作为扎破手的营养费。"唐柊把剩下的九十块钱还有两个莲蓬一起递给尹谌,"说了不会贪你的钱,就一分钱都不会多要。"

尹谌心道,行吧,你高兴就好。

尹谌把钱随手揣进口袋里,拎着两个莲蓬上了公交,他找了个靠窗的位子坐下,跟上来的唐柊紧接着在他身边的空位一屁股坐下。

"别多想啊,"这回唐柊学会抢答了,提前举手声明道,"我回家跟你一条路。"

　　这段路属于老城区的繁华路段，一路上红灯无数，堵车不断，尹谌选这条路是因为公交正好经过学校，却没想到会在路上花费这么长时间。

　　身旁的唐柊倒是悠闲，摇头晃脑地剥莲蓬，剥出莲子就往嘴里扔，苦得捂嘴直抽气，还故意装作没事，于是他剥了一颗试图也苦一下尹谌。

　　"你尝尝，特别甜。"

　　尹谌自是没接，别开头看向窗外。

　　"你这人怎么回事？"唐柊这天已经不知道是第几次抱怨了，"不是说好两清了吗，我都不介意之前那些事了，你干吗还板着张脸？大家既是同学又是邻居，以后抬头不见低头见的……"

　　尹谌这天的耐心份额早已见底，他不想再听人唠叨，偏头正欲说点儿什么，一抬眼，便毫无防备地对上了一面圆圆的镜子。

　　镜面上映着他锐利又冷峻的眉眼。

　　唐柊露出计谋得逞的笑容，举着镜子道："看看你自己，明明长得这么好，非要板着脸装酷……多笑一笑……"

　　后面的话尹谌全都没听清。

　　公交车在站台前停住，刺耳的刹车声被放大数倍，在他脑中盘旋回荡，夹杂着一些从四面八方涌来的声音——

　　"太像了，你和他太像了，眉毛、鼻子、嘴巴，连眼神都一模一样。"

　　"别听你爷爷胡说，他在骗你，他只是想要个优秀的孙子，他只想要一个跟他儿子一样的继承人。"

　　"可能继承尹家，是你在他们眼里唯一的价值。"

　　"你看，他们有了你弟弟，那个生母不明的私生子，就不要你了。"

　　"乖，听妈妈的话，不要变得像他，不能再像他了。"

　　……

　　尹谌双目圆睁，与镜子中的自己对视，背后车窗外闪烁的霓虹灯在嘈杂声中迅速扭曲扩散，化成了一只张着嘴巴会吃人的兽，嬉笑着要将他吞噬，嘶吼着要把他吸进浓稠的夜色中。

　　突如其来的报站声倏然打断了尹谌脑中不断涌现的回忆。

　　尹谌站了起来，行至过道，不顾身后的呼唤，三步并作两步地下了车。

直到夜间的凉风吹在脸上，充盈肺腑，马路上车辆的鸣笛声和行人的欢声笑语重新萦绕耳畔，尹谌才缓慢地呼出一口气，卸下攀附在肩头的无形重量，放松脑中紧绷着的一根弦。

"喂，你没事吧？"

尹谌五感尚未全部回笼，就又被聒噪一天、吵得人耳膜生茧的声音"劈头盖脸"砸了个蒙。

唐桦居然跟着下了车，这会儿正张开手掌在尹谌眼前挥舞，嘴里道："你还好吧，尹谌同学？"

尹谌眨了一下眼睛。

"谢天谢地，你还活着！"唐桦边拍胸口边把镜子掏出来观察，"就是一面普通的镜子啊，你干吗跟见了鬼似的？"

尹谌又深吸了几口气，平复呼吸，觉得舒服些了，才抬头观察了一下路标，穿过站台拐进人行道，往学校的方向大步走去。

唐桦收起镜子，边追边喊："哎，你去哪儿啊？家在这边呢。"

尹谌没回头，只道："学校。"

"你去学校干吗？这个点黑灯瞎火的，学校一个人都没有，说不定还闹鬼哟……"

尹谌没再搭理他。

"哎，你这个人怎么这么固执啊，谁的话都不信。"唐桦追不动了，双手撑膝喘着粗气，"你是想要去年的课本还有笔记，对吗？我这儿有全套！"

回去的路上，在尹谌无声的威压下，唐桦交代了事情的始末。

"就班长嘛，他有一次跑来问我同桌借去年的课本，说是要给新同学用，这都用不着推理，我们班的新同学不就你一个吗？"

尹谌问道："你同桌不愿意借？"

唐桦摆手道："不是，不是，她的课本和笔记是全班公认最整洁的，所以班长才会先问她。可惜她有点儿整理癖，暑假里就把去年用过的书全部打包当废品卖了。"

尹谌沉默片刻，问："所以班长又问你借了？"

"没有啊。"唐桦理所当然道，"我抠门儿的名声在外，班长能

043

不知道跟我借书麻烦吗？"

尹谌心想，你还挺有自知之明。

唐柊笑嘻嘻道："你们对我的误会太深啦，我哪里是那种'不劳而获'的人呢？"说着，他开始掰着手指头计算，"五本书，五本笔记，加上随堂练习，怎么说也勤勤恳恳写了两个学期，二十块一门不过分吧？"

尹谌答："不过分。"

唐柊摸着下巴说："但是，我们也算不打不相识，再加上同学兼邻居一场，我刚才还接受了你的人道主义赔偿，打个折也是情理之中，对吧？"

"人道主义赔偿"指的是船票和那只莲蓬。尹谌勾了下唇角，应道："对。"

唐柊打了个响指，肯定道："就喜欢你这种爽快人！五门打包九十块，你觉得怎么样？"

尹谌轻笑一声，道："挺好。"

"那你等我一下，马上去给你拿。"快到家门口，唐柊脚下生风，溜得飞快，边跑还不忘冲尹谌挥手，像是生怕他反悔似的，"等我一下啊，五分钟……不，三分钟就够了！"

事实上，唐柊两分半钟就出来了。

唐柊的家就在那间成衣铺里面，尹谌看着他捧着一摞书从半开着的铁门里侧身挤出来，边跑边喊"我来了"，跟他下午送餐的姿势有得一拼。

唐柊看着不靠谱，没想到笔记的质量居然还不错。

二人在一盏路灯下验货。尹谌把几本笔记快速翻了一遍，发现不仅字迹工整，态度端正，每一科还用不同颜色的记号笔专门圈出了重点，遇到难点甚至会附上例题，统一摘抄在笔记的最后，并用"此处前往 × 页查看例题"作为醒目标识。

"怎么样，笔记不错吧？"唐柊在这方面还是有点儿信心的，"我敢说，至少我们班里目前找不到比这更好的了。"

尹谌不发话便是认可他的说法，满意之余还有些惊讶，因为就尹谌的经验来看，他以前认识的学生普遍不上进，大都有一种混吃等死心理，认真学习的不是没有，只是少得可怜，不然笔记也不会那么难借。

没想到唐柊竟然是少数阵营中的一员。

唐柊就当被尹谌夸了,他骄傲地清清嗓子道:"不用对我刮目相看、肃然起敬,我既然敢收你钱,拿出来的东西就肯定物有所值。"

他这是催款来了!

尹谌把口袋里还没焐热的九十块钱又掏了出来,一手交钱,一手交货。

唐柊熟练地数了数钱,折了两下塞进口袋里。最后,作为"卖家",他又给了尹谌一些提醒:"毕竟是租借,回头要还的,禁止在上面乱涂乱画……"

这时,尹谌刚好翻到一只出现在英语笔记上的简笔大耳狗。

唐柊忙解释道:"当时那堂课太没劲了,我就随手……"

尹谌又在数学笔记的扉页翻到一只划水的小鸭子。

唐柊又说:"这是有一天上晚自习的时候作业写完了,闲着无聊……"

尹谌再翻开物理笔记,一块标着正负极的磁铁示意图上被画了两个小人儿,一人拽一根绳子,悬于上方的对话气泡写着"皮皮铁,我们走"。

唐柊扶额道:"……好吧,可以做记号,最好用铅笔。"

尹谌合上笔记,说:"放心,我不会乱涂乱画。"

唐柊松了口气,真诚祝愿道:"好人一生平安。"

交易结束,尹谌以为二人会就此分道扬镳,再无瓜葛,不承想唐柊做生意如此周到,以实惠的价格给出了优质的商品还不够,又主动提供了售后服务。

周一的大课间恰逢校长国旗下讲话,整队的时候,唐柊从前排钻到队尾,就为了提醒尹谌把拉链拉上,告诉他敞开衣襟有极大概率会被罚扫操场。

课后,尹谌去小卖部买水,唐柊跟在后面,鬼鬼祟祟地提醒他不要买小卖部的漫画书,说基本上前脚刚买,后脚教导主任就找上门来了,效率再高点儿,不出半小时,家长就被请到教务处了,一逮一个准。

尹谌瞥了他一眼,说:"我不喜欢那些。"

唐柊上下打量他，一副不相信的表情，道："我不会说出去的，之前你小弟也说不喜欢，还不是被班主任发现了好几次他上课看漫画。"

"小弟"指的是贺嘉勋。

尹谌可能形象气质里天生存有一些名为叛逆的东西，维持所谓的大哥形象对他来说也不算坏事，便没再解释。

不知是不是这样的默认给了唐柊错误的信号，之后他越发与尹谌走得近，连续四天约食堂不成，周五的中午，他居然拉了张凳子在尹谌的课桌边坐下了，将饭盒往桌上一拍，道："一起吃饭！"

前座的贺嘉勋踢了一下他的椅子，说："走开，别占道。"

"我今天带了好东西哟。"唐柊不理贺嘉勋，自顾自打开饭盒，向尹谌展示米饭边上嵌着的一颗蛋，"你吃过咸鸭蛋没，流油的那种？"

尹谌没赶他走，他就开始心安理得地在尹谌的桌子上剥蛋壳。

开学第二个星期，带饭到学校来吃的学生逐渐多了起来，教室里的味道很不好闻。

尹谌以要打个电话为由起身走出教室，原本只想出去透透气，结果兜里的手机突然振动——他真的接到一个电话。

号码来自首都，是尹谌以前学校关系尚可的同学。

"你真打算在那边念到毕业吗？"

"嗯。"

"唉，你妈妈是怎么想的，按你的成绩，在咱们这儿完全可以考顶尖学校啊。"

"她有她的顾虑。"

"再怎么顾虑也不能拿你的前程……是不是你爸那边又出什么状况了？"

听到"你爸"两个字，尹谌的太阳穴猛地一跳。

在首都那种地方，即便他什么都不说，即便他自认足够低调，也还是有人会去窥探、打听、猜测他的家庭情况。只要他还在首都一天，流言蜚语就永不会止歇。

这便是他服从母亲的安排，没有反抗的重要原因之一。

尹谌转了个身，手肘向后撑在阳台上，回道："也许吧，他们那边向来不安宁。"

"我听说他们把你那个弟弟，就是那个叫什么谦的，接回家记上族谱了？"

尹谌眉头几不可见地皱了一下，无人看见他变得阴沉的眼神。他以一句"不知道"应付过去后，和电话那头的人又不冷不热地聊了两句，结尾时对方三分客气七分阿谀地约尹谌以后有空回首都一起打球，尹谌直截了当地回绝了。

"不了，技术没有以前好了。"

"瞧你说的什么话……"

"你有这个时间不如去拍那个叫什么谦的马屁。"尹谌冷声道，"我很忙，以后没要紧事别再来烦我。"

挂断电话，尹谌心情依旧憋闷的滋味。他在外面站了一会儿，回到教室时，看见唐柊还在跟他的咸鸭蛋斗争。

围观的贺嘉勋都看不下去了，说道："别折腾了，蛋壳都被你舔干净了，信不信你吃完连苍蝇都不乐意叮。"

唐柊听他这么说，反而很骄傲地回道："这有什么不好？勤俭节约是传统美德。"

尹谌回到座位后一直没吭声，唐柊问他干吗去了，他也不理。相比之下，贺嘉勋就有眼力见儿多了，看出尹谌心情不好，便闭紧嘴巴大气不出，吃完饭去上厕所都蹑手蹑脚地。

等贺嘉勋走出教室，唐柊最后舔了一下蛋壳，凑过去小声问："是不是租了我的笔记，所以没钱吃饭啦？"

尹谌一时没反应过来，愣在那里。

"我看你好几天中午没出去吃饭了，如果真的有困难……"唐柊慢吞吞地掏出一张钞票，眼一闭，心一横，说，"那这些你先拿去用，回头打个欠条分期还我好了。"

晚自习前的休息时间，贺嘉勋从同桌那边得知尹谌夹在书里的那张五十元纸钞的来历，笑得直拍桌道："哈哈哈，他自己穷，就以为别人都跟他一样？"

尹谌嫌他吵，说："别笑了。"

"不行，不行，让我再笑会儿，他可太好玩了。"贺嘉勋捂着肚子笑,"把咸鸭蛋配白米饭当成鲍参翅肚,他中午那献宝的样子,我想想都……哈哈哈。"

一想到唐柊明明很缺钱,还忍痛割爱把钱给他,还尽量挑人少的时候维护他的面子,尹谌稍有不忍,回道:"他也是为了帮我。"

听了这话,贺嘉勋收起笑容,表情变得复杂,问道:"尹哥,你不会……想跟他交朋友吧?"

尹谌没否认。

这在贺嘉勋眼里就是承认的意思了,他面色一凛,转身跨坐在椅子上和尹谌面对面,说道:"尹哥,你听我说,千万不能跟这种人交朋友。"

尹谌拿起一摞书堆在面前,把贺嘉勋隔开。

贺嘉勋把那堆书移走,锲而不舍道:"真不能啊,尹哥,他被嘲笑和孤立都是有原因的。"

尹谌面露不虞,放下手中的笔,问道:"什么原因?"

"之前没告诉你是觉得没必要,谁知道他这么大本事,套近乎套到你跟前来了。"贺嘉勋环视四周,确定没人听到他们的对话后,才道,"就是木冬冬他爸的事情,这个你听街坊邻居说起过吧?"

尹谌摇摇头道:"没有。"

贺嘉勋挠头道:"尹哥,你和你妈妈未免也太深居简出、不问世事了……"

其实不是他没机会了解,而是不想花时间了解。尹谌见他兜了半天圈子都说不到点上,于是把笔塞回笔袋就要出去。

贺嘉勋忙喊住他:"等等,等等,尹哥,你先坐好,我长话短说。"

贺嘉勋以书挡脸,用手掩唇,终于吐露了实情:"大概两年前,他爸住院了,具体什么情况不知道,反正挺严重,当时街坊邻居们还组织去医院看过,原本高大威猛的人,瘦成了皮包骨,鼻子里插满了管子,话都说不出来。他爸都病成那样了,木冬冬却一次都没去看过。"

尹谌眼皮一掀,平淡道:"就这样?"

"不不不,重点是,当时他奶奶是想救他爸的,把家里全部的积蓄都拿出来了,还打算卖了那间铺子,最后是木冬冬不同意,还以死相逼,才让唐奶奶打消了这个念头。"说到这里,贺嘉勋整张脸都皱了起来，"那阵子他们家天天闹，邻居们都被吵得不得安生，唐奶奶还气晕过两次……"

尹谌垂眼看着摊在桌面上的笔记，目光落在右上角用红笔画的留着两撇儿胡子憨笑着的太阳公公上，嘴唇动了动，终究没对此事发表意见。

"后来他爸就死在医院里了。"贺嘉勋继续感叹，"这得多大的仇啊，自己亲爹的死活都不管，他现在整天乐呵呵的，要是我不说，你也看不出木冬冬是个这么冷血的人吧？"

晚上，尹谌回到家，整理书的时候摸到书包侧面口袋鼓鼓的，手伸进去摸了摸，不多时，摸出来一个鸭蛋。

他把鸭蛋托在掌心细看，只见它外表圆润，蛋壳白得发青，在灯光下能明显看见里面空了一块，呈透明浅色，和唐柊中午吃的一样。

唐柊可能是趁他出去接电话时塞的，连贺嘉勋都没留意到。

尹谌不知该如何处理这个蛋，放在桌上它会到处乱滚，放回书包则可能会被挤坏。

这个蛋怎么说也属于食品的一种，思来想去，尹谌打算暂时把它安置在冰箱里。

厨房门狭小，厨房里头留给冰箱的位置也很有限，人站在面前，能打开一条勉强够取放东西的窄缝。

尹谌把鸭蛋放在冰箱门的蛋托上，林玉姝路过看见了，便问这是什么。

尹谌道："咸鸭蛋。"想了想又补充道，"同学送的。"

"看来跟新同学相处得还行，"林玉姝难得露出点儿笑容，"那这地方算是没选错。"

尹谌关上冰箱打算回卧室，他刚从厨房的小门里挤出来，就听林玉姝又道："不过也用不着跟他们走太近，最多待两年就不在这儿了，用不着费心思结交这里的朋友，以后大概率没交集。"

这话让尹谌想起晚自习前贺嘉勋那句"千万不能跟他交朋友"，一种被控制、被束缚的无力感涌上心头，他丢下一句"我自有分寸"，便回到卧室，关上了房门。

周六和周日尹谌都在家学习，住楼下的贺嘉勋约他出去玩，他也没答应。

尹谌有在首都两年的高中基础打底，南城的课程对他来说并不很难，加上有唐柊的笔记辅助，重难点整理得很快，有些之前想不通的地方，再回顾时便觉茅塞顿开，思路都清晰了。

了却一桩大事，周一上学的时候尹谌脚步轻快，课间上操也罕见地没绷着脸，令从前排再度钻到后排的唐柊啧啧称奇："周末碰到什么好事了，说出来大家一起开心开心？"

尹谌没接话。

唐柊追在他屁股后面问："我给你的鸭蛋味道怎么样？"

唐柊又继续说："没剩几个了，我可是从夏天珍藏到现在，吃一个就少一份快乐。"

尹谌说："那我明天带来还你。"

唐柊失望地撇嘴道："啊……你还没吃啊？"

尹谌随口道："没吃过，不知道怎么吃。"

唐柊又来了劲，说："就砸开挖着吃，筷子或者勺子都行，配白米饭、白米粥都合适，整个剥开捣碎了拌在饭里也……"

"唐木冬——"未说完的话消失在老孙的呵斥中，"出列！"

唐柊翻了个"我要完"的白眼，转过去一脸无辜道："老师，您叫我？"

老孙挥舞着小红旗，指着他骂道："爱说话是吧？上早操都停不下来是吧？新同学都不放过是吧？待会儿化学课我让你讲个够！"

为人师表，说到做到，上午第四节化学课，老孙把所有的答题机会全都留给了唐柊。

临下课，被折磨得只剩半口气的唐柊又被老孙喊了起来，问他："已知三班有 57 名同学，如果分成四组，请问每组几名同学？"

唐柊有气无力地答道："报告老师，这是数学题。"

老孙眯着眼睛和蔼道："数理化一家亲。"

唐柊没办法，蔫巴巴地回答："每组 14 名同学。"

"已知 14 乘以 4 等于 56，那么还有一名同学……"

唐柊知道老孙这是又动了安排他独坐的心思，急道："就是我们班海拔最高的尹谌同学！"

被点到名的尹谌抬了一下眼皮,一副没睡醒的样子。

"人家叫尹谌,"老孙十分嫌弃,"查字典都不会吗?就知道省事读半边。"

唐柊就等他这句,理直气壮道:"您读我名字不也读半边吗?可太省事了。"

老孙语塞,全班哄堂大笑。

座位没换成,因为新同学尹谌不乐意动,用轻飘飘的一句"坐在这里习惯了"拒绝了班主任老孙的一片苦心。

午休时间,尹谌不想待在教室里,而楼下有学生占了空地在打羽毛球,操场上更热闹,所以他只好往楼上走,准备去天台吹吹风。

他爬到上面才发现上不去,通往天台的铁门被一把厚重的链条锁捆得严严实实,摸一下一手灰,显然许久没被打开过了。

"你也想上去啊?"

一道清亮的声音自楼梯拐角处传来,尹谌探过身去,发现唐柊抱着他的饭盒蹲在角落里,鼓着腮帮子冲他笑:"好巧啊,尹谌同学。"

宁静的午后彻底被打破,尹谌一边闭目养神,一边在心里强迫自己接受现实。

二人并排坐在通往天台的最后一级台阶上。基本上是唐柊单方面倾诉,尹谌偶尔应两声。

"你今天中午又没吃饭?是不是昨天晚上没睡好?"唐柊猜测道,"还是我们这儿的饭菜不合你的胃口?"

一猜一个准,这种明摆的事,尹谌撒不了谎,便闷闷地"嗯"了一声。

自打来了南城,尹谌就没睡过一夜完整的觉。老房子总散发着一股奇怪的霉味,开窗通风好几天也没什么用,每次醒来睁眼看见凹凸不平的天花板,总有一种不知身处何地的惊惶。

饮食方面就更不用提了,尝过那碗味道难以形容的粉丝之后,尹谌就对午饭失去了兴趣,宁愿在教室里多睡一会儿,也不想出去将就着填饱肚子。

在又困又饿的情况下,尹谌的身体会自动进入低能耗模式,他感觉这几天大脑的反应都变迟钝了。

"那你喜欢吃什么呀？"唐柊追问，"面条？包子？大饼卷葱？我小时候听说你们首都人拿糖葫芦当饭吃，是不是真的？"

尹谌眼睛睁开一条缝，瞥了他一眼，敷衍地"嗯"了一声。

唐柊信以为真道："那也太幸福了吧！等我以后有钱了，一定要去首都玩他个三天三夜。"

这话怎么听也不像是从身处现代文明社会的学生口中说出来的，天真过头难免引人发笑，想起上个星期因为五十块钱引发的嘲讽，尹谌不经意地问："你不会上网搜资料吗？"

"啊？"

"傻瓜才把糖葫芦当饭吃。"说完，尹谌歪着脑袋抵墙，闭上眼睛继续休息。

或许是因为太疲倦，又或许是因为这里只有他们两个人，唐柊觉得他这句话听起来比以往更友善。

晚上唐柊要去批发市场结账，顺便把之前没卖完的文具退掉。

苏文韬本来要跟他一起去，奈何家里管得严，怕他遇到危险，不允许他晚自习后在校外逗留，唐柊虽然表示理解，但还是忍不住吐槽："我看那些女孩子也没你这么娇气。"

苏文韬回道："是是是，现在的男孩子都像你这样，手能提，肩能扛，一个更比十个强。"

唐柊心脏猛地一跳，轻咳一声掩饰道："啧，男孩子就该有男孩子的样子，这种脏活儿累活儿我们男孩子不干，还有谁干？"

晚自习一结束，唐柊就背着硕大的尼龙袋出发了。

他在校门口的分岔路上碰到了几个推着自行车的同学，他们除了像平时一样冷眼旁观、窃窃私语外，还有好事者出声逗他："晚上不要到处乱跑，小心坏人。"

灰头土脸的唐柊没理他们，加快步子超了过去。

到了地方，批发店的老板娘正坐在椅子上涂指甲，抬头看到他的脸上有一些染料画的印迹，于是抽了好几张面巾纸甩给他。

唐柊接过纸在脸上擦了两下，没心没肺地笑道："用纸巾擦不掉，我回去用水洗洗就好了。"

初秋凉风拂面，头顶月朗星稀，回去的路上，唐柊走着走着，忽然叹了口气。

唐柊比谁都清楚一点儿风言风语能传播、发酵成什么样子，对他来说，不表达恶意就是莫大的善意，所以他格外珍惜好朋友苏文韬，还有始终保持中立的班长戚乐和同桌，还有新同学尹谌。

想到这个人，唐柊的心情又好了一些。至少尹谌什么都不知道，对他没有先入为主的印象，没有莫名其妙的敌意，虽然看着冷冰冰的，但从不无视他，并且愿意听他说话。

这就很好了……这就足够好了。

许久没有交到新朋友的唐柊脚步轻盈，把令人不快的事当作垃圾打包丢出脑海，想到回去又可以听广播，心情更舒畅了，琢磨着晚上好好听一下。

这么胡思乱想着，平日里很强的警惕心不由得放松下来。拐进小巷，捕捉到尾随身后的脚步声时，唐柊脊背一凉，什么也没想，条件反射地撒腿就跑。

幸而这处离家不到两百米，唐柊冲进自家铺子里，"哐"的一声关上铁门并反锁，随后趴在门板上凝神细听，确认没有人跟上来，才慢慢松了口气，抬手一摸，额头已经覆上了一层冷汗。

"怎么了，匆匆忙忙的？"披着外套的唐奶奶从里屋出来，"出什么事了？"

唐柊平复了一下呼吸，转身道："没事……不是让您把门锁上，早点儿休息，不用等我吗，怎么还没睡啊？"

"都习惯了，晚点儿睡不碍事。"唐奶奶拿起放在缝纫机旁的老花镜戴上，仔细看唐柊，问道，"是不是又碰到那些人啦？"

唐柊说："没有啊。"

唐奶奶上前两步，用枯瘦的手摸了摸唐柊的脸，像在确认什么，嘴里呢喃道："没有就好，没有就好……以后晚自习下课还是要小心，最好找个顺路的同学一起回来。"

唐柊走到桌边，拿起暖壶倒了杯水，喝了一口，烫得直伸舌头，拒绝道："不了，不了，有人在身边会影响我思考人生哲学。"

安静没持续多久，唐奶奶问："乖孙，是不是没人愿意跟你一起回家啊？"

愣了片刻，唐柊笑道："怎么可能，我从小到大多招人喜欢您还能不知道？只是大家骑车的骑车，坐车的坐车，苏文韫他们又不跟我同路，我总不能为了上下学有伴儿，就让他搬到我们家隔壁吧？"

奶奶也微微笑了一下，脸上的皱纹堆叠出道道沟壑，接着叹道："文韫确实是个好孩子。"

唐柊立刻吃醋道："您可不准偏心啊，我才是您亲孙子，他再好能好过我？"

唐柊撒着娇把奶奶送回房间，扶着她躺下，道了"晚安"后，走到房门口，摸到开关，刚要把灯关上，耳边忽然传来奶奶梦呓般的声音："好孩子……是奶奶对不住你。"

唐柊指尖狠狠一颤，顶灯应声而灭。

唐柊听着自己暂且称得上平稳的呼吸，在黑暗中露出一个与他精心修饰的脸色截然相反的苍白笑容。

也许是太久没有好好睡一觉的缘故，这天夜里，尹谌做了个荒诞的梦。

梦里的他身处一座空旷的大房子里，视线沿着地板的花纹缓慢上移，看见厅堂正中央摆着一架黑色的三角钢琴。

他走上前，抬手按下一个白键，音符响起的刹那，如同开启了某个开关，四周的门依次打开，暴雨倾盆声、狂风呼啸声，还有轰隆的雷声，顷刻间灌入耳道，霸道地占据尹谌的全部感官。

几个人影从门外走来。首先走来的是许久未曾谋面的尹正则，尹谌唤了他一声"爷爷"，等裹在风雨中的他走到跟前，尹谌仰起脖子，发现自己还是个只及他腰高的小孩儿。

尹正则弯腰摸了摸他的头，笑容和煦道："小谌将来是要做大事的，多学点儿东西不是坏事，来，再弹一首给爷爷听听。"

接着进来的是一个西装革履的男人，细看面容，与尹谌在镜子中看到的自己有几分相似。

男人的神情倨傲，好似没将任何人任何事放在眼里。他居高临下地看着尹谌，说："作为尹家的继承人，做得好是理所应当，做得不好就要接受惩罚。"

母亲林玉姝是在一道闪电划破天空之后出现的，她的高跟鞋敲击地面的声音仿佛砸在心口，伴随着行李箱滚轮摩擦地面的刺耳声音，林玉姝走到尹谌身前。

此刻的尹谌还是孩童模样,林玉姝半蹲下来,一只手搭着他的肩,目光热切地与他对视:"跟妈妈走吧,你也不想尹家继承人成为你在他们眼中唯一的价值,对吗?"

尹谌听见自己问:"什么是继承人?"

林玉姝笑了,柔美中带着些许凄凉,她指向钢琴的另一侧。尹谌转头看去,就见一个身穿背带裤、抱着玩偶熊的男孩儿站在那里。

男孩儿比他还矮上一些,头发稀黄,肩膀瘦弱,眼睛却很亮,贪婪地看着他身上干净的新衣,还有他身边擦得发亮的钢琴,然后嘴巴一咧,笑着叫他"哥哥"。

"这就是尹家继承人。"林玉姝的声音没有一丝温度,"他会抢走属于你的一切,还会剥夺你存在的意义。"

话音落下,汹涌的海水冲破窗户,随着玻璃的破碎声从四面八方涌来,尹谌瞬间被淹没,窒息的痛苦和没顶的黑暗让他的灵魂与躯壳逐渐剥离。

最后一刻,他听见来自遥远的地方的声音。

"虚假的亲情……是世界上最恶心的东西。"

醒来后,尹谌头痛欲裂,到卫生间用凉水冲头,又吃了几颗药才缓过来。

南城的秋天比首都暖和许多,以往这个时间,首都那边站在室外已经能呵出白气了,南城这边天气依旧晴好。

清晨,校门口,值日生戚乐捧着小本本专心记录。

墙根前站了一排还穿着夏季校服的女生,教导主任双手叉腰,批评她们为了穿裙子不怕冻出关节炎。

教导主任话音刚落,女孩子们一阵骚动,叽叽喳喳地传递着消息——

"他来了,他来了。"

戚乐循着她们的视线望过去,只见进校门的人群中有个鹤立鸡群的存在,肩宽腿长,单肩挎包,同样的宽松校服硬生生被他穿出了行走如风的模特气质。

戚乐推了推眼镜,热情唤道:"尹同学,早!"

尹谌点了一下头当作打招呼,在万花丛中目不斜视地走进校门。

下午体育课上,尹谌被老师点名加入队伍和四班打篮球,在一众女同学的注目下,他以一句"不会打"把宝贵的位置让给了贺嘉勋,自己双手插兜去场边坐着。

没多久,唐柊拎着两瓶水晃荡过来,问他:"干吗不打啊?"

"不会。"尹谌依旧是那套说辞。

唐柊仰天翻白眼,他这个体形,说不会打球,简直是扯淡。

唐柊想了想,觉得他可能是怕打得不好丢人,劝道:"我之前夸你的那些话都是真心的,哪怕你抱个篮球往那儿一站,什么都不干,场边的女孩儿们还是都盯着你看。"

尹谌想起自己无端受了几次夸奖还没表示过,既然说到了,就顺便说了句"谢谢"。

唐柊越发觉得尹谌这个人有意思,这么不喜欢在异性面前表现的男生他还是头一回见。

说不定这就是尹谌招人喜欢的原因,什么都不在乎的酷劲儿,还有哪怕不在乎仍给予足够尊重的善良——唐柊默默把这些在心里记下。

不过他还是敏锐地发现尹谌这天心情不太好,平时从他的座位上扭头看,能看到尹谌十次有七次在睡觉,还有三次在转笔。这天晚自习他扭头看,发现尹谌既没睡觉也没转笔,而是单手撑腮,右手握着笔不知道在画什么。显然不是在写字,画画和写字在动作上的细微分别,没有人比唐柊这个专业人士更清楚。

第一节晚自习下课后,尹谌接到一个电话。

来电显示是一串陌生数字,接起来才知道是谁,他抿着唇刚要挂,那头颇具威严的一声"尹谌"叫停了他按挂断的手。

尹谌沉住气,把手机重新放回耳边,不耐烦道:"有话快说。"

那头的男人也不废话,开门见山地问:"和你妈妈在那边过得怎么样?"

尹谌言简意赅道:"很好。"

男人笑了,说:"为了把你跟尹家彻底分开,她可是什么都没要,这句'很好'叫我怎么相信?"

"我没必要骗你。"尹谌冷静道,"你自以为宝贵的东西,在别人眼里可能一文不值。"

"行,"面对儿子的挑衅,男人似乎完全不生气,"那你是打定主意不回来了?"

听着男人这如同随口确认一件不需要的东西是否真的要丢的口吻,尹谌暗自咬紧牙关。

这个男人的言行不断地验证母亲的话。尹谌明明该为这么早认清他而庆幸,却总是存着点儿不知名的希冀,然后眼睁睁地看着它一次又一次落空,就像最后一捧水从指缝间一点一滴流走,不甘心,却又无能为力。

"不回来也好,"见他不答,那头的男人当他默认,交代道,"不过你还挂着尹家的姓,走出去多少代表尹家的脸面,人前收着点儿,你妈妈那套歪理别学,省得让别人看笑话。"

这话像一根长而细的针,戳中了尹谌的软肋,他深吸一口气,松开牙关,一字一顿道:"一个背叛婚姻、背叛家庭的男人,没资格说这些。"

"没什么大的本事,倒是攒了一身臭脾气。"男人又笑了,"你还小,以后就会明白爸爸的难处了,尹家需要一个优秀的继承人,你还想要我再等多久?"

唐柊开始怀疑尹谌的手机里住着个恶魔了,不然为什么他每次打完电话回来都臭着张脸?

唐柊想逗尹谌开心,尝试引他说话未果,便拿起他桌上的笔,问道:"哎,你教我转笔好不好?我看你转得可厉害了。"

尹谌还是不说话。

"那你教教我怎么长高呗?"唐柊又找话题。

"这个可以有。"贺嘉勋转过头来,"对了,尹哥,上回我在楼梯间碰到你妈妈,看着也不是很高啊……难道是你爸爸长得高?"

尹谌面上不动声色,嘴上也不应答。

课间教室里嘈杂,无人听见这边的动静。唐柊没等到回答,脸朝下,往尹谌桌上一趴,哀叹道:"好无聊啊……"

057

贺嘉勋说："无聊就回自己座位睡觉去。"

唐柊偏不，不仅不走，想到尹谌在刚才的自习课上似乎画了些什么，兴致又起，还要翻他的本子看。

"之前还嫌我在本子上乱画，你自己不也画吗？我倒要看看你画了些什么……是这本黑皮封面的对吧？"

"别动。"唐柊刚翻出来，一只骨节分明的手突然拍在了本子上。

唐柊吓了一跳，见是尹谌的手，又松了口气，说："就看一眼，我的都大方给你看了，你也别小气嘛。"

尹谌还是抓着本子不放，由于手指过于用力，纸页都被捏卷边了。

唐柊再看不出情况不对劲就是真傻了。他抬头看见尹谌脸色阴沉，不由得打了个寒噤，一面有些害怕，一面又担心他，迟疑道："你……你怎么了？"

刚才那个电话带来的不良情绪还未消散，尹谌思绪混乱，"继承人""优秀""天理伦常""价值"……这些词在他头脑里翻搅，让他不得安宁，前一晚做的梦又卷土重来，瞬间占领他的神志。

"如果不想'尹家继承人'成为你唯一的价值，就跟妈妈走。"

"你也不想变成一个被家族支配的奴隶，对吗？"

"他会抢走属于你的一切，还会剥夺你存在的意义。"

"虚假的亲情……是世界上最恶心的东西。"

……

唐柊被尹谌越发可怕的样子吓到了，空气中仿佛有一双无形的手压制着他，令他身体沉重，动弹不得。

一旁的贺嘉勋道："尹哥让你别动他东西，还不赶紧走开？"

唐柊这才发现自己拽着本子的手还没松开。他心跳得很快，干咽一口唾沫，还是不放心尹谌，又问了一遍："你怎么了，是不是哪里不舒服？"

班上已经有同学注意到这边了，探究的视线从教室的各个角落聚集过来。

此时的尹谌五感格外敏锐，被众人注视更是让他无所适从。这种源于怕被人发现的惊惶转化为竖起的刺，暴涨的怒火在胸腔里横冲直撞。

他像一只被激发出本能反应的兽，由于太年轻，尚未学会自如控制,只能用攻击代替防御,保护自己。

他竭力压抑情绪,牙关被咬得僵冷麻木,手指关节绷到临界点,痛到快失去知觉。

百般克制下,尹谌一把夺过被唐柊攥住一角的黑色本子,从喉咙深处溢出一个分量十足的字眼:"滚。"

所有人都在看这边,教室里很静,全班都听见了他说的话。

手上的东西被抽走,猝不及防之下,唐柊的身体往前倾了一下,然后又往后退了一步才站稳。

唐柊睁大眼睛,不敢相信刚才听到的话。

他本可以自欺欺人,假装没听见,偏偏有人不让他如愿——

贺嘉勋嗤笑道:"听到没?我们尹哥叫你滚。"

唐柊站着没动,他觉得这个情节缺了个什么环节,即使没人帮他,他也必须弄清楚前因后果。

"你是不是……也听说那些流言了?"唐柊试探着问道。

面对尹谌这样的反应,他只能想到这一个可能。

反正也不是第一次了,唐柊想,如果是的话,也没什么大不了。

时间一分一秒地过去,尹谌微微低着头,视线朝下,垂落的额发挡住了眼睛。

他始终没给唐柊任何回应。

上课铃打响,唐柊不知道自己是怎么回到座位上的。

没来由的古怪压迫感渐渐退去,他深吸几口气,脊背还僵直着。坐了不到两分钟,他忽然站起来,大步走到第四组最后一桌,从口袋里掏出叠得整整齐齐的一摞零钞,数出四张拍在尹谌桌上,然后弯腰开始翻他面前堆着的书。

一本,两本,三本……唐柊习惯在书和笔记的书脊处画一道标记,所以找起来很容易,不一会儿就找齐了。

他抱着书转身,站在教室最偏僻的角落,看见几乎所有同学都在看他,眼神或嘲讽或怜悯,仿佛在说"快来看看这个毫无自知之明的人"。

唐柊的身体微微发抖,积攒许久的委屈如雨后池塘里积不住的水,四溢而出,他眼眶发酸,咬了一下嘴唇,转过去面向仍一言不发的尹谌,道:"你这种人……"

唐柊说了个开头便收声。

他哪种人?他只不过跟普罗大众一样,听信那些"亲眼所见"的谣言,要和自己划清界限,不想和自己做朋友,这不是人之常情吗?

按唐柊的习惯,接下来他应该破罐子破摔,放句无论轻重的狠话转身就走。可不知为什么,他终究没有把那句话说下去。

兴许是太累了。

回到座位,唐柊脱力般地放下书,手臂借着桌面的支撑,抬手轻轻盖住眼睛。

我这种人……才不配有朋友。

好像过去了很久,又好像只有短短一瞬,尹谌睁开迷离的双眸,仿佛刚从异世界苏醒了过来。

经历过一场情绪和理智的对抗,身体里的一切都在恢复正常,唯有眼前的景象胡乱跳跃,挥之不去。不知是视网膜自动捕捉,还是他潜意识里忘不了。

画面定格在唐柊站在他桌前,即将转身的那一刻,他清晰地看到对方泛红的眼角,还有一闪而过的泪光。

这天晚上回到家,尹谌吞了几颗医生开的药。

林玉姝原本已经睡下了,听见动静出来看,被尹谌拿药当饭吃的架势吓了一跳,问:"是不是这个药不起效果?"

尹谌用手背揩了一下嘴角的水渍,说:"不是,今天情绪有些激动,吃药压一压。"

林玉姝想不明白,问道:"你们学校有什么事情吗?"

面对母亲的疑问,尹谌无从作答。他也不知道这种反应算不算严重,他只知道如果把身体上感受到的难受和疼痛告诉她,问题不仅得不到解决,还会多一个人担心。

所以他决定什么都不说。

"没事,可能是换了个环境,不适应,"尹谌道,"吃点儿药就好了。"

林玉姝放心了,交代几句让他在学校务必低调,不要引人注目的话,便回屋继续睡了。

打开冰箱的时候,尹谌瞥见了放在角落里的那颗咸鸭蛋。

南城初秋的夜晚只有起风的时候有一些凉,从冰箱里拿出来的咸鸭蛋有些冰手。

尹谌拿着它回到房间,破旧窗帘上的洞还没补,他把用来遮挡的书挪开,就能透过窗户看到楼下。斜角处的成衣店亮着昏黄的灯,里面的人不知睡了没有。

尹谌在窗台边把鸭蛋敲开,剥掉壳,送到嘴边,咬了一口蛋白。

咸咸的,像眼泪的味道。

十月有校秋季运动会,周五报名截止。眼看第二天就是截止日期,三班班长戚乐对着空了一大半的报名表犯愁。

不上操的大课间,戚乐在讲台上振臂高呼后,捧着报名表挨桌劝,到唐柊这桌时已经口干舌燥,他劝道:"唐同学,我看你身体健康且充满正义感,我们班的……喀喀喀。"他刚起了个头就咳嗽起来,一副为班级操劳过度的憔悴模样。

唐柊给他递水,说:"我还以为你下一句是要收我为徒,教我绝世武功了呢。"

戚乐喝了口水,平复呼吸,摆手道:"绝世武功没有,为班级争光的机会还是有很多的,你哪怕随便扔个标枪或掷个铁饼,也是对咱们班集体荣誉的一份支持。"

唐柊其实不太想参加。一来他从小泡在药罐子里长大,身体素质不怎么好;二来拼死拼活挥洒汗水,除了得到一瓶水和一句"辛苦了",也没什么报酬可拿。

他有这力气干点儿什么不好?龙藏河边上端盘子还十块钱一个钟头呢。想起那天脑袋一热还回去的四十块钱,还有之前怕那谁没钱吃饭塞的五十元大钞,唐柊悔得肠子都青了,暗下决心,这种亏本买卖谁再做谁是笨蛋。

不过面对班长恳求的眼神,唐柊又实在说不出拒绝的话,勉为其难地拿过报名表扫了一眼,随即惊道:"我们班35个男生,就这几个报名?"

戚乐苦着脸说:"是啊,大家一心想着学习,都不想参加……接力赛要是能一个人上，我倒愿意分饰四角。"

场面太过凄凉，唐柊动了恻隐之心，不仅报了接力跑，还咬牙报了个三千米，又拉好友苏文韫也报了两个项目。

"反正跑不动了随时能停下来休息，对吧？"向戚乐确认过后，唐柊轻松道，"那我就当锻炼身体了。"

戚乐感动得涕泗横流，握着唐柊的手说等运动会结束了，他一定申请班费给运动员们颁发锦旗。

唐柊打着给大家谋福利的名义道："锦旗就免了，聚餐倒是可以来一个，好久没开荤了。"

戚乐连连答应："好好好，我马上去跟孙老师打申请！"

唐柊的同桌蔡晓晴也报了两个项目，用手捻起报名表瞅了瞅，惊讶道："尹大帅哥居然没报名？"

戚乐想了一下才弄明白"尹大帅哥"指的是谁，回道："我问过了，他说不报。"

"为什么呀？"

戚乐面露难色道："尹谌说他不会跑步也不会跳远，连接力棒长什么样都不知道。"

蔡晓晴一时不知道该说什么。

一听到尹谌的名字，唐柊脸上的笑容登时去得一干二净。

前座的苏文韫也觉得离谱，转过身用笔敲了敲唐柊的文具盒，问："这话说出去谁信？班长，你信吗？"

戚乐推了推眼镜，尴尬地笑笑。

"可惜了，"蔡晓晴叹息道，"还以为能看到帅哥挥洒汗水释放荷尔蒙呢，唉！"

苏文韫改敲蔡晓晴的笔袋，疑惑道："就他这种人，也值得你们女生嗷嗷叫？"

蔡晓晴单手撑下巴，说："毕竟我们学校很久没有出过这样的极品帅哥了。"

苏文韫学着唐柊翻白眼，接话道："他确实极品，极端差劲的人品。"

这个情况让想做和事佬的戚乐有些无从下手。等到苏文韫转过身去了，他才凑近唐柊，压低声音道："那天的事……我想尹同学也不是故意的,他应该是碰到什么不开心的事了。"

唐柊问:"他让你来说的?"

戚乐否认道:"不是,我觉得吧,咱们同学一场……"

唐柊没让他把话说完,直接道:"那就行了,尹谌不需要班长你帮这个忙,我也不需要。"

不知是不是凑巧,戚乐抬头往第四组最后一排张望的时候,尹谌也正好抬眼往这边看,戚乐连忙向他挥手,叫他过来一起玩,尹谌却淡漠地移开视线看向窗外。

戚乐觉得自己在对付两个身处叛逆期、谁都不肯先低头的少年,老气横秋地叹了口气,心想这件事只能他们自己解决,于是拿起报名表接着劝说其他同学去了。

学校近来风平浪静,唯一能与运动会比一下热闹的活动大概是新学期的第一次月考。

为了迎接这次重要的阶段性检测,五门主课的老师纷纷开始"战斗模式"。

许多同学还没从暑假的余韵里走出来,就被迫开启了疯狂刷题模式,平均一天五张卷子,做完就批改,改完就讲解,适应能力稍微差一点儿的同学这会儿就开始跟不上了。

早在两年前,普通学校的教材就与重点学校的同步了,是以现在普通学校的老师们考前最常用的激励语就是"证明我们不比那些好学校的学生差的机会来了"。

老孙这个时候自然也不能免俗,每天晨读后的班会都要来班上带着大家念口号,一句比一句震撼人心,一声比一声荡气回肠。

这天,老孙特地弄来两幅身体构造图,一张所谓学霸的,一张所谓"学渣"的,用教鞭指给大家看,证明两者的脑部构造是完全一样的。

"同学们,看到了吗,上天是公平的。"老孙慷慨激昂地说道,"所以我们不该怨天尤人,不该自暴自弃,只有取得成果,才能不负现在付出的努力!"

全班都在认真听,除了尹谌和唐柊。

尹谌是压根儿没听,事不关己地靠在座椅上转笔玩。

唐柊则是心里有事,顾不上听,最近课程安排紧张,作业也多,严重挤压了他赚钱的时间。他在纠结如何在有限时间下利益的最大化，他有两手打算，一是下晚自习后去美食街的烧烤摊端盘子；二是晚自习前的一段时间去实验小学门口摆摊儿。

前者无风险，收益低；后者风险大，收益高，唐柊纠结了半天，实在难以抉择。

最后还是唐柊的同桌蔡晓晴抽签决定的。苏文韬夸她新涂的大红指甲好看，说这个颜色大吉大利，请她务必用左手的中指抽。

蔡晓晴上手就抽了个 Plan B（第二行动方案），唐柊和苏文韬对视一眼，心照不宣地有了安排。

中午下课后，他们兵分两路，苏文韬去进货，唐柊负责踩点。

实验小学门口统共那么大点儿地方，其实没什么好踩的，唐柊主要是为了观察形势，看看上次那几个大块头这天在不在。

他把校服的衣领拉到最上面，挡住半张脸，鬼鬼祟祟地把几家门面店挨个儿转了一圈，然后找了个僻静地，兴奋地给苏文韬发短信道："他们不在，多进点儿！"

他们打算卖最近在小学生当中很火的玩具——悠悠球。一个悠悠球成本在几块到十几块不等，零售价至少翻一番，一天下来，运气好的话，怎么也能赚个五六百。

苏文韬心思活络，还顺带进了点儿游戏卡什么的，他们的目标顾客很明确——零花钱没处花的小学生。

下午最后一节体育课，二人直接从学校后门溜了出去，到地方时，实验小学的高年级学生正好放学，校服一脱，摊子一摆，二人一个吆喝一个数钱，配合得天衣无缝。

这个季节天黑得早，卖了半个多小时，天就黑了。

眼看放学高峰期过去，还剩最后一点儿货，苏文韬说想上厕所，叫唐柊收摊一起去。

唐柊不肯，说："你先去吧，我再等一会儿，这个时间出来的小学生都是留堂挨骂的，十个有九个会买。"

苏文韬听完唐柊的话，认为很有道理，叮嘱他小心行事后，自己去找洗手间了。

起初唐柊还觉得苏文韬胆子太小，摆个摊有什么好小心的。事实证明他是对的，钱赚够了就该当机立断走人，越贪越容易出事。

唐柊觉得自己就像电影里偶然进到金库里的小偷，手舞足蹈地一袋一袋往外搬钱，狂响的警铃提醒着他时间不多了，他却还在顶风作案试图多拿点儿，哪怕够多吃一顿饭的钱也好。

不知足的下场就是被抓个正着。

面对眼前两个留着络腮胡子的魁梧大汉，唐柊强挤出笑容，喊道："两位大哥，这么巧啊。"

"不巧，"其中个头儿高一点儿的那位说，"我们等你很久了。"

唐柊头皮发麻，他知道自己在人家眼皮子底下抢生意不是一次两次了，总不可能次次都好运，能跑掉。

可这情况对他太不利了——人烟稀少的学校门口，乌漆墨黑的巷道，别说一对二，就算苏文韫来了，二对二，他们也斗不过这两位人高马大的大哥。

唐柊瞧见苏文韫远远走来，一声口哨，直接让他跑了。

高个子立刻去追，矮点儿的那个一把掐住唐柊的领子就往墙上按，厉声道："在我们眼皮子底下还敢耍花样？通风报信是吧？我倒要看看你的小伙伴有没有本事搬救兵过来！"

唐柊眼泪汪汪，装无辜道："我没有……喀……真的，就随便吹一声……喀……大哥，您先松个手。"

他知道这次八成是躲不过了，也做好了心理准备，横竖就挨两拳头，到时候一拳头下来，他就躺到地上装死，这帮人下手肯定不敢太重。

在这危急的情况下，唐柊也没想到自己会如此淡定。他把自己安排好了，又为逃跑的苏文韫祈了个福，抬眼往掐着他的人身后一看，在巷口发现了个熟人。

那人比走掉的那个高个子还要高上一截，影子在路灯下被拉得老长，双手插兜，姿势很酷，视线和唐柊对上的时候，他脸上一丝惊讶都没有，仿佛看不到弱小的同班同学即将挨揍。

矮个子大哥也转过头去看，见尹谌一身校服，问唐柊："这小子是你同学？"

唐柊见尹谌这样，认定他不会插手，也不想把他卷进来，否认道："不是，不认识。"他收回视线，还抽空琢磨了一下尹谌怎么跑到这儿来了,是来吃晚饭吗?想着想着,他不禁自嘲,觉得自己真是闲得慌,都自身难保了还管别人吃没吃饭。

矮个儿大哥下手没个轻重,唐柊被捏得生疼,感觉下一秒可能就要晕了。

他难受地扭动了几下,矮个儿大哥以为他要跑,另一只手立马握拳扬起来,威胁道:"小样儿,你给我老实点儿。"

唐柊心想,来吧,快点儿揍我一拳!他连待会儿倒下一定要先捂住口袋这种细节都想好了。

他闭着眼睛等了一会儿,可预想中的疼痛迟迟没有降临,倒是等来了一道低沉的声音:"松手。"

尹谌居然没走!

他不仅来了,还仗着身高优势,一只手擒住矮个儿大哥高举的胳膊,目光冷冽地看着对方。

矮个儿大哥抓着唐柊的手放开了些,唐柊咳嗽两声道:"你快走。"

矮个儿大哥被逗笑了,道:"哟,还有同伙。"

"松手!"尹谌仿佛只会说这一句话。

那人自然没把一个学生放在眼里,回道:"你让我松我就松,那我岂不是……"他剩下的话消失在一个突如其来的拳头里。

矮个儿大哥摔趴在地上,大声道:"你居然敢打我!"

趁矮个儿大哥还没站起来,唐柊拉着尹谌要跑,急道:"走,我们快走。"

尹谌抬高下巴,朝巷子那头示意了一下,问:"还走得了吗?"

那边高个儿大哥带着两个小弟气势汹汹地回来了,看样子是没抓到苏文韫。

唐柊心道要完,立刻做了最坏的打算,连忙道:"待会儿他们要是问起来,你就说你只是路过,一切跟你无关,他们不会对你……"

尹谌没理他,先矮个儿大哥一步抢起墙角的条凳,抬起胳膊二话不说将条凳砸向巷口,气势惊人。

唐柊吓到失语,心道现在跪下说"一切跟我无关"还来得及吗?

后来唐柊才知道,尹谌不跑的理由跟他不一样,他是跑不掉,只能坐等挨打,人家是不怕打,来几个放倒几个。

066

不知道是不是练过，尹谌的身手好得惊人，赤手空拳以一敌四还能不落下风。

中途唐柊怕他势单力薄，几次尝试上场打辅助，都被尹谌很有技巧地一把推开，还叫他别添乱。

不添乱，帮忙总行吧？唐柊跑进巷子深处找来一根木棍给尹谌防身，没承想被爬起来的矮个儿大哥半路夺了去。

唐柊刚要提醒尹谌小心，只见他一个劈手便把那棍子挥在地上，矮个儿大哥手上一空，还没回过神来，鼻子就又挨了一拳。

看着刚才还耀武扬威的大汉被打得双眼泛白，唐柊突然想到那个被尹谌的脚轻轻碰一下就碎了的镜子，心里暗想：果然不是我的镜子脆，是他力气太大了。

现场情况看着混乱，但到底是速战速决了。

唐柊怕被找麻烦，见那四个人萌生退意，拉着尹谌就跑，边跑边说："快上课了，我们走吧！"

这回尹谌听了他的话，跟他一路狂奔，拐到另一条巷子深处。

唐柊扒在墙边探头探脑，确认没人跟上来后，大松一口气，转头面对尹谌时，后知后觉地开始不好意思，道："那什么……谢谢你啊。"

尹谌没说话，靠在墙上活动了一下右手关节。

唐柊一看到他指节凸起的地方破了两处，还流血了，吓坏了，从口袋里翻出面巾纸递给尹谌，问道："怎么样，疼不疼？"

尹谌接过面巾纸，说："有个人戴了戒指。"

唐柊眨眨眼睛，想了一下，"扑哧"笑起来，说："这算暗器了吧？唉，可惜了，本来可以无伤通关的。"

经过这番无厘头的对话，数日以来横亘在二人之间的隔阂好像一下子就消失了。

尹谌低垂眼帘，看着唐柊拆出一截悠悠球的线递给他绑伤口，嘴唇动了几下，还是起了个头说："上次，抱歉。"

唐柊立马接话："没事，没事，谁还没有个心情不好的时候呢。"

他后来回头想，也觉得自己当时的反应过激了，现在人家给自己台阶，他自然没有不下的道理。况且这声道歉虽然只有四个字，但听起来还挺诚恳的，尹谌这么傲的人，说不定也在心里纠结了很久才说出口。

尹谌扯了一下嘴角，似是默认了"心情不好"这个理由。

昏黄的路灯下，二人相顾无言了半分钟有余。

这会儿倒是不赶着去上课了，唐柊没话找话道："马上月考了，那个笔记……你还要吗？"

尹谌十分坚定地说："要。"

"那回教室我再拿给你。"唐柊说，"放在我那儿太占地方了，我同桌差点儿帮我收拾收拾打包扔了。"

尹谌"嗯"了一声，用没受伤的那只手从口袋里掏出几张纸钞，一张五十元，四张十元，正是唐柊还回去的那几张。

这会儿装客气不收就显得有些假惺惺，唐柊清了清嗓子，双手接了过来，问道："那什么……打了这半天，你饿不饿？"

尹谌的神志游离了片刻，才回道："嗯？"

"我知道这附近哪家的饭菜合你胃口。"唐柊扬了扬手中的钱，大方道，"走，今晚吃顿好的补一补，我请客！"

穿过曲折小巷，唐柊带尹谌来到一家门脸小得几乎看不见的饭馆，头顶是一片破旧的遮阳棚，连个招牌都没有，只在门口的墙上用粉笔写了四个字——内设空调。

唐柊掀开帘子伸了个脑袋进去，尹谌听见他说："今天生意这么好？那我们坐外面咯。"

他放下帘子出来后，从门口右手边的长条桌下面拖出了两张塑料凳，自己坐一张，拍拍另一张道："我们就坐这儿吃吧。"

尹谌走过去坐下。

唐柊菜单也没拿就问："米饭、面条、包子和粥，你吃什么？"

尹谌想了想，道："面条吧。"

"干面还是汤面？"

看这地方也不像有水喝的样子，尹谌选了汤面。

"这家的汤面可好吃了，配料都是用猪油炸的，特香。"唐柊对他的选择表示赞同，仰头冲面前的小窗户喊，"老板，一碗皮肚面，一碗葱油拌面。"

等面的过程中，唐柊把刚才事情发生的原因跟尹谌讲了，包括他和苏文韫一起进货摆摊儿的事。

"我们就卖这个悠悠球还有游戏卡，"唐柊各拿一套出来放在桌上给尹谌看，"你猜这个卖多少？"

尹谌拿起悠悠球在手上掂量了一下，回道："五块。"

唐柊瞪圆眼睛，说："五块是进价！"

尹谌把绳子一端套在手上，扔了几下试玩，评价道："差不多。"

换言之就是那帮小学生傻才花十几块买这个。

唐柊不服气道："那你猜这游戏卡多少钱。"

尹谌用绑着蝴蝶结的手扒拉那沓牌，修长的手指在牌面上点了点，答道："一块八，卖五块。"

唐柊惊讶到了，心道这难道是什么估价大师？以后做生意必须避开他。

面条端上来，唐柊一边吸溜一边琢磨，心想尹谌帮了自己这么大一个忙，光请一碗十块钱的面好像有些说不过去，他用胳膊肘把桌上的悠悠球往尹谌那边推，说："这个送你了。"

尹谌刚捞起一筷子面，看见蓝色的球"骨碌骨碌"滚过来，不知想起了什么，推了一下，让它滚回去，说道："不用了，你拿去卖吧。"

"拿着呗，你不是不会打篮球吗？"唐柊坚持道，"以后体育课玩玩这个也好啊。"

尹谌最后没要这个新的，而是把刚才那个被拆了线的拿起来，在手上抛了两下，道："那我要这个。"

唐柊觉得他傻，好的不要要坏的。他心里吐槽，手上动作倒是快，麻利地把那个拆开没多久的悠悠球装袋封好，塞回校服兜里。

吃完面，离晚自习第一节课上课还有十来分钟，唐柊带尹谌抄近路回学校，中途问起他刚才那碗面味道怎么样。

"挺好。"尹谌说。

"多了个'挺'字，那就是不太好。"唐柊一针见血，"不过那家的口味在这一带算不错的了，而且重点是加面加饭不另外收费，比较适合你。"

尹谌心想，自己看起来有那么能吃？

唐柊小跑着向前，和尹谌拉开一段距离后，再转过来看他，抬手比画了一下他的身形，说道："你这个身板，就算不打篮球也得吃很多吧?"

尹谌干咳一声,没再否认。

距晚自习还有三分钟,二人一前一后走进教室。

苏文韫正要跟唐柊分享逃跑心得和劫后余生的喜悦,就看见唐柊正把刚要回来的那摞书又从桌肚里拿了出来,他意识到情况不对,问道:"你和他,讲和了?"

唐柊把笔记和课本按科目分门别类整理好,回道:"嗯,我们晚上一起吃饭了。"

"你疯了?"苏文韫差点儿跳起来,"他上次让你滚,你还能跟他和好?"

唐柊不自在地摸了摸鼻子,说:"他人挺不错的,刚才那两个大哥把我堵在巷子里,是他出手救的我。"

苏文韫听他描述了过程,顿时没话说了,就是还有些替唐柊不值。他说:"那怎么着也得让他当着全班的面道个歉吧,上次让那么多人看了笑话,现在还有人在背后嘲笑你热脸贴冷屁股。"

唐柊豁达道:"不用啦,刚刚他私底下跟我道过歉了,本来就是我和他的事,管别人怎么说。"

不只唐柊这边的朋友有意见,尹谌那边的也有。

第一节晚自习下课后,唐柊去第四组最后一排送书,刚了解情况的贺嘉勋就一副鼻子不是鼻子,脸不是脸地冲他哼哼道:"小人得志。"

尹谌接过书,抬脚踹了一下前座的椅子。

贺嘉勋还是不服气,转过身指着尹谌的手说:"知道我们尹哥这双手是用来干什么的吗,你就让他受伤?"

唐柊歪着脑袋想了想,道:"玩悠悠球的?"

贺嘉勋愤怒地拍桌,嚷道:"弹钢琴的!这双手要是因为受伤弹不了琴,看你怎么赔!"

唐柊再度受到惊吓。

尹谌会弹钢琴?怪不得不打篮球,不参加任何体育运动。听说那些钢琴家平时都很注重手部保养,天哪,他不会给手上了保险吧?

一想到为了救他,这双名贵的手破皮流了血,唐柊倒吸一口气,觉得自己头上顶着四个血红的大字——罪孽深重。

正值中秋，过两天就放假了，唐柊趁最后一天，骑车往市中心跑了一趟，怀里揣着个纸包进教室。上课后，纸包被传递到了尹谌桌上，他打开一看，是三个还冒热气的月饼。

纸包底下贴着一张字条，上面写着：红枣泥的，补血，趁热吃！

前座的贺嘉勋漫画正看到兴头上，听到后面传来一声轻笑，吓得一抖，捧起书挡住脸，悄悄向后扭头问："怎么了，尹哥？"

尹谌朝前方伸出一只修长的手，手指间夹着一张叠起来的字条，回他道："传给三组第四排。"

贺嘉勋死心眼地数了两遍，确定后，气冲冲地把字条扔过过道，对三组后排的同学说："传给木冬冬！"

三班的同学们这个中秋节因为即将到来的月考而过得没滋没味。

唐柊也一样，白天打工，夜里学习，三天下来，他感觉身体能量被掏空了一般，比平时还要累。

假期后的第一节英语早读，唐柊就在同学们有气无力的念经声中睡过去了，然后在英语老师的暴喝声中惊醒，脑袋还晕着，就被拎到教室外面站岗了。

清晨暖融融的阳光落在身上，唐柊打了个大哈欠，偏头看去，站在他左手边的是尹谌。

"这么巧，你早读也睡啦？"

尹谌点了一下头，迷糊的眼神一直停留在英语书上，困倦中带着强打起的认真。

唐柊没忍住，指着他的书说道："装也装得像一点儿嘛，书都拿反了。"

尹谌微微睁开眼睛，确认页码在右上方后，慢吞吞地把书翻过来，找了个单词盯着，继续睁着眼睛打盹儿。

唐柊百无聊赖地念了会儿课文，又去找尹谌说话："哎，你英语成绩怎么样？"

尹谌还困着，闻言只点了一下头。

唐柊理解为"好"的意思，还是提醒他道："按照以往的情况，你第一次月考考场应该在食堂，那边广播有回音，会严重影响听力部分的发挥。"

尹谌不知道听没听进去，又点了一下头。

"你别不当回事啊，"唐柊皇帝不急太监急，提议道，"中午放学别跑，我带你去看看地形。"

因为学校学生众多，平时一个教室坐五六十个学生，而考试的时候一个教室最多安排三十个人，就算美术教室、实验室、阶梯教室全都腾出来也不够用，所以学校只好把食堂也用上。

尹谌是转学生，学籍号靠后，又没有去年期末考试的排名，自然被安排在最后一个考场——食堂。

中午在班级前的布告栏上确认了各自的考场，唐柊就拉着尹谌往食堂走去。

苏文韫和贺嘉勖紧随其后，二人叽叽喳喳吵了一路，进了食堂才消停，一人一个餐盘排队打饭去了。

唐柊不着急吃饭，找了张空桌指给尹谌看，说："到时候你应该就坐在这附近，桌子上会贴考号，一人一桌，坐北朝南。"

尹谌是被硬拉来的，对这种奇葩考场也没什么想法，就是觉得这种和桌子一体的铝合金板凳坐着不太舒服。

"是不是冰冰凉凉的？"唐柊哆嗦着搓了搓胳膊，"没事，到时候带个坐垫，你没有的话，我给你带一个，考试就一天，熬一熬就过去了。"

尹谌对他的熟练感到奇怪，问道："你经常在这里考试？"

说到这个考场，唐柊一脸骄傲道："怎么可能！虽然我成绩算不上顶尖，但至少也是触线水平！"

唐柊他们年级共有一千余人，每个班五十来人，大家都管年级前五十名叫'线上'，也就是各个班的佼佼者，各种意义上的重点栽培对象。

尹谌不知道他口中的"触线"指排到多少名，至少从唐柊的笔记，可以看出他学习态度端正，成绩应该不会很差。

唐柊见尹谌在思考，以为他在暗下决心，打算这次考试一飞冲天冲出食堂。前所未有的危机感袭来，唐柊忽然没那么自信了，说："那说好了，'学渣'兄弟一起走，谁先出线谁是狗。"

月考当天，尹谌果然收到了唐柊从家里带来的棉坐垫，绣着小粉花的那种。

"看着是有些粉嫩，不过坐在屁股底下就看不见了嘛。"唐柊说。

尹谌没拒绝他的好意，带着去了食堂考场却忘了用，上午两门，下午两门，晚上再一门，一天坐下来屁股确实有些凉。

月考出成绩一向迅速，年级组的老师们挑灯奋战一夜，第二天清早就在办公室里开着电脑统计成绩了，用来印名次的大红纸就摊在窗口，所有路过的学生都能看到。

班长戚乐作为先遣兵，被同学们支到办公室刺探了几次军情，最后带回消息说会在晚自习前放榜，教室里顿时炸开了锅。

连平时大大咧咧的贺嘉勋也紧张得咬手指，嘴里道："怎么办！今天晚上我妈说要来送饭，那她就会看到名次，我数学大题都没写完，物理大题也空了两三道，这下完蛋了。"

贺嘉勋见尹谌淡定如斯，正照着唐柊的笔记本描一只大耳狗，更想哭了，嚷道："真羡慕你啊，尹哥，什么都不在乎。"

"嗯，我不在乎。"

尹谌笔尖停顿了一下，垂着眼，不知在说给谁听。

时间一晃就到了下午第三节课课后，距离成绩放榜还有不到一个小时，尹谌和唐柊被叫去了班主任办公室。

几乎所有同学都以为老孙找谈话跟这次月考有关，送别二人的眼神里都带着同情，仿佛他们要去的是什么龙潭虎穴。

进了办公室，没承想老孙一拍办公桌，说起了别的事。

"你们两个臭小子，好的不学，就学会了在校外打架是吧？还让人家挂了彩，可能耐了。"老孙唾沫横飞，"幸好那两个人在门口被保安拦下了，不然今天非闹得鸡飞狗跳不可！"

唐柊缩着脑袋，想着那天受伤留下的红印子刚消，大气也不敢出一下。尹谌则无话可说，直直地站着挨骂，手背在身后，刚好遮住右手结痂的伤口。

谁也没想到那两位能找到学校里来，也不知道从哪里打听到他们的名字，怕是没少费工夫，不然也不至于过了这么多天才找来。

老孙还在喋喋不休："我在班上强调过多少次,学生该以学习为己任,别的事情都先放到一边,还有一年多就毕业了,考得好终身受益,考得不好遗憾万年。你们的家庭情况我或多或少也了解一些,有困难可以告诉老师,大家一起想办法解决!拳头除了能发泄怒气,还能解决什么问题呢?"

听到"家庭情况"几个字,唐柊突然一个激灵,站直身体,下意识地偏头看了尹谌一眼,可对方仍是一副事不关己的样子,面容冷峻,眉毛都没动一下。

最后,老孙以"下不为例"结束了这次批评教育,并布置了每人三千字检查和打扫操场一周的任务。

唐柊正为这次被轻易放过而感到稀奇,老孙便拿起桌上的一沓纸,分发给二人,说:"这是这次月考的成绩表,办公室的打印机坏了,你们帮我手抄几份,下课之后送到各科老师手上。"

老孙走后,唐柊怀着既期待又紧张的心情先在成绩表上找到自己的名字,一门门分数看过去,发现都在自己预期之中的时候,他心里的大石头顿时落了地。之后看到班级排名10,年级排名69时,他忍不住在心里偷笑出声。

跟上学期比,他非但没退步,在兼顾挣钱的情况下,还前进了几名,这简直是意外之喜,怪不得老孙今天都没怎么唠叨。

唐柊心里得意,面上还得谦虚着,回过头一看,见尹谌已经抄了一排半了。唐柊见他这么淡定,觉得奇怪,用胳膊肘顶了他一下,问:"你看自己的成绩了吗?"

尹谌淡定道:"嗯。"

"你排多少啊,出食堂了吗?"

尹谌没抬头,只说:"自己看。"

唐柊撇撇嘴,按学号找到尹谌的名字,一眼扫过那栏,他立刻揉了一下眼睛,以为自己眼花了。

班级排名5,年级排名42,尹谌的排名令唐柊目瞪口呆。

尹谌已经写到最后一排了,唐柊还呆愣在那里。

良久,唐柊吐字艰难道:"你怎么就出线了啊……"

乍一听,有点儿像在埋怨尹谌没等他一起出线似的,毕竟他们说好了"谁先出线谁是狗"。

虽然当时并没有答应，但尹谌听着这委屈巴巴的"质问"，到底是没有第一时间反驳。

他翻到下一张表格，薄唇轻启，说："那我下次再空一道题。"

唐柊还没来得及感动，越咂摸这个"再"字越觉得微妙，问道："你还空题了？"

尹谌专心抄表，没理会唐柊。

唐柊抄了一会儿表，还是想不明白，又问："你上课不是都在睡觉吗？怎么听的课啊？"

"谁说趴着就是在睡觉？"尹谌抽空答了一句。

唐柊倒吸一口气，面上一副"哦，这样啊，不过如此"的样子，心里"扑通"一声给学霸跪下了。

晚自习的时间被分给各科老师讲评试卷。教英语的戴老师跟老孙是一个路数的——把学生当自家孩子，成天双手叉腰，恨铁不成钢地说："看看你们做的听力，瞧瞧这正确率，不知道的还以为你们耳朵聋了，都是闭眼瞎选的。"

台下一片寂静，不知道有几个人真的在反省。

"要是放在以前，还能赖咱们学校的广播设备不好，听不清录音，这回你们猜怎么着，"戴老师把试卷拍在讲台上，大声道，"全年级唯一一个听力满分就出在食堂那个考场，那个随便喊一句回声能有七八道的地方。"

全班哗然，有人开始交头接耳讨论这位食堂英雄是谁。

"别瞎猜了，这位同学就在咱们班。"戴老师拿起名册，"尹谌，第四组最后一排那位新转来的同学是吧？平时躲在后面也太低调了，老师站在讲台上，伸长脖子都看不见你。"

全班同学"唰"地向后转头，过分低调的尹谌同学慢吞吞地把脑袋从臂弯里抬起来，似乎还不知道发生了什么事。

戴老师对英语成绩好的学生向来包容，不计较他没认真听他说话。不过刚表扬完学生，按照惯例就该敲打鞭策一下了。

戴老师说："但是你这个英语作文写得也太随便了，题目是'How to Spend the Winter Holiday（如何度过寒假）'，你写点儿什么不好，非要画个表写上一天的作息时间安排？阅卷老师想给你分都无从下手。"

老师说了这么多，尹谌觉得不回答点儿什么不合适，愣了半天，蒙蒙地"哦"了一声。

全班哄堂大笑。

下课后，唐柊跑来看尹谌的高分英语试卷，发现尹谌不仅听力全对，连完形填空、阅读理解也没出错，就是作文莫名其妙画了个表格，仿佛被下了降头似的。

唐柊顺便翻了翻其他几门试卷，也是差不多的情况，但凡尹谌动了笔的题目，几乎全对，扣分项都是空白，空着的数学大题不仅没做辅助线，连个"解"字都没写。

唐柊不禁发出灵魂质问："你真的是……故意空着的？"

尹谌答："不是。"

"那是？"

"时间不够。"

唐柊不太信尹谌的话，时间不够还能把作息时间表画得那么横平竖直、工整漂亮？

"没道理有时间不写完，"尹谌以理服人道，"这题型以前没见过，八成会解错，不如把时间用来检查做完的题，以保正确。"

原来是回头检查去了，怪不得正确率这么高。唐柊接受了他这个解释，并拍胸脯自告奋勇道："以后不会的可以问我啊！我数学还不错的，尤其是等差数列。"

尹谌扯了一下嘴角，回道："好。"

学生的生活是忙碌的，他们刚从一场月考中解脱，过完一个占据整个十月四分之一的国庆假，就又马不停蹄地投入到新一轮的学习中了。

因为假期而中断的惩罚也要补上。于是，星期一早晨，唐柊正打着哈欠扫操场，看见单肩背包的尹谌远远走来，连忙挥着扫帚喊："这儿你先顶一会儿，我去跑一圈活动活动。"

唐柊这是在为即将到来的运动会做准备，虽然名次什么的他不指望，但总不能跑两步就晕在跑道上吧，那也太丢人了。

拿扫帚的人换成了尹谌，他有一下没一下地扫着跑道边上零星的几片落叶,时而抬头看看在晨光中跑步的身影。

唐柊看着瘦弱,跑起来却一点儿也不含糊,一会儿工夫就蹿到操场那头去了,尹谌站在这边,只能看见他脖子上飞舞着的一条大红色围巾。

这会儿才十月上旬,唐柊已经把毛线围巾戴上了。

尹谌心想,唐柊应该是怕冷吧。

尹谌觉得,红色毛线围巾跟他很配。

运动会来临之前,老孙来班上布置任务,让文艺委员带领几个同学在一周内出一期关于青春和奋斗的黑板报。

"我们这群'学渣'奋斗什么呀?!"苏文韫头疼道,"别的班的黑板报都是跟秋天有关的,为什么到我们班就跟打了鸡血似的?"

唐柊拍了拍他的肩,安慰道:"谁让你是文艺委员呢?哎,没事,秋天的青春嘛,必然是充满瞌睡和颓废的,该怎么出还是怎么出呗!"

作为苏文韫的好朋友,除了言语安慰,唐柊当然要做做贡献。

于是之后几天的午后和晚自习前的休息时间,高二(3)班的教室后面总聚着几个学生——画框打格子的、写粉笔字的、架梯子递工具的,还有唐柊这个画画的。

南城的街头巷尾到处种着梧桐树,唐柊就画了一棵枝叶繁茂的高大梧桐,秋风吹来,落叶飞舞,在地上铺成一片厚厚的金色地毯。

"哎,你先让一让,等我写完!"

贺嘉勋正站在板凳上写字,唐柊为了给梧桐树的两片叶子上色,在他腿边晃过来挤过去,弄得他差点儿没站稳。

在黑板的另一角画边框的苏文韫"哼"了一声,说:"你怎么不先让让,等他画完啊?"

"我得早点儿写完回去。"贺嘉勋是被老孙钦点来写字的,难得没回嘴,垮着脸道,"上次月考考砸了,我妈给我报了补习班,要是她知道我连着三天迟到,今晚估计会提刀来寻我。"

苏文韫听完,有些同情他,顿时也不跟他闹了,说:"那你放着我来写吧,明天学校就开始举办运动会了,今晚无论如何都得完工。"

贺嘉勋为难道:"你能行吗?这位置这么高,我踩板凳都费劲。"

苏文韫听完贺嘉勋的话,不爽道:"你拐着弯儿笑我矮呗?"

077

眼看二人又要吵起来，一直在座位上趴着的尹谌突然站起身道："我来吧。"

尹谌接过粉笔，站在黑板前，抬手刚好能够到黑板格子最上面，便把碍事的凳子踢开了。

没了障碍物，唐柊凑过去道："我们吵醒你啦？"

"没，"尹谌抬起头道，"写完这个就结束了吧？"

唐柊拿起粉笔，叉开腿弯下腰继续给叶子上色，回他："嗯，差不多啦。"

唐柊起初以为尹谌只是闲着无聊随便帮个忙，涂了两片叶子后抬头一看，发现他的字居然写得比贺嘉勋的还好看，行云流水，苍劲有力，难得的是端正均匀，退到远处看也非常整齐漂亮。

连对他有些偏见的苏文韫看了都挑不出毛病，问道："写得还行嘛，以前也出过黑板报？"

尹谌专注写字，回了句："没。"

"那你这是第一次写？"唐柊赞叹道，"好厉害啊。"

尹谌低头看了一眼黑板上唐柊画的梧桐，回道："你也是。"

唐柊看着手上的粉笔，突发奇想道："哎，你会用粉笔转笔吗？"

尹谌手里的白粉笔是新拿的，还有很长一截，闻言便试着夹在指间快速转了一下，粉笔 360 度转体后稳稳落定，一次成功。

唐柊心痒手更痒，偷偷拿了一根新粉笔尝试，结果刚转半圈就掉在了地上，粉笔摔成了两段，他边蹲下捡粉笔边感叹："转笔真的好难啊。"

尹谌目睹了全程，对他说："第一次转成这样已经不错了。"

唐柊登时眉开眼笑道："哈哈哈，真的吗？"

尹谌十分认真地答道："嗯。"

一旁的苏文韫直翻白眼，提醒道："你们怎么还互捧上了？赶紧给我干活儿！"

这天，高二（3）班教室的灯一直亮到晚上近十一点。

苏文韫被担心他安全的家人接走了，唐柊留下扫尾，顺便给几处小装饰补补色。

等到唐柊站在讲台前纵观整块黑板，终于点头认可时，尹谌的声音适时从教室一角传来："可以走了吧？"

"可以，当然可以。"唐柊一投入工作就忘了还有一个人在，忙跑到座位上拎起书包，"走吧，我来锁门。"

一出校门，夜风带着凉意迎面吹来，唐柊打了个寒噤，忙裹紧脖子上的围巾，抬眼看见尹谌穿着单薄，问："你冷不冷啊？"

尹谌走在唐柊前面，回道："不冷。"

深夜路上人烟稀少，越是往偏僻处走就越安静。唐柊有些害怕，加快步伐跟上去，和尹谌并排走，看着地上的两个人影，他好像没那么不安了。

"哎，问你个问题，"唐柊嘴巴闲不住，没等尹谌答应就问了，"你为什么总是把手揣在口袋里？"

尹谌反问："你为什么戴围巾？"

唐柊眨了眨眼睛，回道："暖和啊。"

尹谌接话说："嗯，暖和。"

唐柊哼唧道："你刚才还说不冷呢，哼，明明是为了装酷。"

片刻后，尹谌把手拿了出来。

"你还是放回去吧，"唐柊没想到他这么实诚，"别真冻着了。"

话是这么说，唐柊还是趁尹谌伸出手的间隙偷瞟了一下他的手，不看不知道，一看吓一跳，他惊道："这伤口哪里来的？上次打架弄的伤不是已经好了吗？"

经唐柊提醒，尹谌把左手翻过来看了看，说："不小心碰的，没事。"

其实伤口是尹谌早上因为赶时间扫操场，着急出门，被门口碎掉的那块砖绊了一下，他反应还算快，手立刻去撑门框，然后就被门框上竖起的铁钉划了个正着。老房子年久失修，到处暗藏危险，这种事没什么好宣扬的，再说是自己不小心弄的伤，疼也得忍着。

唐柊立刻放下书包翻出一排创可贴，唰唰唰撕下来好几张，尹谌愣住了，然后才说："不用了，我……"

"抬起手，"唐柊拆开其中一个，"伤口不包扎的话会感染的。"

尹谌想把手揣回口袋，却被唐柊发现了，唐柊问道："怎么像个小孩子一样，还怕疼啊？"

为了证明自己并不怕疼，尹谌只好接过创可贴，把伤口包得严严实实。

这一带都是老房子，路边的灯只余两三盏还亮着。

看着尹谌包完伤口后，唐柊满意道："很好，这个是防水的，你洗脸洗澡都不用撕下来。就是臃肿了点儿，不太好看，唉……少装几天酷没关系吧？"

尹谌刚要说"谢谢"，被他后面那句揶揄弄得无语，抬手把兜帽捞起来往脑袋上一扣，转身就要走。

唐柊看着他奇怪的动作，问："都快到家了，你戴什么帽子呀？"

"暖和。"尹谌漫不经心地答道。

唐柊一边加快脚步追上去，一边学他把兜帽也捞起来戴上，嘴里喊道："哎，你等等我！"

到了自家铺子门前，唐柊正高高兴兴地哼着前一晚在广播里听到的歌，推开铁门，鞋还没来得及换，就先闻到了一股刺鼻的异香。

"终于舍得回来了？"一个踩着高跟鞋的女人从屋里走出来，"还以为你故意躲着我呢。"

唐柊看清眼前的人，浑身一凛，道："你来干什么？上个月的钱不是已经打给你了吗？"

"瞧你这话说的，"打扮妖艳的女人在缝纫机前的椅子上坐下，跷起腿，"再怎么说我也是你继母，当妈的来看看儿子都不行吗？"

这时，唐柊的奶奶从屋里蹒跚走来，她对唐柊露出恳求的表情，似是在求他不要激怒这个女人。

唐柊从来不会主动挑衅，他爸在世的时候，他就与这个女人井水不犯河水，现在他爸死了，他更不想再跟这个女人扯上什么关系。

"哟，生气了。"见唐柊不说话，女人站了起来，行至他面前道，"刚才我在窗口看到你的时候还笑得像朵花儿，小孩子家家的，怎么还两副面孔？"

唐柊还是不说话，她便又凑近了一些，细细端详他的脸，道："啧，可怜见的，好好的一张小脸蛋儿非要抹黑，没有一个长辈在身边到底是不行啊。"

"你不行，"唐柊冷冷地开口，"不代表我不行。"

女人妆容精致的脸狰狞了一瞬，她突然上前一步，趁唐柊没防备，一把扯下他头上的兜帽。

唐柊后退一步，咬紧牙关，一只手伸进口袋里摸索，把这些日子攒下的钱全都拍在门口的鞋柜上，恨声说："就这些了，拿着赶紧走，不要再来骚扰我和奶奶。"

女人扭着屁股走过去，拿起钱数了数，嗤道："早这样不就好了？"

女人把钱塞到包里，经过唐柊身边，又停下脚步，说："怎么说也是你名义上的妈，有句忠告不得不说给你听。"

她再次凑近，用只有两个人能听见的声音在唐柊耳边说："收敛收敛你这脾气，做事别再那么冲动。"

唐柊以为那件事已经过去了，奶奶不提，他刻意回避，让它烂在肚子里，就会慢慢遗忘。

为什么……为什么这个女人要一再来揭开他的伤疤？

夜深人静，窗外偶有风声。

唐柊侧躺在床上，被子盖过头顶，双手蒙住眼睛，拼命将那张与自己有几分相似的面孔从脑海里清除。

那个男人笑得邪佞，一步朝他走来，唐柊一步步后退，沉重的脚步和杂乱的喘息令他绝望，最后退无可退，他在慌乱的自保中不小心被父亲手上的刀所伤害。

唐柊身体抖得厉害，他闷在被窝里自言自语，像在给自己洗脑，让自己坚定："会过去的，一定会过去的。"

次日太阳高悬，是个适合开运动会的好天气。

晨读课结束，老孙先来班上验收黑板报，见板报内容充实、设计美观，挑剔如他也忍不住夸了两句，尤其夸赞那棵惟妙惟肖的梧桐树。

"梧桐树跟我们南城颇有渊源，画得好啊。"老孙点头赞许唐柊，"听说今天还要跑三千米为班级争光，班长，中午订饭的时候给唐柊加个鸡腿。"

可惜唐柊一到学校就蔫蔫的，即使得到老孙的表扬也提不起精神，运动会前整队上操场，台上校长讲了多久，他就打瞌睡打了多久。

"你昨晚干什么去了，累成这样？"苏文韫忍不住问。

唐柊胸闷气短，眼睛都睁不开，回道："出黑板报啊。"

"不是就剩下几片叶子没上色吗？还有尹谌的那几行字。"说到这里，苏文韫突然意识到了什么，恍然大悟道，"你们是不是遇到什么事情了？"

唐柊登时被吓醒了，直起脖子道："我们能遇到什么事情啊？收起你乱七八糟的想象。"

"我只是怕你们又遇上那帮人，再起冲突。"

"这样啊……"唐柊尴尬地挠挠头，"没遇到，他们上次被揍得那么惨，估计也不敢再堵我了。"

接力跑和三千米长跑都安排在下午，所以中午班长戚乐给所有运动员都订了饭以补充体力。

唐柊的便当盒里果然多了一只鸡腿，他本来没什么胃口，边吃边看尹谌在场边玩悠悠球，不知不觉中竟把两只鸡腿全吃了下去，米饭都没剩下。

他吃完饭，洗洗手就往尹谌那边走去，问尹谌是怎么把这个坏掉的球修好的。

尹谌给唐柊的回答很简单——

"轴承没断，找了根绳子系上。"说着，他手掌朝后上方握住悠悠球，将它用力向前抛出，再在球回弹时手掌向上稳稳接住。

这招颇具技巧性，让只会最简单的唬小孩儿招式的唐柊看得眼睛发亮，立刻央着尹谌教他。

尹谌看了他一眼，道："你脸色不太好。"

"你手还受伤了呢，不是照样玩溜溜球？"唐柊不服气道。

尹谌认真道："你是运动员，下午还要跑步。"

想到那漫长的三千米，唐柊哀叹一声："那我还是省省力气吧！"

下午一点半，操场准时响起振奋人心的进行曲，戚乐从隔壁班借来相机，说要记录下三班运动健儿们的英勇身姿。

不知是不是中午吃太撑了，跑个接力赛第二棒就让唐柊倍感吃力，之前几天的训练仿佛都白折腾了，他脚步虚浮地走到场下，眼前一花，差点儿摔倒在椅子边。

戚乐见状，忙扶他坐下，问道："木冬冬，你怎么了，哪里不舒服啊？"

唐柊平复了一下呼吸，道："没……没事。"

戚乐见他目光飘忽，没个定点，竖起三根手指问："这是几？"

唐柊看了半天，瞳孔向中间靠拢，差点儿成斗鸡眼，看清楚后一拍大腿道："这是 OK，我超 OK 的！"

虽然唐柊他说没问题，但戚乐还是不敢贸然放他上场。

唐柊其实自己也感觉身体有点不适，大概是昨晚那个女人的出现，还有噩梦的侵扰，使得脑袋有些昏昏沉沉。

在这种情况下他还跑了接力赛，体能短时间内大量消耗，他不确定自己还能撑多久，准备上场的前一刻，他脱校服的手都在哆嗦。

这下戚乐急坏了，到处去找人代替唐柊跑，可班上的男生要么有别的项目，要么听说是顶唐柊的位置，都避之不及。平时在一个班上笑笑闹闹还好，现下可没人愿意接这个吃力不讨好的活儿，更不想跟他这种丑闻缠身的人扯上关系。

"你还是别跑了吧，老孙了解情况后也会体谅的。"苏文韫拉着唐柊说，"瞧你身上凉得，快穿好衣服坐下，我去跟班长说，大不了我替你跑。"

唐柊反过来拽着他的胳膊不让他走，说："不用了，就你这小身板，一千米都撑不下来，还是……还是我来……"

他另一只手拿起一瓶矿泉水，拧开瓶盖就要往脑袋上浇。唐柊曾在危急情况下试过这个方法，神志再混沌萎靡，也能被凉水激得清醒几分，他将水举过头顶，刚要浇下，手上一轻，瓶子被人拿走了。

唐柊迷茫地抬头看去，只见尹谌拿着那瓶水，仰头就往嘴里倒。

之后，他放下水瓶，抬手擦掉嘴角挂着的水渍，说："我替你跑。"

起初唐柊以为尹谌是说着玩的，毕竟之前戚乐求爷爷告奶奶地劝，但尹谌连坐着喊加油的啦啦队都不肯参加，更别提做运动员了。

等到尹谌真把校服外套脱了，正儿八经地在场边做起了热身运动，唐柊才呆呆地问："你不是……不会跑步吗？"

尹谌舒展身体，甩了甩胳膊道："可以用走的。"

唐柊以为他说真的，心想那三班的脸可就被他丢尽了，于是又不抱希望地问："那你……打算跑第几啊？"

尹谌掀起眼皮淡淡地看过去，问："你想要第几？"

"我？"唐柊脑袋还晕着，觉得他这个问题有点儿傻，又不是他想第几名就能跑第几名，但他还是回道，"当然是……第一名啊。"

尹谌肯定地点了一下头，说："好。"

"哦,那就辛苦你了。"

旁边听完这段对话的苏文韫满心疑惑,心里想着这两人怕不是都有病!

五分钟后,男子组三千米比赛在一声枪响后正式开始。

唐柊抱着尹谌的校服,在苏文韫和戚乐的搀扶下在跑道边找了个安全的位置坐下,强打起精神看向犹如离弦之箭般从起点飞奔出去的运动员们。

尹谌个子高,在运动员中很好辨认,而且别的班的运动员多是有备而来,一身运动装,还配上了耍帅的护膝、头巾什么的,只有尹谌穿着白T和校裤,随便得像是来陪跑的。

但他的速度却一点儿都不随便,借着身高优势,长腿一跨就是别人的1.5倍距离,第一圈就遥遥领先,把后面的运动员甩出去一大截。

捧着照相机的戚乐赞叹道:"我们班尹同学跑得好快。"

苏文韫拆台道:"这可是长跑,现在把力气花光了,最后几圈看他还跑不跑得动。"

唐柊没跟他们聊,他注意力有限,只将目光牢牢锁定在尹谌身上,看着他绕着四百米的跑道一圈又一圈地奔跑,在前半程就和第二名拉开了一圈有余的距离。

中途有两个运动员撑不住放弃了,其他几个也到场边休息补充水分,只有尹谌像台一旦运作起来就不知停歇的机器,步子迈得大而稳健,仿佛完全不知疲倦。

剩最后两圈的时候,苏文韫也被尹谌这强悍的体能惊到了,问道:"他不会真要跑第一吧?"

唐柊仍默不作声地看着尹谌,心里很是紧张,看着奔跑如风的他从身边经过,面色沉稳,游刃有余。

直到欢呼声起,尹谌毫无意外地第一个冲过终点线,裁判宣布本次比赛的第一名诞生,顺便宣布本校维持了七年的三千米纪录被尹谌打破。

赛场边人头攒动,唐柊在人群里钻了半天才挤进去,站在尹谌跟前又不知道该说什么了,他把手中的水递过去道:"辛苦了,恭喜你拿第一。"

尹谌抹了一把额头上的汗，呼吸还有些急促，回道："说好的。"

"啊？"唐柊没听懂尹谌的话。

尹谌接过唐柊手中的水喝了几口，扬了扬贴着一排创可贴的那只手，说："昨天，谢谢你。"

唐柊胡乱摆了摆无处安放的双手，抿嘴道："没关系的，谢什么呀，你帮我跑步，我该谢你才对。"

苏文韫也挤了进来，看见唐柊双颊泛红，道："你还好吗？发烧了吗？"

唐柊摆摆手，发烧倒不至于，他就是还有些晕。

回教室的路上，唐柊脚下一软，绊了个跟头，人没事，可抱在怀里忘了还尹谌的校服被马路牙子刮了个口子，他被吓得彻底清醒了，回到教室又是用胶带粘又是拿创可贴补。

可布料哪里能用这些东西修补？

放学的时候，唐柊挪到第四组最后一排，垂着脑袋如同罪人一般说道："不好意思！你的校服被我不小心弄破了。"

"没事，还能穿。"尹谌看起来没生气，至少从脸色看，他仍然很淡定。

尹谌让唐柊把校服还给他，唐柊坚决不同意，非要把校服带回家修补，他对尹谌说了几遍："给我一晚上时间，保证原样还给你。"

尹谌拗不过他，便随他去了。

"原样"这种话，尹谌也就随便一听，他知道让唐柊赔套新的肯定不可能，他平日里精打细算，一块钱恨不得掰成两半用，再说一晚上的时间，他能去哪里弄一套新校服？

所以第二天清早到学校，拿起放在座位上的校服展开，乍一看确实没看到那个破洞时，尹谌心中有些惊讶。

直到他摸到左边袖筒中间一处质感不同的凸起，翻过来看，只见那里被绣了一块什么东西，针脚细密，线的颜色刚好与校服颜色相容，不仔细根本看不出那里有补丁。

尹谌撑开那块布料定睛看去，是一朵白色的小花。

运动会后的庆功聚餐安排在星期天的中午。

高二（3）班一共57名学生，参加运动会的不到20名，但聚餐大家倒是来齐了，戚乐订了个有五张大圆桌的包厢，位子差点儿不够坐。

班主任老孙也来了，他见位子紧张，主动挪到吧台那边坐，闲着没事拿起话筒点了首《精忠报国》，唱得五音不全却又潇洒豪迈，台下的学生们则听得头昏脑涨、食欲减退。

大家好不容易熬到一首歌结束，眼看老孙又要来一首《敢问路在何方》，贺嘉勋忙举手道："老师，让我们班文艺委员献唱一首怎么样？都说他唱歌好听，我还没听过呢。"

同学们为了避免老孙的魔音绕耳，纷纷鼓掌附和。

苏文韬夹了只大虾正在剥，剥到一半，突然被众人起哄弄上台，心情实在好不起来，一首《红豆》唱得哀怨满满，他边唱边朝贺嘉勋飞了无数个眼刀。

唐柊跟苏文韬坐在最东头那桌，尹谌坐在最西头那桌里面的位子，没怎么动筷子，饮料倒是喝了好几杯。

尹谌这天没穿校服，上身T恤搭牛仔外套，下身牛仔裤配运动鞋，头发似乎剪短了一些，之前微卷的额前碎发都梳了起来，露出饱满的额头，喝饮料的时候微微仰着脖子。

"木冬冬，你在喝水润嗓子吗？是不是也想上去唱一首？"坐在对面的蔡晓晴撺掇道，"唱吧，唱吧，我们还没听过你唱歌呢。"

听到这话，唐柊差点儿呛着，放下杯子连连摇头道："不了，不了，我不会唱歌。"

蔡晓晴疑惑道："我不信，儿歌总会唱吧，《小星星》会不会？"

唐柊不想弄得全班同学吃不下饭，于是睁眼说瞎话道："还真不会，小学音乐课我都逃课的。"

一首歌唱完，苏文韬回到座位继续剥他的大虾，蔡晓晴找他求证："木冬冬是不是真的不会唱歌？"

唐柊轻咳一声，把醋碟往苏文韬跟前推了推。

苏文韬心领神会，嚼着虾仁含糊道："真的，唐柊唱歌跟念课文一样，没调子的。"

东边有朋友帮着挡，西边就没那么好运了。

吧台旁放着一台电子琴，估计又是贺嘉勋那个大嘴巴起的头，说尹谌会弹钢琴,让他上去露一手,接着整桌人跟着起哄,声音大得都传到唐柊这桌了。

有正大光明扭头看表演的机会,唐柊自然不会错过。

他叼着筷子凑热闹地转过去,只见尹谌垂眉敛目坐在众人中间,待人声暂歇,才冷冷地吐出两个字:"不会。"

"怎么可能!你谦虚了,尹哥!"贺嘉勋第一个不信,"我见过你的钢琴证书,十级呢。"

这年头儿,男生高人气的特征除了长得好、有运动天赋、成绩好以外,会乐器也算一个。尹谌刚转来,第一次月考就过了线,之前在运动会上的表现又引人注目,这会儿听说他还会弹钢琴,已经有女生开始期待了。

万众期待下,尹谌的脸色仍是波澜不惊,他喝了一口饮料,不疾不徐地说:"证是买的,我真不会。"

唐柊心道,我读书少,你可别骗我!

别的同学自然也不信,包厢里气氛正好,有看热闹不嫌事大的同学对尹谌说不弹琴就得喝可乐,随后"啪啪啪"开了三罐可乐摆在他面前。

这时,尹谌站了起来。唐柊心里一咯噔,以为按他的脾气,八成要甩手走人了,没想到尹谌拿起一罐可乐,仰头"咕嘟咕嘟"往嘴里倒,在周围的鼓掌声和口哨声中把三罐可乐一口气喝了个干净。

大家吃完饭都留在包厢里玩,唐柊和蔡晓晴几人凑了一桌打扑克,打了两轮,戚乐从外面回来,于是唐柊把自己的位置让给他。

戚乐边抓牌边递给唐柊一个装照片的纸袋,说:"这些是运动会的照片,我没带包,木冬冬,你先帮我拿着。"

"照片?有没有尹谌的,快让我看看。"

蔡晓晴顿时来了精神,放下牌,伸手就把纸袋从唐柊手里夺了去,将照片拿出来快速翻,然后就和几个女生叽叽喳喳笑着闹开了,依稀能听见"这张好看""这张也好帅"之类的讨论。

唐柊也想看,可周围都是人,他挤不过去,伸长脖子也看不到,好在戚乐补了句"别弄丢了,这些照片都是要贴在教室的照片墙上的",饱受蹂躏的纸袋在传阅一圈之后才终于又回到唐柊手里。

唐柊找了个相对安静的角落坐下,把那沓照片拿出来看,尹谌的照片有好几张，抻腰热身的、急速奔跑的、面无表情领奖的……还有一张是枪响前的预备动作，照片上的尹谌单膝触地，两手下撑，身体绷成一张拉紧的弓，抬头凝视着前方的跑道，侧拍的角度让他立体深邃的脸部轮廓纤毫毕现，午后的阳光给他整个人镀了一层暖金色的光。

唐柊盯着那张照片，想起那个下雨天，在校门外，伞下的人一个狼狈不堪，一个事不关己；一个厚着脸皮，一个勉为其难，真是"魔幻"的初遇。

玩到下午四点多，大家开始陆续离场。

唐柊和苏文韫留下帮戚乐一起收拾残局，在桌子底下和椅子上捡到了几个同学落下的随身物品。结账出门的时候，戚乐抱着纸袋数照片，正数两遍反数三遍，怎么数都少一张。

"奇怪，明明是五十张啊，怎么现在只剩四十九张了。"戚乐嘀咕。

"哎呀，就少一张而已。"苏文韫着急回家，推着他往前走，"老孙没那么无聊，还去点数目，真要点的话，你放张自拍进去凑数呗。"

戚乐被苏文韫的话说服了，把纸袋和同学落下的东西一起放进车篮里，挥挥手，踩着自行车走了。

苏文韫家离这里远，要坐公交，唐柊把他送上车，自己一个人往回走，经过刚才聚餐的饭店，冷不丁看到一个穿牛仔外套的高个子男生从里面走出来。

是尹谌。

唐柊加快步伐跟上，打招呼道："我还以为你早走了呢！"

"去了趟洗手间。"尹谌说。

唐柊便问："怎么了，可乐喝多了不舒服？"

尹谌只回了一个简单的字："没。"

唐柊近距离观察他发白的脸色，心道这人也太倔了，明明满脸都写着不舒服，还死不承认。

但他嘴上是不敢说尹谌的，看见前面有个便利店，便让尹谌等他一下，一路小跑进去，不一会儿就拿着一瓶蜂蜜柚子茶出来了。

"喏，"唐柊把茶递给尹谌，说，"喝蜂蜜对胃好，这个虽然是饮料，应该也有点儿功效吧。"

尹谌没接，开口拒绝道："不用，你喝吧。"

唐柊懒得跟他磨磨唧唧，直接把饮料揣进他一边的衣兜里，说："刚才我喝了两大杯红茶，拜托一个月之内别再让我看到'茶'这个字。"

尹谌抿抿唇，无奈收下了那瓶蜂蜜柚子茶。

走了一会儿，唐柊犹豫地问："前天替我参加比赛，是不是给你添麻烦了？"

尹谌面上似有疑惑，问道："什么？"

"我知道你低调，不愿意在人前暴露实力。"唐柊不知道该怎么表达，磕巴道，"替我跑步，还拿第一，你……你应该不想的吧？"

虽然他不懂尹谌为什么要隐藏实力，可他既然这么做，就有他的理由，唐柊的交友信条中有一条是"绝不干涉对方在生活方式上的选择"，而三千米事件害得尹谌打破原则，他觉得自己也有责任。

沉默片刻后，尹谌说："没有。"

唐柊也不知道尹谌的意思是他没有在隐藏实力，还是没有不想拿第一。他从未遇到过如此冷酷寡言的人，觉得就算找个谈判专家来，也未必能跟他流畅沟通，心想：算了，算了，交朋友嘛，总得有一方多迁就一点儿。

他又开始找话题，说："话说，我还以为这次聚会你不会来呢。"

尹谌漫不经心道："班长叫的。"

"那班长好厉害，我还以为谁叫你都不会来呢，你不是最怕吵了吗？"

"嗯，"尹谌先肯定了怕吵这一点，随后道，"班长说不来会扣操行分，扣到一定分值就要罚扫操场。"

唐柊顿觉无语。

好方法，学到了！

第三章　命运羁绊

　　就这样，唐柊和尹谌一个稳坐全班最讨人嫌第一名，一个继续酷到没朋友，凭着偶尔交换笔记、传个字条，建立起了一段友好的同窗情谊。

　　当然这也可能是唐柊单方面的想法，因为尹谌的态度从始至终都没有变化，就跟南城的秋天一样，时而刮风下雨，时而阳光普照，说不上冷，也谈不上暖和，穿短裤有些凉，穿秋裤又太夸张，总之唐柊就是不知道该如何与对方建立更深的友谊。

　　立冬的前几天，唐柊借着某次全班填联系方式的机会，抢着帮班长收表，弄到了尹谌的手机号，趁着周六晚上难得没活儿，早早地洗脚上床，蜷在被窝里编辑短信。

　　他先发了两个字预热——

　　"在吗？"

　　对方十来分钟后才回复了个问号。

　　唐柊一阵心虚，回道："是尹同学吗？我是唐柊。"

　　"什么事？"尹谌这次回得快了一些。

　　这话冷淡得让唐柊刚烫完的脚霎时透心凉。

　　不过尹谌至少没问他是怎么弄到他号码的，唐柊给自己吃了颗定心丸，然后闭上眼睛倒数三声，一个鲤鱼打挺坐了起来，咬牙哆哆嗦嗦地下床拿作业本。

　　距离成衣店不到一百米的老楼上，尹谌洗了个澡，穿着T恤出来了，回房间边擦头发边拿起手机看。

　　十分钟前唐柊发来了一条短信："这周发的英语试卷好难啊，第三页完形填空的第二题应该选哪个？我觉得A和C都对啊。"

尹谌记得唐柊的手机是个黑白直板机，打这么多字想必挺费劲。

他翻出上午就写完的英语试卷，找到那题，看了一眼括号里的答案，拿起手机回复："选D。"

"不是吧？"唐柊表示震惊。

这种没有提出具体需求的信息，尹谌原本是没打算回复的。

他放下手机收拾了一下桌子，准备关掉台灯的时候瞥到挂在椅背上的校服。

他想起唐柊之前让他有不懂的就问他，轻叹了口气，认命般地拿起手机编辑短信，尽量用简短的语言把题目讲清楚。

唐柊不笨，英语底子也不差，一点就通，通了之后就道谢。

尹谌刚准备礼尚往来地回一个"不用谢"，余光一瞥，看见有什么黑黢黢的东西从墙角缓慢地爬了过来。

晚上八点半，唐柊收到了来自看似无所不能的尹同学的短信——

"这个天气你们这里还有蟑螂？"

刚爬上床的唐柊又坐了起来，回道："有啊，你碰到了？"

"嗯，房间里。"

唐柊发短信跟他确认："是不是黑黑的，圆圆的，有六只脚或者八只脚，头上有两根须的？"

尹谌回复了一串省略号。

唐柊琢磨了一下，觉得他这串省略号肯定是在表示害怕。

作为土生土长的南城本地人，唐柊一年到头都与"小强"做伴，可尹谌是从北方来的，说不定是第一次见到这种传闻中的可怕生物，就算个性再酷也难免惊慌失措。

一种被需要的感觉油然而生，唐柊顾不上冷，跳下床穿裤子穿鞋，手上飞快地按键打字："你家门牌号是多少？我马上过来。"

不到十分钟，尹谌家的门就被敲响了。

尹谌打开门，就见唐柊穿着一身毛衣毛裤，脚下还踩着一双毛茸茸的大耳狗棉鞋。

唐柊见尹谌穿着短袖和塑料凉拖，惊道："你不冷吗？"

尹谌转过身，回道："不冷。"

唐柊进门的时候踩到了门口坏掉的半块砖，一个没稳住，身体前倾，他双手急急地扶住门，尴尬地笑了一下，说："滑了一下，不好意思。"

"没事，"尹谌继续往里走，"小心脚下。"

唐柊很小心地看着脚下，一小步一小步地跟着尹谌的步子挪，跟进房间后才后知后觉地想起什么，问道："你妈妈在家吗？还没跟她打招呼呢。"

"她已经睡了，"尹谌说着拧开桌上的台灯，"这个亮度够吗？"

唐柊抬头观察了一下屋顶，这间屋子连个顶灯都没有，唯一的照明设备就是桌上的台灯，他又环顾四周，房间很小，设施简单到有些简陋，完全不像会弹钢琴的贵公子住的地方。

唐柊联想到他是单亲家庭，还是从首都搬来的，于是脑补了一出家道中落的富家公子无奈迁居贫民窟的戏码，心中不禁唏嘘——都说由奢入俭难，尹谌的生活也不容易。

"够，足够了。"唐柊同情心泛滥，拍胸脯道，"我带了蟑螂药，在门缝和墙角放一些就好了，很简单的，包在我身上。"

尹谌"嗯"了一声，就拿起桌上的杯子出去了。

少了一个人，屋里总算能转得开了，唐柊捞起袖子预备大显身手，他先从口袋里拿出一管膏状蟑螂药，然后动作娴熟地开盖，蹲下开始搜寻阴暗的角落。

尹谌捧着两杯水回到房间的时候，看到的便是跪趴在地上的唐柊，只见他上半身埋在书桌下面，屁股撅在外面扭动，双脚蹬着地板做支撑，挣扎中半只没穿袜子的脚从棉鞋里露出来。尹谌把手中的杯子放在桌上，说："你起来，我来吧。"

"不用，不用，"唐柊的声音从桌子底下传来，"药我已经放好了，正在抓那只大胆出门挑衅你的'小强'呢……哎呀，又跑了！"

尹谌心道，你这样咋咋呼呼，能抓住就奇怪了。于是他把台灯往桌边移了移，让微弱的光打在地上，接着蹲下去帮忙。

"捉到了！"

尹谌刚凑近，唐柊就欢呼起来，他身体急速后退时没顾着头顶，脑袋不小心撞到了桌板。

尹谌问道："没事吧？"

事发突然，唐柊呆呆地说："啊？没……没事。"

完成使命的唐柊先去洗了个手,然后安心地坐了下来,把刚才抓到的蟑螂用纸巾包好放在桌上,担心尹谌害怕蟑螂,又捏着纸包到处找垃圾桶。垃圾桶没找到,但在桌角发现了一本打开的笔记本,上头画着一只很眼熟的大耳狗。

上次未经允许拿尹谌本子的后果,唐柊还记得,这回他谨慎了许多,指指桌角的笔记本道:"原来你也会画画啊。"

房间里只有一张椅子,尹谌挪到床边去坐了,闻言看过去,回道:"不会,那是我描的。"

唐柊明知故问:"你描的哪里的?"

尹谌随意道:"你的笔记本。"

唐柊眯起眼睛笑道:"下次我多画几个不一样的给你描。"

尹谌本想说他就是闲着没事随便描描,但见唐柊一脸期待,话到嘴边又改了口:"嗯,别画太难的。"

高二年级的第二次月考安排在十一月上旬,考前有一天假,考完又有两天假。

之所以这样安排,是因为学校要被征用为作文比赛的考场,老孙早上来教室盯早自习的时候,安排了三四组的男生下午下课后去学校南边的综合楼帮忙打扫卫生。

这让作为第四组男生的贺嘉勋很是不服,他愤愤道:"为什么是三四组,而不是一二组呢?"

老孙眉头紧皱道:"一二组的男生负责搬桌子,要不你跟他们一块儿?"

两害相权取其轻,贺嘉勋把头摇得像拨浪鼓,妥协道:"那还是打扫卫生吧。"

过两天就要月考,热衷于临时抱佛脚的唐柊一整天都没打瞌睡也没走神,抱着书聚精会神地啃了一天。

下午第三节课下课后,整队去综合楼的时候,唐柊还带着本子和笔,到地方随便转悠一圈,擦了两扇玻璃,就找了个无人的安静教室,蹲在墙角刷题。

综合楼统共三层,还有隔壁班的一起打扫,闲着的人多了,就有一些人四处转悠。

在赶走几个打算躲到这里窃窃私语的男生之后,唐柊好不容易理好的思绪又被搅得一团乱,他隔着门板听见有脚步声往这边来,烦不胜烦,等门一被推开就吼道:"要玩手机游戏去小花园,信不信你一掏手机我就……"

话还没说完,唐柊就看清了门口站着的人。

尹谌面无表情地把插在兜里的手伸出来,展示给唐柊看,并说:"没打游戏。"

唐柊悻悻地收了声,侧身让尹谌进去。

尹谌进去就随便找了张椅子坐下,摸出手机靠在椅背上玩,显然也是来偷懒的。见他这么正大光明偷懒,唐柊也有了底气,把阵地从墙角转移到教室中央,将习题册摊在桌上开始继续啃。

他特地换了本英语习题册,遇到不懂的或似懂非懂的,就用胳膊肘碰一下身边的尹谌,问他:"这题选什么啊?"

尹谌便会把目光斜斜地扫向习题册,口中念一遍题目,然后很快地说出正确答案,并提一下这题考的知识点。

尹谌念英文很好听,之前上课的时候英语老师说唐柊语感太差,让他找些英语广播听听,唐柊就听了一段时间的BBC(英国广播公司)新闻代替睡前读物,此刻尹谌用低沉的嗓音说着一口流利的英式英语,听得唐柊有些想睡觉了,眼皮子直打架。

尹谌大概是发现他没在认真听,于是拿起桌上的笔,圈了文章里的一个单词,问:"这个,什么意思?"

唐柊像上课走神被抓包的学生,凑过去看了半天,觉得这个单词有些眼熟。

尹谌用笔尖点了点单词,说道:"念。"

唐柊挣扎片刻,才道:"累……累个提舞?"

尹谌没说话。

唐柊调整了一下,重新念了一遍:"累个试舞?"

尹谌把首字母"n"圈上,念道:"Negative(消极的)。"

唐柊跟着结结巴巴地念了一遍:"累……累……内……内个试舞。"

尹谌再次示范道:"Negative,消极的,否认的。"

唐柊舌头都快闪了,跟着道:"累……累……内个试舞,消极的,否认的……"

尹谌十分严肃道:"念十遍。"

南城的方言"n"和"l"不分,说普通话的时候就有点儿转换不过来,个别人讲英语时也无法避免这个问题。

土生土长的南城本地人唐柊磕磕巴巴念了十遍,估摸着十遍中有七八遍是错的。眼看尹谌的脸色越发阴沉,眉心都打皱了,唐柊三十六计认错为上计,立刻道:"对不起,对不起,我太笨了,等我晚上回去练练,明天再……"

"我说你笨了吗?"尹谌转过身面向唐柊,"跟我念,南城人喝牛奶。"

唐柊咽了一口唾沫,复述道:"兰……哦,不,南城人喝流赖。"

"牛奶。"

"流……牛赖。"

"牛……奶。"

"流……流……牛……赖。"

"继续,牛——奶——"

唐柊越念越尴尬,主要是嫌弃自己的发音,连舌头都控制不住了。

尹谌大概是被唐柊弄得彻底没了耐心,放下笔不说话了。

唐柊又羞又急,恨不得把自己的舌头扯出来打一顿。他正纠结着该怎么道歉,忽而听见一声轻笑,抬头一看,发现尹谌那张万年冰山脸竟出现了类似笑容的表情。

只见尹谌薄唇微扬,开口安慰道:"慢慢练,不着急。"

唐柊刚才还焦躁不已的心,因为这句安抚瞬间平复下来。

唐柊做完一道阅读理解,距离下课还有十来分钟。尹谌趴在桌上睡觉,唐柊蹑手蹑脚地站起来,走到教室后面拿起一把扫帚,开始做卫生。

这是一间音乐教室,音乐课大多数时间被主课老师霸占,所以这间教室空荡荡的,只有几把桌椅,四处都是灰尘。

靠窗的墙角摆着一架用白布罩着的立式钢琴,唐柊扫地的时候经过好几次,终是没忍住,掀开罩布,打开琴盖,好奇地伸手按向一个白键。

这是他第一次触碰钢琴,没想到这个家伙体积没多大,居然能在空旷的教室里发出如此浑厚的声音,唐柊着急收回手时已经晚了,只听一阵窸窸窣窣的动静,尹谌把脸从臂弯里抬起来,迷迷糊糊地看向唐柊。

唐柊立刻装傻,拿起扫帚开始扫地,边扫边说:"你继续睡!继续睡!"

唐柊装着装着就入了戏,从这头扫到那头,又找了块抹布擦起桌子来,用行动诠释了什么叫"劳动使人快乐"。

耳边突然传来一串叮叮咚咚的琴声。

尹谌不知什么时候站在了钢琴前,他先把右手放上去,按了几个音,接着抬起左臂,双手配合着弹了一段耳熟能详的旋律。

是《小星星》。

这支儿歌在唐柊的印象中就是简谱上的"1155665",尹谌不知是从哪里学来的,左手加了动听的和弦,使这首曲子简单的旋律听起来更丰富,更有层次感。

重复了两遍主旋律之后,尹谌加快速度弹起了变奏版,他修长的手指在琴键上翻飞。过了一会儿,节奏渐渐慢了下来,他的左手像爬格子一样来回跳跃着敲击键盘,右手仍轻缓地弹着,强弱不同的两段融合在一起,给这段活泼的旋律添上一份别样的温柔。

夕阳西下,晚霞透过窗户洒进来,唐柊站在教室的一端,望着站在另一端弹琴的尹谌。

琴凳不知去哪儿了,尹谌就这么站着弹奏,他被落日余晖笼罩的侧脸上,深邃中带着几分慵懒,背脊挺直,脖颈微弯,视线落在琴键上,音符在指间流淌。

他弹得很随性,记得谱子的地方弹得飞快,记不清的地方就放慢速度,唐柊却觉得很好听,他很久没听到这么好听的乐曲了。

唐柊不由得跟着哼唱起来,身体也跟着节奏左右摇摆,琴声都停止了,他还陶醉其中,根本没反应过来。

嘴巴没刹住车,一句稚嫩的"满天都是小星星"在空旷的教室里响起,唐柊瞪圆眼睛,捂住嘴,看见尹谌稍稍侧头面向自己。

他站在朦胧的光里,再次弯起唇角道:"这不是会唱吗?"

晚自习第一节课上,唐柊纠结再三,给尹谌写了张字条:"你不要告诉别人!"

他知道自己唱歌难听,所以从不在别人面前开嗓,每次都找借口推脱,他不想身上又多添一个笑料。

过了约莫五分钟,字条传了回来,尹谌在唐柊的字下面另起一行写道:"你也不要告诉别人。"

他说的是他不仅会弹钢琴,还弹得很好的事。

唐柊把这段对话看了好几遍,尤其是尹谌那行字,内容明明是在拜托别人,字却写得龙飞凤舞、苍劲有力。看这架势,他估计就是随口一说,其实压根儿没在怕的。

但唐柊还是很开心能为朋友保守秘密,他把这张字条叠好,拉开笔袋,塞进最里面的夹层里。

高二年级第二次月考刚好在立冬这天。

南城气温骤降,唐柊为了不在关键时刻感冒,在校服里面穿了秋衣、毛衣和棉马甲,校服外面还套了件冲锋衣,把自己裹成一只不漏风的球,考试写字时弯手臂都有些费劲。

第一场数学考完,他抱着英语书去隔壁2号考场找人,看见坐在教室中间位置的尹谌依旧校服里面只穿一件单衣,在心里暗叹北方人就是不一样,抗寒能力一级棒。

"怎么样,在教室里考试比在食堂舒服多了吧?"唐柊问道。

尹谌低头边玩着悠悠球,边回答他道:"差不多。"

唐柊没忘自己来这里找尹谌的目的,所以他从怀里掏出录音笔,说道:"来,说两句。"

尹谌瞥了一眼录音笔,开口问道:"说什么?"

唐柊立刻把英语书摆在他面前,说:"随便说点儿什么,单词或句子都行,我学习一下你的发音。"

尹谌沉默片刻,说:"你们这里听力用的美式发音,没必要跟我学。"

唐柊乖乖点头答道:"我知道啊,这么做只是为了吸收学霸之力。"

尹谌虽然内心不理解,但还是接过了录音笔,按下录音键道:"Negative(消极的)。"

唐柊见他松开录音键，忙问："就这样？"

尹谌于是又录了几个单词："November（十一月），necessary（必要的），native（本土的），nutriology（营养学）。"

唐柊一脸疑惑。

见他一脸疑惑，尹谌帮他梳理了一下，说："可以连成一句话反复练习，比如 A native-speaker says it is necessary to attend this meeting about nutriology in November（一位母语为英语的人说有必要参加十一月份举办的这次关于营养学的会议）。"

唐柊一脸肯定道："Thank you（谢谢你）。"

唐柊不仅吸收到了学霸之力，还亲身体验了新型教育方式，可以说是不虚此行了呢。

上午的两场考试结束后，几个人约好在校外没有招牌的那家饭店碰头。

准确地说是贺嘉勋跟着尹谌，唐柊也跟了去，苏文韫又和唐柊一起，加上在美食街碰到的戚乐，他们五个人干脆拼了个桌。

上菜前，贺嘉勋拿着从戚乐那边要来的空白试卷跟尹谌对答案，尹谌写一个，他哀号一声，等听力对完，他的英语也差不多阵亡了，哀号道："完了，完了！这次又要被我妈拎着耳朵吼了。"

戚乐安慰道："还不一定呢，弄不好你是对的。"

唐柊在心里暗道肯定是尹谌的正确率高啊，但嘴上到底没说什么雪上加霜的话，只接过试卷默默对后面的答案。

吃完后，一行人回到学校，离开考还有将近一个小时，尹谌到教室外面透气，扭头看见唐柊趴在阳台上抱着手机专注地点，走过去一看，发现他居然在玩俄罗斯方块。

"我最怕的物理要来了，正在调节情绪，"唐柊一脸严肃，"顺便激活大脑。"

见黑白手机的按键都快磨掉色了，尹谌掏出自己的手机，问："要不要玩这个？"

唐柊眼睛一亮，显然是想要的，但他想了想，还是拒绝了，说得头头是道："用你这种手机玩游戏就不是放松了，而是扰乱神志。以后有需要，会跟你借的，现在我需要专注。"

尹谌便把手机收了回去。

唐柊看他表情,以为他不信,玩完一局,举起自己的宝贝手机说:"别小瞧它,还能玩贪吃蛇呢。贪吃蛇你知道吧?特别考验反应力和判断力的游戏!"

晚上最后一门考完,尹谌在路上掏出手机搜索"贪吃蛇"。

他提前二十分钟交卷,刚好避开了放学高峰期。学校附近网络不好,出了校门信号才跳到满格,尹谌一只手插兜,一只手拿手机,盯着缓慢前进的下载进度条,进度条好不容易走到100%,他刚要点开游戏看看,便听见有人喊他。

尹谌抬起头,看见穿格子连衣裙的女孩儿站在前方路灯下冲他挥手,嘴里喊着:"尹哥哥,我在这儿呢!"

尹谌站在原地愣了一会儿,还是走了过去。

约莫一刻钟后,二人乘上了地铁一号线。

名叫陆灵珊的女孩儿显然不习惯乘坐这种公共交通工具,够着拉环仍被挤得东倒西歪,好不容易才挪到尹谌身边,软着嗓子问:"下地铁之后还要走多久呀?"

尹谌:"一千米。"

女孩皱着脸抱怨道:"这什么破地方啊,地铁就两条线,想要去景区都没有直达的车,腿都要走断了。"

尹谌冷淡道:"是你要去的。"

陆灵珊噘了噘嘴,嘀咕了句什么,尹谌没听清。

到站下车,尹谌走在前面带路,陆灵珊跟得很吃力,在后面唤道:"尹哥哥,你慢一点儿啊,我走不动了。"

尹谌只好放慢脚步,与她并排同行。

他们去的是南城标志景点,龙藏河。刚才在校门口,尹谌问陆灵珊来这里干什么,她说来旅游,顺便看看他,还央着他带她去南城的龙藏河看看。

这会儿到了地方,陆灵珊的关注点却完全没放在景点上,一路净问一些跟景点无关的问题。

"这里的天气是比首都暖和,尹哥哥,你在这里待得惯吗?"

"嗯。"

099

"你上的那所学校我都没听说过,它是一所普通学校吗?"

"嗯。"

"听说你现在在念书,这里的功课是不是很难啊?"

"嗯。"

"不知道跟首都重点学校的课程比起来怎么样……你也知道的,重点学校和普通学校的教育师资天差地别……"

听到这里,尹谌站定脚步,偏头看她。

陆灵珊被他冷淡中透着锋利的目光看得头皮发麻,结巴道:"怎……怎么了?"

尹谌又把视线转回去,抬抬下巴指向前方,说:"到了。"

陆灵珊想坐船,尹谌便去买票。

夜泊龙藏是景点特色,所以晚上自然是龙藏河客流量最大的时候,光是排队买票就花了十来分钟,买完票又要在甲板上排队等船。

陆灵珊意识到刚才说的话不妥,趁还没上船,赶紧向尹谌解释:"尹哥哥,其实是爷爷告诉我你在这里的,他也很想你,希望你早点儿回去,说会把你安排进首都最好的国际学校,不比那些重点学校差。"

她口中的"爷爷"其实是尹谌的亲爷爷,尹正则。有趣的是,尹谌都没亲口喊过他几声爷爷,这个女孩儿倒是喊得顺口。

也正是因为猜到她是在尹正则的授意下来南城的,说不定还肩负着打听状况之类的使命,尹谌才没有掉头就走,而是耐着性子带她逛景点。

毕竟尹正则是长辈,在他小的时候也确实待他不薄,看在养育之恩的份上,表面功夫尹谌也该做到位。

"麻烦你转告他,我不回去了,"尹谌道,"我在这里很好,不用你们担心。"

陆灵珊似是还有话想说,但怕惹尹谌不高兴,她到底是忍住了。

上了船,她跟大部分第一次坐画舫的游客一样,起初对景色很感兴趣,扒着窗户四处张望,等到船推开波浪慢悠悠地晃,喇叭里讲故事的女声令人昏昏欲睡时,她便开始坐不住了。

沿途的景色差不多是一个样,看了一会儿就没新鲜感了,陆灵珊随便拍了几张照片，就抱着手机跟小姐妹聊开了。

尹谌坐船只当完成任务，其他事情并不关心，他坐在左侧靠过道的位子，望着窗外的灯笼和树影，船驶过桥洞时，眼前忽而浮现上次坐船时看到的一幕——

唐柊一个人坐在船尾，趴在前座的椅背上双手托腮，唇角微弯，不知透过这美景联想到了什么美好的事。

从景区出来时，天色已晚，尹谌问了陆灵珊所住酒店的地址，送她回了住处。

陆灵珊是个女孩子，对晚归有着天然的惧怕，有尹谌在身边也不例外，她不肯乘地铁，要求打车，还要求尹谌跟她一起坐后座。

出租车平稳地行驶在马路上，南城的出租车司机不像首都的那样爱与乘客搭话聊天，车内安静了一阵儿，陆灵珊率先打破沉默道："前几天，就上周，那个男生又来找我了。"

尹谌大概能猜到她想说什么，却仍不打算接话，静静地听她说。

"我好怕啊，尹哥哥！"陆灵珊靠了过去，抓住他的胳膊，"你知道他家里是干什么的！他那么霸道，我现在晚上都不敢一个人出门。"

"那就别出门。"尹谌说。

陆灵珊愣了一下，似乎没想到他会这么冷静，看表情好像完全不在乎她，她攥住尹谌衣袖的手又紧了紧，道："可我很想你啊，不然也不会千里迢迢跑到这里来！就算你放弃了尹家，我也还是……"

"想好了再说，"尹谌突然道，"我现在和以前不一样了，你想清楚再决定。"

一句话就令陆灵珊犹豫起来。

她不否认自己是欣赏尹谌的，尹谌各方面都很优秀，家庭条件也好，唯一的缺憾就是他不是尹家的继承人了。

自从他们迈入青春期，尹正则便有意让他们多在一起玩，她就一直盼着尹谌早日长大。所有人都对他寄予厚望，所有人都认为这样优秀的男孩儿一定是尹家的继承者，然而14岁，15岁，16岁……一直到现在，尹谌马上19岁了。

"他不是尹家的继承人了"这件事已经从无理由猜测变成了既定

事实，所有怀揣希望的人都放弃了，徒留陆灵珊一个人踟蹰不决。

若是他待在尹家还好，毕竟长子长孙在那种传统的大家族里比血统更重要。可尹谌偏偏不肯好好在尹家待着，背井离乡跑到这地方来，前程未卜，将来未定……陆灵珊想到这里便心烦意乱，无法将这些不定因素摆在天平上轻易做取舍。

"我想过了的，只要你回首都。"陆灵珊打算赌一把，放下作为女孩子的矜持，鼓起勇气道，"我不在乎你是否是继承人，只要你答应我……"

"我不可以。"尹谌再次开腔，拒绝的话像北风一样冰冷，"爷爷的话你不用放在心上，我没有成为尹家继承人，并且我们只是一起长大的玩伴，你不用为我做什么。"

陆灵珊再次怔住，抓着他衣袖的手也渐渐松开，问道："你这样……是在为我考虑吗？"

尹谌把胳膊从她手里抽了出来，目光投向窗外，淡声道："如果能让你舒服一些，你可以这么理解。"

尹谌把人送到酒店门口，转身离去时，听到陆灵珊在背后大声问："尹谌，你究竟有没有在意过我？"

尹谌停住脚步，眼里浮现一丝茫然。

他不知道什么叫"在意"。

无论是在尹家空旷的大宅，还是在南城这处简陋的小屋，他都没有感受到过书上写的所谓"家的温暖"。父母之间无休止的争吵，爷爷过分沉重的期盼，复杂的家庭关系，被操控的身不由己……久而久之，他仿佛失去了对情绪的感知能力，除了无可奈何和无能狂躁，他几乎不会自主表达感情，也接收不到来自外界的任何牵挂。

而这一切，皆因他"不优秀"。

身后的陆灵珊没有等到回答，最后一点儿希望破灭，她自觉颜面尽失，恨不得把刚才在车里说的那些话收回，咬牙切齿道："你这种人，永远都不会有人喜欢，永远都不会得到幸福！"

可惜这段类似于诅咒的话只让尹谌觉得可笑。

就因为他18岁之前没有成为合格的尹家继承人？

尹家继承人究竟是个什么东西？

是又怎么样？不是又如何？

一个人存在的价值若只能用这几个字来评判，那这个世界未免太过荒唐。

他没有回头，径直回到出租车上。

刚坐下，他就收到一条来自唐柊的短信："怎么没在家啊？我在梅山路天桥摆摊，你来照顾一下生意不？"

尹谌蓦地想起自己那天怕伤及无辜，对唐柊说了"滚"字后，唐柊也说了和陆灵珊同样的话。

"你这种人……"

尹谌想：我是哪种人？他想说的难道和陆灵珊一样？

怀揣着自己都没察觉的迫切与好奇，尹谌对司机师傅说："去梅山路。"

半小时后，好不容易把 LED 台灯摆弄好的唐柊往手里哈了一口热气，使劲搓了搓，东张西望地观望附近有没有城管。

穿制服的城管大叔没等来，等来了一个披着校服的帅哥。

唐柊从小板凳上一跃而起，迎着秋夜的风挥舞着双手喊道："这里，我在这里！"

尹谌刚踏上天桥，目光触及桥中央活蹦乱跳的人，看着他神采飞扬的笑容，身体忽然像被戳了一个洞，压在胸口的浊气顺着小孔释放而出，盘桓心头许久的迷茫和无措也在当下变得无足轻重。

得以顺畅呼吸的同时，他甚至能感受到活水般的蓬勃生机，还有一种无关身份与地位的唾手可得的轻松和愉悦。

尹谌把右手从裤袋里伸出来，举过头顶，朝唐柊的方向挥了挥，然后抬脚向他走去。

唐柊做的是手机贴膜生意。

近来用智能手机的人越来越多，催生了贴膜这个新兴产业，上周唐柊已经趁课余时间到各大地铁站还有天桥考察过了，只有梅山路这一处尚未被占领，位置和人流量也还不错。

他把 LED 灯夹在小桌板上，利索地掏出一张小马扎撑开放在地上，向尹谌招手道："坐。"

唐柠摊位周边还有几个卖小饰品的摊子，这种市井小摊，尹谌平时就算路过也不会看一眼，现在让他坐，实在有点儿为难他。

他找了个不碍事的地方，倚靠着栏杆站着，唐柠看出他有顾虑，也不强求，把小马扎往边上踢了踢，道："站累了就坐，耍酷耍到最后吃亏的是你自己哟！"

尹谌接受了唐柠的忠告，并选择继续站着。

他原以为唐柠是一时兴起跑来干这个，遇上困难就该打退堂鼓了，谁知唐柠一坐就是一个小时，没人的时候就拆膜练手，有人的时候就吆喝生意。

结果还真让他吆喝来几个人，说不定纯粹是看在被喊了"帅哥"或者"美女"的份儿上来的。

面对来之不易的顾客，唐柠打起十二万分精神，认真仔细地贴每一张膜，里面进了一点点灰尘，他都会拿到台灯下看个清楚，然后重新贴，最后还会塞给客人一块糖，拜托他们下次再来关照生意。好几个姑娘被他哄得合不拢嘴，说这就打电话给朋友，叫他们都来唐柠这里贴膜。

半个晚上赚了七十块钱，唐柠捏在手里数了又数，嘴里哼着歌，快活得不得了。

只是，一嘚瑟就容易出事。收摊前，摊子上来了个西装革履的中年男人，唐柠左一句"老板"右一句"老板"，把人喊得喜笑颜开，那人贴完膜就丢下张面值五十的钞票，还说不用找了。唐柠受之有愧，还是给他找了四十块钱。

等人走远了，唐柠把那张绿票子拿起来欣赏，越看越不对，摸着手感也怪怪的，光滑得过分，完全没有其他纸钞的那种质地。

这是张假钱。

唐柠腾地站起来，想去追那个人，然而夜色正浓，别说已经走了好几分钟的人了，就是刚从桥上经过的人，都一眨眼就看不到了。

乐极生悲说的便是此刻。

唐柠不死心地又朝那男人离开的方向望了半晌，终是放弃那人会良心发现返回来这一可能，失魂落魄地坐下，数了数剩下的三张十块，尽管难过极了，但他还是拼命咬着嘴唇，不让自己哭出来。

就在这时，尹谌走过去，曲起长腿坐下。

唐柊别开脑袋，吸了吸鼻子道："你不是不坐吗？"

"站累了。"尹谌说。

唐柊的心还痛着，不想说话，拿起几张贴废的膜瞎摆弄，左手贴两张，右手贴两张，怎么看怎么像他损失的四十块钱。

尹谌边把手机放在小桌板上边说："给我也贴一个吧。"

"你不是不贴吗？"唐柊的声音带着很重的鼻音，以为没人发现，"我技术不太好，你还是找别人贴吧。"

尹谌闻言拉着小马扎往前挪了挪，自己动手开贴。

他毕竟没练习过，手法实在不怎么高明，随手一撕就往手机上贴，看得唐柊肉疼不已，只好亲自下场指导："手机屏幕不擦干净，贴了也是白贴……哎，不是这么贴的，撕一点贴一点，这样屏幕才不会进灰。"

结果就是废了好几张膜才贴出张像样的。

贴完，尹谌掏出一张五十块放在桌上，唐柊要找钱给他，他把贴坏的膜摊在桌上数了一遍，把自己手机上贴的那张也算进去，说道："五张，正好五十块。"

回去的路上，唐柊才迟钝地反应过来，尹谌是在安慰他。

他又想到尹谌家条件也很差，房间比他的还小，还有蟑螂到处爬，不由得担心少了这五十块钱，尹谌是不是又要少吃一周午饭了。

安慰人的代价未免太大，尹谌这家伙是不是傻？

或许……他不知道这东西进价多少，真以为值这个价？

唐柊试探着问："你猜猜这膜成本多少？"

尹谌拿起手机，拇指在屏幕上滑了几下，答："最多五毛。"

唐柊无话可说。

估价大师果然从不失手。

接下来的两天假期，唐柊照样每天发短信约尹谌一起去贴膜。

尹谌不回复短信就代表会去，下午不去的话，晚上就一定会去，有时带着悠悠球，有时带着本书。

没生意的时候，唐柊就凑过去跟他一块儿玩球、看书，一玩就忘了时间。假期最后一天晚上，他们为了切磋悠悠球技巧，磨蹭到近十二点才回家，累得第二天晨读直打瞌睡，二人一起被拎到教室外面罚站。

这次他们没有被罚扫操场，已经是老师看在他们月考成绩不错的份上手下留情的结果了。

唐柊困得抬不起脑袋，口齿不清地问尹谌考了多少。尹谌先比了个5，又比了个1，唐柊直接吓醒了，问道："名次卡得这么精准的吗？"

他从尹谌捧着的英语书里抽出试卷，果然，前面的选择题全对，作文只写了两行半，句号都没加，唐柊实在无法相信能随口串词造句的人写不出作文，他把试卷拿到尹谌眼前，质问道："这次怎么回事，又是时间不够？"

尹谌懒懒地看了一眼，答道："饿了。"

"好吧。"唐柊一脸无语。

料想前一天睡得那么晚，这天早上八成也没吃早餐，唐柊掏出珍藏在口袋里的菜园小饼给尹谌吃。

尹谌起初不肯要，唐柊劝道："别总是拒绝别人的好意，总是怕麻烦别人，会越活越孤独的。"

尹谌便听话地接了过去。

唐柊本以为尹谌这种酷哥不会喜欢这种学生爱吃的小零食，没想到他拎起包装袋就往嘴里倒，三下五除二吃了个干净。

唐柊惊讶道："这一袋我能吃五天呢！"

尹谌把袋子揉成一团投进一门之隔的垃圾桶里，掸掸手道："晚上赔你一袋新的。"

于是这天晚自习结束后，唐柊格外精神，扛着大包小包去天桥也不觉得累，脚下生风，走得飞快。

苏文韫陪他走了一段，开玩笑道："不知道的还以为你是出去玩。"

唐柊面上一顿，回道："这不是为了赚钱嘛，钱才是我这辈子的挚爱。"

尹谌这天没上晚自习，班长说是他母亲身体不好，他请假回家照顾去了，所以唐柊不确定他晚上还会不会来。

十点左右的天桥上人来人往，桥下车水马龙，霓虹闪烁。唐柊捧腮扒在护栏边看，过一辆车就数一个"来"，再过一辆就是"不来"，两辆一起过也是"来"，掐指一算，那就是尹谌肯定会来！

接到奶奶打来的电话时，刚过十点半，唐柊一般十一点半收摊，

106

他在电话里叮嘱她早点儿睡，不用等他。

"这么晚了，我不放心你一个人在外面。"

"不是说了有同学陪我一起吗？不用担心啦。"

那头的唐奶奶忧虑道："你的同学也都跟你一样的年纪，让我怎么放心？万一再遇到坏人……"

"哪来那么多坏人啊？"唐柊笑起来，"别说遇不到，就算遇到了，以我现在强悍的体力，坏人不出两秒就跑没影儿了。"

说大话谁都会，可等到真出现什么情况，人就厌了。

唐柊怎么也没想到会在这里碰见那个人。

一行共三人，为首的梳着油腻的大背头，吊儿郎当地在唐柊为客人准备的小马扎上坐下，手机往桌上一扔，道："贴个膜。"

自听到这个声音起，唐柊裹在冲锋衣里的身体就开始不停地发抖，他在不引人注目的情况下把脸尽量埋低，手上开始收拾东西，嗓音也压得很低，说道："准备收摊了，您明天……"

唐柊刚说了几个字，下巴就被面前的人捏住，然后猛地抬了起来。

"哟，这不是我们'小木冬'吗？你可让我好找。"那人笑得阴邪，像是发现了什么好玩的东西，"你以为把脸抹黑，我就认不出你了？"

唐柊迅速别开脑袋，摊上的东西也不要了，站起来就跑。

可一个人哪里躲得过三个强壮敏捷的男人的围堵，唐柊刚跑几步就被提着后衣领拽了回去。他被吓坏了，身体受制，挣扎不开，就抬腿狠踩身后那人的脚。

那人没有防备，被踩痛了，腾出一只手抓住唐柊的头发往后扯，警告道："你最好给我安分点儿，上次让你跑了是我失误，敢在我眼皮子底下耍花样，这次不收拾你我就不姓……"

没说完的话消失在"砰"的一声撞击声后，紧接着是一声痛呼。

唐柊察觉到对方的手松开了，忙趁机挣脱，慌不择路地向前跑，撞到另一个人的时候，他绝望地闭了闭眼睛，心想他今天彻底完了。

"砰"又是一声。唐柊还没反应过来，面前人就倒了，一只悠悠球咕噜地滚到脚边，蓝色的轴体因为重击出现蛛网状的裂缝。

尹谌把唐柊拉到他身后，冷冷地看着前面被悠悠球砸得头晕目眩的人。

"有种！"那人上前两步，指着尹谌骂道，"哪来的浑小子，居

107

然敢砸我？你最好道个歉，承认砸错人了，否则今天别想回去！"

尹谌迎着他的目光道："砸的就是你。"

那人愣了，大约是没想到这年头儿竟然有人敢挑衅自己。

他看了几遍尹谌身上的校服，确认他是附近学校的，顿时又添了几分底气，说道："哪来的多管闲事的小屁孩儿？敢跟我叫板，你是不懂'识时务者为俊杰'吗？语文老师没教过你吗？"

尹谌淡然道："不懂。"

"那'多管闲事没有好下场'听过吗？"

"没有。"

"哼，还挺傲。"

身后的唐柠虽然看不见尹谌的表情，却能感觉到他周身越发森寒的气息，慌乱中他甚至不知道该拉着尹谌离开，还是该劝那三个人赶紧跑。

那人只当尹谌不识趣，伸手竖起五根手指头，一脸得意地说道："这样吧，我们也懂尊老爱幼，我让你五秒，五秒内你能跑掉，我就放过你，不过'小木冬'得留下。"

唐柠的心脏重重一跳，捏住尹谌衣摆的手不由得攥紧。

见尹谌不说话，那人便当他接受了，扬扬得意地开始倒数："五，四……"

"三"还没来得及说出口，男人突然出手，尹谌在躲开的同时送出一拳打中了对方的脸。

唐柠只在电视里见过这样的场面。

那三个人身强体壮又经常闹事打架，以尹谌的身手，也只能勉强跟他们打平。

周围的几个小摊主都被吓得躲远了，已经有路人用手机打电话报警。唐柠冲上去抓住尹谌，劝道："别打了，我们走，好不好……不打了，我们不打了。"

尹谌身形一顿，回神般地停了手。

就在尹谌要站起来的时候，旁边倒地多时的跟班之一突然抄起地上的LED灯管向他们砸去。

唐柠正好背对着，看不见，等到发觉有人偷袭时，那灯已经被尹谌稳稳接住，灯罩在强烈的挤压下支离破碎，发出尖锐的破碎声。

一瞬间，唐柊耳边爆发出一阵刺耳的嗡鸣，他的呼吸都仿佛要停滞了。

南城的秋天多雨，这会儿雨又不合时宜地下了起来。

那三个人互相搀扶着跑了，唐柊把尹谌扶到别的摊主没来得及收走的遮阳棚下坐着，然后跪坐在他面前，脱下外套，给他包扎手。

扎在掌心的碎片已经取出来了，血还是不停地顺着伤口往外冒，刺目的鲜红令他身体打战，到处找手机要喊救护车。

"不用了，"尹谌低声道，"我没事。"

"你怎么可能没事？"唐柊继续找手机，"没事就不用看医生了吗？学生就可以被随便欺负吗？"

尹谌似乎笑了一下，很轻，融进了淅淅沥沥的雨声里。

手机在刚才的混乱中从桌上掉下来，被踩了好几脚，这会儿开不了机，唐柊急得手心冒汗，又要去附近的药店买酒精和纱布。

"你在这儿等我一下，我马上就……"

唐柊刚站起来就被尹谌拽住了。

"别走，"尹谌的声音带着浓浓的疲倦，"他们说不定没走远，你待在这里比较安全。"

唐柊愣住了，然后点了一下头，乖乖地蹲回去。

他把尹谌受伤的那只手放在小凳子上，一旦有血渗出就小心地用衣服揩去，直到伤口凝固，不再出血，他还死死盯着，眼睛都不眨一下。

尹谌要把手抽回去，唐柊便紧张地问："还疼吗？"

"不疼。"尹谌硬气地说。

说完，他像是想起了什么，从校服口袋里掏出一包东西递过去。

唐柊低头一看，是一包菜园小饼。

包装袋在刚才的厮打中破了，里面的小饼干被压得稀碎，唐柊摸出一片只剩半边的心形饼干，忍不住笑道："什么呀，都变成菜园碎饼了。"

尹谌抬眼看向唐柊，见他面上嫌弃，却还是把饼干放进了嘴里，只是还没咽下去，眼眶就先红了。

尹谌问道："不好吃？"

"都成这样了，还管什么好不好吃啊。"

唐柠低头，用额前的碎发挡住眼睛，手伸进包装袋里翻找，好不容易找出一片完整的心形小饼，递给尹谌，安慰般说道："吃这个，补心的，吃了就不难过了。"

尹谌心头一震，没想到他会这样说。

他把那片饼干吃进嘴里，嚼了几下咽下去，坚定道："我不难过。"

唐柠看似没心没肺地笑道："你可别在我跟前逞英雄，回头躲起来偷偷哭鼻子。"

他把小饼放在一边，从书包里摸出创可贴，坐直身体去看尹谌的脸，见他额角和唇边都有瘀伤，叹惋道："唉！可惜了这张脸，至少得肿一个星期。"

尹谌低头贴好创可贴，再抬头时，看到的便是唐柠微微上扬的眼尾处未干的一点儿湿润。

此刻的唐柠脸上和身上都沾了血污，眼神却仍旧干净澄澈，像大雨中被压弯了腰却依然昂首挺立的一株白色小花。

"你也……"尹谌看着唐柠，不甚熟练地说，"你也别难过了。"

这场风波带来的影响持续了半个月之久。

事发当天，去派出所做笔录时，两边差点儿又打起来。次日，由于当时有路人拍了视频，学校也得知了这件事，学校的相关负责人协调了一个时间，双方带着涉事学生进行了一次面谈。

事情发生在校外，好在天桥上的摄像头虽在夜晚不够清晰，但能看出是对方先动的手，尽管没个能清晰描述全部事发过程的证人，但双方口供都证实了唐柠没有参与打斗，基于此，医院开具的伤情鉴定便让所有人都倍感疑惑——尹谌一个人是如何把三个人打得鼻青脸肿，自己却只受了点儿皮外伤的？

尹谌不屑地回答："他们太菜了。"

对面的那三个不服气道："谁菜？有种你再说一遍！"

尹谌又说了一遍："你们菜。"

对面的三人立马开始撸袖子，大声道："少给这儿废话，别谈了，还是出去打一架吧！"

一边沉稳如山，另外一边则一激就怒，倒是完全符合唐柠描述的"言语挑衅引发的冲突"。

大家见那三人活蹦乱跳,除了看起来惨点儿,其他并无哪里不妥,再加上外面已经有媒体拿"三个人联合起来欺负一个人"做标题了,双方决定这件事还是私了算了。

那三个人有苦难言,承认了吧,又实在咽不下这口气;不认的话,等于坐实了"三个人合起来打不过一个人"这个事实,三人凶狠地瞪了尹谌好几眼,临走前放狠话让他以后小心点儿,就憋憋屈屈地走了。

这件事不只惊动了学校,还惊动了家长。尹谌的母亲林玉姝抽空去了学校一趟,沉着脸听老孙把事情讲完,淡然地问:"有需要赔偿的部分吗?"

老孙翻开处理通告查看,回道:"双方都受了伤,伤情均等,应该是没有什么要赔偿的。"

林玉姝点点头,站起来道:"那我就先走了,如有后续,再联系。"

与林玉姝的冷漠比起来,唐柊奶奶的反应就显得有人情味多了。听老孙大致说完事情的经过,她就不停地抹眼泪,老孙好不容易安抚住了,唐柊奶奶又请求见那个叫尹谌的学生,说要亲自向他道谢。

尹谌觉得没必要,他也不想被当成什么挺身而出的英雄,但最后到底架不住唐柊的恳求,以十颗咸鸭蛋作为交换条件,站在教室门口被唐奶奶拉着手哭天抹地地喊了半天"好孩子"。

正因如此,原本低调处理的事情先是在三班传得沸沸扬扬,紧接着又扩散到整个年级,最后全校的人都知道了。尹谌想低调都不行,后来几天,每逢课间都有别的班的学生跑来三班门口围观,看到传说中能一个打三个的学生长成这样,他们就更加不淡定了。

这天,尹谌到班上后,从桌肚里掏出厚厚一沓信封,内容花样百出,现代诗、文言文、隐喻……五花八门,此事震惊全班之后,又闹得举校皆知,一个上午不到,校园论坛就有人开帖把尹谌推上了"校草"宝座。

唐柊听说了这事,既为尹谌高兴,又非常不爽,蹭同桌蔡晓晴的智能手机浏览了一下论坛,看到上次运动会上尹谌的照片居然也被贴了上去,不满地咕哝道:"明明我也参与了……"

蔡晓晴没听清,问道:"也什么?"

唐柊忙装傻道:"没什么,没什么。"

不过经此一役,苏文韫对尹谌的最后一点儿不满也打消了,尤其

111

是看到他掌心的疤之后,感动得差点儿跟唐奶奶一块儿落泪,拉着尹谌的手说:"此生有你这个朋友,真是唐柊的福气。"

虽说朋友一场,不用那么客气,但唐柊还是在事情平息后用实际行动表达了感谢。

他先是把说好的咸鸭蛋兑现。为了避免蛋壳在运输途中被撞坏,他还去批发市场买了个大泡沫箱,亲自上手掏了十个适合放蛋的坑,一大早带到学校往尹谌桌肚里一塞,填得满满当当。

然后唐柊又想着处理一下那个坏掉的悠悠球,摔成那样,想复原很困难,而且一想到这东西碰过那个臭流氓的脑袋,他就瘆得慌。于是他先在家用肥皂水把球泡了七八遍,确定洗干净了,才拎着去龙藏河边的小巷里找上次帮他修镜子的老头儿。

老头儿再次见到唐柊,很高兴,自报家门说姓何,还拿出一张照片给唐柊看,问:"这个是不是你说的刺桂花?"

唐柊一看,小小白白的一朵四瓣花,花蕊嫩黄,拍手道:"没错!就是它!"

何老头戴上眼镜检查了悠悠球的状态,说如果非要修的话,可以试着重新刷漆,既能填补裂缝,也能兼顾美观。

唐柊就问了具体用料和流程,自己买了桶蓝色油漆和小刷子,卷起袖子开工了。

难倒是没有很难,就是新手容易刷不均匀,深一块浅一块的,有碍观瞻,怎么办呢?只能多刷几层了,他相信总能刷匀称。

于是尹谌收到的修理过的悠悠球比原来大了一圈,还变沉了不少,甩起来也没之前那么顺滑了。

课间尹谌拿着悠悠球把玩,贺嘉勋转过身看到了,忍不住吐槽道:"这悠悠球也太丑了吧,隔壁实验小学门口卖的都比这好看。"

尹谌心想这就是实验小学门口卖的那种,只不过刷了几层新漆。

尹谌勾唇笑道:"我觉得不丑,挺好看的。"

"哎,尹哥,你袖子上是什么啊?"大大咧咧的贺嘉勋这会儿才发现尹谌的校服袖筒上多了块刺绣,好奇地伸手去摸,"新款布贴吗?"

尹谌侧身躲开了,没让他摸到。

他下意识地不想别人触碰他的衣服,刚才还带笑的脸说变就变。
"没什么,别碰。"

为了生活,唐桭还打算继续做贴膜生意,但奶奶和苏文韫反对,连鲜少管闲事的尹谌都不赞成他继续摆摊儿,不赞成的理由很简单——这么下去早晚还会出事。

唐桭却不以为意,因为那个人比他还尿,当年他不过往脑袋上浇了一桶凉水,做出鱼死网破的气势就把那人吓得要死,立刻同意放他走。这回他都被尹谌揍成那样了,哪里还有胆子再来?

唐桭嬉皮笑脸道:"早晚会出事,那我就中午去。"

尹谌对他这套逻辑无言以对,便随他去了。

周六中午吃过午饭,唐桭背着他的家当前往梅山路天桥。

上次打架弄坏了他新买的LED灯,好在午间阳光正好,用不上照明灯,唐桭就没买新的灯管,只把坏掉的小桌板用钉子补了补。

白天从天桥经过的人比晚上少得多,生意远不如之前好做,闲来无事,唐桭就把录音笔拿出来,插上耳机反复听。对于纠正"n""l"不分的毛病,他充满信心。

他以前睡前听英语是为了催眠,现在是越听越清醒,学英语学到停不下来,像是无形中有一只手在牵引着他不停地按重复键。

不节制的后果就是录音笔的后退按键在他的反复折腾下松动了,变得有些接触不良,有时候按下去半天都没反应。

唐桭就趁没生意时把录音笔拆开修,没想到内里的构造比他想象的要复杂得多,修的过程中不知碰到了哪根线,扣上外壳后,无论他按哪个按键,录音笔都不出声了。

唐桭欲哭无泪,恨不得穿越回半个小时之前捆住自己的笨手。

这下听不成了,越是听不成还越想听,唐桭抓心挠肝地难受,拿起手机准备给尹谌发短信:你还记得之前给我录的英语吗?

他想了想,最后还是删掉了,改成:你今天有没有空?

刚要发出去,又觉得这样会招人烦,于是又删掉,屏幕上只留了个"你"字。

思来想去还是想不出发点儿什么好,唐桭把气红的脸埋进臂弯里，心想：木冬冬，你怎么这样啊，一天天老是麻烦别人。

收到唐柊的短信时，尹谌正在家里煮粥。

林玉姝素来身体不好，入秋之后在寒气的侵袭下尤其虚弱，这些天她的工作也暂时放下了，请了假在家休息。

母子二人向来都不习惯麻烦别人，是以尹谌上次晚自习请假照顾林玉姝，还被她说了一顿，让他管好自己就行，不用惦记她。

上次尹谌打架的事她也没过问，用一句"妈妈相信你知道什么该做，什么不该做"就带过去了，尹谌便也没解释。

尹谌煮好粥放在锅里保温，刚洗完手，口袋里的手机便振了一下。

他没有把手机号主动告诉过别人，所以不用看就知道肯定是唐柊发来的。

只是这条短信内容很奇怪，只有一个"你"字。

尹谌察觉到不对劲，当机立断拨电话过去，响了好几声，那头才接起来："喂……"

听见唐柊的声音抖得厉害，尹谌一口气提到嗓子眼儿，问道："怎么了，出什么事了？"

尹谌耳边传来一段无规律的喘息，电话那头的人断断续续地说："我……我按错了，我正要……正要打电话……叫……叫救……"

尹谌听不清他在说什么，身体先行一步，拿起钥匙便往外走，边走边问："你在哪里？"

电话那头的人似乎撑不住了，原本清亮的声音在紊乱的呼吸中变得嘶哑。唐柊什么都顾不上了，哽咽着说道："我在……在天桥……我好难受，你能不能……过来一下？"

为了以最快的速度抵达，尹谌选择打车过去。

他跑上天桥的时候，隔壁的摊主阿姨正揽着唐柊的肩死命地掐他人中。

"小伙子，你可算来了，小唐也不知道是怎么回事，突然就倒在地上爬不起来了，拍脸没反应，喂水也不行，人中掐了半天也没好转，要不是他迷迷糊糊中还死命扯着我的胳膊不让我叫人，说你马上到，我这会儿估计都报警了。"摊主阿姨车轱辘话说了一堆。

尹谌道了谢，发现唐柊身上烫得厉害，好像发烧了。

他半扶着把人弄到车上,让司机开往最近的医院。

唐柊艰难地睁开眼,磕磕巴巴道:"不去,不去医院,我要回家,家里有……有药。"

在唐柊的坚持下,尹谌只好让司机掉头,往他家的方向开。到地方后,唐柊着急下车,一只脚刚跨到车外,便双腿一软,跪倒在地。

尹谌从另一侧绕过去,扶和扛都使不上力,干脆弯下腰,直接把唐柊背了起来。

唐奶奶正在店里,见尹谌背着不省人事的唐柊进来,吓得手足无措,摸了一下唐柊滚烫的脸,连忙引着尹谌进房间,着急地说道:"快,快把他放下,我给他打针。"

尹谌把唐柊放在床上后还有些担心,站在一边等着。

唐奶奶有些为难地说道:"好孩子,你还是先出去吧,等一下再进来。"

尹谌扭头,默不作声地走了出去。

房门开关了好几次。

近一个小时过去,唐奶奶出来拿了刚烧好的茶水进去,再出来时脸色好了许多,对尹谌说:"没事了,可以进去看看他了。"

尹谌之所以还留在这里,就是想确认唐柊是否平安无事,闻言便推开房门进去。

窗户开了一条缝,房间里浓郁的药水味仍未散去,只是被风稀释得寡淡柔和,没那么难闻了。

大概是回想起自己在出租车上的种种表现,靠在床头的唐柊歉疚道:"不好意思,刚才……麻烦你了。"

尹谌淡然道:"没事。"

唐柊身上还是没力气,用手指了指床边的椅子,说:"你坐呀。"

尹谌犹豫几秒,还是坐下了。

"你渴不渴呀?"唐柊用力撑起上半身,扶着桌子要给他倒水,"对了,还没问你吃午饭了没,如果没吃的话,我去给你弄点儿?"

尹谌说着"吃过了",见唐柊连茶壶都拿不稳,忙起身主动去接杯子。传递杯子的那一瞬间,唐柊猛地哆嗦了一下,然后窘迫地咬了一下嘴唇道:"太烫了。"

115

尹谌捧着茶坐回去，低低地"嗯"了一声。

生病的唐柊比平时安静多了，他把摆摊儿用的小桌板支在床上，课本摊在左边，笔记本摊在右边，拿起笔开始温习功课。

坐了一阵儿，尹谌见他状态稳定，便起身打算回家。

唐柊听说他要走，立刻放下笔，抬起头眼睛巴巴地看着他，问道："不再坐一会儿吗？就当在陪我贴膜呗。"

尹谌找不到拒绝的理由，只得又坐回去。

唐柊拿了本《基督山伯爵》给他看，从书的出版时间和书页的新旧程度来看，尹谌看得出来书的主人拥有这书至少五年了，并且至今都没看完。

尹谌打开书时，里面掉出一张照片，照片上面是一个留着蘑菇头、正在荡秋千的小孩儿，看着四五岁的样子，龇着牙笑得很甜，一个年轻女人在后面推他。

"这是我和我妈妈。"唐柊把照片从尹谌手里抽走，有点儿不好意思地说，"我小时候可傻了，调皮贪玩把额头磕了，还留了疤，妈妈嫌我丑，就给我留了刘海儿。"

为了证明自己所言非虚，唐柊边说边撩起额前的碎发，把额头展示给尹谌看，说："你看，疤现在还在呢！"

其实额头上的疤已经很淡了，加上唐柊抹在脸上的不明物，肉眼并不能看清楚。

尹谌别开眼，答："嗯，是还在。"

"所以你不用担心留疤难看的，"唐柊指指他的左手，十分自信道，"我顶在脸上这么多年也过来了，从来没人敢当着我的面笑我丑。"

尹谌愣了一下，明白过来后哭笑不得道："嗯，不丑。"

暮色西沉的时候，尹谌受唐柊之托出去买水笔芯和橡皮，顺便还带了点儿别的东西回来。

唐柊把塑料袋里的东西一样一样往外拿，又惊又喜地说道："菜园小饼！你怎么知道我喜欢这个口味？"

尹谌淡然道："随便拿的。"

最后，他从袋子里掏出一根糖葫芦。唐柊差点儿被从天而降的幸福冲昏头脑，他撕开包装纸，伸出舌头小心翼翼地舔了一口，享受地眯起眼睛说："好甜啊。"

看着他那副品尝到人间美味的模样，在边上看着的尹谌竟也有点儿想尝尝。花了十分钟小口小口地啃掉一个糖球后，唐柊才想起来什么，问道："这是在哪里买的？"

尹谌信口胡诌道："便利店门口。"

唐柊歪着脑袋疑惑地说："昨天我还路过了那儿呢，怎么没看到有糖葫芦？"

"流动摊点，"尹谌硬着头皮继续编，"一天十根，卖完就收摊。"

唐柊恍然大悟道："我明白了，跟我的贴膜摊一样。"他更加珍惜这根糖葫芦，吃了两个糖球就舍不得再下嘴，用包装纸仔细包好放在桌上，自言自语道："今天的糖分摄取达标了，明天再继续。"

由于尹谌帮了大忙，唐家祖孙二人热情地留他一起吃晚饭，尹谌以母亲在家等他为由婉拒了。

他走之前，唐柊说还有事要麻烦他帮忙，犹豫了半天，才掏出口袋里的录音笔支支吾吾道："这个坏了，你能不能……"

尹谌以为他要拜托自己帮忙修录音笔，刚想要接下，就见唐柊把录音笔放到桌上，把手机递过来，说道："能不能帮我重新录一遍？"

尹谌反应了一会儿才明白过来，问道："英语？"

唐柊点头道："对，对，对，我还没念熟呢。"

尹谌问："现在分得清'n'和'l'了吗？"

唐柊的回答不太干脆，他道："应该……差不多……分得清吧。"

尹谌轻挑了一下眉，用怀疑的目光审视他。

唐柊立刻改口道："分不清，我分不清，还请尹老师多多指教！"

尹谌便打开英语书，翻到后面还没学的一篇课文，对着唐柊的手机读了一遍。

唐柊的手机款式老旧，录音效果不太好，等尹谌录完，他听了一遍，觉得尹谌的声音都失真了，失落地鼓起腮帮子，满脸写着不高兴。

"我那儿有个不用的录音笔，你要的话，我给你拿来。"尹谌漫不经心地说。

唐柊眼睛一亮，点头应道："真的？"

尹谌肯定地答道:"嗯。"

唐柊着急道:"那今晚可以吗,或者明天?明天我不出摊儿,一起写作业?"

尹谌再度犹豫,目光里头似乎藏了什么。

"下周吧,"他终是拒绝了,"明天我有别的事。"

回家之前,尹谌在楼洞拐角处的空地独自站了一会儿。

尹谌用钥匙打开门的时候,天已经黑了,林玉姝睡了一个下午,身体已经好些了,正在厨房忙碌,听到动静,探出头问:"你去哪儿了,怎么才回来?"

尹谌边换鞋边回答:"随便转转。"

"你最近是不是跟楼下那个成衣铺家的孩子走得很近?"林玉姝道,"听说那个孩子和其他学校的学生打过架,我还当他是个好孩子。"

停顿片刻,尹谌道:"他跟我同班。"

"嗯,我知道,我把你放在这个学校就是为了避免这些麻烦。"林玉姝擦擦手,从厨房里出来,"上次之后,陆灵珊还有没有找过你?"

"没有。"

林玉姝点头道:"那就好,离那些人远一点儿,他们会害了你的。"

这句话尹谌没应。

他进到卫生间,将门反锁,拿出放在镜柜里的药瓶,喉结用力滚动,直接干咽了下去。

接着,尹谌拧开水龙头洗了个冷水脸,觉得情绪还不够稳定,直接弯腰把头埋进水池里,让凉水对着脑袋猛冲。

闭上眼睛,他脑子里清晰地浮现出小时候父母激烈的争吵,以及父亲带着一个小男孩回家的场景。

来到南城还不到半年,尹谌接触到的人少得可怜,更别提交到朋友了。

可这并不代表他什么都不需要。

他好像被困在没有边界的网里,身体发热,头脑充血。

尹谌抬起头,看着镜子里狼狈不堪的自己,不禁勾起嘴角,露出一个自嘲的笑。

被水泡过的手掌泛起尖锐的刺痛,他抬起手臂,张开因为攥得太过用力而僵硬的手指关节，掌心印着几个深浅不一的半月形伤口，创面还是新鲜的，之前结疤愈合的伤口也撕裂开了，深红的血在掌纹里凝固，又在水流的冲刷下化开。

家庭生活的不幸福让他在未成年的时候就需要用药物来克制自己的情绪。

头发还在滴水，尹谌站直身体，背靠冰冷的墙面，冻得发白的嘴唇微张，轻轻地念了一声："唐柊……朋友……"

尹谌仰起头，视线没有焦点，眸子依旧混沌。

他回忆起刚才和唐柊的对话。

当时他不敢抬头，生怕把自己不堪的过去说出去，对着那张白净的脸露出丑恶的样子，他有资格和唐柊当朋友吗？

没有人知道，尹谌离开唐家的时候并非从容不迫，而是丢盔弃甲、落荒而逃。

经过一个周末的调整放松，周一早晨，学生们无精打采地来到学校，坐在教室里大声读英语课文。

而唐柊因为穿着不合规范被拦在了校门口，面相凶恶的年级主任用教鞭指着他套在校服外面的冲锋衣，问："就这么冷吗？"

唐柊蜷着脖子说："是啊，好冷，今天又降温了。"

年级主任扭头指着在墙根下站成一排的穿短裙的女生，问道："那她们怎么不冷？"

"报告老师，"其中有个女生脆声道，"我们也冷，但是我们更爱漂亮。"

大家都笑了起来，唐柊也跟着哈哈大笑道："是啊，她们选择漂亮，我选择保暖，本质上都是为了自己开心，这是人类多么质朴无华的追求啊，老师，您就大发慈悲放过我们吧。"

老师放是放过了，只是又安排他扫一周操场，唐柊双手合十求"减刑"，年级主任冷笑一声，道："多穿衣服还不如多运动，扫上一圈就不冷了。"

唐柊苦着脸回到班上，把这件事说给苏文韫听。

苏文韫说道："唉，你身体不舒服就直说嘛，主任凶是凶了点儿，但也不是完全不讲道理。"

唐柊摇摇头道:"没事,就一点点不舒服。"

他是怕万一说了,主任追问哪里不舒服,他又不知道该怎么回答,总不能说自己体弱多病吧。

周六唐柊在天桥上没打电话叫救护车也是这个原因,他隐藏病情这么久,如果因为这件事暴露了,相当于前功尽弃了。

早读结束后,消息灵通的班长戚乐也趁收作业本的时候安慰他道:"没事,木冬冬,这周我正好没什么事,陪你一起打扫,到时候再叫几个人,我们一起热热闹闹地扫操场。"

唐柊嘴上说着不用,眼珠子却滴溜溜地往教室后方扫去,见尹谌又趴在桌上睡觉,完全没注意到这边的动静,又失落地撇撇嘴,也趴在桌上不动弹了。

下午体育课测八百米,唐柊称病坐在操场边休息。

他眼尖地在人群中找到尹谌,看着他晃荡了两圈,最后踩着及格线过关,捂嘴偷笑起来。

整队回班级的时候,唐柊蹿到最后一排递给尹谌一瓶水,尹谌接过去,愣愣地说了句"谢谢",跟队伍走到楼上才想起来问唐柊:"你身体怎么样?"

"当然没事,"唐柊就等他问这个,立刻回答,"发个小烧而已,多穿点儿衣服就好了。"

原以为尹谌会再关心两句,比如多喝热水什么的,结果尹谌只"哦"了一声,就没下文了。

第七感告诉唐柊,尹谌心里有事。

一旦这么想,尹谌为数不多的几个反常行为就都有了解释,包括但不限于冷淡、疏远他,以及惜字如金。

而且说好周一带来的录音笔呢?连个影子都没见着。

唐柊先在脑海里排除了几个看着就不可能的选项,惴惴不安地想,难道他知道我以前的事情了?

唐柊甩甩脑袋,把这个最没根据的假设抛出脑海,然后从本子上撕了一张纸,一笔一画地写上:"前天买的那堆东西多少钱呀?"

字条是被贺嘉勋传回来的,附赠一个丑绝人寰的鬼脸。唐柊也不遑多让地冲他瞪眼睛、吐舌头,扭头就换了一副面孔,搓搓手,紧张兮兮地打开字条。看见"送你的"三个字,唐柊顿时松了一口气。

不是"不用了",而是"送你的",虽然同样是三个字,但内里蕴含的意思却天差地别。

虽然打了针,但还在生病的唐柊仍然体虚气短。

南城的深秋早晚都凉,晚自习时,唐柊裹紧身上的衣服还是冷得发抖,叫第一组靠窗的同学关一下窗户,他们非但不理会,还冷嘲热讽地说他娇气。戚乐去劝也不管用,理由是"关了窗户后教室空气不流通,味道不好闻"。

唐柊本来就只是试着问一下,没抱什么希望,见他们不肯关也没当回事。同桌蔡晓晴比他还气愤,课间大大方方地拆了包辣条吃,搞得教室里弥漫着一股辣条的油腻味,一整晚都没散去。

这种幼稚的报复方法让苏文韫笑得直拍桌子,敲了敲唐柊的笔袋,让他转过去看第四组倒数第二排的贺嘉勖的表情。

唐柊依言转过去看,惧怕辣条味的贺嘉勖果然脸色难看,捂着嘴要吐不吐。

唐柊顺便看了一眼贺同学后桌那位,尹谌不知是不是也讨厌这味道,眉宇微蹙,满脸都写着"心烦,勿扰",转笔都失误了好几次。

生病时的唐柊除了体虚畏寒,还有一个特点就是能吃。

下了晚自习,唐柊肚子饿得直叫,决定去无名小店吃碗面再回去。

上周贴膜虽然没挣多少,但至少比他在饭店打工按小时计费的收益要多。

手头一宽裕,出门就有底气,唐柊这次不仅点了面,还加了一个卤蛋、一根烤肠,满当当一碗面端上桌的时候,唐柊不由得惊叹了一声,心想有钱真好,吃完这碗面要更努力挣钱。

唐柊夹起烤肠刚要送到嘴边,店门被推开了,尹谌走了进来。

二人理所当然地坐一桌,尹谌点了个炸酱面,唐柊问他怎么会来这里,他言简意赅地回答:"饿了。"

"我就知道你吃得多,"唐柊一脸料事如神的得意,"所以才说这家店特别适合你。"

可能是饿太久了,尹谌兴致不高,拿了根筷子在手上玩,一副想转又怕失手的样子。

唐柊看得想笑，劝道："还是先吃面吧，小心老板娘出来揍你。"
等面上来，尹谌仍挂着脸，吃了两口就放下筷子。
唐柊问："怎么了，面不好吃？"
尹谌摇头。
唐柊又观察了一下，接着问道："你是不是也生病了？"
尹谌没摇头也没点头。
唐柊顺着这思路想，怎么看都觉得他像是病了，看起来恹恹的，怪不得下午八百米都没跑起来。可有一点唐柊还是想不明白，他开口问道："为什么呀，着凉了？周六不还好好的吗？"
"嗯，不关你的事，"尹谌胡乱找理由搪塞，"昨晚睡觉蹬被子了。"
他说什么，唐柊信什么，听了他的回答便嘱咐道："这样啊……换季的时候最容易感冒发烧了，晚上睡觉千万记得把被子压严实。"
尹谌"嗯"了一声，停顿片刻，问："你是怎么病的？"
"可能平时上学穿少了，然后晚上睡觉也蹬被子。"唐柊开始结巴，"不然也不至于发……发烧。"
这回尹谌没应。
唐柊的眼皮突然跳了几下，没来由地产生了一种被看穿的紧张。
唐柊把碗里的卤蛋夹起来，小声嘀咕道："难道是鸡蛋吃多了？"
越想越觉得就是这么回事，唐柊把蛋放进尹谌碗里，慷慨道："上次的咸鸭蛋吃完了吗？回头我再给你拿几个。"
尹谌："……"

回去的路上，唐柊把两只手交互揣在袖子里，小老头儿似的缩头缩脑地跟在尹谌后面，问他刚才吃的炸酱面正不正宗。
"正，"尹谌道，"比首都的炸酱面还正。"
唐柊知道他又在胡说八道，闷在衣领里咧嘴嘿嘿地笑道："等我有钱了，一定要去首都吃正宗的炸酱面。"
这是他第二次说想去首都了，尹谌站定脚步，回头看着把自己裹成球状的唐柊，淡然道："首都比这里冷。"
"那我可以再多穿点儿啊，"唐柊开始计划，"秋衣秋裤，棉衣棉裤，再加上厚实的羽绒服，怎么也够御寒了吧？"
尹谌叹气道："其实首都没你想得那么好。"

唐柊上前两步，跟他并肩而行，说道："我才不信呢，首都要是不好，怎么会出你这么优秀的人？"

尹谌怔住半晌，才说："我优秀？"

"你不优秀吗？"唐柊露在外面的两只眼睛眯起来，挨个儿细数道，"长得好，学习好，有运动天赋，钢琴弹得好，连悠悠球都玩得好，还有人好！要是那条短信不小心发给别人，可能等到晚上都没人来救我。"

被从头到脚夸了一遍的尹谌面上不动声色，心情却有些复杂。

他没应对过这种情况，除了"谢谢"不知道还能说什么，可真回答"谢谢"又显得多余且傻，之前他就这么干过一次，但事后越想越后悔。

他只好选择沉默，抬脚继续向前走。

唐柊立刻跟上，絮叨道："你别着急走啊，等等我……今天真的好冷啊，没想到我多穿一件衣服，早上就被年级主任抓住了，还被罚扫操场……早知道今天是她看大门，我就把校服穿在外面了，挤就挤点儿……说句话呗，你今天说的话加起来有二十个字吗……话说这敞开衣襟双手插兜是什么新型装酷方法吗？"

大概是被吵烦了，尹谌猛地停住脚步，从口袋里摸出一个东西扔给唐柊。

唐柊着急去接，忙把手从袖子里抽出来，接到手定睛一看，是一根蓝色的录音笔。

"录好了，"尹谌说，"你有这力气，不如多背几个单词。"

唐柊在路灯下端详几秒，然后赶紧并拢五指，将录音笔稳稳握在掌心。

二人并肩在凉风阵阵的秋夜里又走了一会儿，唐柊小声道："今天晚上只有七度，你还是把拉链拉上吧……小心病情加重。"

尹谌懒得再把手伸出来，刚想说"不用"，唐柊就加快脚步绕到他身前，命令他把两边衣襟下面的拉链拉上。

唐柊抬头冲他笑道："这样就不冷啦。"

经过亲身实践之后，唐柊发现年级主任说得没错，扫操场在驱寒保暖方面确有奇效。

123

这一扫就扫到了十二月,陪唐柊一起干活儿的同学换了好几拨,这天连贺嘉勋都来了,虽然他没干什么活儿,只装模作样地扫了两片叶子,就跑到场边吊双杠玩去了。

尹谌差不多隔一天来一次,这会儿他正站在跑道边上,被蔡晓晴拉着请教英语题,唐柊拿着簸箕一面把落叶往里面扫,一面朝他们那边瞄。

蔡晓晴一米六五,在女同学当中算高挑的,挨在尹谌身边,仰起头,稍稍踮脚,尹谌低头看题,侧脸被蔡晓晴挡住。唐柊看了一会儿,就背过去专心打扫。

器械区那边,苏文韫正指手画脚地跟贺嘉勋说着什么,显然又是在斗嘴。惊觉自己是唯一落单的人,通过运动积攒的热量瞬间消失,唐柊只觉"孤单寂寞冷",心想戚乐这家伙怎么还不来。

班长没等来,倒是尹谌先过来了,他跟往常一样"沉默是金",把刚才辅导蔡晓晴做题时都没从裤袋里伸出来的手伸出来一只,捡起躺在橡胶跑道上的另一把扫帚,帮着扫了起来。

唐柊深感有朋友真好,面上却端着,没敢显露太多情绪,视线低垂,盯着地面道:"你不去教室晨读吗?"

"不去,"尹谌说,"吵得慌。"

在尹谌把手中的扫帚换到另一只手里时,唐柊眼尖地看到了他手心里的伤口。

"这伤怎么还没好?"唐柊扔下扫帚,让他将手里的伤疤给自己看看,见那疤非但没消,伤口还变得更长了,他倒吸一口气道,"都过去这么久了,怎么回事啊……那帮人私底下找你麻烦了?"

唐柊的手很凉,尹谌立马抽回手,摇头道:"没事,没人找我麻烦。"

唐柊忽而想起什么,抬头看向他,说:"脸上的伤都好了,说明你的愈合能力没问题啊。"

尹谌有些不自在地别开视线,回道:"嗯,没问题,可能是睡觉的时候不小心挠破的。"

"结疤的过程是有点儿痒。"唐柊又低头看向那狰狞的伤疤,皱着眉头道,"你睡觉怎么这么不老实啊,又是蹬被子又是挠疤的。"

尹谌正在脑子中搜寻合适的回答的,操场东头突然传来一道清朗的女声——

"不去上早读课,都在这儿干吗呢?"

原来是教英语的戴老师抱着一摞试卷路过。

贺嘉勋忙背过身去,蔡晓晴则是在场所有人当中最镇定的,扬声道:"扫操场呢,老师。"

"扫操场用得着这么多人?"戴老师双手叉腰,"唐柊,你连着几天不上早读课,是打算用你那口方言英语过口语考试吗?"

唐柊原本想躲到尹谌身后,结果没藏住,苦着脸探出脑袋回老师的话:"这是最后一天了,我扫完就回去读!"

见戴老师的火力集中到了唐柊一个人身上,周围的几人都松了一口气。

孰料戴老师换了个目标接着吼:"还有你,尹谌,上次月考作文写两行半的事我还没找你算账,这次月考你要是再敢耍花样,你们几个,以后英语课都给我站着上!"

回教室的路上,贺嘉勋还是想不明白,问道:"尹哥作文写两行半,为什么我们要跟着罚站?"

苏文韫翻了个白眼,说:"这就是传说中的连坐制度。"

上午第一节课,唐柊思来想去,觉得这次"连坐"还得怪自己,如果尹谌好端端在教室里坐着,戴老师未必会发飙,这下可好,下次月考尹谌没法儿再故意空题了。

觉得很对不住人家的唐柊写了张字条:这次月考你出线吧!我不会笑你是狗的。

"狗"的部分没写汉字,而是画了只吐舌头的大耳狗代替。

尹谌回他:没事,我可以空数学题。

唐柊心道,好吧,白担心了。

他想了想,把在操场上没来得及问的事在字条上一并问了,写道:手疼不疼?

尹谌图省事,没写字,只用笔在"不疼"两个字下面画了条横线。

唐柊回道:那就好。

无论是发短信还是传字条,唐柊都习惯做话题终结者。按说到这里应该画上句号了,没想到过了五分钟,字条又被传了回来,尹谌在最下面写了两个字:"你呢?"

意外的回问让唐柊觉得奇怪，他有说过自己哪里疼吗？

他很快给自己找到理由——也许是上次"发烧"的事，毕竟之后几天他的状态都不怎么好，在旁人眼里大概就像生了一场大病。

唐柊得到来自尹谌的关心，心里有些感动，斟酌再三才一笔一画地认真写道："没事啦，我那根本不算什么病，现在的我能一口气跑八个三千米！"

第三次月考后，附近一所学校和唐柊他们学校联合组织了一场篮球友谊赛，按年级分别进行比赛。除了坚持说不会打篮球的尹谌，高二（3）班所有一米八左右的男生都被挑走了。

贺嘉勋以一厘米之差没能入选，整队的时候开玩笑让苏文韫分给他两厘米，还抬手比画一下，说"反正你也用不着"。

苏文韫一米七出头，比唐柊还要矮一点儿。唐柊护友心切，帮着他对贺嘉勋道："苏苏比我还小两个月，跟我一样还在长个子呢。"

这场比赛关系到学校荣誉，不参加比赛的学生全部被安排到场边观战。

唐柊挤到尹谌旁边坐下，边看边给他解说，尹谌不说话，只默默听着，唐柊当他真的不懂，热心地把篮球的规则也给尹谌细讲了一遍。

可能是坐着太无聊，尹谌抬起手掰了掰，发出"咔咔咔"的关节摩擦声。

唐柊觉得很酷，也跟着试了一下，然而掰了半天，听不到一丁点儿动静。

"为什么呀？"唐柊不死心地又掰了几次，骨头都压疼了，"都是男生，为什么你响我不响？"

不知哪句话戳到了尹谌的笑点，他勾起嘴角笑道："因为你还在长个子。"

一场决赛打了很久，比分数度陷入胶着状态。

二人有一搭没一搭地聊天。

唐柊得知尹谌比他大一岁还多，在他脑内推算后问道："你一月份过生日？"

尹谌随意地说："嗯。"

唐柊大惊道："那不就是下个月了吗？我还什么都没准备呢！"

"又不请大家吃饭！"尹谌知道他要说什么，提前打预防针说，"礼物就免了。"

唐柊试探着问："你要在家跟妈妈一起过生日？"

尹谌不知道该怎么说明自己不过生日这件事，怕唐柊听了追问为什么，便"嗯"了一声。

"这样啊……"唐柊很是遗憾。

这遗憾一直持续到下午比赛结束，他们年级以微弱的优势胜出，同学们的喝彩声差点儿把操场掀翻，唐柊混在人群里兴致不高地边鼓掌边叹气。

不过生活还是要继续，毕竟有钱好办事。

前阵子唐柊因为身体不适已经耽误了好几天的生意，这天没有晚自习，放学也比平时早，唐柊打算趁天还没黑去天桥摆会儿摊。

下课铃一响，他就背起收拾好的书包像风一样冲出教室。

与唐柊的心急火燎截然相反，尹谌习惯下课后再收拾书包，享受最后一个走出教室的清静，他在楼道里碰到一脸惊惶折返回来的唐柊时，还以为对方落下什么东西了。

尹谌叫住他说道："教室门锁了。"

唐柊还是一个劲儿地往回跑，被尹谌抓住书包带子拎回来问道："怎么了，慌慌张张的？"

唐柊站定脚步，还是一脸惊魂未定的样子，直到看清眼前的人，才松了提在嗓子眼儿的那口气，说："我……我在操场上看到那几个人了。"

尹谌没问就知道是哪几个人。

到楼下一看，就见几个穿着别的学校校服的男生在场上打篮球，八成是趁比赛结束之后混进来的。上次那三个人当中为首的不在，另外两个现正在队伍中打得正高兴，好像完全没注意到这边。

教学楼两边分别有一个出口，但都要经过操场。尹谌特地选了离篮球场远一点儿的出口走，路过教学楼，面前再没有遮挡物的时候，尹谌扭头一看，只见跟在后面的唐柊步子越迈越小，贴着墙磨磨蹭蹭地不敢出来。

唐柊是真的慌，他平时故意把脸涂得黑一些就是为了躲这些人，上次那人能在晚上光线不充足的情况下把他认出来，那两个跟班说不定也能。

他甚至开始打退堂鼓,想去厕所照镜子,看看头发够不够乱,以免被认出来,或者干脆在里面躲到那些人走了为止。他心里正胡思乱想着,冷不丁地被扔过来的一件宽大校服盖住了脑袋。

"穿我的校服,他们认不出你。"尹谌丢下衣服,转身继续前行,"走了。"

等到走出学校,唐柊小心地探出半个脑袋,见那帮人确实没追过来,才狠拍几下胸口说道:"吓死我了!"

尹谌见他满头冷汗,害怕的样子不似作伪,问:"他们以前都怎么欺负你了?"

唐柊一愣,旋即挤出笑容,轻松道:"没怎么!就小矛盾,他们几个小气得很,一点儿破事记这么久。"

原想编个故事,可尹谌那么聪明,唐柊生怕露出破绽,索性少说少错,一句话带过。他也不是没想过如实相告,然而"说实话"这个可能性一早就被他排除了。

因为那个故事听上去太灰暗,也太假了!唐柊的思绪被短暂地拉回一年前那个北风呼啸的夜晚,想到那些带着挑衅的言语侮辱,唐柊只觉得毛骨悚然。

尹谌没再追问,像是信了,只道:"以后出门别穿这个,他们应该是通过衣服认出你的。"

这天的唐柊依旧是校服外面套冲锋衣的打扮。他低头看向自己穿了两三年的旧衣服,顿时了然于心道:"原来是这样啊。"

掐指一算,快过年了,唐柊打算给自己和奶奶各买一身新衣服,因为他平时很少买衣服,都是缝缝补补穿到不能再穿了才会考虑买新衣服。

想到马上有新衣服穿,唐柊的心情又好了起来,向尹谌讨教经验般问道:"你说我是买棉袄还是羽绒服呢?棉袄穿两年就不暖和了,羽绒服又太贵……哎,你上次聚餐时穿的那件牛仔外套是在哪里买的?多少钱?"

那件衣服是从首都带来的,具体价格尹谌记不清了,不过这不是重点,他淡然答道:"那衣服不保暖。"

"我知道啊，就是怪好看的。"

"买羽绒服吧，"尹谌思忖片刻，道，"买件好点儿的，能穿好几年。"

唐柊笑道："英雄所见略同，我也是这么想的。"

说着，他打了个喷嚏，打完才意识到尹谌的校服还披在他身上，忙脱下来要还回去，嘴里说道："快穿上，小心着凉。"

尹谌没接递过来的校服，偏头看了一眼他伸在外面冻得通红的手，说："口袋。"

"哦，对，有口袋。"唐柊忙把手塞进自己的冲锋衣口袋里。

尹谌从自己的校服口袋里摸出一副手套，塞到唐柊怀里，说："我用不着这个手套，你拿去戴吧。"

第二天晨读课，唐柊把英语书竖在桌上，躲在书后面欣赏他的新手套。

毛茸茸的五指手套，可爱的淡粉色，大小刚好够他的手指长度，手伸进去，手套严丝合缝地贴着皮肤，暖和极了！可惜上课不准戴手套，不然他肯定二十四个小时都戴着。

同桌蔡晓晴也在走神，看见唐柊对着一副手套傻笑，拿了一只过去看了几眼，开口问道："这是谁送的？"

"自己买的。"唐柊扯谎道。

蔡晓晴嗤笑一声，满脸写着"不信"，她拿出手机，上网搜出一个页面给唐柊看，说："喏，就这个牌子的经典款，你瞅瞅这价格。"

唐柊眼睛瞪得溜圆，被标红加粗的三位数吓了一跳。

蔡晓晴把手机收回去，又问："谁送的，这么有钱？"

唐柊说话都磕巴了，答说："他……他说是在家里随便翻到的。"

唐柊想起前一天他问这手套哪里来的，尹谌的回答确实是"家里翻到的"。

这个学期的第三次月考，两人都没做"狗"。

唐柊是想做做不了，名次越往上，提升的空间越小，他在60名到80名这个区间稳定地卡了很久，这次因为数学附加题没得及做完，直接掉到了95名。

尹谌则是能做却不想做，见唐柊因为掉名次沮丧得恨不能原地自尽，便安慰道："这次数学附加题有难度，用到了微积分的知识，做不出来很正常。"

"是吗？"唐柊得到了一点儿安慰，抽过尹谌的试卷一看，心态又崩了，"可是你附加题全对啊！"

尹谌把试卷翻到正面，指着那些题目说："我基础题错了好几道。"

唐柊捂住耳朵道："我不听，我不听，你分明是故意做错的，别骗我了。"

"没骗你，"尹谌道，"我等差数列不行，你给我讲讲这几题？"

唐柊眨了眨眼睛，认真地问道："真的？"

"嗯。"

唐柊慢吞吞地把手放下，还是不放心地说："谁骗人谁是小狗？"

"嗯，"尹谌想到他笔记本上画的那些大耳狗，差点儿笑出声，"谁骗人谁是小狗。"

兴许是对狗的热爱打动了上苍，唐柊这天放学后在家附近小巷的垃圾箱旁边捡到了一只脏兮兮的小土狗。

他把口袋里吃了一半的菜园小饼拿出来分几片给小狗，就连白天苏文韫给他的火腿肠也给狗分了半根。

见小狗饿坏了，狼吞虎咽吃得很快，吃完就看着唐柊"呜呜"叫，唐柊不忍心，把只啃了一口的半根火腿肠又掰了一块给它。

见小狗吃完，他拍拍手站起来，可他走一步，小狗就跟三步，他走到哪儿，小狗就跟到哪儿。眼看前面就是家门口，唐柊转身，对着小狗摊手说道："真的没有了，我家很穷的，没有火腿肠，也没有菜园小饼，只有咸菜和白粥。"

不知道小狗听没听懂，但它那圆溜溜的眼睛和耳朵一起往下耷拉，站在原地哼哼唧唧地叫，就是不走。

唐柊没办法拒绝这么可爱的小狗，于是走过去把小狗抱了起来，跟它谈条件般地说："家里还有个奶奶，你表现好一点儿，如果她同意你留下，你就能留下哟。"

唐奶奶自是不会反对，她一直觉得亏欠唐柊很多，养条小狗能陪陪他也算是好事。

晚上，唐柊奶奶烧水给小狗洗澡，唐柊拿出自己小时候的衣服给它铺了个窝。

洗干净后才发现原来是只白色带黄斑点的中华田园犬，跳起来像只毛球，在窝里边转圈边"汪汪"叫，把周围能见到的所有小玩意儿都往自己窝里叼。唐奶奶笑着说这狗聪明，知道藏东西过冬。

睡前唐柊发现自己的宝贝手套少了一只，跑去狗窝一看，果然在狗身边躺着。

唐柊边洗手套边训道："这是我的东西，你不准碰，听到没！"

小狗像是知道闯祸了似的，趴在唐柊脚边可怜巴巴地哼唧。

把洗干净的手套晾起来，唐柊看着它迎风飘荡，又开始惆怅道："聪明的小狗，你知道他最好的朋友是谁吗？"

小狗自然不会回答他。

唐柊叹了口气，嘟哝道："那你觉得，他送这双手套给我是将我看作最好的朋友了吗？"

第二天，唐柊就把养狗的事告诉了班里几个和他关系好的同学。

戚乐家里养过狗，提醒道："狗狗一定要定期驱虫和打疫苗，不然很容易得病。"

上午的课结束，唐柊便立刻回家抱狗，前往离美食街最近的一家宠物店打针。

店里到处都是狗，各种毛色，各种体型，见到来了新狗就狂吠不止。小狗没见过这阵仗，缩在唐柊怀里直哆嗦，看见宠物医生亮出针头，它便"嗷嗷"地叫着往后躲，唐柊按都按不住。

"就一下，就疼一下下！"唐柊使出吃奶的力气把狗往前推，觉得自己像哄小孩儿打针的家长一般，"你看这针头一点儿都不粗……"

好不容易把针打了，医生把惊魂未定的小狗抱进去喂驱虫药，唐柊抹了一把额头上的汗，转身想找个椅子坐，后退时不慎踩到别人的脚。

扭头见是尹谌，唐柊意外道："你怎么在这儿？"

"在附近吃饭，"尹谌朝里屋扬了扬下巴，问，"你养狗了？"

唐柊顺着他的视线看向里屋，认真答道："是啊，捡的流浪狗，班长说得打疫苗，我就把它带来了。"

尹谌点头，转身无所事事地在店里转悠，一会儿躬身看看狗的衣服，一会儿蹲下研究狗的玩具。

"原来养狗这么多讲究啊，"唐柊跟在他后面浏览货架上五花八门的商品，感叹道，"小狗跟了我可惨了，我只能拿旧衣服给它做窝。"

尹谌漫不经心地说："旧衣服比买的窝好，主人的味道会让它有安全感。"

结账的时候，唐柊看着计价器上的数字，心痛难当，一边闭着眼睛掏钱，一边用"一年打一针，一针管一年"拼命给自己心理暗示，安慰自己这个钱花得很值。

唐柊抱起狗刚要走，尹谌拿了几样宠物用品摆在收银台上，付过钱递给唐柊，说："随便选的，希望用得上。"

唐柊不好意思要这些东西，连忙拒绝道："这不好吧……你还是退掉吧，这些钱都够吃好几顿饭了。"

并不缺这几顿饭钱的尹谌懒得解释，随便找了个借口说道："就当我给它的见面礼。"

唐柊便却之不恭地收下了，抱起小狗给尹谌鞠躬，并说："快，谢谢你尹哥！"

小狗摇着尾巴"汪汪"了两声。

离下午上课还有一段时间，二人一起把狗送回家。

经过昨天捡狗的巷子时，唐柊指给尹谌看，说："就在那里，小臭狗吃了我五分之四根火腿肠、十三片菜园小饼，就赖上我不肯走了。"

尹谌嘴角微勾，问道："小臭狗？它的名字？"

唐柊摇头道："不是，不是，名字还没取呢。"

尹谌点点头，不说话了。

他们又走了一段，快到家门口时，唐柊把狗放下让它活动筋骨，舔了一下嘴唇，试探着问尹谌："要不……你给它取个名？"

尹谌疑惑地偏头，问道："我？"

唐柊扬扬手里装满玩具和零食的塑料袋，说："你可是他哥。"

莫名其妙多了个狗弟弟的尹谌表示无语，想了想还是问了一句："公的母的？"

唐柊把狗叫回来，抱起来一看，答："公的！"

"叫'糖葫芦'吧。"尹谌说。

唐柊喜欢这个名字，抱着狗转了好几圈，开心地说道："'糖葫芦'，你喜欢这个名字吗？"

小狗叫唤道："汪汪汪！"

唐柊翻译道："它说超喜欢，谢谢尹哥赐名！"

尹谌："……"

后来唐柊经常想，小狗要是母的，尹谌会给取个什么名字？

他想知道，但又不好意思直接问，感觉自己傻乎乎的，总是当时忽略，事后纠结。

包括那副手套的来历，他几次旁敲侧击都没能问出结果，尹谌坚持说是在家里翻到的，弄得唐柊又想去他家里玩玩了。

然而天越来越冷，"小强"们都不出窝觅食了，唐柊想借捉蟑螂的名义串门也不行了。

第四章　生日之礼

年底的南城既萧条又热闹，掉光叶子的行道树变得光秃秃的，市政府为迎接新年布置的彩带、彩旗填满了街道。

老城区也跟着沾了光。唐柊回家时抬头看到沿途的树杈上挂了一长串五颜六色的灯，一直延伸到尹谌家住的老楼下，便兴奋地掏出手机，想把这件事告诉尹谌。

这家伙近来不知在忙什么，一下晚自习就不知去向。

而且他不爱回短信，除非有正经事找他，闲聊之类的他几乎都不会回复。

想到这里，唐柊停下了打字的手，翻了翻之前的短信，准备算好时间再发信息，尽量不那么频繁打扰对方。

同一时间，另一边，尹谌刚从班主任老孙的办公室里出来，仰头望着满天繁星，缓慢地呼出一口气。

回家的路上，他把老孙给的几张竞赛报名表叠起来扔进垃圾桶，仿佛刚刚在办公室老孙苦口婆心劝解他的事情没发生过一样。

经过成衣店，见唐柊的房间亮着灯，尹谌掏出手机看了一眼，没有未读短信，也许是今天作业多，唐柊没空找他说话。他把手机揣回兜里，穿过黑暗的楼道，踩上老旧的水泥台阶，拿钥匙开门走进屋子。

这天林玉姝一反常态，没有早早上床休息，而是坐在客厅的沙发上对着茶几上的两杯水发呆，见到尹谌，她缓缓开口说："你爸来过，刚走没多久。"

尹谌的脚步在房门口停顿了一下。

林玉姝看起来很疲惫，指了一下放在茶杯边上的银行卡说道："这是他给你的生活费，密码是你生日。"

尹谌还放在门把上的手不由得紧了紧，看了一眼那张没有温度的卡，开口拒绝道："不用了，让他拿走。"

回到房间放下书包，尹谌没把刚才老孙说的话告诉林玉姝，既然选择跟母亲来到这里，他就做好了收敛全部锋芒，扎进人堆里和母亲一起过普普通通的生活的心理准备。

尹谌去厨房把水烧上，出来的时候看到林玉姝捂着脸在哭。

自打记事起，他就没见过要强的母亲流泪，看到这个场景，他呆愣在原地，都忘了给她拿纸巾擦眼泪。

"他没求我们回去，他连表面功夫都懒得做了，"林玉姝哽咽着说，"他早就不要我们了。"

大概是真的被伤到了心，林玉姝说话颠三倒四，仿佛脱离了现实，全然沉浸在自己臆想的世界里，迷迷糊糊地呢喃道："结婚的时候他说过要一辈子对我好，说绝对不会有别的女人，结果呢，还不是有了，还有了别的孩子！他现在告诉我'人应该顺应本能'，我该信哪一个？你说，我该信哪一个啊？"

尹谌张了张嘴，想说点儿什么，却被林玉姝抢了先。

"他要跟我离婚，要把那个女人娶进门，要让那个孩子堂堂正正地做尹家的继承人，"林玉姝狠狠拭去眼角的泪，"都怪那个女人，爱情？呵，借口，全是借口……"

尹谌低垂着眼帘，无言以对。

林玉姝如丧失了理智般语无伦次道："男人，男人不是好东西！"说着竟抚着胸口干呕起来。

尹谌抽了几张纸递给她，并上前轻拍她的后背。

他不擅长安慰人，此刻的林玉姝也不需要他的安慰。

看着涕泗横流、形象全无的母亲，尹谌只觉得心头沉重，像被绑了块石头，沉甸甸地往下坠，脑子里一片混沌，那种看不清前路的迷茫感又席卷而来。

次日，唐柊醒来第一件事就是摸出手机查看。

手机上没有新短信，唐柊觉得兴许是因为信号不好，把手机拿到窗口对着天空晃了几下，还是没有。

上学路上，唐柊一直在琢磨到底哪个环节出了问题。短信是他到家后半个小时左右发的,他还特地把陈述句改成了疑问句,问尹谌有没有回家,有没有看到路上的彩灯。

为什么不回复呢?难道他一到家就睡下了,所以没看到?

早读课上,唐柊的头往左后方扭了好几次,发现尹谌一直在打瞌睡,完全不像前一天睡得很早的样子。然后,他在早读课还没过半的时候就被戴老师拎出去罚站了,一起出去的还有躲在书后面偷看漫画的蔡晓晴,以及心不在焉一直在扭头的唐柊。

蔡晓晴第一次跟尹谌一起罚站,兴奋之情溢于言表,举着英语书让他示范读几个新学的单词,尹谌挨个儿读了一遍。蔡晓晴又问他穿这么少冷不冷,尹谌则淡淡地回答道:"不冷。"

"你怎么一点儿都不怕冷?"蔡晓晴笑道。

说者无心,听者有意,尹谌调转视线看向别处,答道:"男生天生体热。"

好不容易逗得尹谌说出五个字以上的话,蔡晓晴笑得更欢了,说:"哈哈哈,我知道,你个子高也是天生的嘛。"

站在蔡晓晴右手边的唐柊听他们聊得热火朝天,也想参与进去,闻言连忙揶揄着插话:"书上还说女生普遍体虚呢,不过我一个男生也虚得不得了,不穿个十件八件都没法儿过冬。"

蔡晓晴"啧"了一声,说:"你看起来确实挺像女生的。"

唐柊心里一突,十分不好意思,想说什么反驳,却看见尹谌后背抵墙,双手插兜,既不接话也没表情,视线涣散,不知在看哪里时,第六感再次告诉唐柊,尹谌心里又有事。

唐柊忍不住猜测——他心情不好?他讨厌我?还是他又藏了什么小秘密?

唐柊最不愿深想第二种情况,但第一种又没什么根据,如果是第三种的话……他有什么秘密?

不知道是不是平时话比较少的原因,尹谌似乎有很多不为人知的秘密。

想到自己的朋友心里有秘密却独自承受,唐柊心里有些不是滋味,可转念一想,他也有不少小秘密瞒着尹谌。

之前他只知道尹谌的生日是在一月份,具体日期不清楚,于是某天他趁帮班长往办公室送作业本,翻了一下老孙办公桌上的学生资料，尹谌的学号是57，唐柊直接翻到最后一页，看到他的生日是1月15日。

留给他准备生日礼物的时间不多了，唐柊冒着严寒出了几天摊，气温降到零度左右的时候，他实在顶不住了，便在龙藏河附近的餐厅里找了份临时的工作，虽然刷盘子碰凉水也冷，但至少是在室内，总好过在外面吹风。

周末，唐柊抽空带着奶奶一起去街上买过年的新衣，原本的预算是每人五百块，可到商场才知道现在的衣服有多贵，随便一件羊毛衫都要上千。唐柊好不容易找了家打折甩卖的，给自己和奶奶各买了一件羽绒服，并费尽口舌央着店家送了两条棉裤，就这样还是超预算了。

唐柊心里血流如瀑，回到家把新衣服又穿上身试了试，觉得应该属于尹谌说的"能穿好几年"的范畴，想拍张照片发给他看新衣服，想起自己用的还是老式直板手机，便又垂头丧气地打消了这个念头。

之前苏文韫也看不下去他这用了很久的破手机，说："现在智能手机也不贵，网上淘个二手的也好啊，每次看你用这个破手机玩贪吃蛇，都感觉像看我爸在玩。"

唐柊摇头道："钱不够了。"

"你饭店那边不是刚结工资吗？"苏文韫奇怪道，"这么快就花完了？"

"年底要花钱的地方太多了，我总得留一点儿未雨绸缪。"

其实这是句谎话，唐柊本来也打算在年前买个二手智能机用，目前手头的钱也够，然而"半路杀出个程咬金"，所以这笔钱现在有更重要的用处——他想给尹谌准备一份生日礼物。

首先，这份礼物不能太寒碜。

尹谌随手给的一副手套都是价值三位数的，"糖葫芦"也收了他的"见面礼"，唐柊再抠门儿也懂得礼尚往来，接受了别人的付出，他必定要只多不少地还回去。

再者，这份礼物还要有意义。

想到这里，唐柊不禁开心起来，但是想到要花不少钱，他又不停地拿"朋友一场"劝自己这是正常花销。他跟苏文韫还经常互送零食呢，给尹谌准备生日礼物有什么不可以？

至于送什么，唐柊很快有了好主意。尹谌说不要生日礼物是不希望他破费，那他就准备那种看起来不值钱的，比如做个蛋糕、缝个零钱包什么的。

后者算是唐柊擅长的，他提前两个星期就托奶奶进货时帮他捎一块适合做钱包的硬牛仔布，要深色的、看起来很酷的。唐奶奶就给他弄来了一块水洗蓝牛仔布，还带有丝质暗纹的黑色内衬布，唐柊当天晚上就开始着手做零钱包。

怕尹谌嫌弃钱包款式老土，做之前，唐柊还在网上查了最近流行的钱包款式，用纸画下来，回家再量大小，画图样。

他没用缝纫机，一针一线都是自己亲手缝制，为了让针脚细密整齐，还废了好几块布料，手指也被扎了几次。熬了整整七天七夜，钱包做好的那天晚上，唐柊手疼脖子酸，累得倒头就睡。第二天早上醒来摸到床头的新钱包，举起放在阳光下非常好看，唐柊笑弯了眼睛，连日来的疲惫霎时一扫而空。

蛋糕则安排在尹谌生日当天做。

1月15日正好是周末，唐柊起了个大早去市场买食材，回到家的时候天刚蒙蒙亮，他抬头看向尹谌家住的老楼，尹谌房间的灯没亮，估计还在睡觉。

做蛋糕的器具是跟邻居借的，他为此还送去一篮鸡蛋，提前跟人家打了招呼，说下午要借他们家烤箱用。

唐柊一边开着录音笔听英语，一边在厨房快乐地忙活，打蛋、过筛、搅拌、上模具。

兑奶油的时候，"糖葫芦"大约是闻到了香味，从温暖的窝里爬出来在唐柊脚边转悠，用前爪挠他裤腿，被唐柊叉腰凶狠地警告说："这是给你哥的生日蛋糕，你别想了！"

回头拿着裱花袋往蛋糕上挤花边时，唐柊忍不住又念了一遍："哥……"

尹谌比他大一岁多，叫哥正好。

唐柊继续认真做蛋糕，也许是做得太投入，直到听见"糖葫芦"不同寻常的粗声吠叫，他才察觉到不对劲。

唐奶奶一早就去公园锻炼身体了，外面的铁门像平时一样敞开着,唐桄摘下耳机出去,看见扶着门框跌跌撞撞走过来的女人时,第一反应便是冲上去关门。

可惜他晚了一步。

满身酒气的女人抬脚踹开铁门,"哐"的一声巨响后,唐桄猝不及防被撞得后退几步,门应声而开,女人走了进去,倚着门边的柜子尖声笑道:"干吗呀,我的宝贝儿子?怎么不让妈妈进门呢?"

唐桄不得不面对她,道:"这个月的钱已经打给你了。"

"我知道啊,"女人蹬掉高跟鞋,摇晃着走进去,在缝纫机旁的椅子上一坐,说,"我就是想你了……还有你爸爸。"

明知不该跟喝多了的人计较,可唐桄听到"爸爸"这个词时,还是浑身一凛。

"我爸已经死了。"他说。

女人脸上的笑容凝固,表情逐渐哀伤,说道:"是啊,他死了,他早就死了……"

自言自语地念了几句后,她陡然抬头看向唐桄,眼神变得犀利,音调提高了几分道:"是你害死的,他是被你害死的!你这个坏蛋,害得我成了丧偶的女人,他死了,留在我身上的回忆却洗不掉,你知道我这些年是怎么过来的吗?那么多个日夜,你知道我是怎么过的吗?"

唐桄平静地与她对视,垂在身侧的手却慢慢攥紧。

"该给的钱我都给你了,"唐桄手心冒汗,伪装出事不关己的冷漠,"你可以拿着去住最好的疗养院。"

此刻的女人蓬头垢面,全然没了平日里的光鲜亮丽。她又干笑几声道:"疗养院我是不会去的,我凭什么去那种地方?"

女人撑着椅背站了起来,摇摇晃晃地向唐桄走去,"糖葫芦"自她进门起就狂叫不止,像是知道来者不善,边叫边跳阻挠女人靠近唐桄,却被她一脚踢到门边。

唐桄忙过去抱狗,醉得神志不清的女人却步步紧逼,挡住他的去路,把他推到墙角。

唐桄怕把这女人逼急了,她又会做出什么疯狂的事,便只防御不抵抗,盼着她发完脾气快点儿离开。

女人看似迷糊失智,实际仍保留着一丝清醒。

听到狗叫声，尹谌的第一反应就是走到窗前往楼下看。

成衣店的门开着，门口没人，这个时候狗也不叫了。他看了一会儿便放下窗帘退回屋里，拿起手机点开通讯录，看见通话记录里最近的那两个来自首都的号码，尹谌面色发沉，按灭屏幕，把手机放回桌上。

中午吃饭的时候，林玉姝问道："上午你爷爷是不是给你打电话了？"

尹谌"嗯"了一声。

"他让你回去？"

尹谌漠然道："我没答应。"

林玉姝点头道："没答应就好，他叫你回去只是为了维护面子，怕旁人知道了说闲话。"

尹谌想起电话里那道少年的声音，还有那句热情的"哥哥，生日快乐"，自然能猜到是什么闲话。

"那……你爸呢？"林玉姝装作不在意地又问道。

经过上次的事，林玉姝近来情绪稳定了很多，至少没再在尹谌面前歇斯底里。尹谌知道她心里还是在乎的，淡然道："他给我打了钱，让我想要什么就去买。"

林玉姝听完，冷笑道："果然有其父必有其子，亏欠了别人只会用钱补偿。"

尹谌对此没有发表意见，因为他不仅不知道母亲想听什么，也不知道她这句话有没有把他一块儿骂进去。

就跟上次骂"男人都不是好东西"一样。

尹谌吃过饭在房间里看了一下午书，然后决定出去走走。以前在首都的时候，假期闲着没事他会出去打球，碰到熟人就一起打，碰不到就自己玩，光投篮就能一个人玩好几个小时。

尹谌没忘自己现在是"不会打篮球"的人设，便在离家最近的篮球场边坐了一会儿，帮几个打球打出场外的初中生抛了几回球，太阳落山的时候，他才双手插兜往回走。

路过成衣店时，他又不由自主地往里面看，门开着，没有人进出，唐桦可能不在家。

他只看一眼就收回了目光。尹谌不否认自己最近在躲着唐柊，阻止自己接他的话。因为他觉得自己不配有朋友。

走到楼下时天已经半黑，昏黄的灯光投射在冰冷的地面，尹谌刚踏进楼道，就被从拐角黑暗处蹿出来的人影吓了一跳。

"生日快乐。"来人比他矮大半个头，声音带着微颤的鼻音，"我来晚了……对不起。"

尹谌条件反射地后退，待看见黑暗中倏然变得暗淡的眼神时，他脚尖动了动，不知道该不该再上前一步。

唐柊低垂着脑袋，细碎的刘海儿遮住了脸上的神情。他从口袋里摸出一个东西递过去，小心翼翼地说："生日礼物，自己做的，没花钱……希望你喜欢。"

沉默在漆黑狭窄的空间里蔓延，二人甚至能听见对方的呼吸声。好像过了很久，又好像只等了须臾，尹谌伸手把钱包接了过去。

之后他们之间又是一段难熬的寂静。

唐柊感觉一切都被他搞砸了！他不该来的，更不该指望从别人身上获得零星的安慰，没有人有这个义务，他一个人难过就够了，不该把这几近崩溃的情绪带给别人。

唐柊以为自己在笑，直到看到尹谌错愕的表情，才知道自己现在的样子有多难看。

就在几个小时前，他差点儿变成跟那个女人一样的疯子。

"那我……我先走了。"

唐柊始终没抬头，转身要走，还没走到那簇昏黄的灯光下，便听见对方说话。

"别走。"尹谌开口说。

唐柊先是一愣，随后停下脚步。

唐柊走回了原地，强迫自己抬头，忽而惊觉，尹谌和他面对面时永远都是俯视的姿态。

尹谌像天上的星，眨眨眼就能看透陷在泥泞里的他刻意隐藏的一切，包括那些用来伪装坚强的外壳。

只要他愿意眨一下眼睛。

"干……干什么？"唐柊仗着黑灯瞎火谁也看不见谁，硬着头皮装无事发生。

尹谌叹了口气，不知是无可奈何还是妥协认命般说道："我还没说谢谢。"

"那你现在说了。"唐柊眼眶胀热，嘴硬道，"我走了，你……你早点儿睡，明天早读别再打瞌睡了，累计罚站五次要扫操场的。"

唐柊说完转身就要走，这时，尹谌开口道："我的话还没有说完。"

他垂在身侧的一只手动了动，短暂地犹豫了一下，其实他就是想知道唐柊下午发生了什么事情。

唐柊藏得很好，离得这么近，脸上还是一副嬉皮笑脸的样子，尹谌知道他在忍，但他骗不过他。

尹谌抬起手，将手中的纸巾递给唐柊，让他自己轻轻抹去即将溢出眼角的泪，生怕说错什么让他更难过，只低声安慰道："别哭了。"

唐柊本来没想哭的，听到这句话后却哭了。他用力垂下头，不让人看见。豆大的泪珠一颗接着一颗砸在地上。

面对这样的"意外状况"，尹谌有些无措，看着地面那片湿润，他想问出什么事了。然而唐柊先他一步出声抽泣道："等一下，等我一下，马上就好，你……你别看！"

尹谌便放下抬到一半的手，稍稍别开视线，默不作声地陪他站着。

唐柊哭的时候几乎没有声音，除了断断续续的抽噎声和喘息声。

大约是觉得丢人，唐柊只哭了一会儿就停住了。不过是他自己强行掐断的，勉强止住眼泪就开始打嗝儿，说话更磕巴了："我就是……嗝……生气，本来还有个蛋糕，被……嗝……砸地上了，我就给'糖葫芦'吃……嗝……了。"

原本凝滞的气氛被他这压不住的打嗝儿声缓解了许多，尹谌道："没事，兄弟一场，它吃过就等于我吃过了。"

这是唐柊第一次听尹谌开玩笑，讶异之后心情也跟着放松了一些，说："它吃了好多呢！满脸都是……嗝……奶油。"

正是晚饭时间，楼梯口人来人往，二人便来到了老楼背后的空地。

闭了几次气，唐柊终于不打嗝儿了，擦干眼泪后，指着尹谌手上拿着的钱包，问道："这个钱包，你觉得怎么样？"

尹谌看了手中的钱包一眼，说："很好。"

唐柊非要他打开看看，尹谌就打开了，两折的短款钱包，裁切整齐，做工精致，完全看不出是手工做的。

钱包里面还塞了一张十元的纸钞，唐柠解释道："我奶奶说新钱包不能空着，影响财运，得塞点儿钱。"

经他提醒，尹谌将手伸进口袋，摸了半天，掏出两枚硬币，投进钱包里。

唐柠脸上总算露出笑容，眼睛里也有了光彩，嘴上却嫌弃地说道："你怎么比我还穷啊。"

尹谌下午出门时忘了拿钱，这硬币还是之前留在口袋里以防要坐个公交什么的而留的，不过他也没解释，顺着他道："嗯，穷。"

"所以不回我短信？"结合之前的情况，唐柠大胆猜测，"因为发短信太贵了？"

尹谌愣了一下，绷着的唇角随即一松，眼角眉梢都带着笑意，回道："嗯，太贵了。"

灯罩破损的路灯下，唐柠嘟哝了一句"那下次还是写字条吧"，说完便仰头看天，呵了口气，叹道："都这么冷了，南城怎么还不下雪啊？"

虽然知道唐柠肯定是遇到不开心的事了，眼下分明是在转移话题，但尹谌还是没把"出什么事了"问出口。

唐柠不想说，他就不问。

尹谌抬起头，跟身边的人一块儿仰头看着漆黑的夜幕，说："今天晚上天空没有星星，说不定明天就会下雪。"

唐柠的眼球悄悄转动，看了一眼站在一旁的尹谌。

即使在黑暗中也要挣扎着站起来，咬牙死撑向前走，为的不就是遇到这样的朋友，和他并肩站在一起吗？

临近学期末，比初雪先来的是期末考试。

唐柠狠抱了几天佛脚，英语考试前又去尹谌所在的考场狠吸了一口学霸之气，出来一对答案，这次听力他就错了一道，完形填空破天荒地全对。

和尹谌的答案又有很大出入的贺嘉勋持续哀号，这回连戚乐都不知该如何安慰他，实诚道："尹同学英语成绩很好，按以往的经验，他的答案就是标准答案。"

苏文韫幸灾乐祸道："恭喜啊，贺嘉勋回家又要挨妈妈打咯。"

143

数学考试安排在下午,考前,尹谌在走廊上一边扔悠悠球,一边给唐柊讲微积分。

贺嘉勋路过,忍不住酸道:"尹哥,你怎么这样,明明我跟你先认识的,你怎么对他比我好?"

唐柊忙道:"不是,不是,我请教问题呢。"

和唐柊一个考场的苏文韫从窗户探出脑袋对贺嘉勋说道:"你是小学生吗,跟你好跟他好的?"接着又看向唐柊,"木冬冬,你也是,我俩都认识多少年了,这才一个学期,你就跟尹同学就成好朋友了。唉,只闻新人笑,不见旧人哭。"

等他们走了,唐柊火急火燎地向尹谌解释:"我没有差别对待啊,他们胡说八道呢。"

尹谌把手上的书翻过去一页,漫不经心地念道:"只闻新人笑,不见旧人哭。"

唐柊窘迫得恨不得找个地洞钻进去,手都摆出重影了,否认道:"不,不,不,你们都是我的好朋友。"

尹谌掀起眼皮看他,反问:"是吗?"

唐柊满脸尴尬,支吾了半天也没说出个所以然。

但凡和唐柊走得近一点儿的,都知道唐柊这个人看着咋呼冒失,实则很细心,朋友的情绪起伏他总能第一时间发现。他觉得尹谌肯定有什么不开心的事情藏在心里,十分想了解一些。

次日的散学典礼,他跟坐在旁边的苏文韫咬耳朵道:"我有件事要跟你说。"

苏文韫也没拉扯太多,直接问道:"你在打什么鬼主意?"

唐柊后悔起了这个头,否认说:"没什么,没什么,别乱猜。"

苏文韫却没打算放过他,提着他的耳朵质问:"你是不是跟他借钱了?!"

唐柊摇头道:"当然不是。"

"那你紧张什么?"

唐柊走近,回道:"尹谌好像有什么秘密,他好像最近和一个女生走得很近,你认识那个女生吗?我想向她问一下尹谌的事情。"

"你说他有什么好?怎么会有女生欣赏他?"苏文韫不解道,"住那种破房子，穷得要命。"

唐桎说："除了穷，他很优秀啊。"

苏文韫问道："他不就长得帅点儿、成绩好点儿吗？以后能不能出人头地还是未知数呢！"

唐桎被他说得有些丧气，回道："我相信只要努力就可以改变命运。"

苏文韫认真道："你不够努力吗？你可是我见过的最努力的人了，结果呢。"话说出口他才意识到有些不妥，补了一句，"没有瞧不起你的意思。"

"嗯，我知道。"唐桎始终乐观地笑着。

苏文韫又问："你铁了心地想知道他以前的事情？不会觉得咸吃萝卜淡操心吗？"

唐桎为表坚定，握拳照着自己的胸口捶了两下，答道："很铁！"

他扭头朝后排张望，见尹谌正抱胸靠在座椅上打瞌睡。

看着看着，他的嘴角险些咧到耳朵根，又道："反正我就是很想知道他以前的事情，这样有助于加深我们的友谊。"

寒假学校安排了冬令营，非常贴心地分了两个档位供大家挑选，一个是十天九夜的 M 国游学，另一个则是三天两夜的南城竹山温泉之旅。

毫无疑问，后者是为家庭条件一般的同学准备的，为的就是大家都去得起，学校很重视这次活动，老师也希望大家尽量多参与。

唐桎从来不参加超过五十块的集体活动，本来打算仗着跟班长关系不错找理由跑路，可苏文韫非要拉着他一起去温泉之旅，让他砸锅卖铁也要去。

"尹同学也去，"苏文韫指着报名表给他看，"趁这个机会可以好好聊聊，然后探探你想知道的事情？"

本就不太坚定的唐桎被说动了，把藏在床单底下好久的钱拿出来，拍在戚乐桌上雄赳赳气昂昂地报了名。

出发时间定在年前，寒假的第三天。

唐桎一早就到了学校门口，第一个上大巴车占座，苏文韫到得也比较早，离发车时间还有半个小时，他把手机借给唐桎玩，对他说：

"上网查查如何边泡温泉边套话。"

这种蠢问题肯定是搜不到答案的,唐柊求知心切,靠在窗户边把手机屏幕往里收,偷摸打开本国知名交友交流论坛,发了则帖子——我最近交到一个好朋友,发现他好像有秘密瞒着我,但是我又忍不住想知道,该怎么打探这个秘密?

该论坛全版匿名,人流量极大,不一会儿就刷出一排回帖,全是问号。

唐柊也满心疑惑,又刷新了几遍才看到一条有文字的评论:"他现在还好吗?他不肯告诉朋友肯定是有原因的!"

楼主唐柊点击回复:"他很好。"

匿名网友又回了一条:"楼主是幼稚小学生,鉴定完毕。"

唐柊:"……"

有人把话题转回标题上,问:"那你现在有多了解对方啊?"

唐柊被问住了,他发了会儿呆,脑海中飘过一句适合描绘当下情况的话,低头在输入框里打字:"我正在慢慢了解他。"

另一边,尹谌本人并不知道自己成了论坛上众人讨论的对象。

他起晚了,直到贺嘉勋敲他房间门的时候才醒,迷糊间想起这天好像是有个活动要参加,十分钟搞定刷牙、洗脸、换衣服、收拾行李,到地方刚好赶上发车。

车里只剩下后排的位子可坐,他坐下没多久,兜里手机一振,是唐柊发来了短信——

"本来想给你们占位的,带队老师不让!(这条短信不用回复)"

尹谌抬头,看见坐在前排的唐柊转过来向自己挥手,也抬臂冲他挥了一下手。

唐柊笑得见牙不见眼,笑了一会儿不知想到什么,又急急地转回去坐好。

从市中心前往竹山温泉度假区,全程大约三十千米。

路上有点儿堵车,到地方的时候临近正午,同学们依次拿上门卡入住,带队老师提醒大家抓紧时间整理,半个小时后到门口集合一起去用餐。

这次冬令营安排的房间是两人标间，按报名表上的顺序分配，尹谌的名是贺嘉勋帮他报的，所以二人分在一间房。

贺嘉勋爱玩，要了靠窗的那张床，收拾行李的时候还在哼歌，中途接了个电话回来，表情就变得有些微妙。

他犹豫半天，还是向尹谌开口道："尹哥，跟你商量个事儿。"

楼上的某间房里，苏文韫在收到一条短信之后腾地站起来，拎起他还没打开的行李说："换好了，我这就走了啊。"

唐柊一脸疑问道："我睡觉真的打鼾吗？还吵到要换房间这么严重？"

"嗯！可吵了，"苏文韫学了两声猪叫，说，"就这样，震天响。"

"啊！我睡着了一点儿感觉都没有，奶奶也没跟我说过我睡觉打鼾这件事。"唐柊尴尬地挠头，"那你换了谁来啊？万一人家也受不了我打鼾……"

苏文韫头也不回地往外走，边走边说："老师安排的，具体我也不知道，等下记得告诉我是哪个倒霉宝宝！我先走了啊，待会儿楼下见。"

唐柊依依不舍地把人送到门口，回到房间把自己带来的东西又整理了一遍，给即将到来的室友腾出足够的空地，他边收拾边惴惴不安地想：到底会换成谁啊？除了苏苏，竟然还有人愿意跟他住一间房？

十分钟后，房门被敲响。

开门之前，唐柊又把准备好的腹稿复习了一遍，深吸一口气，打开门，等看见门口站着的人时，他直接呆住了，顺嘴说出来一句："同学，你好，我……我晚上尽量不打鼾……"

提着行李的尹谌愣了一会儿，清了清嗓子道："我也不打鼾。"

吃过午饭，大家勾肩搭背地去泡汤了。

男生们选了个能容纳二十个人的大池子，唐柊穿着保守的短袖短裤下去，等热得受不了了才站起来缓一缓。

"哎，他在那儿呢，"苏文韫在水下踢了唐柊一脚，"还不赶紧过去打探秘密？"

唐柊知道尹谌喜静，这会儿一个人跑到角落待着，八成就是为了

147

避开吵闹的人群。他坐回去,让水没过肩膀,嗡声道:"等一下吧,我怕现在过去吓到他。"

唐柊泡了一会儿就出去了,趁同学们都在池子里泡着,抓紧时间换衣服回酒店。

都说泡温泉对人身体有好处,唐柊活动活动手脚,觉得浑身暖洋洋的,心里偷偷计划着:明天他们去爬山,自己就不去了,再来这里好好泡上一泡。

此时更衣室人不多,唐柊换过衣服之后在旁边的水池洗了把脸。他又拍了拍自己的脸蛋儿,把湿衣服随便叠了几下,转身刚要出去,面前的弹簧门就被推开了,有人走了进来。

半个小时后,酒店房间里,唐柊坐在自己的床上,背朝门口,低垂的脑袋差点儿埋到地底下。

他哪里想到那个时间会有人去更衣室,更想不到尹谌也提前从温泉池出来了。

唐柊因为刚洗掉脸上的颜料,感觉有些尴尬,于是便找借口去了卫生间。

直到晚上用餐,唐柊还在纠结该怎么和尹谌解释自己刻意扮丑这件事。

这次旅行的食宿由学校统一安排,吃饭是在酒店附近的一家中式快餐店解决。

快餐店里,唐柊和尹谌面对面坐着,二人都有些心不在焉,半天都没动几下筷子。

门口一阵喧闹,本就不大的店里进来了几个穿着校服的少男少女,一屋子正在用餐的学生"唰"地把视线投向他们,仿佛在看什么稀有动物。

"重点学校的学生吗?哈哈哈,怪不得大家都往那边看。"唐柊终于找到适合引入的话题,"以前总有人说我长得像女生不像男生,烦得很,我就把脸给抹黑了,哈哈哈。"

他给自己这段演技打八分,觉得除了那两声干笑略显勉强外,其余解释应该都站得住脚。

可尹谌听后的反应却与他想象的不太一样——尹谌先是抬眼盯着他看了足有五秒钟,然后扯开嘴角似笑非笑地"嗯"了一声。

唐栐心里的小鼓敲得咚咚响。

回到酒店，他越想越觉得尹谌那个表情别有深意，是在怀疑他说的话吗？还是压根儿不信？

之后，戚乐挨间房敲门送饮料，唐栐要了两瓶可乐，自己开一瓶仰头灌了个干净，把空罐子往桌上一拍，豪迈道："做回自己就是爽，干杯！"

尹谌把自己那罐开了，和他的空罐碰杯，笑意藏在眼底，说道："干杯。"

唐栐这一晚睡得很沉，醒来头昏脑涨，只记得向室友证实："我昨晚打鼾了吗？"

"没有。"尹谌随口道。

"奇怪了，"唐栐疑惑不解，"那苏苏为什么说我打鼾像猪叫？"

不过这也没让他在意太久，更纠结的事来了——原本安排在这天的爬山活动因为天气不好取消了，改成全班一起去唱歌。

这是唐栐最不喜欢的活动之一，听戚乐通知后，他立刻表示自己要在酒店待着，不去凑热闹。

然而结果就是，下午两点，唐栐准时出现在了度假区的某包厢里，尹谌也被贺嘉勋硬拉去了。

苏文韬对好友"迎难而上"的精神表示赞许，说道："你就吃吃水果，嗑嗑瓜子，做一个安静的听众。"

唐栐也是这么想的，只是没想到尹谌比他还要安静，窝在角落的沙发上支着下巴发呆，同学们制造的噪音仿佛成了他的催眠曲。有人递话筒过去撺掇他唱歌，他不动声色地推开，冷着脸说："你们唱。"

来回几次后，就没人再敢打扰他了，倒是唐栐这边，不断有同学起哄叫他也来一首。

"咱们木冬冬贵人事多，同学们都没见你参加过什么集体活动。"

"是啊，上个月的圣诞派对还有元旦聚餐你都没来，太不给面子了吧！"

"昨天泡汤还早退。"

"今天必须唱一首，不唱不许走。"

唐栐能猜到这些话里头恶意调侃居多，但仍被他们你一言我一语

149

说得无地自容,他一直认为自己朋友少也有自身不合群、总是不参加集体活动的原因,于是不顾苏文韫的阻拦,硬着头皮接过话筒站起来说:"那就唱一首吧,我唱歌难听,大家别笑。"

不知是谁切了一首最近很流行的《甩葱歌》,唐柊不会唱,双手握着话筒,看着飞速闪过的字幕磕磕巴巴跟着念了两句。台下的几个同学笑得前仰后合,还纷纷"嘎嘎嘎"地学鸭子叫。

唐柊知道他们在嘲笑他唱歌难听,尴尬极了,实在唱不下去了,便推诿道:"这首我不会,你们唱吧,我……我下次请大家吃饭。"

有个男生问:"请吃什么啊?米其林三星吗?"

唐柊在车行打过工,迷惑地眨了眨眼睛问道:"米其林……不是卖轮胎的吗?"

"是啊,但他们也卖可以吃的轮胎,"另一个人说,"便宜的五六百一个。"

"这样啊……"唐柊当了真,觉得价位有些高,没拿话筒的那只手窘迫地搓了搓裤缝,"能不能换一家?我家附近有个餐馆据说味道很好,价钱也……"

唐柊话还没说完,那几个人就又凑作一堆哈哈大笑,一边的苏文韫忙过去扯唐柊的胳膊,让他坐回去。

唐柊僵立着,还没明白怎么回事,忽见坐在角落里的尹谌腾地站了起来,面若寒霜地扫了一眼在笑的那几个人,对唐柊道:"吵死了,回去睡觉。"

回宾馆途中唐柊反应过来了。

按说这种捉弄,经历过几次早该习以为常,可唐柊心里还是空荡荡的,似有冷风灌进来,冻得他直哆嗦。

缩头乌龟般地躲了这么久,好不容易鼓起勇气把脑袋探出去一点,竟落得这个下场。这个时候唐柊有点儿想哭,又有点儿想笑。

唐柊不想尹谌再看见他哭,那样显得他特别懦弱,像个软弱可欺的孩子,他咬紧牙关,心想无论如何都要忍住。

尹谌一路都没说话,到酒店楼下时拐去便利店买了点儿东西,很快就拎着袋子出来了。唐柊像个犯了错的小学生一样垂首跟他在后面,进门时没看路,还差点儿撞到他后背。

去洗澡之前，尹谌从塑料袋里拿出一个盒子扔给唐柊，淡然地说道："只有这个，凑合吃。"是一盒巧克力棒，和菜园小饼一个牌子的。

随着卫生间的门关上，唐柊再也压不住上翘的唇角，即将夺眶而出的眼泪也憋了回去，想起之前的菜园小饼和糖葫芦，心道尹谌安慰人的方式真没创意。

后来唐柊再一琢磨，觉得应该也算不上"安慰"，充其量就是朋友之间的互帮互助，毕竟蔡晓晴请教他问题，他也都会回答。

唐柊洗过澡，拿起那本花了许多年都没看完的《基督山伯爵》，随便翻开一页，谨慎地选了个话题，问道："上次忘了问，你看过这小说吗？"

他说的是他生病时尹谌把他送回家那次。

尹谌在不到一米之隔的另一张床上抬眼看了一下封皮，说："看过。"

唐柊认真地问："后面讲的什么呀？"

尹谌简短地总结："越狱，发财，复仇。"

"好厉害啊，"唐柊感叹道，"我只看到他被陷害入狱的部分，那些人真的太过分了。"

尹谌不予置评，把自己手上那张无聊的竹山温泉简介翻了个面。

这时，楼上传来一个女生惊喜地欢呼："下雪了！"

唐柊先是一怔，跳下床之后鞋子都来不及穿，三步并作两步跑到窗前，掀开窗帘抬头看，细小的雪花如棉絮般打着转落下，给漆黑冷寂的夜幕平添一份轻灵跳跃的纯白。

唐柊在窗边看了一会儿，就转身去翻行李，把带过来还没舍得穿的新羽绒服套上，带上那双粉色的手套，接着又把戴了许多年的大红色围巾往脖子上缠。

"南城难得下这么大的雪，我得出去看看。"他边整理行装边问尹谌，"你们首都经常下雪吧？你应该对雪没兴趣。"

尹谌没回答，只提醒他："围巾，歪了。"

"嗯？"房间里没有全身镜，唐柊低头拨弄了一下，"还歪吗？"

尹谌点头道："好了。"

唐柊整理好围巾后就出去了，趁门还没关上，又探头嘱咐道："房卡就一张，等下记得给我开门。"

尹谌抬头望向他，回道："嗯。"

唐柊又好奇地问道："外面在下雪，要是穿了羽绒服还是冷，怎么办？"

问完他才觉出这个问题没头没脑，刚要撒腿溜，便听见尹谌道："那就早点儿回来。"

须臾后，唐柊壮着胆子又问："那要是……没地方去呢？"

尹谌不假思索道："来找我。"

"随时都可以？"

尹谌站在房间正中央，望向门缝处那颗小脑袋。

若不是亲眼见过，他也不相信看上去单薄瘦弱的人内里是如此坚忍顽强，坚强到能背负起那么多酸楚的过去。

唐柊像一个孩子，只是不像一个即将成年的孩子。他的眼睛很大，瞳仁乌黑发亮。

"嗯，随时。"尹谌点头，郑重答道。

回程的大巴车上，唐柊和尹谌坐在一排。

前一夜的雪只下了一小会儿就停了，本就没堆积起多厚，这会儿太阳一出来，直接化得干干净净。

唐柊早上醒来后就跑出去把背阴的犄角旮旯翻了个遍，勉强找到一点点积雪捏了个巴掌大的雪人，现下坐在车上往窗外看，晴空万里，阳光和煦，哪里像前一夜下过雪的样子。

想到自己还没问尹谌什么问题就要回家了，唐柊有些不甘，深感自己浪费了宝贵的两个夜晚，便问身边的尹谌："你过年要回首都吗？"

"回吧，"尹谌给了个模棱两可的回答，"也许也不回。"

唐柊不知道他们家的复杂情况，只当他在首都有亲戚，八成是要回去的，闻言叹道："那提前祝你新年快乐。"

尹谌见他这回没有双手插袖，而是插在口袋里，于是找了个话题问："新衣服？"

穿了一天，终于被发现了，唐柊来了精神，忙坐直身体说道："对，怎么样，好看吗？"

尹谌上下扫了一眼，评价道："还行。"

唐柊又倚回去，一脸不开心道："多了个'还'，那就是不太行。"

尹谌又看了看，问道："怎么又是黑色？"

"黑色耐脏啊，破了也好修补。"唐柊答完才明白过来尹谌觉得不太行的原因在于颜色，忍不住问，"那你觉得我适合穿什么颜色？"

看着眼前的人，尹谌思考片刻，说："鲜艳一点的。"

唐柊掏出随身携带的手套："粉色会把人衬得更黑，"唐柊摸了摸自己的脸，"大红色围巾已经是灾难了，身上穿的还是低调点儿好。"

唐柊说完，猛打一个激灵，意识到自己前两天已经在尹谌面前展示过真实的样子，心虚地把手放下，在腿上胡乱搓了搓。他想了想，觉得还是有必要提醒一下，便小声地对身边的人道："这件事千万不要说出去啊，这么做是为了避免麻烦，让别人知道了就……"

"嗯，"尹谌道，"不会说的。"

唐柊其实很放心，他知道尹谌不会把这件事告诉别人，特地强调是想告诉他，自己的秘密会和他分享。

南城天气于正月初开始逐渐回暖，南城人民过了一个名副其实的春节。

大年初一一大早，唐柊挖了一大勺他奶奶新做的酒酿，煮了锅酒酿小元宵，做完端上桌，开吃前给尹谌发了条短信："新年快乐！今天吃什么？"

他有预感这条消息尹谌一定会回，果然，没多久手机就响了。

尹谌回道："新年快乐，吃饺子。"

唐柊舀了两颗元宵放嘴里，烫得直哈气，打字的手还是飞快，问道："什么馅儿的？里面会放铜板吗？"

这条短信没什么营养，唐柊猜他不会回，于是吃过饭放下手机就去厨房忙活了。

食材都是年前准备好的，洗洗摘摘把素什锦炒上，年三十为了好兆头煮的鱼没动，热一下就能上桌了。

饭煮得差不多了，唐柊跑到门口喊了一声，"糖葫芦"跟着摇头摆尾"汪汪"叫，去邻居家拜年的奶奶朗声应道："来了，来了。"

吃过午饭，唐柊才发现手机上有来自尹谌的未读短信："芹菜肉馅儿，没有铜板。"

唐柊回复:"没有铜板塞硬币也行啊!奶奶说吃到钱是好兆头!下午我去庙里烧香,你有什么要求菩萨保佑的吗?"

在去寺庙的路上,唐柊每隔两分钟就看一下手机,生怕错过尹谌托他祈福的短信。在不知道第几次看手机的时候,尹谌回复了:"没有,你求自己的。"

虽然尹谌拒绝了他的好意,但唐柊还是给他求了福气,于是上香的时候,他先求菩萨保佑奶奶身体健康,然后思念了在天上的母亲和爷爷,再求自己事事顺遂,最后祝尹谌新年发大财。

其实唐柊想得很简单,有钱就能住大房子,就能继续弹钢琴了,他希望尹谌能过得开心,不要总是沉着脸闷闷不乐。

回去的路上,他没忍住,又给尹谌发了条消息问道:"猜猜我给你求了什么?"

尹谌回:"发财。"

唐柊:"……"

到底谁是神仙?

收到短信时,尹谌正坐在富丽堂皇的尹家大宅里,看与他毫无关联的家庭温暖画面,赏不知有几分真情的父慈子孝情景。

林玉姝带他回首都主要是为了拜访林家的亲戚,来尹家只是顺便。

"该有的礼数我们一样都不少,到头来怎么说都是他们亏欠你。"来之前林玉姝交代道,"以后有的是他们愧疚后悔的时候。"

尹谌对此不置可否,虽然他和母亲的目的不尽相同,但是不当尹家继承人是他自己做出的选择。

尹正则拉着一个半大的小孩儿给尹谌介绍:"这是你弟弟,尹谦。"

比起尹谌只点了一下头示意的冷漠,这个没比他小多少的尹谦显得自来熟多了。穿着一身新衣的男孩儿围着他不停地喊"哥哥",问他上次在电话里怎么不吱声,请他到楼上自己的房间里坐坐,还问他第二天有没有空,约他一起去打球。

"不了,我明天就回去。"尹谌拒绝道。

尹谦不知是真傻还是装傻,问道:"回哪儿去?"

尹谌神情淡漠道:"南城,我的家。"

临走的时候,尹正则送他到门口,语重心长地说道:"回去劝劝你妈别怄气了,你也看到了,家里只多了一个人,不是两个,等你们回来,你妈还是女主人,你也还是尹家的长孙。"

尹谌没回答,礼貌地道别离开。

出了雕花铁门,尹谌走在巍峨宅邸前宽阔的道路上,两边的银杏树光秃秃的,让尹谌想起深秋时在南城,踩在梧桐叶上发出的清脆声响。

相比之下,这条路太漫长,也太安静了。

尹谌从衣服口袋里掏出手机,看半个小时前唐柊发来的短信。那条短信内容很短,只有一个尴尬滴汗的颜文字,还有末尾熟悉的波浪号。

短暂的寒假悄然过去,开学第一天,唐柊就把这个学期安排得满满当当。

首先是正月十六带尹谌去爬城头。

"踏太平,走百病,这是老习俗了,"唐柊一本正经道,"说不定能把你家的蟑螂一起踏走。"

本来就不怕蟑螂的尹谌实在没兴趣去爬城头,只是敌不过唐柊的再三邀请,最终同意走一趟。结果却没去成,因为下午下课时唐柊被戴老师揪到办公室读课文去了,连宝贵的晚自习都没能逃掉。

下个月英语口语考试,虽说在毕业考试中分值占比不高,但学校仍然很重视,开学后的语文早读都统一改成英语了。

唐柊英语成绩不差,不过口语因为听得少读得少,有些拖他英语成绩的后腿。戴老师很负责,一有时间就来班上抓他去练口语,这下不仅城头没爬成,连出摊儿挣钱的机会都被彻底剥夺了。

好不容易熬到口语考试当天,尹谌下楼就看到戴着红围巾、粉手套的唐柊站在路边,手捧着打印出来的资料在读。

听见脚步声,唐柊抬起头,看到是尹谌,忙把手里的东西递给他,让他教自己:"快,念一遍帮我找找感觉。"

先前尹谌已经给他在录音笔里录了一遍,唐柊说要听现场版,他就边走边念,到比较拗口的地方就停下,让唐柊跟着读。

或许是因为将要面临正式考试,唐柊手心一直冒冷汗,前一晚上读得还挺顺的几句这会儿一直磕磕巴巴的,没改透彻的坏习惯故态

155

复萌,几个"n"开头发音的单词都念成了"l"音。

尹谌见他紧张得脸色发白,收起手上的资料,问道:"你能不能吃辣?"

"啊?"唐柊一愣,"我能吃一点儿辣。"

"不是挺好吗?"尹谌把资料递过去还给他。

唐柊就学着他的方法,一路嘴都没闲着,什么"你能不能喝牛奶""你能不能别闹"……念着念着,真没那么紧张了。

也许是尹谌的独门放松法起效了,唐柊这次的口语考试通过得很顺利。

不过考完他突然又发烧了,上了四天学,请了一天假窝在家里没出门,熬过去后浑身舒爽,围巾也用不着戴了。

他的生日就在春天,是个柳枝抽芽、百花争妍的好日子。怎么说也是十八岁成年礼,唐柊准备大方一回,请几个同学到家里吃饭。

苏文韫和戚乐是必须请的,尹谌那边更是早早通知到了,贺嘉勋那个跟屁虫说不定也会来。

唐柊提前一天把家里打扫干净,晚上接到戚乐的电话说临时有事来不了,第二天早上又接到苏文韫的电话说他和贺嘉勋都不来了。

他在电话里问道:"一个个都不来,你们是说好的吗?"

苏文韫也懒得再遮掩,直接说道:"班长家里有事,我顺便把姓贺的喊来了。"

唐柊无语,放下手机咬着手指在家里转了几圈,这时,门口传来敲门声。

把拎着蛋糕的尹谌请进屋后,唐柊明明想去拿杯子,却拿了个碗出来,倒上水才觉出不对,尴尬地解释道:"我喜欢用碗喝水,你等等,我去给你拿个杯子。"

唐柊奶奶为了不影响他们小朋友一起玩,上午帮着准备好食材后就出去找她的老朋友了。眼下一桌子菜,只有他们两个人面对面坐。

对于说好的五人聚餐变成两个人吃,尹谌并未表现出任何不适,唐柊招呼他多吃,他就点头应下,席间还指着一盘菜问唐柊:"这是什么?"

"桂花糯米藕,"唐柊答道,"你没吃过吗?"

尹谌夹了一块,说:"听过,没吃过。"

唐柊催促道:"快尝尝。"

尹谌咬了一口,说:"还不错。"

唐柊家大部分面积都被隔作外面的成衣店,作为住宅的部分面积很小,客厅中只有一张桌子,电视和沙发一概没有。

吃过饭,唐柊把尹谌请到自己的房间,让他随便坐,嘱咐道:"家里也没什么好玩的,床头有几本书,你可以随便翻翻,不然就玩'糖葫芦'吧,它可喜欢你了。"

尹谌本想跟唐柊一起收拾碗筷,唐柊说没有让客人帮忙的道理。最后一家之主唐柊把人送进房间后就扭头钻进厨房,临走前说了好几遍"我马上过来",生怕尹谌一个人待不住。

尹谌便在书桌边的椅子上坐下,翻开那本阅读进度终于往后挪了一点儿的《基督山伯爵》,看了没几分钟,发现"糖葫芦"在他脚边蹭来蹭去"呜呜"叫,没办法,他只好把它抱起来放在腿上,心道这狗怎么胖了这么多。

"糖葫芦"仿佛听见了他的吐槽,在他腿上挪转了两圈,又抬起前腿攀住书桌的边沿,蹬着后腿往桌上爬。

还真让它爬上去了。

得意扬扬的"糖葫芦"站在书桌上摇尾巴,尹谌失笑地摸了摸它的头,刚要把它弄下来,它"哧溜"一下灵活地从尹谌手中跑了出去,扭着屁股走到桌角,张嘴叼住放在那里做装饰的玩偶。

尹谌把布偶从"糖葫芦"嘴里艰难地拽出,正打算放回原位时,就看见靠墙的位置有个纸盒子倒在桌上,里面的东西从没封口的那一面滑落出来。

洗完最后一只碗,唐柊随便抹了一把厨房的料理台,擦干净手就急忙往自己房间走去。

他一推开房门,就撞上了正要出去的尹谌。

唐柊的心一提,问道:"你要走啦?"

尹谌低头说:"我去倒杯水。"

"哦,哦,"唐柊扭头找杯子,"杯子在……"

"我知道在哪儿。"尹谌说完就侧身出去了。

唐栐总觉得哪里不对劲，进到房间里，目光触及放在桌子上的东西，耳朵里登时一阵嗡响。

他走上前，拿起桌上用来装巧克力棒的纸盒，缓慢地掏出装在里面的东西——

一支坏掉的录音笔，一张包过糖葫芦的纸，一沓有两种不同书写字迹的字条。

唐栐愣愣地看着尹谌走进来把手中的杯子放下，转身面向自己，启唇似要说什么。

"我先说，你先听我说！"唐栐抢在前头道。

"这些，这些是我收集的，是我刻意留下没舍得扔的。我知道你会觉得奇怪，会不理解，但我想告诉你，这不是什么……不良癖好，我想等到老了，可以看看这些属于青春回忆的东西。"

巧克力棒盒子反射着窗外的阳光，散在周围的小物件也明晃晃地暴露在太阳底下。

尹谌笑道："我知道了，我只是去倒杯水。"

中午的菜很多，二人吃得很饱，蛋糕便作为下午茶。

唐栐吃东西很小口，吃一点儿就喝一口水，他才刚把一块蛋糕上的奶油刮了吃掉，就见尹谌已经把一整块蛋糕吃下肚了。

"中午没吃饱？"唐栐试探着问。

尹谌坦白道："又饿了。"

唐栐给他切了第二块，说："那就多吃点儿吧。"

尹谌摇头道："不用，你留着晚上吃吧。"

"反正你买的这个蛋糕够大，"唐栐往他盘子里塞，"奶奶不吃甜的，我一个人也吃不了这么多。"

捕捉到关键字"吃"，在桌下晃悠的"糖葫芦"试图引起主人的注意，"汪汪"叫了几声。

唐栐一看到它，就想起因它叼走玩偶而暴露的那盒东西，放下叉子，转过去凶道："叫也不给你吃！"

"呜——"

唐栐心硬道："装可怜也没用！上次吃了一整个蛋糕，看看你都胖成什么样了！"

"糖葫芦""哼唧"一声，趴在地上不动了。

无论见识多少次，尹谌仍然对这一人一狗之间的无障碍交流感到神奇。

"上次的蛋糕，是给我做的？"尹谌问。

尹谌冷不丁提起这茬，让唐柊有点儿不好意思，他道："是啊，上次不是你生日嘛，不过那个蛋糕做得不太好看，味道也不怎么样，幸好被'糖葫芦'吃掉了。"

唐柊话音刚落，尹谌就将手中的纸巾递给他，示意他擦一下嘴角。

唐柊接过纸巾，僵硬地擦了几下，尴尬道："吃蛋糕总是不小心沾到脸上，哈哈哈。"

唐柊兀自尴尬着，尹谌从口袋里把焐了许久的礼物拿出来的时候，唐柊刚刚吃完，脸颊上又沾上了奶油。

尹谌一时不知道是该先让他擦脸，还是先说点儿什么，见唐柊盯着桌上的东西发愣，权衡之下，他开口道："生日快乐。"

"这个，"唐柊指了指摆在桌上的那个小巧精致的收音机，又指了指自己，"给我的？"

"嗯，"尹谌应了一声，怕他走神没听清，又重复了一句，"生日快乐。"

一句"谢谢"说得结结巴巴，唐柊拿起收音机时轻手轻脚的，生怕力道重了把它捏坏，边捧在手心里把玩边问："你怎么知道我喜欢听广播？"

尹谌漫不经心道："我记得你说过。"

将方形的小收音机翻过来，背面赫然贴着一面镜子。唐柊对着镜子里的自己傻笑道："你怎么知道我喜欢照镜子？"

"猜的。"尹谌答。

唐柊撇嘴道："摔坏我的传家宝镜，现在才想到补偿？"

尹谌抬眸看了那个收音机一眼，摇头道："不是，买回来才知道带镜子。"

这话唐柊当然不信，镜子分明是后贴上去的，哪个厂家能这么奇思妙想，把收音机和镜子两个毫无关联的东西并到一起？

看破不说破，对礼物很满意的唐柊决定给送礼者留点儿面子，他打开收音机，调到常听的那个频道，高兴道："以前都是用手机，现在有专门的设备了,奶奶再也不用担心我放学路上无聊啦。"

尹谌不仅知道唐桦爱听广播,连他爱听深夜某个频道的事都听说了。他想了想,说:"不要经常听。"

唐桦没懂他的意思,问道:"嗯?"

尹谌拿过他手中的收音机,摆在桌上,漫不经心地说道:"你永远都是我最好的朋友,以后我们可以一起放学回家。"

唐桦以为尹谌就是随口一说,毕竟他喜欢安静,每天放学都是最后一个走,二人的时间总撞不到一起。

没承想星期一晚自习下课后,唐桦听到铃响就抓起书包准备冲出教室,走到门口刚好碰上要出门的尹谌,他跟平时一样单肩背包,不急不缓,用淡定的口气说道:"走吧,一起。"

周五,唐桦被老孙留堂,在办公室订正前一天的随堂习题。唐桦慢腾腾地订正完,交上去刚要走,老孙喊住他问:"唐桦啊,你是不是跟尹谌同学关系很好?"

唐桦随口回答:"就普通同学。"

"我看你们最近经常一起回家,想必应该比普通同学关系要好。"老孙打开抽屉,拿出一沓纸,"这几张竞赛的报名表,你拿着看看,方便的话也拿去给他看看,顺便帮老师劝劝他,拿不拿奖无所谓,重在参与嘛,他要是拿了奖,对他升学也有很大帮助。"

唐桦知道老孙这席话的重点在后半段,上学期尹谌经常没办法按时回家,就是被各科老师喊去谈话,估计目的跟老孙差不多,看出他有资质和潜力,希望他参加竞赛为校争光,也为自己谋个好前程。

作为一个普通人,好的出路终归只有考个好学校再找个好工作这一条。

捧着一沓报名表的唐桦有些为难,从办公室走出去,拐个弯儿便看见倚在墙边等他的尹谌,觉得更为难了。

尹谌贪吃蛇打到一半,见唐桦出来,直接退出不玩了,握着手机的手插回裤兜,说:"走吧。"

那天之后,他们除了偶尔互发短信,一起回家的频率也提高了。

唐桦放慢脚步,刻意落在后面,压低声音问道:"你是因为可怜我才和我当朋友的吗,还是因为其他原因?"

尹谌停下，回过头，似乎对这个问题很不理解，问道："有区别？"

"有，"唐柊手脚微蜷，"你是不是因为知道我没什么朋友，又很想和你当朋友，怕我丢脸，才说和我做朋友的？"

他觉得自己这个推测有理有据。尹谌看似冷漠，实际上待周围的人都不错，他会教蔡晓晴做英语题，还会帮戚乐誊写班级名册，对于一些朋友的请求，他一般都会应下。

这个问题似乎把尹谌问住了，他思索片刻，否定了他的猜测："不是。"

这两个字实在没什么说服力，唐柊没等到下文，耷拉着肩膀便不再多话。

二人一起穿过马路，走进小巷，在成衣店门口分道扬镳。

唐柊心情沉闷，走进家门后才想起老孙给的几张报名表还在手上，他不抱希望地转身出去，心想跑快点儿兴许能追上。

刚打开铁门，就看到还站在原地的尹谌。

错愕在二人眼中同时闪过，唐柊先开口说："你怎么还没走啊？"

尹谌淡然答道："我刚刚在想一些事情，耽误了一会儿。"

唐柊上前把手中的一沓纸递给尹谌，说："老孙叫我给你的，说重在参与，拿不拿奖不要紧。"

尹谌低头接过，"嗯"了一声。

"不过我觉得还是挺重要的。"唐柊又认真地说。

尹谌抬起头，用眼神询问他。

"这关系到我会不会斥巨资请你吃饭庆祝……不过现在应该不叫庆祝，该叫奖励了吧？"唐柊眨了一下眼睛，狡黠笑道，"拿一个奖，咱们就吃一顿米其林八星，怎么样？"

唐柊说着张开拇指和食指，比了个夸张的手势"八"。

尹谌愣怔须臾，忽而弯唇笑了，把手上的报名表叠起来塞进口袋，说："好。"

不过距离竞赛还有近六个月的时间，总不能为了米其林就半年不出去玩。

尹谌邀请唐柊出去玩，时间是下午两点，地点是电影院。

周末人多，电影票是现场买的，时间在四十分钟后，座位还很偏。

唐柊依然兴致勃勃，毕竟除了学校组织看电影，他从来没花钱来过电影院，光服务员在柜台前给客人铲爆米花，他都能目不转睛地看半个小时。

看电影需要提前十分钟入场，尹谌让唐柊拿着票先去排队，自己去买水。

一桶热乎乎的爆米花递到手上的时候，唐柊的第一反应是惊讶地问："这一大桶多少钱啊？"

尹谌随口说了一句："五块。"

唐柊疑惑道："我刚才在那儿看了半天呢，牌子上写着爆米花二十元起。"

尹谌继续面不改色地说："学生证打二五折。"

唐柊翻白眼表示不信，并抓起一把爆米花塞进嘴里。

大概是片子无聊，尹谌坐下没多久就开始犯困，眼皮时而垂下时而抬起，长而浓密的睫毛扑簌抖动。

唐柊看尹谌快睡着了，觉得自己一个人看有些索然无味，想起身出去走走。

"别动，"尹谌声线低沉慵懒，"你认真看，待会儿讲给我听。"

唐柊瞬间挺直脊背，一动都不敢动了。

唐柊觉得这天花了太多冤枉钱，执意要坐公交回去。

赶上晚高峰，车上没有空位，二人站在过道拉着吊环。

下了车，二人并肩走在宁静的小路上，城市闪烁着的霓虹和喧嚣统统被甩在身后。

唐柊看着地上一高一矮两个人影，没压住好奇，问："你经常看电影吗？"

尹谌摇头否定道："不。"

"每次看都会睡着？"

尹谌漫不经心地答："也不是。"

唐柊歪着脑袋问："为什么跟我一起看电影就睡得那么香？"

尹谌想了想，道："或许是这个片子我觉得没意思，也或许是我很久没有和朋友一起看电影了，所以觉得很放松，很平静。"

尹谌加快脚步向前走，唐柊跟上去，说："站了一路不累吗，我们走慢点儿好不好？"

尹谌回头,看见唐柊站在那里不动。他知道唐柊把他当作最好的朋友,希望他能答应这个请求。

他回身,走向唐柊。

这一刻,唐柊才觉得尹谌真正地向他敞开了心扉。

四月中旬,尹谌把填好的竞赛报名表交给老孙。

老孙喜出望外,拿过去一看只有一张,还是物理竞赛,疑惑道:"怎么只报一门?你英语成绩不是也很好吗?戴老师在我跟前夸你好几次了。"

尹谌淡然道:"不想报。"

老孙劝他多报两门,语重心长地说:"现在招生政策不错,奖拿得越多,越利于自主招生的录取,就算不是一等奖也不要紧。"

尹谌还是那句话:"就报一门。"

老孙继续劝道:"你是不是担心自己报太多发挥不出实力?那些重点学校的尖子生也是这么做的,你不报名等于把机会拱手让人。不然这样,数理化一家亲,既然不愿意报英语,不如把数学……"

尹谌抬手就要把报名表拿回来,老孙忙后仰身体避开他的手,认命般道:"好,好,好,就报这一门,报一门算一门。"

他走到门口,听见老孙在背后嘀咕:"只报物理,这孩子怎么想的。"

尹谌扯了一下嘴角,心道还真不是我想的,要不是被威逼利诱,我连物理都懒得报。

回到教室,唐柊跑到尹谌座位上,问:"报名表交上去了?"

尹谌点点头,说:"嗯。"

唐柊拖了张椅子过去坐,拿起桌上几张叠好的纸片把玩,咕哝道:"早知道就全填英语了。"

尹谌把剩下几张表从书里抽出来递给唐柊,说:"你可以自己报英语。"

"不了,不了,"唐柊连连摇头,"过两个月还有会考,我可没多余的精力准备竞赛。"

大课间时间长,尹谌在翻笔记本查漏补缺,见唐柊还在纠结英语竞赛的事，用笔点了点他手里摊开的那堆写了科目名的用于抓阄的纸片，提醒道："这可是你自己抽的。"

"我的破手太不争气了，"唐柊用左手拍了一下自己的右手，"怎么就抽不到英语呢？英语还有演讲比赛，更适合你发挥。"

"没差，"尹谌道，"一样要请米其林八星。"

唐柊哀叹一声，下巴支在高高摞起的书上，突然明白了什么叫"激励成本"。

不过想到是为了朋友，唐柊就觉得很值，他给自己加油打气道："君子一言，驷马难追，我现在就开始攒钱，米其林给我等着！"

前座的贺嘉勋闻言，转过头问道："米其林？木冬冬，你真的要请客？"

唐柊正欲解释，尹谌先他一步说道："请我一个人，不关你的事。"

贺嘉勋满脸哀伤，叹了口气。

帮戚乐发完本子的苏文韫也过来加入聊天，问道："这周末大家有空吗？"

唐柊蔫巴巴地说："要挣钱，没空。"

"不急于这一时，挣钱有的是时间。"苏文韫道。

苏文韫拍了一下贺嘉勋的肩膀，话锋一转道："周末我们小贺生日，大家一起来捧个场啊。"

贺嘉勋的生日宴安排在学校附近的饭店。

其实唐柊本来没打算去，他知道对方不太喜欢他，所以苏文韫那天让大家捧场的时候，他就没吱声，结果周五放学前，贺嘉勋突然跑来敲了敲他的桌板，表情稍有些不自然地说道："星期天中午，别忘了啊。"

唐柊一头雾水，苏文韫但笑不语。

周末前往饭店的路上，唐柊还是没想通他为什么会邀请自己，一脸疑问道："贺嘉勋不是一向讨厌我吗？谁给他灌'洗脑包'了？我在他眼里就是个卑鄙小人来着。"

"你也说了是'洗脑包'，"尹谌答，"他能吃下一个，就能吃下第二个。"

唐柊还是似懂非懂，到地方后看见苏文韫抱着一大捧向日葵，惊得下巴险些掉地上,问道:"这是你买的……生日礼物?"

苏文韫把脑袋从花后面艰难地探了出来,答道:"是啊,不知道送什么,网上说送花准不会错。"

贺嘉勋定的包厢在楼上,苏文韫走在前面,唐柊边上楼边比画,越比画越觉得不对劲,问道:"苏苏,你最近又长高了?"

"嗯,春天到了,该抽条了。"苏文韫扭头道,"昨天看报道,专家说十八岁以后还能长高许多的。"

"你还是别抱太大希望。"唐柊劝他别想太多。

苏文韫一脸认真道:"网上有传有个人之前就猛长个子,还说他为了长高,每逢雷雨天就站在外面'问天问大地',等到夏天我也试试。"

"我劝你还是不要,小心被雷劈。"唐柊一脸严肃地与他探讨。

尹谌快步上前,打断道:"时间差不多了,进去吧。"

除了几个平时玩得好的同学,贺嘉勋那个传闻中很凶的母亲还请了包括老孙在内的几位任课老师来参与。

同学们都是到了才知道有老师在,走是走不掉了,只好硬着头皮坐下。

尤其是在老孙应贺妈妈的邀请上台发表了一通关于"梦想与未来"的演讲后,一顿本该热闹的饭吃得堪比牢饭,全场鸦雀无声,都沉浸在明年就要毕业考的沉痛中。

寿星公贺嘉勋也愁眉苦脸,被母亲押着挨桌敬饮料,到尹谌和唐柊这桌时已面如菜色,除了招呼大家吃喝,已经说不出别的话了。

唐柊对此深表同情,散席后留下帮着一起打包剩菜,忽而听见台上传来音乐声,扭头看去,尹谌不知何时站到了电子琴前,弹了一首曲调欢快的生日歌。

因为尹谌这不到半分钟的即兴弹奏,贺嘉勋感动得差点儿哭了,开口说道:"我就知道尹哥还是爱我的。"

尹谌没理他,走到唐柊面前,拿起塑料袋帮他一块儿打包。

唐柊正举着盘子把一条没动过的鱼往袋子里倒,就听见尹谌低声说:"也是弹给你听的。"

"啊?"唐柊偏头看他。

尹谌面无表情道:"生日礼物之一,当时条件不允许,现在补上。"

吃过饭,天色还早,唐柊本打算去摆会儿摊,但没抵挡住苏文韫的撺掇,出了饭店便和尹谌一起搭上地铁,前往龙藏河景区。

明面上说是散步消食,实际上是去逛街的。

很少作为游客来这里的唐柊脚步都是跳跃的,尹谌的沉默给了他足够的施展空间,他像个导游一样走一路讲一路——

"这里原来是个门,现在封上了。"

"这条巷子里住着一位会弹古琴的老人。"

"我在这家也打过工,老板娘人可好了。"

……

唐柊每到一个地方都能说出一个"典故"。

拐进一条熟悉的窄巷,唐柊更兴奋了,指着前面说:"还记得那个帮我修镜子的老爷爷吗?他的店就在前面!"

时隔半年多,二人一起来到何老头的小铺,店里空间小,转不开,尹谌照旧在外面等,唐柊进去选了一面便宜又漂亮的小镜子,说:"这个上午用,奶奶做的下午用。"

何老头笑眯眯道:"那晚上呢?"

唐柊往门口瞥了一眼,道:"晚上用别的镜子,是我的生日礼物。"

不知不觉天已擦黑。

回家的路上,唐柊刻意放慢了脚步。

没到成衣店门口就听见"糖葫芦"隔着门在叫,唐柊这才想起奶奶这天一早坐车去县里找老朋友了,还嘱咐他会晚点儿回来。

唐柊一摸口袋,心里一沉,拍着脑门道:"糟糕,我没带钥匙。"

尹谌陪他在门口多待了几分钟。

唐柊给奶奶打了电话,确定她已经上了车,会在两个小时内到家,就催尹谌走:"我在门口等着就行,你赶紧回去吧,别让你妈妈担心。"

尹谌说:"她睡得早。"

"那你也该回去了,站在这儿干吗?"唐柊推着他往老楼的方向去,示意他赶紧回去"走啦,走啦,让我一个人蹲在门口听会儿广播行不行?"

"去我家听吧,"他对已经蹲下的唐柊说,"外面有些冷。"

第五章　游园之行

　　周一晨读课下课后，唐柊拖了张椅子到第四组最后一排问："今天又没吃早餐？"

　　尹谌靠在椅背上懒懒地道："吃了。"

　　"我不信，星期天你就没吃早餐。"唐柊把袋子里的包子掏出来，"我多热了两个，吃点儿呗？"

　　只有休息日不吃早餐的尹谌动摇了，问道："你做的？"

　　"嗯，我和的面，包的是我奶奶从县城带回来的肉馅儿，再上屉蒸，弄了一晚上呢。"

　　尹谌看了一眼，塑料袋里的包子饱满漂亮，个个都有十五个褶以上，便道："那我尝尝。"

　　尹谌伸手接过唐柊递的包子，咬了一大口。

　　"好吃吗？"唐柊问。

　　尹谌点头道："嗯。"

　　唐柊把苏文韫也叫过去，几人又开始商量周末去哪儿玩。

　　"上次请吃饭弄得那么不开心，挺对不住大家的。"贺嘉勋道，"不如我们这周末换个没有家长和老师的地方，好好玩上一玩？"

　　苏文韫接话道："游乐园怎么样？这个天气最适合户外活动了。"

　　唐柊摆手拒绝道："我连着几个星期没出摊儿了，你们去吧，我就不去了。"

　　苏文韫用胳膊肘撞了他一下，说："你不是没去过游乐园吗？"

　　"没去过怎么了？"唐柊摊手，一副满不在乎的样子，"那是小学生去的地方吧，我都成年了，才不去呢。"

　　贺嘉勋一脸鄙夷道："你才是小学生。"

　　唐柊跟他抬杠："是你要去的。"

贺嘉勋反击道:"你明明也很想去!"

唐柊据理力争:"我没有!"

二人差点儿吵起来。

唐柊气呼呼地回到座位上把包子啃完。上午第一节课时,唐柊收到了来自尹谌的字条:"我也没去过游乐园。"

唐柊惊讶地回复:"真的?"

尹谌回了一个长句子:"嗯,不如一起做一回小学生?"

看到这行字,唐柊心里又不好意思拒绝了,仿佛他自己没去过游乐园不要紧,可尹谌没去过就不行。

唐柊立刻燃起斗志,答应道:"好,我带你去!"

周末唐柊起了个大早,忙里忙外收拾东西,雨伞、口罩、遮阳帽、零钱、零食、矿泉水,连便当都准备了——一盒包子加一盒米饭。怎么都够尹谌吃了。

换上年前买的新鞋,背着鼓鼓囊囊的大包出门,待看见站在门口双手插兜、除了自己什么都没带的尹谌,唐柊顿觉尴尬,说道:"那什么……多带点儿东西,有备无患嘛。"

对于他背着个比他的小身板还大几号的包,尹谌并未表现出过多的惊讶,只点了一下头,就转身出发了。

二人坐的是地铁,一号线转二号线再乘公交到终点站。刚上车,唐柊的包就被尹谌凭借身高优势拎了过去,下地铁后,唐柊要把包拿回来,让他休息会儿,他还不肯,只道:"背着不会打瞌睡。"

一直到游乐园门口,唐柊也没有搞清楚背着包与不打瞌睡之间的联系,见尹谌这天确实没犯困,就信了这借口几分。

星期天的游乐园人头攒动,尹谌冲唐柊摊开手掌道:"学生证给我,我去买票。"

唐柊边掏口袋边将信将疑地问道:"学生证真的能打折?"

尹谌"嗯"了一声,一只手接过学生证,一只手从外套口袋里掏出一袋菜园小饼,嘱咐他道:"别乱跑,在这儿等我。"

进到游乐园里,唐柊刚好把菜园小饼吃完。

园区绿植覆盖率高,空气宜人,极目望去,气球、彩灯、城堡……天空也被染成绚烂的颜色。

亲眼所见的场景比平面图片的冲击力要大得多，只在电视上看到过这个场景的唐柊不由得惊叹了一声，见尹谌若有所思地站在那里，立刻控制住表情，说道："那个，你想玩什么？我跟你一起。"

尹谌选择了位于游乐场门口的旋转木马。

这会儿人不多，唐柊挑了匹漂亮的白马，转起来的时候发现这马不仅会旋转，还会上下起伏，便扭头冲里面骑黑马的尹谌道："它还会飞！"

相比唐柊的激动，尹谌的反应称得上平静，甚至脸色还有些臭，尤其在旁边一个目测只有五六岁的小朋友指着他对自己妈妈笑哈哈地说"大哥哥也玩这个"的时候。

唐柊回头研究了一下，发现玩这个的确实大部分都是小孩儿，还有几个女孩儿，顿时觉得自己英明神武的形象要垮，对尹谌说："我们还是去找个不那么幼稚……嗯，比较适合我们的项目玩吧？"

于是二人去玩了整个园区海拔最高、速度最快的过山车。

在下面看着的时候没什么感觉，唐柊还觉得那些游客大喊大叫得太夸张。

等他们自己坐上去，车缓慢行驶到顶点，感觉这个高度的风都比下面要来得猛烈时，唐柊开始怕了，哆嗦道："到了吗？是不是快到头了？"

尹谌犹自淡定说："嗯，快了。"

唐柊快吓哭了，结巴道："我……我现在还能下去吗？"

"不能。"尹谌说。

随着一阵撕心裂肺的嚎叫，过山车迎着春日和煦的暖风，从最高点急速俯冲而下。

从过山车上下来好一阵儿，唐柊的腿还在发软，坐下喝了杯饮料才缓过来。

邻桌有个小孩儿喊他"漂亮哥哥"，被夸的唐柊心里美得很，把带来的零食分给他几包，逗他说："能不能把你的气球给哥哥玩一玩呀？"

小孩儿抬头看了看自己的气球，摇头道："不行哟，这是爸爸给我买的。"

尹谌给唐柊买了只气球，小狗图案的，唐柊高兴地接过去，眼珠一转，开玩笑："你这样好像我爸爸！"

尹谌很无语。

趁他转身，唐柊又开了句玩笑。

尹谌没有听清，转回身问："什么？"

唐柊仰头看天，顾左右而言他："我说，这里怎么没有鸽子啊？"

午饭是在园区里吃的，唐柊带的食物够多，尹谌又买了几根烤串，二人便坐在长凳上一起吃。

他们吃完就去玩了射击游戏，唐柊十枪射中一枪，尹谌十枪中九枪，二人凑起来刚好能拿个小礼品。

摊主让他们自己选自己拿，唐柊想要最上面那个惨叫鸡，但个子不够高，跳了半天都够不着。

尹谌转头问："要哪个？我帮你拿。"

唐柊非要自己拿，说："你不知道哪一个，哎！"

唐柊还没反应过来，尹谌就已经拿下了惨叫鸡，递给他。他不可置信地问道："你怎么知道我想要这个？"

尹谌笑了笑，没回答。

临出园前，唐柊又坐了一次旋转木马。

傍晚顶棚开了彩灯，伴随着柔和的音乐声，气氛安详又梦幻。

每转一圈，唐柊就向等在外面的尹谌挥一下手，尹谌左手拿气球，右手插兜，夕阳的余晖将他的眉眼照得很温和，由内而发的冷酷感也消减不少。

坐在木马上的唐柊心里想着"这样好的人，居然是我的朋友，世上还有比这更幸运的事吗？"。

没有了，只怕不会再有这样的朋友了。

回家的路上，唐柊迟钝地发现脚被新鞋磨破了皮，小声地倒抽了一口气，被尹谌听见了。

"怎么了？"尹谌看见他脚后跟都流血了，皱眉问道，"很疼吗？"

唐柊当然说不疼，首先他没那么娇气；其次，让尹谌知道他疼，除了多一个人担心，没有其他任何作用。

二人走了一段，唐柊突然感慨道："我觉得你好厉害，射击瞄那么准,体力也很好,一脚就能把我的镜子踩碎。"

尹谌:"……"

踩镜子这件事是过不去了吗?

即便看不见,唐柊仍可以想象到他的表情,没忍住又笑了起来,说:"我这是夸你呢,跑三千米跟玩一样,真的好厉害。"

尹谌勉为其难地收下了这个夸奖。

他们又走了一阵儿,这时,唐柊想起来问道:"门票多少钱?到家门口我拿给你。"

尹谌张口就是:"五块。"

唐柊翻了个白眼,问道:"我看起来像那么好骗的人吗?"

尹谌笑着说:"那给我带几天早餐。"

唐柊开始掰手指算:"一个包子就算一块吧,每天两个包子,门票就按八十算,那得带四十天,四舍五入等于一个学期。好,以后你的早餐都我包了!"

尹谌:"……"

抵达成衣店门口,唐柊一边骂着"小臭狗",一边进屋去换了双拖鞋出来,从口袋里摸出两张照片,分一张给尹谌,说:"喏,你一张,我一张。"

尹谌借着挂在屋檐下的灯光低头一看,是坐过山车时抓拍的照片,也许是唐柊趁尹谌去买饮料的时候,让那边的工作人员洗出来的。

"一张十块,两张不打折,简直黑心到家了。"唐柊吐槽道,"不过把你拍得挺好看的,洗出来留个纪念。"

确实把尹谌拍得不错,因为他从头至尾都面无表情,眼睛都没眨一下,不像唐柊,吓得五官都有些扭曲了。

这样一张搞笑的照片,无端地让尹谌感慨道:"真的很高兴认识你!我们不光现在是很好的朋友,以后也是!唐柊,你很好!"

唐柊手上还拿着气球,有些感动,一时也不知道该说什么,于是开始没话找话,试图消除紧张感:"有没有人跟你说过,你身上有大海的味道?"

"没有,"尹谌说,"你是第一个。"

唐柊又嗅了嗅,不太确定道:"咸咸的,有点儿苦,还带着潮气,是海吧?"

尹谌问道:"海有味道?"

"当然有。"唐柊肯定地回答,虽然他也没去过海边,这些只是他的想象,"很清爽,好像夏天来了,海浪层层叠叠涌到脚边,再漫过膝盖。"

他的描述太过抽象,尹谌还是想象不出来,提议道:"夏天一起去海边?"

唐柊眼睛一亮,答应道:"那说好了,今年暑假,谁反悔谁是小狗。"

一边的"糖葫芦""汪"了一声。

把人送到楼下,唐柊跟尹谌挥手道别:"回去吧,大海!"

尹谌哭笑不得道:"很晚了,你也回去吧。"

周一到学校,唐柊有些犯困,然后就被老孙的厉声暴喝吼醒了:"再有一个月就会考了,看你们一个个萎靡不振的样子!"

唐柊被点名站起来背了一遍元素周期表。

老孙用教鞭敲了一下讲台,大声说:"拿出这个精神去背历史和政治,别说过关了,得到 A+ 都是小菜一碟。"

之后,老孙放过唐柊,又点了他同桌的名,大声喊道:"蔡晓晴,把手机交到讲台上来!"

蔡晓晴知道逃不过,跟蜗牛似的挪到教室前面,将手机"啪"地往讲台上一丢,刚要回座位又被老孙叫住了,说:"解锁,给大家看看是什么好东西。"

"她们都看过了,"蔡晓晴边输密码边嘟哝,"也没什么好看的……"

"没什么好看的你传了整整一个大课间?"老孙白眼直飞,接过手机一看,"这不是我们班的尹谌同学吗?"

早在第一节课上课之前,这张照片就几乎已经在所有的学生中传了开来。

照片上的尹谌穿着简单的衬衫和休闲裤,左手插兜,右手攥着一只气球的绳,拍摄角度是左侧方,只见他薄唇微扬,似乎在笑,眼底映着对面的旋转木马闪烁的灯光。

听到自己的名字,尹谌抬起头望向讲台的方向,但他离得太远,看不清。前座的贺嘉勋用自己的手机调出照片给他看，问是不是他，他先是愣了一下，然后点头。

他不知道自己是什么时候被偷拍的，也没想到照片会被放到网上。拍照片的是个在网上小有名气的摄影师，除了贴照片，还附上了标签：每个女孩子心中"校草"的样子。

"这不是侵犯人家肖像权吗？"老孙拍案而起，问尹谌，"这个人发你的照片有没有经过你同意？"

尹谌当时根本没注意到有人在拍自己，遂答道："没有。"

得到肯定答复的老孙气急，把手机塞给蔡晓晴，说："赶紧留言让这个人删照片！"说完便气冲冲地走了。

眼看关注点被成功转移，蔡晓晴乐颠颠地把手机拿回来，回到座位准备继续跟周围的小姐妹讨论时，老孙去而复返，站在门口重重拍了几下门板，提醒道："你们也给我收敛一点儿，会考谁过不了，我就把这张照片放大打印出来贴在谁脸上！"

尹谌那张照片很快被删除，不过大家都留了底，许多人慕名到校园论坛围观打卡，冷清的论坛一度热闹非凡。

因为没有智能手机，唐桵错过了围观第一手照片的最佳时机，于是下课借了苏文韫的手机看，心里不免夸赞照片拍得真好，往下一翻，看见一排"好帅""三分钟，我要得到这个帅哥的全部资料"……心道尹谌这家伙怎么这么受欢迎，明明自己长得也不差，怎么没人拍？他气得差点儿把手机摔了。

会考很快就要到了，然而唐桵最怕背书，语文的那些文言文已经要了他大半条命，现在又让他整本整本地背，好比向已经满了的瓶子里注水，倒多少洒多少。

尹谌牺牲睡觉时间给他罗列了一个历史大事件年表，唐桵背了几天还没背熟，抽背时过不了关就插科打诨："公元前133年，133年，嗯……公元1993年，尹谌出生啦！"

尹谌严肃地用笔敲桌子，说："好好背。"

唐桵觍着脸笑道："再过一年又两个月零九天，唐木冬也出生啦！"

尹谌顿觉无语。

都说严师出高徒，必要的时候该给点儿惩罚，可面对这样卖萌耍赖的唐柊，尹谌束手无策。

为了备战会考，唐柊周末也腾出了半天时间用来背书。

尹谌不放心，收拾了几本物理竞赛的资料，去敲唐柊家的铁皮门，门一开，还没看清人，先被一坨黑乎乎的东西糊了满脸。

在卫生间洗脸时，尹谌忽而想到那坨黑黑的东西应该就是唐柊用来把脸涂黑的颜料，他闻了闻摸过脸的手，没什么味道，可能是用某种染料制成的。

回到房间，尹谌没着急抽背，而是先把唐柊的脸观察了一遍。

这天唐柊脸上也抹了东西，两边的脸颊带着一片斑驳的黑，额头都没放过，透过覆在脸上的这层东西，勉强能看出唐柊的皮肤状态尚可，似乎并未受影响。

观察完，尹谌转过去翻开历史书。

唐柊开始背书，尹谌这边解完一道大题，抬头就看见唐柊趴在桌上睡着了，手里还握着笔，纸上写着"大海就是我故乡"，"乡"字的最后一笔都没来得及端正地写完，还拖了一个长长的波浪似的小尾巴。

唐柊做了一个梦。

梦里是他很熟悉的场景——

家里未改造前的卫生间，深灰色的水泥地，碎了好几块的瓷砖墙。再往上，头顶是年久失修出水口已堵塞的花洒，有水从锈迹斑斑的洞里滴下来，吧嗒吧嗒，在地上晕开一片更浓重的灰。

察觉到有人从背后靠近，他抓起花洒的不锈钢水管，反手便砸了过去。

还是慢了一步，那人体魄强健，躲开了攻击，不费吹灰之力便将他制住，任他怎样挣扎都没用，男人用尽全部力气禁锢他。

梦过滤掉了男人的污言秽语，但光是看他的表情，唐柊就能猜到他在说什么。

双方体力告罄，脑海中爆发出一阵剧烈的鸣响，是身体发出了濒临极限的警告,唐柊用尚且自由的那只手保护着自己,徒劳地阻挡他的靠近。他心里无望呐喊着:"救救我吧,谁都好,快救救我。"

　　唐柊猛然睁开眼睛,待看清眼前的人,眼眶立马溢满了泪水。
　　尹谌先是怔住,很快便反应过来,问道:"做噩梦了?"
　　五感渐渐回笼,可唐柊的意识还沉浸在那可怖的场景中,闭眼的同时挤落一滴因梦而生的泪,嗓音干哑发颤道:"救救我,求求你,救救我……"
　　能把唐柊吓成这样,必然是比那三个校外恶霸还要可怕。尹谌眼中闪过一道凛冽阴狠的光,安慰道:"没事了,我在这里。"
　　唐柊不多时便缓了过来,拭去眼角半干的水痕,吸了吸鼻子,在尹谌那好似能洞悉一切的眼神下,欲盖弥彰地编故事道:"不好意思,我做了一个噩梦,梦里有个怪兽,它好凶啊,拿着历史书追着我背,我背不上来,它就拿鞭子抽我。"
　　尹谌皱眉道:"我就是那个怪兽?"
　　"不是,不是,"唐柊连忙摆手,"你没那么凶,也没那么……丑。"
　　尹谌没说话,即便唐柊暂时还不愿意向他袒露,他仍然希望能通过无声的陪伴告诉唐柊不要害怕。
　　"先等我一下,"唐柊突然站起来,走到门外还不忘探出脑袋提醒,"不准走啊,我马上就回来。"
　　唐柊家的房子很小,隔音也差,听到哗哗的水流声时,尹谌并没有多想,还趁聒噪的唐柊不在迅速解了一道题。
　　唐柊是捂着脸回来的,露在外面的额头光洁白皙。
　　"那个,虽然你已经见过我原本的样子,但我猜你应该没看清。好朋友该坦诚相见。"唐柊的声音透过指缝传来,如蚊子哼哼一般。

　　五月的南城,仍有大团不知归处的梧桐絮在街头巷尾随风起舞。
　　天已经开始热了,学生们纷纷换上夏季校服,学校门口抓风纪的老师开始像争创业绩般虎视眈眈。
　　第一拨因服饰不符合规范被抓的学生当中,唐柊是唯一的男生,女生们几乎都是因为裙子改得太短,没有拉到膝盖以下被抓,他则是因为坚持穿春秋校服，混在人群中显得太突兀被抓。

抓他的还是那位很凶的年级主任，教鞭点了点他厚实的校服外套，又指了一下他洗得发白的校服裤子，问："都快30摄氏度了，还冷吗？"

唐柊嬉皮笑脸道："不冷啊，但是我对梧桐絮过敏。"

这次借口找得好，所以他没被安排打扫操场。

学校地处南城老城区，校园外的道路旁种着两排遮天蔽日的梧桐树，最近光是梧桐絮引发的呼吸道感染，高二（3）班就出现了好几例。临近考试，老师们唯恐学生在这个关头身体出状况，该批假的批假，该停课的停课，让正紧张备考的学生们趁机喘了口气。

难得的体育课，唐柊不知道第多少次拿出口罩递给尹谌，但都被拒绝了，他语重心长道："在外面的时候还是戴着吧，这口罩是黑色的，不会影响你的冷酷值。"

尹谌垂眼一看，是连鼻子都能包住的保守款，大得像个防毒面罩，冷声道："不戴。"言罢就偏头打了个喷嚏。

"你看，不听老人言，吃亏在眼前。"唐柊跟他摆事实讲道理，"梧桐絮吸进鼻子里，问题可大可小，严重的直接引发鼻炎，年年反复，治都治不好，到时候哭都来不及。"

"你也没戴。"尹谌淡淡地说。

"我跟你不一样啊，"唐柊从双杠上跳下来，站在尹谌面前指着自己的脸，"我有面具防护，梧桐絮拿我没办法。再说我从小在这里长大，身体早就形成抵抗力了。"

尹谌背靠树干，从上到下打量唐柊的造型，一切尽在不言中。

唐柊明白他的意思，翻了个白眼道："我穿这么多是因为怕冷，哪像你，天一热就迫不及待换夏季校服。"

与春秋校服的宽如麻袋不同，夏季校服设计简洁、裁剪贴身，灰色休闲长裤下面配双运动鞋，上身的短袖白衬衫开两粒扣。

尹谌道："明天我也穿春秋校服。"

"那倒不用，记得戴口罩就行。"唐柊说着从口袋里拿出一个口罩戴上，"你看，也没有很丑吧？"

两只眼睛露在外面，戴着口罩的唐柊依旧亮眼。

唐柊见尹谌没说话，不高兴地嘟哝道："我就知道你以貌取人，嫌弃我黑黑丑丑的样子。"

对此尹谌并不打算解释，戴上唐柊给的口罩，两个带着黑色口罩的少年，在操场边的树荫下、春末夏初的暖阳里，畅聊了许多人生话题。

考试的第一天是大晴天。

唐柊拎着早餐出门，把他送到门口的唐奶奶看见尹谌也在，叫他等一等，转身回去取什么东西，不多时便递过来一个装着一根油条和两个煮鸡蛋的塑料袋，说道："好孩子，拿着吃，这是好兆头。"

前往考场的路上，唐柊把袋子里的东西拿出来给尹谌讲解："油条代表一，两个鸡蛋就是两个零，加起来一百分，我奶奶不懂会考的什么 ABCD 等级，只知道满分一百，这是祝你拿 A 呢。"

尹谌第一次听到这种说法，掂了掂手里的塑料袋，问："要吃光吗？"

"必须吃光，"唐柊一本正经地说着，还把自己手上的袋子也递给他，"不仅要把自己的吃光，还要替同行者吃光，才算功德圆满。"

尹谌知道唐柊不喜欢吃没味道的煮鸡蛋，这是在找人分担。

不过他也吃不下这么多，到考点把鸡蛋分给了在附近考场的苏文韫和贺嘉勋，二人剥了壳将鸡蛋吞下去后才听他们说起这个典故，气得差点儿噎住，质问他们："这是咒我们考零蛋吗？"

唐柊耸肩道："该考多少就多少，如果一个蛋能定等级的话，我干吗还熬夜背书？"

会考是全省统一水平测试，所以考场和准考证全部由教育局统一安排。

这次的考场就是去年找唐柊麻烦的那三个人所在的学校，是以唐柊一脚踏进这个学校，心底就生出些无名的紧张，在考场外坐立不安，书也看不太进去，总觉得呼吸都不敢太大声。

上午考的是唐柊相对擅长的生物，考完几人在楼下会合，尹谌所在的考场楼层最高，最后一个下来，苏文韫和贺嘉勋走在前面，兴致盎然地讨论中午去哪儿吃。

唐柊垂着脑袋跟在后面，尹谌转头看向后面垂头丧气的人，皱眉问:"怎么,没发挥好?"

"不是,"唐柊摇头,"就是换了个环境,有点儿不适应。"

尹谌沉默了一会儿,又问:"怕遇见那三个人?"

被道中心事的唐柊勉强扯出笑容,说:"多少有一点儿吧,这种地方真是让人压力极大。"他想打个马虎眼糊弄过去,尽量克制胆怯,让自己像个正常人。往前走了两步,发现尹谌没跟上来,回头对上他凛冽的眼神,唐柊心里"咯噔"一下,还以为发生了什么事。

"怎……怎么啦?"唐柊小声问。

幸好担心的事情没有发生,尹谌只是看着他说:"那你怕我吗?"

唐柊眨了几下眼睛,觉得他这个问题莫名其妙,问道:"我怎么会怕你?"

尹谌抬手摘下脖子上挂着的一块玉坠,上前两步揣进唐柊的口袋里,嘱咐道:"下午带着这个进考场。"

唐柊奇怪道:"这玉坠里面有学霸之力?"

已经走在前面的尹谌扭头道:"就当是吧。"

不知是不是带着"学霸之玉"的关系,下午的考试唐柊状态好了许多,没有上午紧张的感觉了。

于是唐柊在征得玉坠主人的首肯后,将那块玉坠多留了一天。

第二天上午的历史考试也出奇顺利,考到的几乎都是尹谌给他画到过的重点,题目也做过类似的。唐柊从考场出来就往楼上飞奔,在楼道跟正要下楼的尹谌撞个正着。

午饭还是跟苏文韫他们一起吃的,贺嘉勋这回坚决不跟尹谌对答案了,整个人都开朗多了,还向唐柊讨要菜园小饼吃。

菜园小饼是早上尹谌给他的,剩得不多了,唐柊当然舍不得分给别人,抓起一把塞进嘴里,随后打开袋口给贺嘉勋看,说:"喏,没有了。"

贺嘉勋咕哝了两句"小气鬼",转过去对苏文韫说:"给我买菜园小饼。"

苏文韫用看神经病的眼神看他,端起一只碗拍到他跟前,说:"吃你的白米饭去。"

下午最后一场考试前,一行四人走进考场时,又受到来自四面八方许多双眼睛的注视。

准确地说，大家看的都是尹谌。他个儿高腿长，在一众学生中本就是鹤立鸡群的存在，再加上之前网络上疯传的那张照片，校园论坛有人说"真人比照片还帅"，外校的人笑他们大放厥词胡说八道，这会儿见到本人，集体哑口无言了。

这让跟在后面的贺嘉勋觉得很长脸，赞道："以我们尹哥这外形条件，不当模特太可惜。"

"成绩那么好，当了模特才可惜。"苏文韫道。

贺嘉勋上下打量苏文韫，问："你最近怎么长高了这么多？打激素了？"

苏文韫差点儿把书卷起来抽他，碍于公共场合还是忍住了，捏着嗓子道："我不长高点儿，怎么打得过你？"

贺嘉勋瞪了他一眼，道："那你最好长到两米。"

对于他人投来的目光，尹谌早已习惯，唐柊却没办法做到全然不在意。

最后一场考试结束，唐柊交了卷就拎起门口的包往楼上冲，这次他动作够快，在门口就堵到了尹谌，并且刚好遇到了一个姑娘跟尹谌搭话。

走在楼梯上时，唐柊问："她跟你说了什么？"

尹谌双手插兜，步子迈得不疾不徐，问："谁？"

"就是刚才在门口那个，隔壁四班的，叫什么我忘了。"

尹谌眼皮都没掀一下："我也忘了。"

唐柊没说话，一脸无语的表情。

行至楼下，学生都散得差不多了，苏文韫、贺嘉勋和他们短暂会合后，就被各自的家长接走了。

尹谌和唐柊并肩走在通往校门的林荫道上，踏过小桥，穿过回廊，等到头顶没了遮挡，傍晚依旧火辣的阳光落在身上时，尹谌眯了眯眼睛，叫住闷头往前走的唐柊，问道："想不想吃冰激凌？"

从学校小卖部出来后，二人在附近找了一块有建筑物遮蔽的阴凉地方。

尹谌吃东西快，几口就把一支冰激凌解决掉了。唐柊吃得慢，东舔一口西舔一口，气温高，冰激凌融化得快，实在来不及舔了，他才上牙齿咬。就算咬也很小口,细嚼慢咽,还不慎蹭了一点儿在鼻尖上。

唐柊伸手擦掉鼻尖上的冰激凌,皱着鼻子问尹谌:"你那块玉是在哪个寺庙开的光啊?感觉真的有用,等我有钱了也去弄一块。"

唐柊右手拿着冰激凌,左手拿着玉坠,坐在阶梯教室窗台上双脚悬空的尹谌瞥了一眼那块圆形中空的碧玉,说:"送你了。"

"这怎么行?"唐柊被吓到了,"这个一看就很贵,家里长辈求的吧,怎么能随便给我?"

说完他就把玉坠塞回尹谌手里,双手捧冰激凌,以示自己并无觊觎之心。

尹谌知道唐柊不会收,虽然他是真的想送他。尹谌的视线并未在玉坠上多做停留,把它连绳子一起塞进口袋里,说:"爷爷送的,小时候的生日礼物。"

联想到尹谌的家庭状况以及刚才随口将玉送人的态度,唐柊猜测其中有故事,但他并不想打听这种涉及尹谌隐私的事,便很随意地接话道:"我爷爷小时候对我也很好,可惜他走得早,我都还没来得及长大,没来得及孝敬他老人家。"

经过这段时间的相处,尹谌总结出唐柊安慰人的方式就是揭自己的伤疤来掩盖别人的痛。可惜他也不擅安慰人,想了想,说:"他在天上看到你考试成绩拿A,一定会高兴的。"

唐柊笑了起来,回道:"A是随便说说的,四门都是A才加分,偏科如我真的做不到啊!"

他们坐在朝西的位置,悬在四方屋顶上的橙黄色太阳又下降了约莫一指宽的距离。

唐柊把手伸在前面瞎比画,一阵略带凉意的风拂过指尖,又撩起额前细碎的头发,恍惚间,他突然希望时间能永远停留在此刻。

浮萍终有归处,沙鸥也会停止迁徙,他只想留在这短暂的宁静里。

一只不知名的鸟儿以屋顶为起点越过太阳飞上云霄的时候,唐柊随口问道:"你将来想做什么?"

尹谌沉默片刻,如实答道:"没想过。"顿了顿,他又把问题抛回去,"你呢?"

"我倒是乱七八糟想过一堆,总结下来大概就是哪行挣钱干哪行吧。"唐柊双手撑在窗台边缘,双腿在空中晃荡,"你的话,射击那么准，体力也好，当兵也挺合适的啊。"

尹谌思考片刻又问道："还有其他推荐吗？"

见他感兴趣，唐柊的眼睛微微弯起，望向不再刺目的夕阳，说："你既聪明又稳重，当医生也不错嘛。虽然现代医学发达，但还是存在很多人类没能解决的疑难杂症啊。"

说完这番话，唐柊才察觉自己的建议好像有些主观，于是腾出一只手边挠后脑勺边补充道："我就随口一说，你听听就好了，别……"

"嗯。"尹谌低声应道。

唐柊看他表情并无异状，悄悄放了心，继续打哈哈说："不过你真的挺适合当医生的，病人遇到你应该会很放心吧。"

"嗯，"像是怕对方没听懂，尹谌又应了一遍，接着两手一撑从窗台上利落地跳下地，面朝被夕阳余晖染红的天空，说，"那就当医生吧。"

建议是唐柊给的，第一个后悔的也是他。

"我那都是胡扯的，你再好好想想。"课间，唐柊紧跟尹谌走出教室，"当医生好是好，可医科要念好多年书，很辛苦的。"

尹谌放慢步子，回头问道："你怎么知道？"

"上网查的呀，医科至少也要念五年，有齐腰高的一大摞书要背，用脑过度还会大把掉头发。"

"怕我秃了？"

"不是，你没头发应该也好看……主要是太累了，你家里应该也希望你早点儿毕业出来工作挣钱吧？"唐柊动之以情晓之以理地劝道，"读完医科大学出来，还要在基层干很久呢，什么时候才能攒出个首付？"

进到小卖部，尹谌向站在柜台后的老板要了一瓶饮料和一包零食，转过身对唐柊道："想那么远？"

唐柊看他无所谓的样子，瞪圆眼睛严肃道："职业关乎后半生的幸福，怎么能不提前打算？"

尹谌没答话，从口袋里掏出钱包拿钱。

钱包还是他送的那个牛仔布的，保存得很好，跟新的一样，可钱包一打开，看见里面只有两张十元零钞，花掉一张后就只剩一张了，唐柊不禁开始为他以后的生活发愁。

"碳酸饮料喝多了对身体不好，改喝矿泉水不行吗？便宜一大半呢。"接过尹谌递来的菜园小饼，唐柊既高兴又肉疼，"我也不是每天都要吃这个的，多贵啊……"

尹谌把找回的两枚硬币丢进钱包，对折塞回口袋，边走边笑道："买菜饼的钱还拿得出。"

抠门儿精唐柊还是不赞同他"今朝有酒今朝醉"的消费观，拆开包装拿了一块饼干塞进嘴里，又拿了一块递给尹谌，嚼着小饼口齿不清地问："今天拿得出，明天呢？"

尹谌懒得解释自己不爱带现金的习惯，只说："每天都拿得出。"

会考过后，大家的学习生活非但没有变轻松，反而更紧张了。

这个学期临近尾声，班上几个家庭条件不错、打算出国念书的同学已经在着手准备了，准备出国的同学请假了，备战高考的同学埋头苦学，原本沉寂的教室比从前还要冷清，惹得贺嘉勋摇头叹息："真不习惯。"

苏文韫用书敲他脑门，说："再浪费时间悲春伤秋，你和其他人的差距只会越来越大。"

贺嘉勋缩着脖子，苦着脸翻开习题册，专注了不到五分钟，就又摸出漫画书开始偷懒。

唐柊的紧迫意识比他们强得多，这学期只剩最后不到一个月的时间，他铆足了劲儿扑到学习上，甚至忍痛减少了去玩的次数。

"我跟你不一样，我是笨鸟先飞型的，不花足够的时间就学不好。"唐柊一副老僧入定状，"为了暑假能毫无负担地去海边，现在唐木冬同学决定进入闭关修炼模式，请尹大海和其他同学莫要扰人清修。"

唐柊说得他好像要剃度出家遁入佛门似的。

尹谌本来想找唐柊去小卖部的，见唐柊这么用功，便二话不说就准备自己去了，他想让唐柊好好学习，撤身退开的时候还说了一句："那我走了？"

唐柊在尹谌即将起身时道："既然都要修心苦练，尹施主还是留在此处协助唐大师潜心修炼吧。"

初夏的六月过得飞快,转眼就到了临考的日子。

许是怕学生们绷得太紧影响状态,期末考之前的工作日,学校给年级全体学生安排了一次体检。

体检的地点在市中心的某普通三甲医院,体检当天唐柊还带了习题册,一只手托书一只手拿笔,稳稳当当地在路上解了一道大题。

第一个检查项目是血常规,抽血虽然不是很痛,但唐柊还是有点儿慌,在排队的时候跟后面的尹谌说:"等下扎完针,帮我跟护士姐姐多要几个棉球。"

尹谌问唐柊为什么,唐柊胡乱找理由搪塞道:"我晕血,怕针头一扎,出很多血,把自己吓晕。"

他浑然忘了去年在天桥打架的时候是怎么给尹谌擦血包扎伤口的了。

尹谌也不点破,抽完血跟护士多要了几个棉球,隔半分钟就让唐柊换一个。

唐柊皮肤白,针眼周围不多时就浮起一片骇人的青紫。尹谌看了,不禁问道:"疼吗?"

"有一点儿,"唐柊扬唇傻笑,"如果你以后学医了,打针肯定不疼。"

尹谌垂着眼,淡然道:"一般都是护士抽血。"

唐柊撇嘴:"我就想想嘛,又没让你真的去当医生。"

尹谌没再说话。

进到耳鼻喉检查室的时候,尹谌先深呼吸了一下,因为房间内充斥着一股很重的消毒水味。

尹谌坐下还没来得及喘匀气,诊室的门就被猛地推开了,唐柊探出半颗脑袋,拜托医生道:"麻烦您给他好好检查一下呼吸道,他吸了一个多月的梧桐絮,最近还时不时打喷嚏,有什么问题请写在体检表上,谢谢您!"

说完他就把脑袋缩回去,"砰"的一声把门带上。

检查完耳鼻喉,唐柊见缝插针地溜到楼上的住院部,借放在走廊尽头的微波炉热了一下带来的早餐。

上次的包子已经吃完了,这回带的是葱油饼,他自己拿两个,给尹谌分了四个。

唐柊把两只饼并在一起,一口咬下去,随后让尹谌看里头的菜馅,说:"这才叫菜饼,菜园小饼不能叫菜饼。"

尹谌点头答道:"小菜饼。"

唐柊无奈地放弃纠正,心想横竖都要惜字如金,菜饼就菜饼吧。

离下一项检查还有一段时间,于是二人在一楼大厅找了一个角落待着。

唐柊没怎么来过医院,对周遭的一切都充满了兴趣,嘴上说"你看看当医生多辛苦,快点儿打消这个念头",眼睛却一眨不眨地看着来来往往穿白大褂的医生们,还以为眼中的钦佩和向往无人发觉。

末了唐柊不忘双手合十诚心许愿:"祝白衣天使们身体健康,头发永驻。"

尹谌:"……"

回去的路上,尹谌睡着了。

好在车上有座位,二人坐一排,尹谌侧靠在椅子上打瞌睡,唐柊百无聊赖地把他手里的竞赛书抽出来看,第一问就看不明白,又垂头丧气地放回他腿上。

下了公交车,二人并肩走着,唐柊追问负责各项检查的医生有没有提醒要注意什么,尹谌说没有,他不信,追问道:"不可能啊,那么多梧桐絮难不成都被身体吸收啦?"

这个猜测比呼吸道感染什么的可怕多了。

到了家门口,他让尹谌在门口等半分钟,掐着秒跑出来,递给尹谌一盆冒了点儿尖尖的绿色植物,叮嘱道:"这个拿回家,随便摆哪里!反正只要是绿色植物,多少都有点儿净化空气的作用吧!"

尹谌收下了这盆身份不明的植物。

上楼时,他在楼道里碰到了贺嘉勋的妈妈,自打她听说尹谌成绩好,能在班上排前五后,对他们母子二人就格外热情,这会儿看见尹谌手里捧着的东西,客气道:"小尹,家里没葱了上我们家摘啊,我们家阳台上种了一排呢,要是不方便,打个电话让嘉勋摘了给你们送去。"

尹谌恍然大悟,原来这是葱,可以做葱油饼的那种。

回到家，尹谌把那盆葱摆在自己房间的窗台上，拿手机上网查了一圈，然后起身去厨房接了杯水。

林玉姝这天不上班，从房间里出来时顺势往旁边的房里看了一眼，见尹谌在给一盆什么植物浇水，走近了发现是盆刚冒芽的葱，便问："这哪儿来的？"

尹谌随口答道："同学送的。"

林玉姝想了想，问："楼下成衣店家那个？"

尹谌淡然道："嗯。"

林玉姝本想老生常谈地提醒他没必要浪费时间跟这里的人处关系，反正毕业后就会离开，又觉得尹谌都知道，一再重复说不定会起反效果。

她的儿子她最了解，看似什么都不在乎，实际上比谁都倔，比谁都要强。所以林玉姝到嘴边的话又吞了回去，改口道："期末用心考，偶尔蹿上来一次没关系，下学期进到一个好班级比较重要。"

尹谌依旧回了她一个淡淡的"嗯"。

林玉姝又看他浇了一会儿葱，转身欲走时，忽然被叫住了。

"妈。"尹谌唤道。

林玉姝一怔，她已经很长时间没听到他这样叫她了。

或许是从跟尹家决裂的那一刻起，也有可能是从她不想让他变成尹家继承人，让他隐藏实力远走他乡时开始，尹谌表面上虽然听她的话，服从她的一切安排，但是她却能感觉到母子二人的心在渐行渐远。

他们之间好似裂开了一条看不见摸不着的缝，平日里难以察觉，每当这种时候就会突兀地冒出来，提醒她现在跟从前不一样了。

她以"为你好"之名行满足私心之实，尹谌并非全然不知。他把一切都看在眼里，只是顾念母子情谊，没有点破而已，是以林玉姝知道接下来无论尹谌提出什么样的要求，她都只能点头同意。

至少当着面必须答应。

林玉姝尽量让自己的声音温和，问道："什么事？"

尹谌放下手中的杯子，转过身面向母亲，他的表情向来不会透露太多讯息，声音也是平静的，他道："我想报考南城医科大学。"

尹谌的口吻并非商量，也非试探，而是明确地告知母亲——他打算留在这里。

对于被各种大考小考无缝包围的学生来说，一切放下手中书本和习题的时间，都可以算作休息时间。

期末考试学校又施行把五门压在一天之内考完的"死亡考法"，然后隔天到校拿成绩单，紧接着就是散学典礼。台上校长慷慨激昂，台下学生精疲力竭，就连平日里精神十足的班长戚乐都歪着脖子打起盹儿来。

迷糊间唐柊似乎听到了几句与志愿报考有关的内容，然后就被身旁的苏文韫喊醒了。

"哎，你打算报哪里的大学？"

"当然是本地的啊。"唐柊还困着，摇头晃脑地说，"奶奶需要照顾，我不能走远。"

苏文韫点头认同道："也是……我们本地也有很多好大学，留在这里也不错。"

唐柊打了个大大的哈欠，眼睛还是睁不开，回问道："你呢，打算去哪里？"

"我啊，当然想去别的城市咯。"苏文韫道，"南城固然好，但是世界那么大，不趁年轻到处去看看太可惜了，我想去首都，看升旗，爬长城，吃好多好多糖葫芦。"

唐柊顿时一个激灵，猛拍几下胸口说道："不知道的还以为你要吃我的狗。"

"你还记得你有狗？"苏文韫笑他，"还有不到一年时间，大家就要各奔东西了。"

说到这个话题，唐柊自潜意识里总觉得尹谌以后也会离开南城，会回到首都去，而他就又没什么朋友了。

散会后，所有学生都回各自班打扫教室，考完试的气氛比先前要热闹许多，有好几个隔壁班的女同学来串门，她们大多是来找尹谌的，三五成群，把第四组后排围得水泄不通。

尹谌平时就不爱搭理人，礼物也不收，不知道他说了些什么，女孩子们没待多久就你推我搡地散开了，跑去凑热闹的蔡晓晴也回来了，拿起抹布凶巴巴地摔在窗户上。

唐柊既好奇又有点儿怕，小心翼翼地问："发生什么事啦？"

在擦另一块窗户的蔡晓晴鼻孔喷气,说道:"尹谌说他目前只想好好学习。"

唐柊一脸疑惑道:"他自己说的?"

"亲口说的!"蔡晓晴清了清嗓子说道。

关于志愿报考的事,唐柊一直没找到时间问尹谌。

首先是不好意思开口,再者尹谌最近比较忙,为了备战九月的竞赛,老孙给他报了个辅导班,还给他安排了长达一个半月的暑期集训,别说海边之行,他现在连喘口气的时间都难挤出来了。

集训地点在南城偏远城区的一所学校,地铁尚未通到那里,只能去指定的车站搭乘大巴,因为途经跨江大桥,所以路况好的话都要近两个小时。

买了票,在候车处等车时,唐柊往尹谌包里塞了晕车贴、风油精、蚊香、咸鸭蛋、老干妈等物,像他的长辈一样交代他到那边要每天提前半个小时点蚊香,吃饭时间要早点儿去食堂占位,还有晚上要早点儿洗澡,省得没热水。

唐柊把尹谌送上了车。

城际公交一般满人后才会发车,唐柊让尹谌留在车上占座位,自己在车外站了一会儿。

尹谌推开车窗说:"回去吧,我到了给你打电话。"

唐柊仰着脑袋摇头道:"电话多贵啊,发条短信就好了。"

随着车子发动,唐柊问:"你没什么要交代我的吗?"

尹谌习惯独来独往,这是第一次出行有人送,还送到了车上,一时想不到有什么需要交代的,思考了一会儿说:"那盆葱,记得帮我浇水。"

等了半天听到这句,唐柊笑出声,说:"知道了,还有呢?"

尹谌难得犹豫了一会儿,接着嘱咐道:"照顾好……'糖葫芦'。"

于是之后几天,唐柊都会在短信里汇报"糖葫芦"的情况:"糖葫芦"会跳上桌了,"糖葫芦"偷吃了他放在桌上的菜园小饼,"糖葫芦"今天出门跟别的狗打架了……另外还会谈及葱的情况,比如"今天又长高了一截,马上就可以摘来吃了"。

某天在唐桡又发来一大段关于"糖葫芦"睡觉打鼾的描述后，尹谌回了两个字："你呢？"

唐桡看到这条短信时，在床上伸了个懒腰，回复道："我挺好的呀。"

没有收获任何有趣信息的尹谌回了一个省略号。

看着那六个黑点，唐桡几乎能想象出尹谌黑脸的样子。

下午唐桡开始分享日常："晚上喝绿豆粥配咸鸭蛋，你呢？"

尹谌回："米饭和咸鸭蛋。"

尹谌的回复一如既往地能简洁就简洁，却能看出心情好多了，至少没发省略号。

唐桡心疼话费，每条短信都尽量塞满内容，其实最后一句才是重点——

"今天写完了三张试卷，不知道正确率如何，等你回来给我标准答案。"

"今晚天上的星星很美，你看见了吗？"

"我这边一切都很好，就是有点儿无聊了。"

唐桡以为最后那条尹谌不会回，毕竟他经常无视短信，在那边集训又很忙，睡觉时间都不够，哪有空理他？

谁知没多久尹谌就回了，简短的三个字："我也是。"

集体生活比尹谌想象中的要好一些，至少临行前唐桡猜测的吃不上饭、没热水之类的事都没有发生，只是宿舍是八人间，吵得慌。

参加集训的重点学校学生居多，不过他们大多家庭富裕，都在学校附近租房子住，上课时间才过来，剩下的学生合并一下，只占了学校两间男生宿舍。

尹谌第一天进到教室，就看见班长戚乐向他挥手，坐下聊了两句，发现他就住在隔壁宿舍。

"能在这里碰到同学真是太好了，"戚乐环顾四周，压低声音道，"这里几乎都是重点学校的学生，气氛实在有点儿恐怖。"

尹谌笑了笑，没说话。

戚乐是个热心肠，下课后经常叫上尹谌一起去吃饭，买生活用品还提前问尹谌需不需要，说可以顺便给他捎回来。

"不用,"尹谌道,"我什么都有。"

之后去隔壁宿舍串门,戚乐才明白尹谌口中的"什么都有"是什么概念,他居然连碗筷和勺子都带了。

第六章　不期而遇

尹谌上课爱打瞌睡，放在桌上的手机毫无预兆地振动，戚乐一眼瞥过去，刚好扫到"糖盅"两个字。

他把这个奇怪的名字在口中念了几次，糖盅？唐柊！不就是木冬冬吗？这外号有意思！

尹谌回完短信就把手机放回去，在戚乐惊疑的眼神中说："是唐柊，他生病了。"

"他在家里吗？吃药了吗？"

尹谌"嗯"了一声，按灭手机，偏过头往窗外看。

戚乐安慰道："吃了药就行，下面还有两堂课呢，上完课我们回去给他打电话吧，现在外面天气也不太好。"

尹谌仰头看天，大团的乌云正从四面八方汇集过来，几声闷雷响在云层里，似乎下一秒就会迎来一场暴雨。

此刻的唐柊状况并不乐观。

时隔四个月，他又病了。唐柊放假在家本该做足准备，奈何他那个撒泼耍赖的继母又来了，这次摔烂了家里的缝纫机，还用剪刀绞碎了唐柊奶奶刚做出来的两件旗袍，拉扯中唐柊也受了轻伤，好不容易平息事端把人弄走，才回了房间。

炎热的夏天，唐柊裹在被子里的身体不住地发抖，冷汗不停往外冒，唐奶奶给他喂热水、用毛巾热敷，折腾半天症状才稍有缓解。

给尹谌的信息就是在这段时间发的。

唐柊哆哆嗦嗦地摸到手机，咬着唇输了删、删了再输，最后只留下五个字："今天还好吗？"

等了许久尹谌都没有回复，想着应该还在上课。

放下手机，唐柊做了几次深呼吸，又把身体往被子里蜷了蜷，告诉自己再忍一忍，过一会儿就好了。

半梦半醒地睡了一觉，恢复意识时先听见雨打窗棂的沙沙声，等察觉到手机在响，已经是铃声响起的第三遍了。

唐柊迷迷糊糊地按了接听，雨声突然变得响亮，仿佛没了遮挡，通通落在耳边。

对面先开口问道："好点儿了吗？"

听到尹谌的声音，唐柊莫名地松了一口气，说道："好多了。"他以为那边刚下课，继续说道，"你们那里也下雨吗？这边的雨好大啊。"

"嗯，"尹谌说，"下了。"

唐柊觉得尹谌可能真的有当医生的潜质，他的声音沉稳有力，给人力量。

"你能不能先别挂？"唐柊翻了个身，仰面躺在床上，"你们忙不忙？"

电话那头沉默半晌，说道："不忙。"

"你这人就不能多说几个字吗？"

尹谌没有反驳他的话，只说："嗯，好的。"

唐柊没想到高冷的尹谌会这么说，惊讶地问道："你今天怎么回事？"

"无聊所致。"尹谌说。

尹谌的话让唐柊一时不知道怎么回应，只轻声说了一句："我也……无聊。"

耳边低沉的声音裹在嘈杂的雨里，尹谌问："那可以给我开个门吗？"

片刻后，唐柊走到门口打开门时，发现自己连拖鞋都穿反了。

他以为自己的样子已经够狼狈了，没想到门外的人更糟糕。尹谌没带伞，大雨将他身上的T恤淋得湿透，头发也湿成一片。

唐柊看到他，连忙道："先换身衣服吧，小心感冒。"

尹谌换完衣服后走了出来，唐柊说："给你倒了热水，在桌上。"

尹谌在椅子上坐下，端起茶杯喝了一口，冷不丁想起什么，起身刚要出去，被唐柊叫住了。

"找这个吗？"唐柊举起放在身边的一根糖葫芦，"我收拾你衣服的时候看到了，是……给我的吗？"

尹谌"嗯"了一声，又补充道："顺路买的。"

唐柊追问道："还是上次那家便利店门口？"

"嗯。"

"我上午还去便利店了呢，根本没看到有卖糖葫芦的。"

"你去早了。"

"昨天晚上去也没看见。"

"可能老板没出摊儿，摊主不是每天都来。"

唐柊懂得适可而止的道理，见他不愿意说，索性换个话题问道："你干吗突然回来啊？"

尹谌抬了一下眼皮，调转视线看向他，说："你生病了，又不接电话，我回来看看。"

想起上上次生病时也是尹谌陪着的，唐柊突然产生了一种欺骗他人的愧疚感，还有一种生病时收到好朋友关心的感动。心情复杂的唐柊觉得说什么都不合适，干脆不说了，把叠好的衣服堆到一边，拿起糖葫芦开吃。

唐柊吃东西慢，中途尹谌往杯子里添了两次水，去了一趟洗手间，顺便按照他的吩咐给狗狗"糖葫芦"喂了食。

待他回到房间，唐柊问道："班长也在那里集训？"

尹谌疑惑地反问："你跟他有联系？"

"没有啊，你放在桌上的手机刚才响了，我不小心看到了。"

尹谌没说话，坐下拿起手机翻看。

唐柊啃完一个糖葫芦球，试探道："你给班长的备注是'七月'，给我的备注是什么啊？"

尹谌答："输入拼音首字母出来的第一个词。"

唐柊用自己的手机按了一下，戚乐确实是"七月"，而唐柊是"堂中"。

这让唐柊很不满，他伸手拿过尹谌的手机要改备注，说："'柊'字很好找的，往后翻几页就有了，你……"

尹谌压根儿没躲，轻松拿到手机的唐柊正疑惑，打开通讯录看到字母T开头的只有一个叫"糖盅"的,歪着脑袋琢磨半天,才知道自己被耍了。

唐柊开始研究这个名字的含义,思索道:"糖……盅……装糖的杯子?"

他不太确定后面那个字的意思,倾身去床边的桌上拿字典,被尹谌拦住了。

"干……干吗?"唐柊有些疑惑地问。

尹谌问:"甜吗?"

唐柊知道他问的是刚刚吃的那支糖葫芦,点头道:"甜啊。"

因为他喜欢吃糖葫芦所以叫这个名字?还挺合适的!

雨后的清晨碧空如洗,翌日上午,二人来到车站。

在候车厅等车时,唐柊帮尹谌重新整理了一下书包,一边埋怨他乱塞东西,一边嫌弃这么大个书包居然没几个夹层可用。

跨过地上未干的积水,唐柊把尹谌送到车上。

他像个送孩子去外地求学的家长般叮嘱道:"到那边好好跟同学相处。"

尹谌应声道:"嗯。"

唐柊又说:"吃不饱就让食堂阿姨多打点儿饭,你这张脸就是在这种时候发挥作用的。"

在他眼里很能吃的尹谌哭笑不得地应道:"嗯。"

最后,唐柊弯起眼睛笑道:"没人说话的时候就给我打电话,前几天出摊儿赚了不少,回去的路上我找个营业厅给你充话费,充个五十块!"

尹谌摇头道:"我自己充,你让我打就行。"

为了省钱很少让人打电话的唐柊有些不好意思地说道:"你打呗,少打点儿,把话都集中在一次说,别总对着电话不吭声,你不心疼钱我心疼啊。"

大巴车缓缓起步的时候,唐柊想起自己还有话没说,跳着冲坐在后排的尹谌挥手道:"好好学习!"

还在生病的唐柊身体虚弱,穿了外套,跳跃起来仿佛一个圆鼓鼓的球。

193

尹谌看着那个送他的身影越来越远,最后变成一个小小的黑点。

集训这段时间,二人经常互相分享自己的日常,唐柊有学习的问题也会打电话请教尹谌。

今天电话那头太安静,唐柊还以为他睡着了。

"困了告诉我就好,我有问题下次再问你吧,不会拖着你一直说的。"

"没事,"尹谌的声音变得清晰,"你继续说。"

被这么一打岔,唐柊反而不知道该说什么好了,半天才说出一句:"啊,对了,糖葫芦我吃完了。"

尹谌沉默了一会儿,说:"刚才不是说'糖葫芦'出去找小母狗玩了吗?"

唐柊笑道:"我说的是吃的糖葫芦,上次你给我买的那根。"

"才吃完?"

"嗯,我吃东西慢,一天吃一颗,吃完放冰箱,拿出来冰冰凉凉,买冰激凌的钱都省啦。"

他其实是舍不得吃。

想着一口气吃掉就没有了,唐柊就不忍心下嘴了,吃得慢一点儿就能留得久一点儿。

尹谌道:"我下次回来再给你带。"

"等忙完这段……"

"你好好学习啊,别耽误了考试。下个月就比赛了,你还想不想吃米其林八星了?"

尹谌不说话了。

唐柊突然有点儿郁闷,因为尹谌不在,都没有人好好和他说话,教他做题目了。

为了挽救低迷的气氛,唐柊清清嗓子,在电话里向尹谌透露了一件尚在计划中的事:"那个……下下周,你那边功课应该不紧了吧?"

随着海边之行取消,唐柊有大把的时间准备这次"探监"……哦,不,探望之行。

尹谌上次为了探病唐柊翻墙出校,回去不仅挨了任课老师一顿批,连远在市区的老孙都打电话过来训了他半个小时。

据班长戚乐描述,当时老孙气急败坏,先肯定尹谌关心同学是很好的,再强调集训机会难得,要争分夺秒学习,并开始说自己的经历——"想当年我多么想参加竞赛啊,可是报名费都拿不出"。哪怕尹谌保证一定拿奖,他还是忆苦思甜停不下来。

后来尹谌听倦了,便把手机开了免提直接扔在宿舍的桌上,自己爬到上铺躺下了。老孙细数完自己的光辉事迹,做完主旨为"年轻人应该珍惜光阴"的总结陈词后,在下铺某位同学的提醒下,才知道尹谌已经睡过去二十来分钟了。

戚乐讲得生动形象,唐柊听得乐不可支,之后他把这件事转述给了苏文韫,苏文韫又讲给贺嘉勋听,几个人一顿狂笑,最后决定一起去"探监"。

唐柊收拾了不少东西,吃喝玩的应有尽有,苏贺二人看到他扛着这么大个包,都大吃一惊。

贺嘉勋看唐柊又掏出来一个空包,眼珠子都快瞪出来了,不禁疑惑地问道:"尹哥是要在那儿待一年吗?"

唐柊把空包倒着拎起来抖了抖,一脸得意道:"有备无患。"

记得有一次尹谌在电话里说换洗衣服不够,所以临行前唐柊带着苏贺二人敲开了尹谌家的门,开门先鞠躬问好:"阿姨好,我们是尹谌的同学,放假闲着没事正准备去看他,您有什么需要带给他的东西吗?我们一并给捎过去。"

林玉姝客气地把他们请进屋,从尹谌房间里抱出几件夏季的短袖,边叠边不动声色地打量面前的几个人。

三个人当中只有苏文韫面生,看他拘谨的样子,不像跟尹谌很熟;贺嘉勋就住在楼下,来过家里几次,是个非常崇拜尹谌的同学;至于楼下成衣店这位……林玉姝怎么看都觉得他平平无奇,她想不通尹谌为什么要跟他交朋友。

林玉姝把叠好的衣服整齐地塞进包里。唐柊背上包,再次鞠躬道别道:"阿姨,我们先走了。"

去车站的路上,苏文韫跟唐柊咬耳朵道:"尹妈妈看起来有点儿凶啊。"

"阿姨很亲切呀，对我们说了好几声谢谢，"唐柊替尹谌的母亲说话，"而且她好漂亮，气质也好。"

苏文韫翻了个白眼。

唐柊背起包昂首挺胸道："我看着是不是特别像个勇猛的英雄？"

苏文韫上下打量他，摇头道："我觉得你好像进城务工的小青年，愣头青气质十足。"

唐柊："……"

到了地方三人直奔学校，戚乐在门口接应他们。

贺嘉勋东张西望道："尹哥呢，怎么没来接我们？"

"尹同学还在教室，有老师想拉他进省队，他正在跟对方谈话。"戚乐说，"不过应该很快就出来了，没有哪个老师能忍得了尹同学一声不吭的态度。"

果不其然，没几分钟尹谌就从教学楼里走出来，一路小跑至众人面前，接过唐柊手上的包，问道："沉不沉？不是让你们别带这么多东西吗？"

时值正午，几人一块儿去食堂吃饭。

这所学校规模小，地方偏，食堂居然还不错，桌椅干净整洁，饭菜闻着也挺香。

假期学生少，食堂只开了两个窗口。尹谌排在唐柊后面，队伍前进速度很快，不久就轮到了唐柊，他伸长脖子看着橱窗里头的菜，笑嘻嘻道："这个，这个，还有鸡腿，麻烦阿姨给我拿两个肥点儿的……谢谢阿姨！"

他的饭菜打好之后，就挪到一边把位置让给尹谌，还不忘探头到窗口提醒道："阿姨，你帮他多打一点儿，他胃口比较大。"

食堂阿姨就喜欢这种嘴甜的小孩儿，笑得眼睛都眯了起来，答道："好，好，好。"

然后尹谌就被塞了满满两格白米饭，唐柊又把自己餐盘里的一只鸡腿夹到他的饭上面。

"多吃点儿，"唐柊说，"瞧你都瘦了。"

尹谌从菜堆里夹出刚刚的鸡腿，送回到唐柊的餐盘里，说道："是你瘦了。"

唐柊张大嘴，一口咬住，鼓着腮帮子说："我没瘦，还胖了呢，不信待会儿找个秤。"

秤当然没找到，吃过饭后，在学校的林荫道上散步时，尹谌还不慌不忙地拐去学校里的小商店给唐柊买了包菜园小饼。

紧接着两人又去到了尹谌的宿舍。

唐柊问："你的床位在哪里？我把带来的东西给你收拾好。"

尹谌随手一指，三件套是纯黑的那张是尹谌的床，果然是尹谌的品位。唐柊便将自己带来的东西给他收拾好。

尹谌见唐柊收拾好了，无意中看到唐柊额头处隐隐露出的那道经年未愈的疤，问他："疼吗？"

那是很久以前的事了，目前存在于唐柊脑海中的只有零星几个片段，他摇摇头说："不疼。"

尹谌似乎不信他的话，拿出前不久买的橘子递给唐柊。

就在这时，耳边传来门被推开的声音，是贺嘉勋来了。

晚上尹谌跟老师请了两个小时假，送来探望的几人去学校附近的宾馆，开了两间房，苏文韫和贺嘉勋一间，唐柊单独一间。

他们的房间在三楼，尹谌拿着房卡，对着窗户漏进来的路灯观察了一下，道："可能消磁了，我去前台问问，你在这儿别动。"

唐柊又不是小孩子，当然不会一动不动地站在门口等，他摸黑进去，把包放到床头。

尹谌进来的时候，屋里还是黑的，他唤了一声唐柊的名字，得到的却是一声严厉的喝止："站在那里别动，也不准插卡！"

尹谌左脚在门外，右脚在门里，姿势别扭，进退两难。

等到视线适应了黑暗，描绘出倚在窗前的人影轮廓，尹谌才松了口气，问："你在干吗？"

"先别动。"唐柊还是那句话，然后拼命抬高手臂往上举，"好了，现在你蹲下，蹲一点点就好。"

尹谌不知道他要干什么，只好配合着手撑膝盖弯腰半蹲，然后他就看见了窗外的一弯朦胧月牙儿，还有托着月牙儿的一根花枝。

"怎么样，看到了吗？"唐柊踮着脚举得很吃力，却高兴得像个孩子，眼中有光芒闪耀，"我送你的月亮花，好不好看？"

尹谌收下了月亮花，心道这个礼物还真别出心裁。

可能是晚上光线不太好，唐柊给尹谌的手机贴膜时，死活对不准屏幕，废了好几张膜。

"我来吧。"尹谌坐到他旁边，接过手机，拆了张新膜。

先前陪唐柊去天桥出摊儿的时候，他也学着贴过几次，因此手艺还不错，一张就成功了。

"贴得比我好，"唐柊凑过去看，"我宣布你可以出师了。"

尹谌嘴角上扬，说道："没得到师父真传，出不了。"

唐柊皱着鼻子哼哼道："你随便往那儿一坐就有顾客上门，技术对你来说只是锦上添花。"

想到他之前陪自己出摊儿被搭讪的事，唐柊就差把"我真羡慕"写在脑门儿上了。

九月一日开学，唐柊一早来到学校，挤进人堆里看分班情况，确定自己和尹谌他们的名字出现在同一列后，乐得一蹦三尺高。

尹谌和唐柊他们几个由（3）班变成（2）班，班上的同学几乎没换，任课老师也还是原来那几个。

老孙一进教室就把"距离毕业考还有280天"的公告牌敲钉子挂上，红底白字异常醒目，见者无不垂头叹息。

"都是老面孔，就不浪费时间做自我介绍了。"老孙把书往讲台上一拍，摸出一张写满名字的表格，"来，先按座位表重新调整一下位子。"

起个大早抢着跟尹谌一起坐在第四组最后一排的唐柊板凳还没坐热乎，就被调到了第一组的前排，尹谌的座位则保持不动。

唐柊下课后跑去办公室跟老孙理论："尹谌成绩那么好，为什么让他坐最后一排？"

老孙呷了口茶，悠闲道："不然你跟他换，坐最后一排？"

唐柊倒是不怕坐后面，就怕让老孙不开心，权衡利弊后他还是放弃了，回头就跟尹谌告状说："我怀疑老孙公报私仇。"

尹谌把玩着手里的悠悠球，笑说："什么仇？"

"你不肯进省队的仇呗，"唐柊分析道，"我听班长说了，省队那个负责人是老孙的朋友，游说你不成肯定转脸就跟老孙打小报告了。"

经他提醒，尹谌记起暑假集训的时候确实有人想拉他进省队，不过被他拒绝了。

"老孙不是这种人，是我自己喜欢坐后排，而且都快毕业了，现在进省队没什么意义。"尹谌淡然地说。

"至少对自主招生录取有帮助，"唐柊开始帮尹谌计划未来，"我们省的毕业考试等于千军万马过独木桥，能早点儿定下来多好。"

尹谌知道唐柊是为他好，但他心中已经有了决定。他从不打无准备之仗，也不喜欢在事情没有百分百确定的情况下说空话。他把悠悠球飞速抛出去，再拽着线一把收回来，稳稳握在掌心，说道："考完这场再说。"

物理竞赛安排在九月第三个星期六的上午。

唐柊早起煮了鸡蛋，买了油条，亲自监督尹谌把"好运早餐"吃下肚。尹谌进考场的时候，他站在一群家长中间大着嗓门喊："好好考，不准提前交卷！"

尹谌在首都参加过多场竞赛，对题型和模式已经很熟悉，为了不让门口的"小家长"担心，还是坚持到最后一刻才交卷离场。

唐柊活泼开朗，为人和气，短短一个多小时就跟门口的几个"真家长"打得火热，其中有个中年阿姨在讲自己照顾考生的经验，他听得很认真，还掏出本子和笔记录。

回去的路上，尹谌瞧见他本子上密密麻麻的中药滋补秘方，无语道："我身体很好。"

"这是补脑的，"唐柊振振有词地说着，"那个阿姨说她儿子就是喝了这个，然后成绩突飞猛进，考进了全校前十。"

"我不喝也能考进前十。"

"那就当给你补补身体呗，反正喝了没坏处。而且我也可以喝。"

尹谌说不过他，便使出撒手锏说："这个很贵。"

"我知道啊，"唐柊的脸立马垮了，但强打起精神道，"这不就在奔赴挣钱战场的路上了吗！"

老孙把唐柊调到第一组，就是为了防止他课余时间跑出去找活儿干，所以唐柊近来的工作都安排在双休日。

这几天天桥上来了很多抢贴膜生意的小年轻，唐柊经常蹲一天也挣不到几个钱，于是又改换方向开始找小时工的工作。

这次的工作是在电线杆的小广告上找的，尹谌怕不靠谱，就陪他一起去看看。

工作地方有点儿偏，在郊区的一家影楼。顺着铁楼梯上去，进门刚报上名字，唐柊就被负责人带到一个堆满衣服的角落。负责人吩咐道："熨好了挂衣架上，要确保每件都跟没穿过一样。"

那边模特穿一件脱一件，照相机咔嚓咔嚓地拍，这边唐柊手忙脚乱地拿着蒸汽熨斗熨。尹谌想要帮忙，他不让，认真地说道："就给一份薪水，你掺和进来，咱们就亏了，那边有椅子，你坐着玩会儿吧。"

旁边负责记录的姑娘笑说："小兄弟，你真会精打细算。"

尹谌自是不能坐着看他忙，找到一次性杯子，去楼下给他倒了杯热水，回去时恰好碰上因为约好的男模特放鸽子而焦头烂额的负责人。精明干练的中年女人上下打量尹谌一番，转头就问唐柊要人，一脸爽快道："借你朋友拍几张照片行不行？不露脸的那种，工资按我们这儿模特的平均时薪算。"

唐柊爱钱如命，尹谌赚钱他也开心，于是帮着劝了尹谌几句。

听说不露脸，尹谌没什么意见，抱着一套衣服进更衣室换。出来的时候几乎所有在场员工都盯着他看，唐柊也看呆了，脑海中浮现的第一个念头是——这薪水要少了。

这天拍的是一套青年休闲装，用于放在购买页面上展示。负责人也对尹谌的身材很满意，抱胸靠在墙边欣赏了一会儿。

这位负责人自称姓陈，混熟了之后，唐柊跟着周围的员工一起喊她陈姐。

拍完四五套衣服，唐柊传达陈姐的话，问尹谌愿不愿意跟这边长期合作。

"你决定。"尹谌淡定地说。

"我怎么决定啊……"唐柊又说，"看你缺不缺钱咯。"

尹谌想了想，答道："缺。"

"那我们以后就是同事啦，"唐柊笑着说，"合作愉快！"
于是，唐柊成了尹谌名义上的经纪人。

出去之前，尹谌在更衣室又整理了一遍衣领，推开门才听见有人在喧哗。

"不是说好了3号更衣室我专用吗，现在是什么人在里面？"

"姐，您别急，今天片子多，就用一小会儿……"

"一小会儿也不行，我倒要看看是谁敢占我的地方！"

吵嚷声因二人打了照面而戛然而止。

唐柊看着一袭长裙、身段婀娜的女人，嘴巴张合了几下，惊讶得一时没说出话来。

那个女人也看他们，目光扫过唐柊转到尹谌身上的时候，哼笑一声道："这么巧啊，你也在这儿工作？"

后半段的拍摄，唐柊明显心不在焉。

那个女人在一帘之隔的另一头拍摄，这边拍完，唐柊速速将衣服熨好挂上，拉着尹谌就往外走。

"以后还是别来了，"唐柊走得很急，把铁楼梯踩得咚咚响，边走边说，"这地方太远了，交通不方便，我们还是换一家吧。"

尹谌没问他突然改口的原因，默不作声地跟着他走。

等走到楼下，唐柊突然停住脚步，说："糟了，陈姐约我们晚上一起吃饭，我忘了跟她说我们先走了。"

他要回去跟陈姐说一声，让尹谌在这里待着。

"等一下，我马上就回来。"

尹谌一个人站在屋檐下，想着这地方偏远，可能不好打车，便打开手机地图，想看看最近的公交站在哪儿。找到目标，刚点击放大，楼梯旁边的铁门"嘎吱"一声打开了，一个身穿长裙的女人扭腰摆臀地从门里面缓步走出。

几个小时前有过一面之缘的女人看见他，先是愣了一下，随后笑道："唐柊呢，没跟你一起？"

下午唐柊并没有跟他介绍这个女人的身份，想来不是什么重要的人，尹谌道："他马上下来。"

女人仿佛察觉不到他的冷淡，上前伸出戴着玉镯的右手，礼貌地

201

说道:"下午没顾上自我介绍,我姓赵。"

尹谌低头看手机,另一只手插兜,没理她。

那女人也不生气,把夹在腋下的包拿回手中,倾身凑近约莫半尺,鼻翼翕动几下,勾起嘴角,露出一个笑容,继续说道:"你是唐柊的同学?"

尹谌按在屏幕上的手指停顿片刻,又继续滑动,抿着唇,还是不吭声。

"我也算是见多识广了,你不说我也能猜到。"女人颇为得意地挑眉道,"准确地说,你们不仅是同学,关系还很好吧。"

尹谌眼皮一抬,睫毛跟着簌簌颤动,依然闭口不言。

周遭很静,听不到有人下楼的脚步声,女人矫揉造作的黏腻嗓音如蛇一样盘踞在耳边,嘲讽道:"你知道他无父无母吧?"

钻入鼻腔的刺鼻香味令尹谌很不舒服,他几不可察地皱了皱眉,按灭屏幕,把手机揣回口袋里,抬脚就往马路的方向走。

这个周日二人没见面。

早上唐柊给尹谌发短信说他这天有安排,让他在家好好学习,自己一个人赶到前一天去的那家影楼。

唐柊答应了陈姐这天再去干半天,熨衣服的时候东张西望,像特务一样观察进出的人,旁边记录的姑娘都看得出他在找人。

收工之后,陈姐过来跟他闲聊了一会儿,问他:"找谁呢,脖子伸那么长?不知道的还以为你什么东西丢了。"

"没有,没有,"唐柊不好意思地笑了笑,"我就瞎看看,平时没来过这种地方,好奇嘛。"

陈姐喊他共进晚餐。唐柊有事情要打听,就厚着脸皮跟上了车。

他们在市中心的一家海鲜自助餐厅聚餐,唐柊认为自己没干多少活儿,不好意思敞开了吃,挖了两勺炒饭坐在角落慢吞吞地往嘴里塞,再趁机环顾一下四周。

那个女人这天没在。

工作室人多闹腾,到后半段陈姐才腾出空来招呼唐柊,见他光吃炒饭,饮料也只倒了杯可乐,立刻拿了两个盘子给他夹了一堆螃蟹和虾,嘱咐道:"傻孩子,自助都是给一样的钱,不吃就亏了。"

唐柊心里揣着事，还是吃得没滋没味。

唐柊跟陈姐聊了会儿家常，从工作人员多说到工作室人员流动性大，随后赶紧抓住这个切入口问道："那这边的模特是固定签约的还是？"

"我还当你要问什么呢，支支吾吾半天，原来是想给朋友打探消息。"陈姐理解错了，不过正中唐柊下怀，"大部分是临时招来的，毕竟我们这里也不是天天都有活儿，就算有，也要看哪个模特气质合适。像你朋友那样的，就适合拍运动休闲款，昨天你们碰到的那个赵姐，专拍中年女人喜欢的鲜艳裙装，也算术业有专攻吧。"

唐柊还是第一次听人用"姐"这么客气的字眼称呼他的继母，心里别扭的同时，装作不认识她，只说："那位赵姐……很漂亮。"

"嗯，她是个美人。"陈姐抿了口鸡尾酒，对自助餐厅提供的饮料露出嫌弃的表情，"漂亮是漂亮的，就是为人蛮横跋扈了点儿，可能因为年纪轻轻丧偶性情大变吧，你就当可怜她，让让她吧，昨天的事别放在心上。"

唐柊心想我该求她让让我才是，嘴上却什么都没说，端起饮料喝掉最后一口，冰凉的液体顺着喉管直达胃里，冻得他打了个激灵。

周一到学校，上学期末的体检报告发下来了，唐柊蹲在厕所隔间里把自己那份翻完，推开门回到教室。

尹谌把体检报告随手放在桌角，贺嘉勋问他怎么不看，他说没有必要。

唐柊不放心，替他打开看了，见所有指标都是"无异常"或者"优秀"，语气不无嫉妒地说道："同样吃白米饭长大，凭什么你壮得像头牛，我就这么弱？"

尹谌也翻了翻他的体检报告，淡淡道："我吃得多。"

唐柊撇嘴，把手上的册子合上，瞟到第一页的体检人基本信息，目光在"年龄：19"那一栏停顿片刻，问："你只多复读了一年，不应该是18周岁吗？"

尹谌也把报告合上，看向年龄那栏，说道："你没有复读，不也18岁了？"

"我们这儿很多父母怕孩子太早上学理解能力跟不上，耽误以后选学校，所以让孩子晚一年上学。"唐柊说，"结果也没有很理想，毕竟世上还是普通人多嘛，我奶奶白期待了。"

后半句说得没什么底气，甚至还显得有点儿多余。

尹谌抬眸看他，薄唇微启，道："我也是。"

"原来同是天涯沦落人啊。"唐柊没话找话地掩饰，"嘁，不然我这会儿该上大一了，你也应该上大二了吧？这些大人怎么回事啊，学习什么的有那么重要吗？"

不知想到什么，尹谌眼中浮起一缕晦暗不明的情绪，垂下头，声音压得很低，说道："也许吧。"

尹谌最近睡眠不太好，周三上午，他请了半天假去医院做检查。

林玉姝为他预约了一位主任医师，据说非常有经验。

尹谌照例先去抽血化验，然后做了一系列检查。在安静的诊室里，中年男医生看了他的各项检查数据。

"刚19岁，这个指标还是不错的。"医生推推眼镜，说，"如果登记的都是真实数据，那么你的身高和智力在同龄人中都是很优秀的。"

他对这些夸奖毫不在意，只把想知道的问了："那我现在身体的其他指标是否也在正常范围内？"

"从检查结果来看，还算稳定，最近睡眠怎么样？"医生看了一眼其他的报告。

尹谌沉默半响，说："不是太好。"

医生让他不要乱用药，并给他开了一些安抚情绪和助眠的药物，说这个可以帮助他更好地稳定情绪。

尹谌谢过医生，告辞后走到门边，手刚放到门把上，又松开踅回，开口时似有些犹豫："还有一个问题想请教您。"

医生让他坐下说，他没坐，挺直脊背站在办公桌前。

"长期服用稳定情绪的药物，会不会对身体造成损害？"尹谌问。

然而医生已从刚才的接触中得知眼前这位年轻人的状况，放下手中的笔，看着他，认真答道："药物只能起辅助作用，想要根治主要还得学会自我调节。"

尹谌抓住关键词，疑惑道："自我调节？"

"没错，"医生道，"虽说这些药物没有明确标出有什么危害，但是长期服用治标不治本，所以最主要的还是自我心理调节。建议家长有时间带孩子去专门的科室咨询一下。"

夏秋之交的深夜，唐柊在拍打窗户的呼啸风声中做了一个有关回忆的梦。

他梦到了去世多年的母亲，梦里的她还是年轻时的样子，乌黑柔顺的及肩长发散发着淡淡清香，柔软的手在年幼的唐柊身上一下一下轻轻地拍。

她轻声细语地念了一段儿歌，见怀里的孩子闭上眼睛沉沉睡去，缓慢地叹一口气，闭上眼睛许愿般地念道："菩萨保佑我的宝贝做个轻松快乐的人，不要受到任何伤害，千万不要被伤害……"

醒来后很长一段时间，那为爱子祈愿的温柔女声仿佛犹在耳边，回忆让唐柊眼眶发酸，他死咬半天嘴唇，才逼退漫延的泪意。

出门前，唐柊给母亲上了炷香，在遗像前磕了三个头。到学校浑浑噩噩混到第二节课，唐柊忽然想到前一天给尹谌发的问他请假去哪里的短信没收到回复，便撕了张纸给他写字条，问他昨天去哪儿了？

一个在第一组，一个在第四组，字条没从前那么方便传递，就算有苏文韫、贺嘉勋在中间帮忙周转，也花了十来分钟才传回来。

尹谌给的答复只有四个字："没去哪儿。"

他向来懒得多写字，唐柊对他的敷衍没太在意，又写："昨天晚上风好大，我梦到妈妈了。"

这回字条干脆传没了。下课后唐柊问尹谌怎么没回字条，尹谌说没收到，唐柊到处找了一圈，无果，颓然失落地走到第四组最后一排，趴在桌上不吭声。

尹谌的视线落在书上，在翻页的间隙问道："字条上写了什么？"

"没写什么。"唐柊闷声道。

"到底写了什么？"尹谌追问。

唐柊换了个方向趴着，脸埋进臂弯里，低声说："真没什么。"

唐柊倾诉的欲望刚冒了个头就被按了回去，况且书面对话和当面说是两回事，他不知道该用什么样的语言描述那个梦给他带来的无力感。

不知是否与意外碰到那个女人并听说了她的事迹有些许关系，唐柊心里空荡荡的，仿佛被抽干了所有赖以生存的氧气。他觉得自己像一只在水中浮沉的漂流瓶，拼命想往有亮光的地方漂，却被翻涌的巨浪往相反的方向推，最终偏离航线，背道而驰。

命运跟他开了一个天大的玩笑，而他却没有扭转的能力。

若是面前的人给唐柊一句安慰，说不定他很快就能从这种情绪中剥离出来，头脑发热之下将埋藏多年的秘密和盘托出也不一定。

然而此刻的尹谌并不想给。

抑或是没办法给。

尹谌也有无法宣之于口的隐秘，也有因为无法理解产生的犹豫和怀疑，找不到宣泄口的杂念在心中乱作一团。

可他连问"为什么要瞒着我"的资格都没有，因为他也从未对唐柊坦白过。

唐柊的一再回避瞬间戳中了尹谌脑子里最敏感的那根弦——背井离乡的无奈，被轻易否定、信手抛弃的不甘，还有掩藏身份的艰难……各种情绪尽数涌上心头，令他额角狂跳，下颚绷紧，唯有逃避才能按捺住体内蠢蠢欲动的暴躁情绪。

"既然不想说，以后别写了。"

尹谌把手中的竞赛书扔在桌上，站起来，踢开椅子走了出去。

唐柊抬起头的时候，只看到尹谌大步离去的颀长背影。

没有人起头，他们一个困囿于短暂爆发的刺痛，一个孤守着沉积已久的痛楚，都不约而同地选择了对彼此缄口。

而那些深埋心底的苦衷，在之后的许多年里，谁都没能有机会说给对方听。

"你和尹哥怎么回事啊？吵架了？"

贺嘉勋第三次发问的时候，唐柊才算真正听到他的话。他正在帮班长核对运动会参赛名单，闻言头都没抬，直接否定道："没有啊。"

"那最近怎么没见你们一起回家？"贺嘉勋扭头往第四组后方张望，"刚才叫他课间过来，他也没搭理我。"

悬在纸面上的笔尖停顿了一下，唐柊划掉一个写错的字，搪塞道："他困嘛，让他睡好了。"

"可是他没睡觉,在看书呢。"

"那就让他看呗,这个时候是该用功了。"

贺嘉勋挠挠头,还是觉得哪里不对劲。

高中最后一年学习紧张,运动会只是走个形式,上操升旗也减至两周一次。这天大课间,被分到隔壁班的前同桌蔡晓晴跑来找唐柊,让坐在窗口的他帮忙递个东西。

唐柊看了一眼手上的信封,问道:"给尹谌?"

"对啊,除了他还能有谁,"蔡晓晴塞了根棒棒糖给他作为贿赂,"麻烦一定要送到他手上哟。"

以前唐柊坐第三组,这种东西一般到不了他手上。不过他曾经想过,如果谁真让他帮忙送信,他一定会威胁尹谌,让他给自己一点儿什么好处。

可是现在他不能理直气壮地这么做了,虽然那件事连吵架都算不上,而且事后谁也没放狠话,更遑论提绝交,但是二人之间的关系确实就这样淡了下来。

微妙地、毫无征兆地,一堵看不见也摸不着的墙悄然横在了二人中间。

连神经大条的贺嘉勋都发现了,苏文韫没道理察觉不到。

唐柊没当面把蔡晓晴的书信给尹谌,而是采用传递的形式。坐在第三组的苏文韫作为传递过程当中重要的一环,午休时在楼梯间大呼小叫地说:"你为什么不自己把蔡晓晴的信递给他?"

唐柊这天带了饭,坐在台阶上打开饭盒盖,咧嘴笑道:"这不是忙于学习吗?"

"带镜子了吗?"苏文韫问。

"放在教室里了,你要用?"

"我是想给你照,瞧瞧你现在的表情,笑得比哭还难看。"

唐柊没说话。

"朋友之间吵架不是常有的事吗,我和姓贺的还经常吵架呢。"苏文韫现身说法,"你俩看着都不是爱记仇的人,低个头认个错,事情不就翻篇了吗?"

唐柊摇头道:"不一样。"

具体哪里不一样,唐柊也说不上来。他好像能探知到一点儿尹谌

207

那天生气的原因，也不是没想过解释，但在好几个辗转难眠的夜晚，他打了无数段言辞恳切的腹稿，编了好几个真假难辨的故事，最后还是全都不了了之。

哪怕时常被噩梦惊扰，过去的事唐柊也不想再回顾一遍了。他用封条把那些肮脏发臭的东西封存在心底最深处，等着它们腐烂、风化，他希望以后的每一步都往好的方向走，在彻底摆脱它们之前，决不去主动触碰那片禁地。

他希望尹谌永远不知道那些关于他的荒唐过往，他想给尹谌知晓的都是他好的一面。

苏文韫烦躁地撸了一把头发，说道："处理这些事情可真是太麻烦了，不如把这时间拿去挣钱，只有人民币最实在。"

唐柊被这别具一格的安慰方法逗笑，挖了一勺白米饭塞进嘴里，鼓着腮帮子说："没错，钱才是安身立命之本！"

这天下晚自习，唐柊第一个冲出教室。

他不知道每晚放学后尹谌是否还会特地等他一起回家，不过几天工夫，他就习惯了在下课前把书包收拾好，在铃声响起时打头阵冲出教室。

唐柊既怕尹谌还等他，又怕尹谌不等他。走在路上，他克制住回头看的冲动，跑到公交站台，乘上最后一班前往郊区的公交车。

陈姐的工作室这天要拍一组新片，为了配合摄影师的时间，拍摄安排在晚上，唐柊接到约活儿的电话，立刻就应了下来。

初秋的夜晚凉风萧瑟，唐柊进门后又打了个喷嚏，陈姐给他拿杯子让他自己去楼下接热水，顺便问了一句："你那个朋友呢，怎么没跟你一起来？"

"他啊，他……"唐柊胡乱找借口道，"这里又没他的事，他回家去了。"

整个晚上唐柊都心不在焉，听见点儿动静就以为是自己手机响，摸出来一看，屏幕上空空如也，又颓丧地放回去，拿起熨斗继续干活儿。

夜里，天空飘起小雨，都说一场秋雨一场寒，气温比来的时候更低了。

收工走的时候，陈姐借给唐柊一把伞，唐柊觉得这点儿雨没必要打伞，拢了拢衣襟就出去了。

雨没淋着，倒是平地而起的一阵风把他吹得直哆嗦。走了两步，唐柊还是把伞撑起来，举在身前抵挡寒风。

毕竟不是挡风用的工具，风没过滤掉多少，视线先被遮了个干净。这会儿下班的人很多，路上行人摩肩接踵，唐柊不慎撞上从影楼另一侧楼梯上下来的人，马上道歉："对不起，对不起！我不是故意撞到……"

说着把碍事的伞往边上撤了撤，不期然对上女人那张艳如桃李的脸，没说完的两个字直接就咽了回去。

"跑什么呀？"女人在背后喊道，"你不是在找我吗？"

刚转身的唐柊定住脚步，深吸一口气之后转回去说道："没找你，只是不想再碰到你。"

妆容精致的女人笑得娇俏，眼角挤出的皱纹暴露了她的年龄，她扭腰走上前，说："现在不想看到我了，当时你恐怕不是这么想的吧？说起来你还欠我一声谢谢呢。"

唐柊知道她说的"当时"指的是什么时候，眼里晃过一丝夹杂着恐惧的惊怒，咬牙说："他那样做是犯法的，你不阻止的话，就是帮凶。"

影楼走廊上的灯一盏接着一盏熄灭，天黑又下着雨，大家都着急回家，周围不多时就没了人影，只余几道稀疏的脚步声与渐行渐远的谈笑声。

"你知道我现在有多后悔当时救了你吗？"女人的面目隐在黑暗中，刚才还带笑的语气变得阴沉，"尤其是看到你还好好活着，而我只能忍受日复一日的煎熬，活得人不像人，鬼不像鬼的时候。"

唐柊捏着伞柄的手不由得收紧，尽量让自己的声音不露怯，他说："那是你自己的选择，怪不得别人。"

"好一个我自己的选择，你真的就什么都不怕吗？"

女人笑了起来，尖细的嗓音刮得人耳膜生疼。

唐柊的手指关节因为用力过度而泛起青白，拼命抑制住自己去回忆当时的念头。

南城的秋天多雨，校运动会的时间一改再改，最终决定提前到十月底举行。

学校为了尽可能地减少对毕业生的影响，把重要项目都安排在了下午。整队前往操场的时候，大家都自觉地带着书，等到运动进行曲奏响时，那边在跑步喊加油，这边还坐在地上闷头看书做题，形成两道对比明显的风景线。

高三（2）班的方阵位置靠近篮球场，唐柊乐得清静，挑了最偏僻的角落，抱着英语书背单词，碰到几个n开头的拿不准有没有念错，便习惯性地抬头去找尹谌，但他没在人群中找到那个熟悉的身影，这才想起尹谌被戚乐忽悠着报了个长跑，这会儿应该还在跑圈。

"哎，木冬冬，尹哥那边跑上了，你不去看看？"苏文韫挤到唐柊身边蹲下，抽走他手上的书，"好多低年级的小姑娘在给他加油呢。"

唐柊把英语书抢回来，说："要去你自己去。"

"我去干什么？"苏文韫递给他一瓶水，"来，拿着这个给他送去，说不定他一感动，你俩就和好了呢。"

唐柊不知该怎么告诉他这件事没那么简单，索性甩甩脑袋，把注意力放回书本上，拒绝道："找小贺玩去，别打扰我学习。"

"他在那边打球呢，小矮个儿打中锋，居然有人愿意带他玩。"苏文韫一脸不屑道。

学校现在的篮球场翻修于两年前，设施在周边所有学校中都算先进，所以经常有外校的学生来借场地打球。

顺着苏文韫的视线，唐柊看见隔壁篮球场有几个高个儿男生在打球，贺嘉勋一米七多的身高混在里面确实有点儿"小巧"。

唐柊离得远，看不清那几个人的脸，等到打出界的篮球滚到这边的球场，其中一个男生跑过来捡球的，唐柊才闻声抬头。

操场的另一边哨声响起，尹谌作为第一个冲过终点的参赛者，得到了围观众人的欢呼和掌声。

可其中没有他想听到的那声"恭喜"。

他从黑压压的人群里挤出来，走到场边喝了几口水，把校服外套穿回身上时瞥见袖口的小白花，出神片刻便移开视线，拿起剩下的半瓶水往自己班级那边走去。

这天天气不太好，早上出了一会儿太阳，这会儿天空阴云密布。尹谌想起早上唐柊进教室时手上没拿伞，想必是书包装不下，没带伞。

想到这里，尹谌不由得加快脚步，打算先回趟教室，把伞提前放到唐柊的桌肚里。

他觉得唐柊应该还在生气，毕竟那天是他先发的火，并且没头没脑，有些莫名其妙，唐柊每天放学提前走，不想搭理他也是应该的。

找不到道歉机会的尹谌一方面急于和好，另一方面又怕过犹不及，惹得唐柊更生气，第一次面对这种情况的他全然没了平时的冷静，变得瞻前顾后、犹豫不决。

最终他决定把这件事交给时间来解决。

反正朋友之间闹点儿小别扭是很常见的。

于是途经篮球场的时候，听到自己班级方向传来的喧闹，尹谌原本没打算过去，直到从嘈杂的动静中准确辨认出唐柊的声音。

时隔近一年，唐柊没想到会在这里碰上那两个人。

这天几人中为首的不在，那两个小喽啰依旧趾高气扬，非要他们出几个人来打一场"友谊赛"，一脸嘲讽道："你们班不会连五个会打篮球的都凑不出吧？我看这位同学捡球捡得挺利索的嘛。"

如果时间能倒退回五分钟之前，唐柊一定不躲闪，也不伸手去接，让篮球砸一下脑袋总比被逮住机会借题发挥来得强。

可是现在后悔已经来不及了，明知这两个人在找碴儿，为了不波及其他人，唐柊只能站出来说："我跟你们打。"

两个小喽啰比画了一下他的身高，笑得前仰后合。

"这样吧，来点儿简单的，省得你们学校学生又到外面说我们欺负人。"二人商量了一下，指着身后的篮筐，"你要是能站在这里把球投进去，咱们新仇旧怨一笔勾销。"

众人哗然，他们所在的位置在球场侧面，距离场边尚有不短的距离，目测到篮圈有近二十米，别说准头，光是力气，就唐柊这小胳膊小腿的，一看就够呛。

旁边的贺嘉勋上来打圆场道："哎，不如我来吧，反正我也没比他高多少。"

话没说完，他就被其中一个小喽啰推到一边，那人还吼道："关你什么事，滚远点儿！"

这下更加没有人敢帮忙了，有几个平时就看不惯唐柊的同学还有点儿幸灾乐祸的意思，举起手机对着唐柊录起了视频。

唐柊拦住要站出来的苏文韬，低头看了一眼脚边的篮球，上次他有人帮忙，这次没这么好运了。

他把球抱了起来，说："如果我没投进呢？"

两个小喽啰笑道："那就新账旧账一起算咯。"

唐柊深吸一口气，心想他们"老大"不在，最多挨一顿揍，忍忍就过去了，举起篮球的同时缓缓呼气，腕部刚要发力，手上突然一轻，球被夺走了。

不知从哪里冒出来的尹谌一只手托球，另一只手示意唐柊离开，冷酷的眼神扫过看热闹不嫌事大的几个同学，吓得他们纷纷把手机放下。

他们转身刚要离开，就被挑事的男生拦住了去路，并说："想跑？怎么又是你小子！"

他们嘴上骂着脏话，但看到面若寒霜、周身散发着浓重怒气的尹谌，还是下意识地后退了一步。

"没被打够？"尹谌蹙眉道。

轻飘飘的四个字就让那两个人都怂了，其中"没怂透"的那个还结巴着坚持说："那……那也得把球投了吧？说好了的！你们也不怕传出去被笑话？"

唐柊知道尹谌的脾气，生怕他被激怒，轻声说："我们把球投了再走吧！"

不过该出的气还是要出的，走之前，尹谌背对篮筐，在二十米开外把手中的篮球反手掷出去。

"哐"的一声，球进了。

因为天气不好，这天学校少上一节晚自习，不到九点，高三（2）班就门窗紧闭，教室里漆黑一片。

这天唐柊没提前收拾书包，也没有刻意加快步伐，拐进小巷的时候听见身后稳健的脚步声还在，不由得又放慢一点儿速度。

阴雨天的夜晚无星无月，眼看快到家门口了，唐柊终于忍不住，扭头道："跟着我干吗？"

话凶但语气不凶，他的目的在于找个由头跟尹谌搭上话。

他以为尹谌会闭口不言，或者波澜不惊地回一句"我家也走这条路"，没承想尹谌停下脚步，在墙角站了会儿，说："怕你被欺负。"

唐柊愣住了。

好像不久之前，尹谌才问过一次"他们以前怎么欺负你了"，那时的唐柊没有说实话，尹谌分明看出来了，却也没有追问。

他总是这样，自己不想说，他就不问，看似漠不关心、不近人情，实际上悄悄地给足了他尊重，无声地谅解了他所有的不可说。

鼻头猛地一阵发酸，一种名为后悔的情绪后知后觉地涌入了唐柊的心里。

他转身大步跑过去，正对着尹谌。

"没人欺负我，"唐柊低头，试图掩盖溢出喉咙的一点儿哭腔，"谁敢欺负我？"

尹谌知道此刻应该给予对方安慰，可他张开嘴巴，脱口而出的却是一句"对不起"。

对不起，不该动摇，不该发火，更不该让你难过——他酝酿了许多天，终于能放下对自己来说比天还高的自尊，向唐柊言明歉意。

唐柊吸了吸发红的鼻子，问道："你是不是每天都有等我？"

尹谌没说话，低垂微颤的眼睫代替他做出了回答。

"谢谢你。"唐柊第一次当着尹谌的面说出这三个字，嘴角上扬道，"你人这么笨，为什么篮球打得那么好啊？"

又一个谎言被揭穿，尹谌脸上却丝毫不见窘迫。

他抬眸，目光专注，坚定地说："因为我是你的朋友啊。"

唐柊有许多不足为外人道的秘密，他的人生除了零星的温暖甜蜜，多的是如同噩梦般令他不寒而栗的过往。

可是只要尹谌这个朋友永远站在他身边，那些统统不足为惧。

第七章　支离破碎

雨还是将落未落,他们坐在成衣店门口的水泥台阶上,头顶的灯泡发出微弱的光,唐柊看地上的两个人影,问道:"你的脾气怎么那么坏啊,跟谁学的?"

和好之后便开始翻旧账了,因为当时没压住火踢了椅子的尹谌没底气地轻咳一声,说:"不坏。"

唐柊翻了个白眼,说道:"哼,明明坏得很,以前还让我'滚'呢。"

见唐柊把账都翻到去年刚认识那会儿了,尹谌没办法,说道:"那你骂回来。"

唐柊憋了半天,没骂出口,只道:"算了,算了,大人不记小人过。"

唐柊心想好不容易和好了,要是再给骂走了,上哪儿再去找这么好的朋友?

像是知道他的潜台词,尹谌没忍住笑了一下。

唐柊看到尹谌笑,立马支起脖子瞪他,不满道:"你还笑?"

尹谌面上的表情本就不明显,稍微一收就没了痕迹,他掏出一个绵软热乎的东西,塞到唐柊手里,说:"赔礼。"

唐柊低头见是一只装在纸杯里的梅花糕,打开塑料袋,凑过去先把顶端的大枣咬了,口齿不清地说:"我还以为是糖葫芦。"

"今天没出摊,"尹谌说,"明天买。"

唐柊点头,沿着梅花糕边缘细细咬了一圈,还是他那套十分珍惜的吃法,回道:"不用啦,反正这个跟糖葫芦差不多,都是甜的。"

铁门里头的狗频繁听到自己的名字,伸着前爪边挠门边"呜呜"地叫。

他们把门开了条缝把它放出来,矮胖的小狗这才消停,在二人边上找了块空地趴着，圆而黑的眼一眨不眨地盯着唐柊手里的梅花糕，时而甩一下尾巴，时而伸出舌头舔舔嘴。

"我警告你啊，小臭狗，不准觊觎我的梅花糕，"唐柊指着它湿漉漉的鼻子，"这是你哥买给我的，你想吃的话自己问他要。"

"糖葫芦"像是听懂了，哼唧两声后转向尹谌，尾巴摇得更欢了。

尹谌摊手道："哥也没有了。"

"糖葫芦"发出一声可怜的呜咽，耷拉着耳朵趴了回去。

这个场景让唐柊觉得自己好像在虐待它，还是心软地撕了一块分给它。

他的视线落在嘴巴一张一合跟黏糕"战斗"的小狗身上，摸着它油亮水滑的背毛，状似不经意地问："蔡晓晴给你的那封信，你看了吗？"

"蔡晓晴？"尹谌一脸迷茫。

"我以前的同桌啊，这学期分到三班去了。"

经他提醒，尹谌有了点儿印象，说："哦。"

半晌没等到下文，唐柊的眼睛又瞪圆了，问道："就'哦'？没了？"

尹谌道："没看。"

唐柊又说："你要不想和她做朋友也好好说，别太凶，她人很好的。"

尹谌维持着胳膊随意搭在膝盖上的姿势，淡淡地说道："给棒棒糖的那种好？"

把人送到楼底下，唐柊才想起来他口中的"棒棒糖"是那天蔡晓晴贿赂他的时候给的。

唐柊笑道："这你都看到了？"

尹谌不置可否，抬脚往楼道里走。

唐柊抱着"糖葫芦"，捏着它的爪子向尹谌挥手道别："快跟哥哥说再见。"

"汪汪！"

唐柊大声喊道："它说'哥哥，再见'。"

这时，一脚已经踩在台阶上的尹谌突然转过身，问："它叫我哥，叫你什么。"

想到手机上那个独特的备注名，唐柊道："也叫哥吧……毕竟跟

215

我同姓。"

唐柊到学校又收到好消息——尹谌拿了物理竞赛一等奖。

他高兴得手舞足蹈，站在校门口的大红喜报下面，让苏文韬用手机给他拍了好几张照片。

"不知道的还以为你拿奖了呢。"苏文韬看着唐柊摊开掌心托着喜报上尹谌的名字摆出的一个中老年游景点的标准拍照姿势，一脸嫌弃道，"他本人就在教室里，你何苦跑到这儿来跟一张纸合影？"

拍完，唐柊溜过去拿起手机翻看，笑得嘴巴都快咧到耳朵根后了，说："他忙着呢，我跟他的名字合影也是一样的。"

尹谌确实忙。

来南城的第二个秋天，他已经把当初来这里时抱着的随便混两年的想法彻底抛弃，桌上堆着高高一摞与竞赛相关的书籍，其中一本里头夹着南城医科大学的招生简章，自主招生的那栏也被他用红笔重点圈出。

拿奖的事尹谌没有告诉林玉妹，上次他表露出想要留在这里的想法时，就从母亲勉强的表情中看出了她的不赞同。事后她还委婉地劝他，如果要学医，首都医科大学是个不错的选择。

至于首都尹家那边，就更没必要知会了，他名义上的父亲只负责给钱，爷爷偶尔来电话，看似关怀备至，实则沉瀣一气，若是真的在乎他这个所谓的长孙，何故还是这种态度？

大人们各有私心，尹谌对他们的想法了若指掌，就等自主招生面试把去向定下了，当然若不幸条件不符合，那么毕业考试便是他万无一失的后路。

学校对毕业考试的重视程度还是很足的，自踏入毕业季以来，原本就密集的考试频率又拔高一截，几乎达到了所有科目每周一次水平测试的地步。在这令人逐渐麻木的考试中，唐柊还要抽出时间打工挣钱，累得仿佛脱了一层皮。

又一个忙碌的周末，唐柊在陈姐介绍的靠近市区的另一家影楼忙活了一整天，回去的路上腿软得站不住。

入秋降温后，唐柊又受凉感冒了，为此尹谌劝道："米其林没有八星，别攒了。"

唐柊嘟着嘴道："我知道啊，可是你拿了第一，至少吃个米其林一星吧。"

陡降七颗星把尹谌逗笑了："米其林也没什么好吃的，这钱不如留着出去玩。"

唐柊闭了好久的眼皮动了几下，睫毛一掀，睁开两条缝，问："寒假？"

"嗯，"尹谌转头看向旁边的人，不紧不慢地说，"不是想去首都吗？"

唐柊的兴趣被勾起来了，兴冲冲地问道："寒假是不是能看到雪？"

"嗯。"

"网上说首都的雪跟沙子一样，风一吹就会飞起来，是真的吗？"

"真的，"尹谌觉得自己像在哄小孩儿，"能飞，还能堆很大的雪人。"

"可是我们连海边都还没去过呢。"想到之前暑假因为种种原因没能成行的海边之旅，唐柊摇头叹息，"心在跳，钱在烧，贫穷的我把头摇。"

尹谌被他的故作深沉逗笑，说："今年冬天看雪，明年夏天看海，提前规划行程，订好火车票，不会花很多钱。"

难得听尹谌说这么长一句话，还都是关于未来的，唐柊的思绪仿佛跟着他的设想飘了起来，去到千里冰封的首都，再飞往浪花拍岸的南方。

世界这么大，还有很多地方等待他们去探索。

"那好，我们一个一个来，先把首都之行提上议程。"唐柊眯起眼睛说道。

回到家，唐柊还在愉快地哼歌，把柜子里去年买的羽绒服拿出来左摸右看，揣度这个厚度去首都能不能撑得住。

实在不行里头再加件衣服好了。

想到哪里就行动到哪里，唐柊跑到外面店里，央着奶奶给他做一件新夹袄，说跟同学约好了寒假去首都玩。

奶奶爽快地应下，拿尺子给唐柃量尺寸，见他长高了几厘米，开心得笑皱了脸，再一量肩宽和腰围没变，又笑不出来了，担心地说道："你这身体，到了北方怎么扛得住冻。"

"没事啦，"唐柃安慰奶奶道，"您帮我把棉袄做厚实点儿就好了。"

况且他们又不是住在野外，所以他根本不担心。

不远处的老楼，走在楼道里的尹谌也在想即将到来的首都之行。

坐火车的话，普通列车要十几个小时，可以直接排除；高铁就四个多小时，倒是还好，就是票价不能让唐柃知道。尹谌打算提前在网上买，取票之后尽量不让唐柃看见，等到上车就没事了，唐柃再心疼钱也不至于跳车去退票。

琢磨了一阵儿，尹谌嗓子里溢出一声轻笑，用钥匙打开门时，脸上还挂着未散的笑意。

这会儿屋内坐着一个素未谋面的陌生女人。

"来，跟你刘阿姨打个招呼。"林玉姝坐在沙发上冲他招手，"咱们能这么快在南城安家，多亏了她帮忙，你的学籍也是她提前帮忙转过来的，不然咱们到了这儿估计还要跑好多趟。"

尹谌抿平嘴角，收了表情，上前肃然道："阿姨好。"

姓刘的女人看着四十出头的样子，化了浓妆，打扮也很时髦，举手投足间有股风尘的轻佻，跟林玉姝的清冷刻板对比起来反差尤其强烈。

她说的话倒是与这个年纪的其他长辈无异，打趣道："尹谌都这么大了，上次见的时候还被妈妈抱在手上呢。"

尹谌给两位长辈添了茶水，靠近的时候闻到了这位刘阿姨身上的香味，犹疑地抬眼，见林玉姝眉头微蹙，似有不耐，便放下杯子回房去了。

房间门一关上，姓刘的女人就冲林玉姝谄媚地笑道："你儿子真不错，又高又帅，成绩还好，长大了得多少女孩子围着转呀。"

林玉姝捧起茶喝了一口，不动声色地回避了她的话题，说道："哪有，他的成绩一般。"

若不是看在去年他们来南城时这个女人帮了不少忙的份上，林玉姝根本不会让她进家门。

林玉姝想着毕竟在无依无靠的时候利用过这个在南城有点儿门路的女人,虽然只此一次,没有下回,便勉强压着厌恶感跟她聊天,面上气定神闲,心里想的却是如何赶紧结束话题,把人送走。

尹谌英语好得出奇,尤其是口语,在戴老师几次三番地耐心劝说兼威逼利诱下,他终于报了一个时间定在下个月的英语演讲比赛。

唐柊自然是乐于见到尹谌露一手的,好朋友拿奖,他面上也有光,于是将早起的闹钟又提前了十五分钟,确保每天尹谌下楼时,他都已经拿着热乎乎的早餐等在楼下。

唐柊为了给尹谌提供一个心无旁骛的备考环境,帮他料理了几乎所有生活上的其他需求。

这天大课间,尹谌又在顺演讲稿,将全文过了一遍,再删改几处,放下笔刚站起来,坐在他边上的唐柊也腾地站了起来,问道:"需要什么?我帮你!"

尹谌边往教室外面走边说:"这个你帮不了。"

唐柊不死心地跟在他屁股后面问道:"说说看嘛,你不说怎么知道我帮不上忙?是不是要去买水?"

尹谌扭头往身后瞥了一眼,说:"上厕所,能帮吗?"

唐柊原地立定,不跟了。

这个他确实帮不了。

回去的路上尹谌经过小卖部,一脚刚跨进去,老板就熟稔地转身去货架上拿东西,嘴里问道:"番茄味菜园小饼,对吧?"

一手交钱一手交货,找零的时候,老板热情地推荐道:"最近出新口味了,叫樱桃小番茄,拿一包尝尝?"

尹谌想了想,说:"要个小包。"

先给唐柊试吃一下,他喜欢的话再买大包。

回到教室,见唐柊趴在桌上,不知是真睡还是假睡,手上还举着录音笔,尹谌看了一眼,灯亮着,正在录音。他拉开椅子坐下,先念了一会儿演讲稿,声音不大不小,刚好够录进去。

上午九点四十五分,正是一天中最好的时间,窗外吹进的微风拂过,阳光越过他最不喜欢的萧瑟冷秋,让此刻身处冬日的尹谌想起一首关于盛夏的英文诗。

他想到便念了出来,念得轻而缓慢,课间教室里的嘈杂喧闹仿佛都被屏蔽了。只余落在身上的一缕清光,桌上的一包菜园小饼,还有属于他的好朋友。

不知道是不是作息时间调整的原因,唐柊的身体再次出现了一些不适。

察觉到身体发热的时候,唐柊正在进行随堂测验,他当即举手跟老师请假,书包也没顾上收拾就溜回家了。

晚上尹谌来送书包,唐柊也没敢让他进门。

唐柊把铁门开了一条半人宽的缝,费了点儿劲把书包拽进去,低声道:"谢谢你,我发烧了,怕传染给你,就不请你进来坐了,我也不出去了。"

尹谌的嘴巴动了动,像是有话要说,但酝酿几秒还是放弃了,只交代了一句"好好休息"。

唐柊把自己闷在被子里,任身上出了几层虚汗也不敢出来。

他难受得睁不开眼睛,又不敢闭上,只要一合眼,黑暗就仿佛和大脑瞬间相通。

等感觉好点儿了,他给尹谌发短信问:"明天想吃什么?"

尹谌很快便回复:"明天周六,你多睡会儿!"

唐柊回道:"睡不着啊!"

唐柊发完翻了个身,掀起被子蒙住头,强制自己入睡。

过了好一会儿,放在枕边的手机振动一下,尹谌回了句:"我也睡不着。"

第二天,苏文韫和贺嘉勋也来串门,一个人捧着花,另一个拎着水果,一起来探望病中的唐柊。

他们前脚刚坐下,尹谌后脚就来了,唐柊吃完他带来的糖葫芦,仿佛吞下灵丹妙药,"噌"地从床上蹿起来,不仅能下地走动,还有力气帮着奶奶一起做饭了。

尹谌要进厨房帮忙,唐柊把他往外推,劝道:"这里太小了,没你站的地方，出去跟他们玩嘛。"

尹谌跟他们没什么可玩的，就站在厨房门口陪着。

吃过饭，唐柊奶奶回房休息，几人又抢着洗碗。

苏文韫撸袖子道："暑假我在饭店打了一个月工，洗碗我最拿手。"

贺嘉勋感觉吃人家的嘴短，便也开口说："我从小学一年级开始就每天被我妈押着洗碗，论经验，你们都不如我。"

唐柊理直气壮地道："这是我家的碗，哪有让客人洗的道理？"

看起来最不具竞争力的尹谌思索片刻，道："我吃得最多。我来吧。"

四个人各有各的理，一时难分高下。最后他们通过划拳公平地分为两组——苏文韫和尹谌洗碗，贺嘉勋和唐柊收拾桌子。

尹谌的天赋都在学习和运动上，家务方面不太擅长，学着苏文韫将盘子过水泡洗洁精，手一滑，差点儿把盘子砸了。

"一看你就没做过什么家务。"苏文韫利索地接过他手中的盘子。

尹谌无言以对。

苏文韫话多，一张嘴就停不下来，短短的十分钟工夫，就把他所知道的关于唐柊的一切都告诉了尹谌，包括他们是怎么认识的——

"我和他在暑期打零工发传单的时候第一次碰面，当时年纪小不懂事，我就想这个男生长得也太惹眼了吧，怪不得他一天能发那么多传单，我只能发他的一半。"

尹谌回想起自己的学生生涯，虽然家庭不睦，但他从未为生活发过愁，出入有豪车接送，他随口说一句"音色不好"，晚上到家就发现家里换了台百万级的钢琴。

那段时间，他想要什么就会有人送到手上，哪怕是现在，他所担心的事和承担的压力也与唐柊的截然不同，甚至毫无可比性。

换言之，这些如果由他来承受，他定然不可能像唐柊现在这般乐观开朗。

"不过后来我知道了，好皮相带来的也不全是好事，尤其是我们这些家庭条件不怎么样的。所以唐柊后来总是把脸抹黑一些。"苏文韫叹了口气，"说起来，我和木冬冬曾经有个共同的愿望。"

"什么？"

"希望自己以后可以过上不为钱发愁的日子，谁发达了都不可以

221

忘掉对方。"苏文韫话锋一转，语带威胁，"所以你也千万要对他好一点儿，他是个很好的人，也是个很不错的朋友。"

尹谌再度沉默。

苏文韫放下一只洗干净的碗，转身拿起干抹布，说："反正你也不会吃亏，他那种人，你对他好一分，他就会还你十分。"

尹谌心中泛起一阵迟来的酸楚，点头应道："嗯，我知道了。"

厨房里气氛还算和谐，一墙之隔的客厅就大不一样了。

唐柊和贺嘉勋一个负责扫地一个负责收拾桌子，偶尔经过对方身边就互瞪一眼，空气里充满火药味。

不过二人都是纸老虎，也没什么值得说道的深仇大恨。收拾完，唐柊拿了瓶饮料给贺嘉勋，听着唐奶奶房间里传出的《大悲咒》，二人各自揉了揉瞪酸的眼睛，然后不约而同泄了气。

二人互相跟对方说了句"阿弥陀佛，从前多有得罪"，以饮料代酒碰了个杯，贺嘉勋立刻把角色从敌切成友，问唐柊："你什么时候和尹哥关系这么好了？"

唐柊眨眨眼睛，问道："你跟苏苏不也是好朋友？"

"没有啊，"贺嘉勋摆出招牌苦脸，"他从来没说过我是他朋友。"

晚上送走贺嘉勋和苏文韫，唐柊和尹谌在老楼后面无人的空地上聊天。

"身体感觉怎么样？"尹谌问道。

"没事啦，"唐柊伸出胳膊给他看，继续道，"昨天打过针了，你看，针孔还在呢。"

唐柊的手臂很细，淡蓝色的青筋埋在苍白的皮肤之下，像条蜿蜒流动的小溪，静谧而脆弱。尹谌发现那个针孔在唐柊手臂上"安营扎寨"了。

他看了一会儿，低头让额前的碎发遮住眉目。

二人在寂静的夜里畅聊，谁都没有注意到老楼拐角处一晃而过的身影。

楼梯上响起慌乱的脚步声，林玉姝进到家里，没开灯，径直走到桌边拿起手机，拇指在一个归属地为首都的号码上停留许久，终是没有按下去。

错乱的呼吸逐渐平复,她放下手机,抬手按了按突突直跳的太阳穴,为自己刚才冲动之下差点儿铸成的错误自省。

这种错犯一次就够了,林玉姝想,办法那么多,总能找到避免鱼死网破的解决方法。

临近年底,时间在翘首以盼中走得飞快。

唐桉用废报纸自制了一张日历,过去一天就画一条杠,这天将"大雪"两个字画掉之后,他推门出去,寒风吹在脸上竟也不觉得冷了。

英语演讲比赛安排在周末,唐桉提前跟陈姐打了招呼,把工作都调到周六,到地方后把熨斗插上预热,哼着歌给没来的同事都倒了热水。

不知是不是前一晚看书看到太晚的缘故,下午唐桉眼皮狂跳,试过滴眼药水、闭目养神、在眼皮上贴小纸片等正方和偏方,均不管用后,陈姐找了个人替他,让他到后面休息半个小时。

唐桉有些迷信,被这跳个不停的眼皮弄得心神不宁,双手覆于眼上,发现左眼皮不跳了,右眼皮还跳得欢,更慌了。

听到外面有人喊他的时候,他猛一哆嗦,差点儿从椅子上摔下去。

唐桉顺着指引逐级而下,心里直打鼓,待看到一个女人的背影时,一口气正好悬到嗓子眼儿。

走近一看,他又倏地松了口气。

眼前的女人一身端雅的正装,头发也一丝不苟地梳起,跟他继母风格迥异。

唐桉走上前,试探地问:"请问是您找我吗?"

等到那人闻声转过来,他的呼吸再次停滞。

年逾四十的女人保养得当,面容姣好,可惜眉宇间凝着一抹哀愁,使得她笑起来仍有淡淡的疏离感。

"唐桉是吧?"女人嗓音柔缓,态度温和,"我是尹谌的妈妈。"

周日上午到达比赛场地时,唐桉的眼皮还在忽快忽慢地跳。

戴老师也早早赶来了,拉着尹谌在场外又过了一遍演讲稿,对他说:"正常发挥就好,不要紧张。"

"嗯，"尹谌应下之后，抬了抬下巴，指着坐在窗边的唐柊，"麻烦老师照看一下唐柊，他今天有些奇怪。"

上午九点，比赛准时开始。

英语比赛进行了多久，唐柊就发了多久的呆。除了轮到尹谌上场的时候，他的注意力集中了约莫十分钟外，其余时间眼神都没有焦点，梗着脖子靠着椅背，下意识地维持端正的坐姿。

戴老师起初对尹谌交代的"照看"不甚理解，见唐柊状态反常，还以为他在替尹谌紧张，中场休息时出去买了杯热咖啡塞给他，笑着说："刚才尹谌同学发挥得不错，语速和情绪都堪称完美，我看评委老师的表情也挺满意，拿个奖不成问题。"

唐柊愣了一下，明白戴老师会错了意，也没解释，弯唇笑了笑，说："嗯，他那么棒，肯定能拿奖。"

按照比赛规定，尹谌要在后台一直待到分数统计完毕宣布结果后才能出来。

由于尹谌赛前准备充分，临场发挥也很稳定，果不其然如戴老师推测的那般拿了一等奖。

尹谌在掌声中走到台下，把墨迹未干的证书递给戴老师，空出手刚要把外套脱下，就被唐柊阻止了。

"还没见你这么穿过呢，"唐柊觉得他身上这件大衣很适合他，"再多穿一会儿嘛。"

尹谌便放下手，不脱了。

散场已是午饭时间，戴老师本想带两个学生去吃饭，但她临时接到一个电话，有事着急走，就跟他们说附近的商业街那边有很多饭店，让他们放开了吃，回学校找她报销。

他们把戴老师送到路边，打开出租车后座的门，戴老师又转过身道："吃完别着急回去，难得天气好，多逛逛，那条街有不少适合你们年轻人玩的地方。"

二人在吃上都不讲究，在街东头随便进了家大排档，看见里面古朴别致的装修，尹谌才知道这是家名叫"南城大排档"的连锁店，菜单上也都是南城特色美食。

唐柊给尹谌点了个鸭血粉丝砂锅，说要扭转他对鸭血粉丝的态度。等菜上来，尹谌尝了一筷子，比学校门口的味道好些，但也没到美味的地步,他还是不习惯这里的口味。

他还点了一份桂花糯米藕,就是年初唐柊生日的时候在家里做过的那种。

"这个好吃还是我做的好吃?"唐柊问。

尹谌思考片刻,说:"这个不错,你做的更好吃。"

唐柊又拿起筷子夹了一片刚端上来的烤鸭,问:"这个烤鸭跟首都烤鸭是不是差不多啊?"

尹谌淡然道:"到时候尝过就知道了。"

唐柊嘴角的笑容凝固少顷,便又立刻弯起眼睛,把烤鸭送到嘴边,大口咬下去,说:"我猜应该差不多。"

吃过饭,二人沿街散步。

忙碌了大半个学期,难得有空逛街,他们本想看个电影,结果周末人多,场场爆满,没买到票的二人从电影院里出来,尹谌看见面前的招牌,问唐柊:"玩桌游吗?"

"什么是桌游?"

"一群人围在桌前玩的游戏,按时间计费。"

"打牌还收费?"唐柊咋舌,"我回去支张桌子,大家随便打。"

尹谌转头向他说明:"还有其他类型的游戏。"

唐柊并不好奇还有哪些类型,说:"我们就这样随便逛逛好了。"他一点儿都不在乎玩什么新鲜的游戏,只想到处逛逛。

他们所在的这条街是集吃喝玩乐于一体的综合型商业街,以提供购物服务为主。

这条商业街上的店跟龙藏河景区的店差不多,除了正经挂牌的店铺,也有许多门脸袖珍的街边小店。

唐柊爱逛这些小店,看到手工小玩意儿就走不动道,尤其钟爱卖镜子的,恨不得每面都拿起来看看。

"你有没有觉得这面镜子有些显白?"唐柊打开一面小圆镜亮给尹谌看。

尹谌不喜欢照镜子,目光一掠而过,应道:"嗯,白。"

唐柊撇嘴道:"你这个回答好敷衍,这明明跟刚才那个差不多。"

摊主们大多不喜欢唐柊这样光看不买的客人,给他打折他也不要,搪塞的理由是家里有三面镜子了,用不过来。

等到唐柊扭头前往下一个摊子时,尹谌便把刚才他拿在手上最久的那面镜子买了,上面印着一只白色的大耳狗,跟他画在笔记本上的一样。

大约是怕被唐柊责备乱花钱,尹谌付过钱就把镜子偷偷揣进口袋,塞进钱包的夹层里了。

不过唐柊这会儿也无暇关心,他的注意力全被旁边卖饰品的小摊子吸引过去了。

摊子没有招牌,边上贴了一张写着"全场925银"的白纸,这让尹谌想到了学校附近那家只写了"内设空调"的小饭店。

与众不同的是,这个小摊卖的全是饰品。

唐柊挤在人群中,低头扫视一遍,然后扭头冲尹谌招手道:"来看看这个钥匙扣,好漂亮。"

他给尹谌挑了一个,问:"怎么样,好看吗?"

尹谌不甚感兴趣地看了一眼,问道:"你的呢?"

摊子前人头攒动,尹谌从里面挑了一款递给唐柊。

"上面有星星,"尹谌说,"更适合你。"

后来它成了永生难忘的友情象征。

元旦前夕,一年的尾声,学校年级组召开了一次家长会。

距离毕业考试满打满算还有六个月,这次家长会的目的不在于汇报学生的成绩和在校表现,更多的是为了动员家长配合老师工作,照顾好考生的饮食起居和心理状态。

所以这个时候没哪个学生因为这场家长会忐忑不安,提前下课反而给了他们放松的理由,下午第二节课下课后,教室人去楼空,课桌上高高摞起的书也被收拾了个干净。

唐柊倒是没有着急走,入冬之后,唐奶奶身体有恙,他本打算跟老孙打招呼请个假,可唐奶奶认为这次家长会很重要,非要参加,于是下了课他就跑到学校门口接奶奶,顺利接到人才安下心。

家长们陆陆续续到了,一个来回的工夫,教室就满了一半。把奶奶送到自己的座位上,唐柊往第四组后排张望,见尹谌的座位还空着。

他拎起书包从后门出去,撞上正要进门的贺嘉勋。

"尹哥呢，已经回家了吗？我有道题想问他。"

唐柊答道："被老孙叫走了，不知道什么事。"

贺嘉勋挠头道："怪我，走到半路才想起来这张卷子明天要交，我又不敢抄别人的，要是老师上课点我名就完了。"

"这不是昨天做的吗？"唐柊看向他手中的数学卷子，"哪道不会啊？"

二人在楼梯拐角处找了块僻静地，贺嘉勋这边写道公式，唐柊那边点拨一下，不到十分钟就把问题解决了。

"木冬冬，你可以啊！"贺嘉勋赞道，"我还以为你平时的作业都是抄尹哥的呢，没想到还真有两下子。"

唐柊笑了笑，说："平时我也不抄他的啊，不然我考试怎么办？"

说到考试，贺嘉勋好奇地问了一句："你们想好报哪所大学了吗？"

唐柊想了想，答道："我会留在南城，他……我不知道。"

贺嘉勋"哦"了一声，随着唐柊的低沉也生出了点儿惆怅。

等到近五点，尹谌才从办公室出来。

唐柊没问老孙喊他干吗，也没关心晚上吃什么，垂着头一声不吭地走在尹谌身后。

尹谌不知道什么时候转过了身，问道："在想什么？"

唐柊抬起头，赶紧环视四周一圈，答道："没想什么啊。"

"看……看我干吗？"唐柊的声音越来越低。

尹谌把刚才的问题重复一遍："在想什么？"

唐柊咬了一下嘴唇，眼神飘忽，说道："在想……你怎么这么高啊，最近是不是又长高了？"

说完，唐柊蹦蹦跳跳地走在尹谌身旁，看着路上骑自行车的人，也想弄一辆，开口问道："你会骑自行车吗？不会的话就我骑，你坐在后面拉着我，再弄个挡风的，骑车吹风很舒服的。"

尹谌往他身后看了一眼，说："先把书包补了。"

唐柊将胳膊往后一伸，摸到位于书包侧面的破洞，一根手指畅通无阻地伸了进去，笑道："咦，昨天还塞不进去呢。"

"你这个书包还是别补了，"尹谌改口道，"换个新的吧。"

唐柊乖乖点头应道："正好陈姐那边快结工资了，到时候买个新书包。"

当过几天替补模特的尹谌说："我的工资一起结给你，买书包。"

唐柊摇头道："我不要，你拿去买点儿好吃的、好穿的，下个月就过年了。"

尹谌知道他舍不得花钱，便没再说什么，心中却有了想法。

家长会开了两个多小时，唐柊奶奶到家的时候正好赶上《新闻联播》，祖孙二人把中午的剩菜热了，围着小圆桌，边听边吃饭。

唐柊盯着收音机背后镜子里自己的半张脸，除了时间飞速流逝带来的关于回忆的零碎声响，耳朵里已经接收不到其他声音。

过了一阵儿，待唐柊断线的感官逐渐恢复运作，唐奶奶摸着唐柊鬓角的发，说："你那个朋友的名字是尹谌？好名字，也是个好孩子。"

眼底的水光汹涌颤动，唐柊霎时间明白了什么。

良久，唐柊深深吸了一口气，问道："您是不是也觉得……我做错了？不该和他做朋友？"

唐奶奶拍拍他的手，语调平静而缓慢地说道："我的宝贝没有错，是奶奶的错，奶奶已经错了一次，不会再错第二次了。"

七零八碎的回忆里，每个片段都裹着尖锐的玻璃，含着锋利的刀刃，随着风灌进身体，刺得唐柊指节僵硬、胸口钝痛，他看到镜子里的那双眼睛也浸染成赤红。

"可是……"

这些天被他刻意忽略的恐惧也如飓风般席卷而来，吹得人眼眶酸胀，声音也变得沙哑。唐柊时而端坐，时而迟缓地摇头，在脑海中一次又一次否定，又咬牙挣扎着从矛盾的另一端把自己拉回来。

可是他那么好，而我身上有这么多麻烦。

他跟我本该是两个世界的人。

"可是……"

唐柊抬起手，盖住苍白的面容。

可是我说过不会退缩……可是我还不想放弃这段友谊。

元旦三天小长假，南城天气阴晴不定，多数市民选择在家待着。

清晨下了一场小雨，尹谌给唐柊打电话的时候对方没接，他觉得唐栐可能还在睡，也可能是又背着他出去打工了。

思及唐栐这些天偶尔的反常，尹谌心里隐生不安，又不敢妄加揣测，更加不能追根究底，他不希望他们之间再发生上次那样的冷战。

尹谌点开短信，浏览了一遍前一天晚上的信息——唐栐说要学转笔，让他教，后来又说太难，不学了，让尹谌学他画简笔画，尤其是大耳狗，还开玩笑地命令尹谌年前必须学会。

最后一条回复停留在尹谌问他喜不喜欢菜园小饼那个新口味，唐栐的回复是："我不喜欢煮鸡蛋，还有蘑菇。"

当时尹谌没太在意，这会儿再看，反而察觉出一点儿不对劲来。

唐栐这阵子的反应，与其说是反常，不如说是急切——急切地学转笔，急切地想让尹谌记住他的喜好……

他的手指在屏幕上来回滑动，人也跟着焦躁起来。

他打算做些事来分散注意力，按捺住可能左右判断的负面情绪。切出短信界面，尹谌点开火车票购买页面，刷了几次页面都不出来，想来是雨天信号不好。

他走到阳台上，眼看信号跳向满格，刚要点刷新时，手机振动，一个电话不识趣地打了过来。

尹谌对着屏幕上归属地为首都的号码犹豫几秒，还是接了起来。

电话那头的尹正则语带笑意地问道："小谌啊，吃饭了吗？"

"吃了。"尹谌简略地回答。

"假期在家无聊吗？听说你们那边在下雨。"

对方打错电话的可能性在尹谌脑海中稍纵即逝，估摸着尹正则是查询了南城的天气情况，所以这也没什么奇怪的。

"不无聊，看书备考。"尹谌机械地回应着。

"好，认真看书是好事。"尹正则道，"学校看得怎么样了？首都这边的几所名校都有自主招生计划，你抽空过来一趟，爷爷替你安排。"

尹谌如实回答："我想留在南城，这里也有好学校。"

短暂的沉默后，尹正则笑着应道："好，你先看着，多对比总不会吃亏，爷爷不会干涉你的自由，不过这是关乎人生前途的大事，你拿主意前记得知会一声，爷爷找几个专家替你参详。"

尹谌不走心地应了，结束了这通无意义的电话。

来到南城后,尹谌便鲜少跟尹正则通话。挂断电话后好一会儿,他还是觉得哪里少了点儿什么,经过仔细琢磨,才想起之前每通电话对方都会提一两句尹谦最近如何如何,而在刚才的电话里,尹正则并没有提及他那位名义上的弟弟,言语中对他的关心也只增不减。

不过这事于尹谌来说并不重要,先前尹正则总是有意无意地提到尹谦,多少有高高在上引他对比、诱他回去的意思,现下放下姿态不再提及,不管是因为觉得多说无益放弃了,还是经人提醒发觉之前的做法不对,这一切都与尹谌没什么关系了。

尹谌用手机把寒假前往首都的火车票订好,返回屋里,正好碰上从他房间门口路过的林玉姝。

"爷爷的电话?"她问。

尹谌"嗯"了一声。

林玉姝刚才在厨房忙活,这会儿手上还沾着水,她将手在围裙上擦了几下,问道:"说什么了?"

"没什么,随便聊聊。"

林玉姝一向不喜他与首都那边联系,尹谌应付过去,忽又听见手机响,举起一看,是唐柊发来的短信:"我在你家楼下。"

以找同学有事为由,尹谌拿着手机就要出门。

林玉姝把他送到门口,嘱咐道:"可能要下雨了,早点儿回来。"

尹谌着急走,边应声边把鞋换上。

他一路小跑到楼下,看见倚靠在楼洞角落里的瘦削身影,三步并作两步冲到唐柊面前。

"过来怎么不说一声?"尹谌看着唐柊湿润的头发,"淋雨了?"

唐柊摇了摇头,声音闷闷地说:"没有,这是露水。"

二人又聊了一会儿,往成衣店去的路上,尹谌才迟钝地笑道:"原来中午也有露水。"

唐柊在拿钥匙开门,闻言略带薄怒地睨了他一眼。

二人进到屋里,唐柊奶奶不在家,他边开衣柜拿衣服边道:"最近天冷,奶奶身体不舒服,住院调养了,我今天回来拿点儿换洗衣服,想着新年第一天,就给你发消息了,没想到你在家。"说着扭头看向尹谌,"新年快乐。"

尹谌原想问"奶奶住院了为什么昨天不告诉我",还想问"你上午为什么不接电话",此刻竟一句也问不出口了。

唐柊手脚麻利,衣物收拾得很快。

见他把小收音机一起塞进包里的时候,尹谌问:"带这么多,不重吗?"

"不重啊,"唐柊用拇指擦了一下背面的镜子,半条手臂伸进包里,把它安置在最里层,"医院可无聊了,我和奶奶都爱听广播。"

听到尹谌没吃早餐,唐柊去厨房一顿翻找,只找到一个被遗忘在冰箱角落里的馒头。

尹谌三两口就解决掉了那个馒头。

唐柊说:"你肯定没吃饱。"

"那怎么办?"尹谌问。

这会儿已经过了饭点,外面也找不到什么吃饭的地方。

阴雨连绵的冬天,二人你一言我一语地说着话。

尹谌突然问道:"你想好去哪儿了吗?会留在南城吗?"

"不。"唐柊斩钉截铁地回答,随后又不说话了,轻轻叹息一声,思绪飘向了远方。

尹谌急切地想要知道唐柊未来会去哪里,他说不会留在南城,那他会去哪里呢?

"那你要去哪里?"

唐柊没接话,只问道:"新年礼物,不想要吗?"

尹谌一怔,唐柊将藏起来的礼物拿出来,放在自己身后,道:"我准备了好久的新年礼物……"

唐柊将手中的礼物递给他,尹谌看见唐柊递过来的礼物,虽然知道他老是给自己惊喜,但还是疑惑道:"怎么又买礼物?"

唐柊没有说话,示意他打开。

尹谌沿着盒子上方的蝴蝶结找到扣,将蝴蝶结解开之后,打开纸盒,发现是一个拿着糖葫芦的泥塑小人儿,小人儿穿着小袄子,戴着红围巾。

尹谌知道这是缩小版的唐柊。

过了一会儿,二人间又没话说了。

"有心事?"尹谌问。

唐柊微微蹙眉,似在忍痛,答道:"我在想奶奶住院的事情,没事。"

尹谌不放心,想要去医院看看唐柊奶奶。

唐柊拦住他,说:"奶奶就是年纪大了,身体有一些老毛病……也没有多大事儿。"

尹谌看天色渐黑,想要起身回家,这时,唐柊开口道:"吃了晚饭再走好吗?"

尹谌低声问:"你不去医院陪奶奶?"

"不用,奶奶让我今天在家里好好休息。"唐柊摇头道。

他们二人本来计划出去买食材,但是想到这天超市可能没有开门,便商量说吃面,随后去厨房捣鼓这天的晚餐。

唐柊在厨房算是主力,尹谌打下手,他们发现煮面的食材还是不够,决定去外面探探,万一有哪个小店还开着门。

尹谌他们准备出门的时候,"糖葫芦"一直扒着尹谌的裤腿,尹谌顺势将"糖葫芦"抱起来。唐柊看他想要抱着"糖葫芦"出去,示意他还是留在家里好,尹谌没有答应,他说"糖葫芦"既然叫他哥哥,那么他有必要带着自己的兄弟去看看外面的世界。

唐柊只好笑笑答应道:"带上它吧,但是你要看好'糖葫芦',不要让它走丢……"

两人一狗在冗长的街道走着,来到了一家超市。

唐柊拿了两包泡面、一瓶汽水、一包菜园小饼,尹谌则看上了小菜篮里的鸡蛋,他拿了四个。

回到成衣店,唐柊就立刻进厨房,尹谌本来想要帮忙,但是唐柊不让,后来尹谌抱着"糖葫芦"在客厅玩,之后又看了一会儿书,唐柊便端着两碗面进来,上面还卧着一颗鸡蛋,香气四溢。片刻,二人就将碗里的面瓜分干净。

天空收走最后一缕晚霞的时候,二人吃完饭坐在阳台休息,唐柊看着尹谌脖子上挂着的玉坠,问:"这个叫平安扣吧?"

"嗯。"

"看着就很贵。"

尹谌笑道:"给你,拿去卖了。"

唐柊摇头拒绝,说:"等我有钱了,我要买更好的。"

尹谌笑了笑,没说话。

安静不到十分钟,唐柊又撑着胳膊坐起来,掀开窗帘的一角往外头张望。

"你说,今年什么时候会下雪?"

尹谌也坐直身体看着窗外,回问道:"去年什么时候下的雪,还记得吗?"

"记得啊,"想到去年,唐柊暗淡多时的眼睛焕发出光芒,"那次在温泉旅馆。"

北风夹着细雨敲打窗户,唐柊又问:"那等到明年、后年、大后年……你还能记得吗?"

"你希望我记得吗?"

"当然希……"唐柊话说到一半就顿住了,突然改口道,"还是不要记得了,记得这些有什么用,忘掉吧,忘得越干净越好。"

不知为何,尹谌从他的声音里听出了哭腔,问道:"你怎么了?"

"干吗,你以为我哭了?"唐柊弯着眼睛笑道,"我就是在感慨人生而已。"

即使尹谌调动所有的观察力,也仍然无法在这张面孔上寻到一丁点儿类似悲伤的痕迹,仿佛刚才的一切都是他的错觉。

那天之后,刚从机器里取出来的火车票散发着油墨的清香,新买的自行车不用擦也能反射墙外的光,而说好与他同行的那个朋友,却毫无预兆地消失了。

尹谌找遍了南城所有能找的地方,家、学校、打工的场所、南城的各大医院,连唐柊曾经出过摊儿的天桥,还有二人都爱逛的龙藏河,他都一遍又一遍不厌其烦地找过。

成衣店铁门紧锁,透过窗户能看到里屋的一面墙,挂着的旗袍还是去年的款式,每当有脚步声靠近就狂吠不止的"糖葫芦"也不见踪影。

第一组第四排靠窗的座位空了十来天,已经积了一层灰。这天,苏文韫给唐柊擦桌子的时候,忍不住骂道:"你个没良心的,出去玩也不告诉我一声,等你回来,看我不揍你。"

郊区和市区的影楼尹谌都去过几次,陈姐也很着急,问他:"小唐去哪儿了?上次说好元旦假期来帮一天忙,可电话怎么都打不通。"

提起元旦,尹谌想到那天唐柊看向他说"新年快乐"时的样子,明明语气是郑重的,眼神却暗淡无光的。

他顿时明白过来,原来唐柊早有预谋。

原来那个时候他就准备要走了。

"你一个劲儿地问老师也没用,我也不知道他去哪里了呀。"办公室里,老孙被问烦了,对好学生也和颜悦色不起来,"唐柊确实请过假,你看这通话记录还在呢。"

尹谌上前去看,号码是熟悉的那个,时间是1月2号上午10点,通话时长两分零七秒。

"他有没有说请假去干什么?"尹谌问。

"只说家里有事,具体什么事一个字也没告诉我。"说到这里,老孙也有点儿不高兴,"都快考试了,刚开过会让家长们全力配合,这个时候家里有事,不知道是真的还是在找借口。"

周末,尹谌去了龙藏河风景区那家卖镜子的小店,在门口待了半个下午。

比起最初找不到人时的心急如焚,现在的他看上去还比较淡定从容,至少没人能从他的言行举止中看出急躁。

可只有尹谌自己知道,他已经有多少个夜晚没睡好过,不知拨打过多少次那个号码,以至于不打电话的时候,电话里那绵长的忙音似乎仍在耳边回荡,挥之不去。

店里的何老头看着门口站着的尹谌,怕他着凉,叫尹谌进去坐。尹谌侧身从窄门里挤进去,坐在唐柊曾经坐过的小板凳上,看着墙上挂着的镜子出神。

"今天怎么没跟小唐一起来呀?"

尹谌闻言愣住,过了一阵儿才回答:"他家里有事。"

所有人现在能知道的信息都是"唐柊因家里有事请假了",尹谌也不例外。他不知道唐柊还能去哪里,是真有急事还是找的借口,他为什么一声不吭地走了?为什么不接电话?什么时候回来?以及……还回不回来。

这些问题他已经在脑海中思考过无数遍,他宁愿简单一点儿,像苏文韬那样以为唐柊只是出去玩,忘了联系他,或者像老孙那样相信他所谓的"家里有事"。

尹谌仿佛走进了一条死胡同,将所有的片段用线穿在一起,非但寻不到症结所在,还越理越乱。

"我说呢,"何老头倒了杯热茶放在尹谌面前,道,"小唐肯定是有很重要的事。"

下午四点多,尹谌离开龙藏河,乘公交前往市郊。

路过梅山路天桥的时候,即便知道不可能看到那个身影,他还是忍不住透过车尾的窗户往身后张望。

周末往来行人熙攘,桥上那个角落已经被其他摊贩占领,他未见到那个跳着向他挥手的少年。

尹谌买票进园时天色已晚,他没往里走,在亮起彩灯的旋转木马前驻足良久。

拿着气球的孩子,欢声笑语的朋友……一幕幕画面自眼前掠过,通明灯火倒映在尹谌的瞳孔里,他从口袋里掏出手机,又一次拨了唐柊的电话。

冗长规律的"嘟"声好似没有尽头,随着意识飘离,尹谌甚至在想,他之前是不是都在做梦。

半个月过去,尹谌还没放弃寻找唐柊。

他费了一番工夫,找到之前那三个人所在的学校,在后门成功堵到了人。

那三个人信誓旦旦地说,天桥事件之后再没找过唐柊,连他长什么样子都快忘了。

在不断地思考和到处寻找中碰壁后,尹谌甚至开始反思自己,是不是他对这个朋友还不够关心,所以导致了这一切。

于是尹谌又抽空去街上为唐柊选了个新书包,是鲜亮又不过分高调的海蓝色。

买完书包路过旁边的店,看见挂在门口的一排围巾,想着唐柊常戴的那条已经起球,尹谌便走了进去,本想按照唐柊的喜好选个耐脏的颜色,又忽而想起在操场上戴着大红围巾奔跑的身影。

红色最衬他,还是红色吧。

拎着东西回到家,尹谌一面开门进屋一面编辑短信。

原本坐在客厅里的林玉姝跟到他房里,问他怎么买这么鲜艳的围巾。尹谌没说话,把东西放下,埋头继续打字。

林玉姝劝道:"马上就要考试了,学习上抓紧点儿,别总拿着手机。"

尹谌发完短信还是没应,他把大红色的围巾叠好放进书包里。

尹谌这副萎靡不振的模样令林玉姝感到失望,她忍不住语气重了些,道:"还有将近半年,就你这个态度,别说医科大学,专科都别想上。"

尹谌把书包拉链拉好,默不作声地转回书桌前,从桌角的一堆书底下抽出一张纸放在林玉姝面前。

是南城医科大学的自主招生申请表,上面已经盖了表示即刻生效的公章。

林玉姝匆匆扫了一眼上面的签署日期,瞪圆眼睛道:"什么时候的事?为什么不告诉我?"

"就最近,"尹谌终于开口了,"竞赛成绩下来之后。"

换言之,如果尹谌不是为了等竞赛成绩,可能会更早。

林玉姝用力捏着那张纸,说话的声音都有点儿发抖:"不是说好听听我们的意见,不随便决定去向吗?"

这似曾相识的话让尹谌皱起了眉,他道:"那是您的想法,我没答应过。"

"你!"林玉姝满面愕然,像是不明白事情为什么会发展成这样,"南城只是我们暂时的落脚点……"

林玉姝适时收住没说完的话语,面对儿子探究的目光,正搜肠刮肚地想该怎么接,这时,尹谌放在桌上的手机振动起来。

甫一接通,贺嘉勋的大嗓门就在听筒里炸开:"尹哥,你快来,我刚才有东西落在教室,回来拿的时候看见木冬冬了,就在老孙的办公室!"

电话都顾不上挂,尹谌扭头就往外走。

"你要去学校?去那里干什么?不准出去。"林玉姝追着他喋喋不休道,"你不准出去……你现在不听妈妈的话了吗?"

尹谌打开门,双脚跨至门外,听到这话,回过身望向屋内。

林玉姝看见隐没在黑暗中的一双眼睛。

一年多前,她一意孤行要带他走的那天,他也是用这样的眼神看着她,眼神里面有若即若离的陌生,还有无可奈何的悲凉。

其实他不是什么都不懂,他的叛逆就藏在沉默之下,只需要一个引子就能爆发。

时间刚过五点半,下雨天天黑得比以往都早。

在万家灯火中穿梭的尹谌犹如一头看准目标向前奔跑的豹,他奔跑的声音被哗哗的雨声所掩盖。

这天是休息日,学校正门紧闭,只有后门为来值班的老师敞开着。

尹谌以最快的速度冲进校园,越过操场,爬上高三年级的教学楼,在楼梯口看见办公室亮着灯时,他抹了一把脸上的雨水。

尹谌跑到门口,手撑门框,抬头看见里面只有老孙一个人,喘着粗气问:"唐柊呢?"

老孙被突然出现的尹谌吓了一跳,问道:"你这是从哪里来,怎么淋成这样?来来来,老师给你拿把伞。"

尹谌又问道:"唐柊呢,他去哪儿了?"

老孙弯腰打开柜子找备用伞,边找边说:"他呀,来办退学手续的,说要出国了,搞得我大老远从家里赶到学校来,这会儿应该在政教处领学籍了吧。"

待他找到伞,直起腰一看,门口哪里还有尹谌的影子?

虽然从理论上说南城的冬天比首都要暖和,但是这天刮的是阴风,寒气裹着雨顺着毛孔往骨头缝里钻,比首都的雪天还要让人难以忍受。

尹谌远远看见从综合楼里走出来的身影,唐柊正撑开伞往台阶下走,随后就被从雨幕里冲出来的人逼停了脚步。

站在雨中的尹谌浑身湿透,不知走了多远的路,喘得很厉害,吸气的同时雨水钻入鼻腔,他被呛得咳嗽几声,问道:"穿这么少,冷吗?"

唐柊下意识地低头看自己的穿着,高领毛衣加羽绒服,在南城已经足够过冬,反观尹谌,只穿了一件单薄的外套,看着才该是会冷

237

的那个人。

唐柊嘴巴张了张,似乎想说什么,可话到嘴边又没了声。

在平日的相处中,尹谌习惯了由唐柊引领话题走向,唐柊不言语,他也不知道如何开口,哪怕他其实攒了一肚子话想说。

"你去哪里了?"他终于还是挑了一个最想知道的问题。

然而唐柊并未打算回复,他垂眉敛目,苍白的唇虚抿,面颊紧绷。

尹谌又抹了一把脸上的雨水,他看出唐柊脸色不佳,以为他病了,于是想上前看看,刚踩上一级台阶,一声不吭的唐柊便往后退了一步。

"你出什么事了?"

"你来干什么?"

两道声音几乎同时响起,话音一落,唐柊就急忙接上,生怕被抢了先似的:"你来这里干什么?"

虽是问句,语气却无甚起伏,轻描淡写像和陌生人说话似的。

尹谌的心开始下沉,他突然意识到自己或许不该来。至少此刻,唐柊因为他的出现感到困扰,并且不想回答他。

他找了这么多天,做过各种各样的预设,即便眼下的场景并没有超出他的预料,但冲击仍然很大,大到他脑海中的所有疑问瞬间停止了喧嚣。

尹谌拣了个直接的问题问道:"为什么退学?"

"要出国了,"唐柊语气平淡地说,"有人要带我出国。"

尹谌本该接着问"谁带你出国",但他视线往下,瞥见了唐柊手里拎着的崭新书包,想到家里新买的那只,他突然失声了。

半晌,他才重新找回声音问道:"为什么?"

"为什么?"唐柊反问自己,而后自嘲一笑,"因为过够穷日子了,又要上学又要打工,这种每天吃不好、睡不好的日子,我早就过够了。"

尹谌站在雨中,冷峻的目光穿过雨幕审视面前的人。

唐柊似乎看出了他的不相信,继续自嘲般说道:"你不是听过我那些传言吗?那些都是真的,我为了钱,不管亲生父亲的死活,我还为了钱做过利用别人的事情,之前那几个人就被我利用过,所以他们恨我,想报复我。"

说到这里,唐柊扯了一下嘴角,任由覆住瞳孔的睫毛掩盖神情,说道:"你不会还不知道我是个见钱眼开的人吧?"顿了顿,他又添上一句,"你可真好骗。"

尹谌的心被这个"骗"字扎了一下,只轻轻一下,便摇头否认道:"不可能。"

这三个字的重量仿佛压过了刚才所有的话语,唐桄拧眉,后槽牙也跟着咬紧,不过只有短短一瞬,就像寒风吹到身体里,须臾就被热血所融化,无人得见那一丝心悸。

"有什么不可能的?"唐桄举起左手上的书包,"这就是要带我出国的人给我买的,看见了吗,名牌,我打两个月工都挣不来这么多钱。"

尹谌的目光不得不转移到那个他没敢多看一眼的书包上,海蓝色,和他买的那个一样,尹谌艰难地呼出一口气,摇头道:"我不信。"

"随便你信不信,反正我要走了。"唐桄的声音依旧是冷的,他没有移开视线,似是想借此证明自己的坚定,"以后我们不要再见面了,我之前都是在利用你。"

言罢,唐桄抬脚顺着石阶向下,他走得有些急,脚步溅起一层薄薄的积水。

他把该说的、不该说的都说了,可经过尹谌身旁时,他还是被拽住了。

"我有钱,"尹谌的声音很低,他说了自己从前最不屑提及的事,"我有钱,我也骗了你。"

果不其然,唐桄喉咙里溢出一声轻笑,讥笑道:"我知道你有钱,早就知道,你要是穷鬼的话,谁会跟你当朋友?"

尹谌好似被狠狠打了一棍,身形猛地一颤。

哪怕不愿承认,尹谌还是清楚地知道自己身上有着富贵人家的生活习惯,比如家务活什么都不会。

在南城的这一年多,他学会了很多从前接触不到的东西,看到了许多从前不曾在意的风景。

可唐桄教会他笑,教会他对人付出,让他明白什么叫真正的友谊,却唯独没教过他该如何挽留。

如今最后的筹码也宣布无效,能说的便只剩下徒劳的一句——

"你别走。"尹谌沉沉地说道。

天气明明很冷,置身其中的人却感到呼吸窒闷,接踵而来的便是一阵眩晕，不知是否因为受到下雨的干扰，唐柊膝盖发软，险些摔倒。

不过即便真的摔了，他也有许多搪塞的理由，比如下雨地滑，比如没看清台阶。

"是有钱人又怎么样？可是你现在没钱啊。"唐柊稳住心神，雨声盖住了嗓音中的微颤。

听完这句寒冰利刃般的话，尹谌还是觉得哪里不对，料想一定是哪个环节出了什么问题，他仍然不相信眼前荒谬的一切。

可脑海中一片杂芜，他找不到问题的根源，只想把人留下来，便继续说："书包，我给你买了，还有你喜欢的……"

他伸出一只手去摸口袋里的钱包，还没摸到夹在里面的镜子，唐柊忽然松手把伞扔在地上，去扯书包的拉链。

打开包，他拎着底部倒着抖了几下，里面的东西"哗啦啦"散落一地，除了本子、笔、两包菜园小饼、装学籍的文件袋等杂物外，还有那台他总是随身携带的小收音机。

唐柊弯腰把文件袋捡起来，没抖干净水就塞回书包里，看也没看那台滚落到台阶上的收音机，说："你的，都还你，我不要了，我以后用不着这些东西了。"

尹谌突然觉得近在咫尺的人很陌生，他好像从来没有真正了解过面前的人。

那堵横在二人之间的墙原来一直都在，从来没有消失过。

唐柊拎着书包捡起伞，走得很急，仿佛一刻也不想多待似的。

他脚步仓促，不慎踢到了地上的东西，那台小收音机打着滚儿翻下台阶，一个用来装饰的金色按钮掉落在一边，机身上的镜子瞬间积了一层雨水，镜面四分五裂，好不狼狈。

一如雨中的尹谌，只能独自伫立原地，看着那个背影愈行愈远。

那天回去之后，尹谌就病倒了。

向来身体强健的他难得生一次病，小小的感冒竟也如此来势汹汹，连续数天高烧不退令他神志恍惚，在高热的不断起伏反复中，他做了一个既离奇又真实的梦：

眼前是一条长而幽深的巷子，路灯发着昏黄微光，清爽的风吹过低矮的灌木丛，夹杂着似有似无的狗叫声。

他走在这条看似没有尽头的路上，和他说着悄悄话的人忽然不见了，任他到处找、放声喊也遍寻不见。

醒来后的尹谌从床上翻坐而起，推开门就冲了出去。

等到站在楼下，尹谌茫然地看着过往的行人时，才从浑浑噩噩中抽离，厘清了这场荒诞幻梦。

尹谌再回学校时已临近期末。

期末考试前，几所本地大学的自主招生结果下来了，同学们纷纷恭喜尹谌。

贺嘉勋格外羡慕道："接下来几个月可以躺在家里玩了吧？"

尹谌没答话，默默地把通知单叠起来夹进书里。

班里也有人关心唐柊的去向，苏文韫不相信他会出国，戚乐觉得事情来得太突然，贺嘉勋也好奇他去了哪里，不过谁都没有问尹谌到底是怎么回事。

其实尹谌并不难过，至少看上去和之前没什么不同，依旧懒懒散散，冷着脸不苟言笑，对周遭的人和事也漠不关心。

连接到关于他的处分通知时都如同局外人般冷静。

校领导在国旗下讲话时，尹谌被叫到台上，教导处主任在全校师生面前宣读了他在半个月前挑衅他校三名同学的恶劣行为，问他是否知错。他抬起眼睫，淡淡地扫了一眼台下众人，没有解释。

这在老师们眼中"不识好歹"的举动让他差点儿被记过，虽然他对此并不在意。

最后还是尹正则找领导求情，替他写下保证书才大事化小。

受人恩惠，不忘图报。事后，尹谌在林玉姝的授意下主动给首都的家去了个电话，并且在尹正则放低姿态的试探询问下，答应过年回首都待几天。

大约同样出于回报心理，这次林玉姝不仅没阻拦，还在送尹谌去机场的路上叮嘱他不要顶撞爷爷，也没再提什么"让他们将来后悔"之类的话。

腊月的首都天寒地冻，在尹家空旷的大宅里待了两天，尹谌就坐不住了，撇开聒噪不已总叫他一起玩的尹谦，一个人到外面闲逛。

他没坐尹家的车，也没乘地铁、公交，而是缓步走在首都街头的人行道上，在曾经走了十几年的道路左手边拐弯儿，进到青瓦灰墙的胡同里时，抬头看见墙头下驻留的小摊儿。
　　那是一个卖糖葫芦的小摊儿。
　　与近年逐步发展成有玻璃箱和顶棚的现代化摊点不同，这是个街头老式流动摊点，一辆二八大扛自行车架着一根插满糖葫芦的草靶子，简单而破陋。偶有几个拿着零钱的小孩儿来买，一张五元纸币换一根红彤彤的糖葫芦，当即便剥开糖纸舔了起来。
　　这让尹谌想起吃糖葫芦时无比珍惜的那个人，还想起他说过要来首都把糖葫芦当饭吃的幼稚言语，他扯动嘴角似是想笑，忽而愣怔一下，回过神，眼中刚升起来的温度又慢慢冷了下去。
　　回去的路上，天空下起了雪。
　　首都的雪不似南城那般婉约含蓄，起先还打着转儿飘飘洒洒，不多时就如同雪白的纸片被风吹得四下飞舞，弄得人头顶、肩上到处都是。
　　有几个年轻人在飘雪的胡同口拍照，欢声笑语，好不热闹。被隔绝在喜悦之外的尹谌只在路灯下停留了一小会儿，他仰头朝上望，琥珀色的瞳孔映着黑沉沉的天空。
　　临走前，他从口袋里掏出两张已经过期的火车票，扬手扔进身旁的垃圾桶里。

　　年后开学，距毕业考试只剩不到四个月。
　　南城的天气跟去年一样回暖很快，准考生们苦中作乐，学习之余还是乐于讨论那些道听途说的趣闻。
　　比如二班的唐柊其实身体有病。
　　人家在的时候，他们背地里讨论，无论真的假的，先嘲笑一番再说；人家走了还不放过，依据几个不知真实度有几分的片段，把前因后果条分缕析，仿佛自己就是当事人。
　　不过在这件事上，至少唐柊身体不好是事实。有个家里亲戚在医院上班的学生说去年看到唐柊在那儿挂过号，还拍了照片留底，当时没人信他的话，现在将照片往论坛上一传，所有见过唐柊的人，哪怕只有一面之缘的，都跑来证实这就是唐柊本人。

这天奥赛省队的负责人来到学校，当面跟尹谌签了进队协议。

他进省队的理由旁人不清楚，但走得比较近的几位多少知道他当时同意主要是因为唐柊鼓励他进，希望他留在南城。

在毕业考试来临之前最后的时间里，恣意张扬的青春提前宣告结束，连同那些偶尔的躁动和叛逆也一并消散。

尹谌像周围所有学生一样，将学习摆在第一位，看上去很听话，从不让家长和老师操心，仿佛已经没有什么事能再牵动他的情绪了。

他还是参加了毕业考试，取得了全校第一的优异成绩，并且听从母亲的建议，在填报志愿时选了比南城医科大学更好的首都大学医学部。

离开南城的那天，林玉姝来到他的房间，说："把要穿的衣服收拾一下就好，别的不用带，到首都再买新的。"

尹谌应下了，他在这里住了不到两年，房间小，空间不足，本来就没添置什么物件。

"回到首都，就把这里的人和事都忘了吧。"退出房间时，林玉姝劝道。

收拾东西的时候，尹谌归置出了一堆没打算带走的物品——

一件绣着白色补丁的校服，一只崭新的书包和书包里的一条大红色围巾，一个掉漆的悠悠球，一盒用了一半的蟑螂药，一包用来防梧桐絮的黑色口罩，还有一盆养在窗台上没怎么浇水也长得茂盛的葱。

每当他以为自己的东西就这么多，应该没有了时，却总能在意想不到的地方再翻出点儿什么，比如床底下翻到了用来装咸鸭蛋的泡沫盒，还有插在窗帘破洞里的一根光秃秃的花枝。

尹谌习惯独来独往，所以来到南城的时候只带了一个行李箱，并拒绝在房间里添置多余的物品，因为他知道迟早会离开这里，不必再添累赘。

可是为什么这些早已没用了的东西，在打扫卫生的时候，全部都被他忽略了？

尹谌抬手掀开窗帘，由于没把握好力度，扬起的帘角将窗台上的花盆碰倒，随着刺耳的碰撞声，花盆摔得粉碎。

他狠狠呼出一口气。

带不走的、留不住的,索性全部都丢掉吧。

尹谌躬身将那些东西一件一件扔进垃圾桶。

没有人知道,尹谌讨厌秋天,也讨厌下雨。

他以为唐柊是他的悠长夏日,为他延续阳光、驱散迷雾,陪他度过短暂冷寂的秋,给他对未来抱有憧憬的理由。

孰料故事的结尾,只有他守着这堆腐朽无用的记忆,念旧得像个拾荒者。

而另一个人早把一切都抛弃得干净彻底,让他看到微茫希望后,又把他一个人留在了黑暗里。

第八章　再回南城

滂沱的冷雨从蒙着一层雾的回忆里蔓延到现在。

如果把头顶黑色的伞比作一个巨大的铁笼，那么尹谌就是被关在笼子里的人。

他挣扎过，也尝试过走出去，可往事就像沉疴旧疾，看似已经治愈，但每逢阴雨天还是会时不时钻出来刺他一下，提醒他别忘了它的存在。

而亲手造就这一切的人却说想忘掉过去。

等了一阵儿没得到回应，唐柊鼓足勇气追问道："我们重新开始做朋友，好不好？"

尹谌仍不作声，抬脚往前走，他步子迈得很大，全然没有顾及伞下的另一个人。

唐柊急忙跟上他的脚步，未愈的脚伤限制了唐柊的速度。唐柊还带了东西放在楼洞口。等唐柊把长达一米的扁平纸箱抱起来，连蹦带跳地跟进住宅楼时，差点儿没赶上电梯。

这会儿没有其他住户进出，电梯轿厢里只有两个人。

唐柊把沉甸甸的箱子放在地上，一只手扶着，一只手擦了把脸，呢喃道："待会儿想借你家卫生间一用。"他理了理湿漉漉的头发，平复了一下呼吸，"如果有干毛巾就更好了。"

尹谌恍若未闻，电梯抵达楼层，他率先走出去，掏钥匙开门，并在唐柊试图用手上的箱子卡住门缝的时候抬手抵住纸箱边缘，连人带箱子一块推了出去。

由于力道拿捏得准，唐柊后退两步就站稳脚步。他连忙抢上去，只来得及对门缝喊一句"等等我"，接着便听到"砰"的一声，门在眼前重重关上。

周遭恢复安静。

半响,唐柊垮下肩膀,垂头丧气地呢喃道:"说好的没地方去就随时来找你呢……"

唐柊声音很小,几近自言自语,因为他也没底气,当年的承诺放到时过境迁的现在,如何能作数?

不过唐柊转念一想,好歹进过两次门了,尹谌也没么抵触,于是重燃斗志,放下箱子,打算就在这里干活儿。

他边拆箱子边倒抽气哆嗦着喊冷,一方面淋了雨确实冷,另一方面希望门内的人能听到。唐柊认为这不算卖惨,只是合理利用现有条件而已。

大约是听到了他的祈祷呼唤,刚拆到一半,门开了。

在唐柊惊喜的眼神中,尹谌站在门口,递过来一条叠好的浴巾。

"谢……谢谢,"唐柊接过浴巾,有些语无伦次道,"那……那我刚才的提议,你……觉得怎么样?"

"不可以,"尹谌的声音依旧冷淡,"走吧,请你以后别来了。"

雨下了一整夜,到次日凌晨才渐渐停歇。

尹谌起床后先把窗户打开换气,油倒进锅里还没热,外面门铃就响了。

来人是小区物业的员工,客气地道了"早上好",便侧身引尹谌往入户花园拐角处看,说:"昨天晚上我们就在监控里看到了,怕打扰您休息,没有立刻来问,现在想问一下这个衣架是您买回来暂放在这儿的,还是丢掉不要了的?"

看到立在门口约有一人高的挂衣架,尹谌先是愣了一下,很快便想起这是前一天唐柊扛上来的东西。

小区环境守则明令禁止在楼道里堆放物品。所以尹谌向工作人员表达了歉意,并表示会尽快处理。

工作人员走后,尹谌观察了一下这衣架的拼接方式,打算先拆了再说,可这衣架的主杆不知是用什么工具拧死的,徒手拆不开,没办法,他只好先把它搬进屋里。

不知是不是测量过大小,衣架的圆形底盘恰好能卡在门口的鞋柜和门框中间,进门换鞋脱衣时,顺手把外套挂在这里正合适。

将衣架摆正，贴在顶上的便利贴掉了下来，尹谌捡起来看，上面的字迹与之前留在门口的一模一样："浴巾我带回家洗啦，明天见！"

想到今天就是他口中的"明天"，尹谌不由得轻叹一口气。

上午早早到了医院，换上白大褂之前，尹谌先从抽屉里拿出工牌。

尹谌所在医院的外科是三年前成立的，带他的刘医生当年从专科医院调来这里，现在是外科最具权威的一把手。

尹谌先去查房。

上周做完手术的病人刚醒不久，恹恹地靠在床头，由着护士给她测量体温，见到尹谌走进病房，努力扬起嘴角说道："医生辛苦了！"

"辛苦的是刘医生！"尹谌谦虚地说。

"你们都辛苦。"病人身体虚弱，吐字比较缓慢。

他翻开挂在床头的配药表，各种对身体损伤极大的强效药物令尹谌眉头蹙起。

他终是没忍住，说道："你这种情况，其实可以只修复，不摘除。"

"当时刘医生也这么对我说，是我要求摘除的。"病人笑着摇头道，"我宁愿担一时风险，哪怕会缩短寿命，剩下的日子痛痛快快地过，也比受那不知道什么时候是个头的罪来得好。"

中午在食堂用餐时，尹谌还在想这件事。

不过这都是病人自己的选择，他作为医生，职责便是向病人道清利弊，协助治疗，其他的则无权干涉。

下午作为助手配合完一台手术后，他拿起刘医生借给他的过往手术记录翻阅，刚看了一页，刘医生便进到办公室，叮嘱他："这个星期的值班都取消掉，这几天准备一下，周四跟我去南城。"

细问之下才知道是有一台紧急的外援手术要做。

既然刘医生已经安排好了行程，尹谌自是应下。

能作为随行助手跟去观摩学习，对尹谌来说也是个增加经验的好机会。

虽说被外派去南城不用值班，但尹谌还是站好了最后几班岗，并把周四和周五的夜班调到了下周。

在前台登记的时候，江瑶问道："你们要去南城吗？听说那边的鸭血粉丝很好吃，龙藏河也很漂亮。"

尹谌"嗯"了一声，接过申请表签名写日期。

晚上江瑶也在急诊楼值班，这天的急诊患者很少，格外清闲，她跑前跑后地给在看手术记录的尹谌倒了几次茶，还拿了个颈枕给他，让他周四带上飞机用。

"咱们医院很小气的，没有低价机票说不定会给订高铁票，带着这个，在火车上也能好好休息。"

在周围几个医生的窃笑声中，尹谌拒绝了她的好意，说："四个多小时，不算长。"

有个医生好奇地问道："你去过南城？"

"嗯，去过，"尹谌顿了顿，淡然道，"在那里念过书。"

时针走过数字"12"，尹谌零点准时下班。

尹谌跟其他医生做好交接工作后，脱下白大褂，顺势收拾好桌面，走出了办公室。

尹谌这天没开车，这个点地铁也已经停运了，于是他边走边看路况，路上似乎没有出租车经过的迹象，于是他拿出手机打算叫网约车。

行至医院大门外时，尹谌被从角落里蹿出来的人影逼停了脚步，眼里也跟着浮起一抹惊讶。

谁能想到他会跑到医院来等？

"当医生都这么辛苦的吗？怎么这个点才下夜班？"来人毛衫外裹棉袄，脸冻得发红，哆嗦道，"都过零点了，说好'明天见'的呢？"

尹谌不记得自己什么时候答应过他"明天见"，叫完车把手机揣回外套口袋，抬脚绕过面前的人就往路边走去。

从医院正门到能停出租车的马路边约莫五百米的距离，唐柊小跑着跟上，抓紧所剩不多的时间跟尹谌搭话："那个挂衣架好用吗？我看那个颜色跟你家装修风格挺配的，你不喜欢的话我再去换……本来还打算给你做早餐，可惜你没让我进门……今天我收工早，幸好看了大厅里的排班表，先找了个咖啡店坐了会儿……可你上班为什么不开车啊？打车多麻烦……能不能走慢一点儿啊，我都快跟不上了。"

连绵不断的话语回荡在初秋的夜里，让人想起曾经有过差不多的场景，也是一个走在前面，一个跟在后面叽叽喳喳，那时候冷清的夜会瞬间变得热闹。

然而这次尹谌不会为他放慢脚步了。

"我不是让你别来了吗?"

唐柊似是料到他会这么说,咧开嘴笑道:"你不让我去你家,没说不让我来医院啊。"

尹谌抿抿唇,道:"医院也别来了。"

"为什么呀?"唐柊跟得艰难,刚走一小段就开始喘,"我……我脚伤还没好呢。"

尹谌眉头紧皱,说道:"静养就能好。"

临近站台的时候,尹谌忽然停住脚步,他默不作声的时候气场会变得更强。

唐柊双手扶着站台边的栏杆,八卦道:"我发现江护士好像对你有意思,那天崴脚来医院碰到你,我看她看你的眼神就猜到了。"

"跟你没关系。"尹谌冷声说。

"谁说跟我没关系?"唐柊眨了一下眼睛,语调上扬,"你要是喜欢她,我就努力撮合你们,这样你也许会因为感动而跟我和好,和我继续做朋友呢。"

他没把唐柊的话放在心上,等出租车来了便打开车门坐上去,唐柊行动不便,慢了一步,追上去拍车窗,要把浴巾还他。

尹谌没理会,窗户都没给开,向司机报了地址,未熄火的车子拐进主路就加速开了出去。

他的目光扫过后视镜,看见上面有一个因为距离拉远而越来越小的身影,尹谌不知怎的想起了那个在雨中渐行渐远的背影。

接下来几天是连轴转的忙碌。

外科是医院最忙的科室,尹谌既要配合刘医生查房坐诊,又要进手术室学习,下午到晚上还有值班。周四上午去机场之前,他还穿梭于各个病房,交代病人这两天的饮食及用药的注意事项,等到上了飞机,他又拿出医学相关的书开始阅读。

同行的医生见了,不免咋舌道:"尹医生未免太辛苦了,这点儿时间都不放过。"

尹谌笑道:"习惯了。"

回顾念书的那几年，尹谌也不比现在轻松多少。那时候尽管有假期，但他宁愿留在学校，要么泡在实验室，要么待在图书馆，尽量让自己忙起来，忙到没空想别的，那些扰乱心神的东西就没办法见缝插针地钻进脑海。

两个小时后，飞机缓缓降落在南城机场。

一行三人刚出站就被邀请方医院的专车接走，从郊区一路开到市区，直接停在医院门诊楼前。

众人先去会议室为即将进行的手术开了个短会，紧接着就到医院附近的饭店用餐。桌上一瓶酒都没开，一桌的医生边吃边讨论手术案例，一顿饭硬生生吃成了学术交流会。

吃完饭离手术开始还有一些时间，尹谌走出休息室，站在走廊尽头的窗前极目远眺，以此放松紧张的情绪。

相比七年前，南城的高楼大厦变多了，老城区的低矮房子少了，路边的梧桐树依旧高大茂盛，泛黄的树叶在初秋微凉的空气里随风摇曳。

一切都变了，可又好像还是旧时的模样。

医疗资源准备充分，同时医务人员分配合理，下午的手术进行得很顺利。

手术结束后，留了两名医生观察病人情况，其余人分批前往专用更衣间换衣消毒。

"这位患者被送来我们这里的时候已经失去意识了，"当地医院一名与尹谌同行的男医生边走边说，"擅自移动可能会加剧病情，所以才请你们过来。"

尹谌点头表示理解。

年轻的男医生也少有机会参与这样的大手术，言语中难掩兴奋道："幸好手术很成功！"

来到卫生间，男医生才松了口气，说："这次手术真是惊心动魄，刚才我在边上看着主刀医生，大气都不敢出。"

尹谌摘下口罩和手套，拧开水龙头洗手，闻言只应和一声，表示自己在听。

"说起来，我刚来这里实习的时候，带我的老师说我们医院曾经独立接过一例类似的手术。"

提到专业相关案例，尹谌来了点儿兴趣，问："成功了吗？"

"不知道，我问手术结果如何，老师就摇摇头不说话，"男医生耸肩道，"八成是失败了吧。"

他刚想问是哪一年的手术，这时，挂在更衣室的外套口袋里的手机突然响了。

尹谌擦干手，拿出手机一看，是贺嘉勋打来的。

"看来手术已经做完了，半个小时前还打不通呢。"

来南城之前，尹谌在贺嘉勋的追问下把自己到南城做手术的事情说了，这家伙比谁都激动，上飞机前就不停地发消息跟他确定时间，这会儿更是不放过，非要他去参加同学聚会。

"尹哥，你看多巧，同学聚会刚好安排在你来南城出差这天，这都是老天的安排啊！"

尹谌还是不太想去，说："晚上医院这边会安排食宿，你们玩。"

贺嘉勋还是不放弃，一直在劝说："我们这儿还没开始呢，你赶完那场再来我们这场也行啊。"

"不了，不耽误你们时间。"

"一点儿都不耽误，我这都快到医院门口了，尹哥，你啥时候好了喊我，我载你过去，你是不知道，班长再三叮嘱我今天务必把你弄去，不然就别说自己是高三（2）班的人。"

无奈之下，尹谌只好去向刘医生请假。

刘医生听说他要去参加同学聚会，不仅不阻拦，还很支持，大手一挥道："跟我们这帮老头子吃饭聊天多没意思，赶紧去吧，别让同学等急了。"

尹谌原以为只是一场小规模的普通聚会，到地方才发现比预想中正式得多。

也许是考虑到大家都已经走上社会，不再是十来岁的小屁孩儿了，所以这次聚会定在市中心某高档酒店的一个大包厢里，除了学生，还请来了当年三名任课老师。

尹谌刚进门，就被坐在靠门口位置的老孙叫住了。

"听说在首都的三甲医院做医生？好啊！"已经五十来岁的老孙

鬓生华发,气色倒是跟从前一样好,拍着尹谌肩膀的手也不减力道,"我们班五十来个人,数你最出息,最给老师长脸。"

有个同学插嘴道:"老师,您这么说我们可就不乐意了,我们就没出息?就给老师丢脸了吗?"

包厢里气氛还是比较融洽的,大家你一言我一语地对班主任的"偏心"表示不满后,还是分外热情地招呼尹谌去自己那桌坐。

最终贺嘉勋凭着接人有功胜出,把尹谌拉到里面最清静的那桌坐,那里苏文韫已经给他们留好了位子。

这桌几乎坐满了,同学们纷纷喊着"全校第一来了"起身恭维他。

逐一寒暄之后,尹谌好不容易得空坐下,其他桌的又三五成群地挤过来搭话。

他们这批学生留在南城念大学找工作的占大多数,所以聚会随便一喊就都来了,后来分去别的班的一些同学也有联系,哪怕有几个在外地或者有事赶不回来,五张大圆桌仍坐得满当当。

这里面除了尹谌学医学制长,其余的念完大学之后便都出来工作了,用苏文韫的话说就是"社会气息很浓",不像尹谌,不抽烟不喝酒也不爱插科打诨,还跟以前一样寡言沉稳。

一身正装打扮的戚乐拎着红酒来到这桌,一脸羡慕道:"那可不,'校草'离开学校还是'男神',不像我们面临中年危机,啤酒肚都要出来了。"

贺嘉勋摸摸肚子,笑道:"这可别瞎说啊!班长,都是二十来岁正当年,哪来的肚子啊!"

"没来也在来的路上了,"苏文韫还是一贯地爱跟他斗嘴,"基因不一样,没得选。"

关于尹谌是首都尹家人的事,在座的同学也多有耳闻。

当年他们毕业考试时是全省统一试卷,并没有按地区划分难易,尹谌当年以转学生的身份斩获全校第一,是当之无愧的佼佼者。

因为过于优秀,众人的视线有意无意地向尹谌身上扫过去。

尹谌尽量避开这些视线,把这当作一次普通的应酬。

他想低调,可惜别人不放过他。

曾同班过一年的蔡晓晴在开席后姗姗来迟,看见尹谌就走不动道了,挤开贺嘉勋,坐到尹谌边上,抄起酒杯就要跟他敞开肚皮对饮几轮。

"当年我眼睁睁地看着你从'班草'变'校草',再变成整个南城所有学校的'草',把我气得呀。"

见蔡晓晴捶胸顿足,苏文韫乐不可支地问道:"你气什么啊?"

"就算知道自己没有得手的机会,我也不想看着别人得手啊,"蔡晓晴还是跟从前一样豪迈敢说,"帅哥不该放着大家一起欣赏吗?"

周围几个女生跟着附和,笑声未落,有个人尖着嗓子说了一句:"可惜不知道最后哪个女神会夺走咱们尹大神的心。"

尹谌拿起桌上的饮料喝了一口,不说话也不笑,没人看出他在想什么。

最后是贺嘉勋借干杯为由把氛围重新炒热,这时包厢里开了音乐,苏文韫作为曾经的文艺委员,主动上台献唱,台下酒杯碰撞声四起,方才消解了刚才短暂的尴尬,包厢里其乐融融。

直到包厢门被敲开,一个服务员探头进来,说又有客人来了。

戚乐以为是某个当时说没空结果临时又有空的同学,忙叫服务员把人带进来。

待到一身休闲打扮的男人走进来时,大家还在七嘴八舌地吹牛,一个喝大了的同学不管三七二十一倒了杯酒递到门口喊道:"来晚了,自罚三杯啊。"

只见那人眉眼弯起,左手接酒,右手摘口罩,然后仰头一饮而尽。

在场的同学看清来人的脸,热闹的包厢顿时鸦雀无声。

放下空酒杯,唐柊朝众人展颜笑道:"不好意思,我来晚了。"

同学聚会还要继续。

戚乐喊服务员加张椅子,椅子到了,唐柊自己拎起来走到苏文韫和尹谌中间放好,一屁股坐了下来。

桌上众人面面相觑,被中断的话题也不知该如何续上,喝酒的喝酒,吃菜的吃菜。

然而唐柊表现得十分自适,先跟周围几人道了"好久不见",然后就拿起筷子夹菜吃。他吃得很快,似是饿狠了,见对面几个同学一直盯着他瞧,就抹一把嘴,冲他们笑道:"午饭没吃就赶过来了,幸好你们剩了不少菜。"

刚才在门口离得远，这会儿距离拉近了，唐柊随便一个笑容就让对面的几个女同学目光躲闪，耳根发热。

又有别桌的人怀着点儿对比的心思伸长脖子往这边看，看完即便嘴上不说，心里也无不服气地想，明星就是明星，到底跟他们普通人不一样，无论是侧脸还是正脸，五官无论是拆开单看还是合在一起看，都完美得无可挑剔。

也许是被瞩目惯了，唐柊非但不尴尬，与别人对上视线时，还会和气地打招呼。虽然从前跟班上的大部分同学关系都一般，但唐柊很神奇地能记住所有人的名字，且都能跟脸对上号。

慢慢地，有几个从前不熟但没有交恶的同学怀着好奇心来跟他搭话，问他当年跑哪里去了。

"出国了，"唐柊问隔壁桌的老孙，"老师，你没告诉他们吗？"

当年他在班上也是前几名，算得上是老孙的得意门生，如果留下参加考试，至少能拉高班级升学率，是以老孙对他爱恨交加，吹胡子瞪眼没好气地道："告诉了，告诉大家你跑国外去了。"

唐柊笑嘻嘻道："就是这样，这两年才回来的。"

去年年初，唐柊以平面模特身份出道，接着参演电视剧，辅以自身容貌的优势，如今已经是年轻人当中颇有名气的艺人了。

有同学问他："那你之前在国外哪所学校念书？"

唐柊拿着筷子的手几不可察地顿了一下，脸上仍然带笑，说："没念，出国玩都来不及，还念什么书啊。"

唐柊从头至尾都在笑脸相迎，只在给苏文韫夹虾的时候脸色变了一下。

"苏苏，你喜欢吃的大虾。"

一只红彤彤的虾刚放到碗里，如今已经一米八几、阴沉着脸，表情十分吓人的苏文韫便将它拨到桌上，硬声道："我现在不喜欢吃虾了。"

一直强撑着的笑容，瞬间在唐柊的唇边凝固。

不管从前关系有多铁，经历了那样的不告而别，而且是整整七年，任谁都没法儿再接受这样状若无事的示好。

他们僵持了一会儿，唐柊徒手捏起桌上的虾，放到自己碗里，边剥虾边说："那我吃……我还挺喜欢吃虾的。"

右手边冷漠以待,左手边的人也好不到哪儿去。

尹谌早就放下筷子,身体后仰,靠在椅背上,垂眉敛目,岿然不动,好像只是出于礼貌才没有提前离场。

所幸还是有几个同学爱和稀泥,也有可能是出于对明星这个职业的好奇,带着手机从别桌来跟唐柊加好友,还问他要不要进同学群。

"群?微信也有群吗?"

唐柊对电子产品的了解仿佛还停留在上个世纪,"我扫你还是你扫我"听不懂,微信名片在哪里也不知道,他不好意思地挠头道:"手机是新换的,我不太熟悉操作。"

被拉进群之后,他突然安静下来,饭也不吃了,抱着手机在桌子底下按来按去,从这个界面切到那个界面,偶尔苦恼地咬一下嘴唇,只是并没有人关心他到底怎么了。

尹谌再次抬腕看了下时间,刚过七点半,再等一会儿就可以走了。

衣服口袋里手机一直振个不停,他拿出来看,一长排都是贺嘉勋发来的消息,问唐柊为什么会来,问他知不知道唐柊到底想干吗。

尹谌对他这种明明就坐在旁边还要发微信消息的举动很是无语,只回了三个字:"不知道!"

他刚要锁屏,手机又突然一振,微信主界面下方的通讯录标志上出现了一个醒目的"1"。

加他的人叫"木冬冬",来自群聊"永远的三(2)班",头像是一朵白色的花,小图中隐隐能看见鹅黄色的花蕊。

尹谌左滑删除。

没过两分钟,好友添加消息又来了,还是那个人,这回备注多了一行字:我是木冬冬。

尹谌再次左滑删除。

到第三次,尹谌终于没了耐心,起身道:"各位慢慢吃,我有事,先走一步。"

只听"刺啦"一声,是椅子摩擦地面发出的巨响,旁边的唐柊几乎是从座位上跳起来的。

他双手握着手机,说:"我跟你一起走。"

255

酒店门口就有出租车停靠点，恰好有辆空车开过来，尹谌开门上车，出发前往医院安排的住处，他在路上接到贺嘉勋的电话。

"尹哥，我在楼上看到姓唐的也上了一辆出租车，好像在跟你！"

"可能顺路。"尹谌道。

"不可能，你想想他今天一声不吭就跑来了，还坐在你旁边，这不是故意给人添堵吗？"

他是不是故意的尹谌不知道，但心里是真的有点儿堵。

尹谌不想继续这个话题，只说："别管他那么多。"

"不是我说，他当初说走就走，现在又觍着脸跑回来，这事干得真是……别说尹哥你和苏文韫生气，换作是我也受不了……尹哥，你千万要稳住立场，别他说什么你就信什么，到最后上当受骗的还是你。"

贺嘉勋苦口婆心地说了一堆，大有"你不答应，我就不住嘴"的架势。尹谌没办法，只好敷衍着应下，这才把电话挂掉。

半个小时后到地方，尹谌下车就发现后面跟着的那辆出租车也在宾馆门口停下，他权当没看见，抬脚走进大堂。

房间已经开好了，是两个双床标间。原本安排的是尹谌和同行的医生一间，刘医生单独一间，联系后得知刘医生喝多了，同行的医生把他扶回房间休息，这一休息，两个人都懒得挪窝了，让尹谌直接上楼拿另一个房间的房卡。

尹谌上到三楼，敲开房门，同事把卡递出来，告诉他房间是拐角处的303。

他刷卡进房间，把水壶冲洗几遍烧上水，尹谌看了下表，时间刚过八点半。

尹谌准备洗澡的时候接到了母亲的电话。

听尹谌说刚参加完同学聚会回到住处，林玉姝忽然拔高音调问道："同学聚会？"

"嗯，临时决定去的。"尹谌说。

"就处了不到两年，跟他们有什么好聚的？"林玉姝向来反对他跟南城的同学来往。

接着电话那头的林玉姝嘱咐道："明天就回首都了吧？妈妈包了饺子，你有空过来拿。"

自尹谌毕业买房后,林玉姝就搬到首都市郊自己名下的房子里去了,说是跟闺密做伴生活,其实主要是为了不影响儿子的生活。或许是因为尹谌学医后前途已定,尹家就算后悔也为时已晚,按照林玉姝的计划,这场报复算成功了,她无处安放的控制欲没了目标,便渐渐收敛了。

然而尹谌已经同母亲疏离惯了,闻言"嗯"了一声,说:"您吃吧,不用特地给我留。"

放下手机没多久,尹谌房间的门被敲响了。

尹谌以为是住在同楼层的男同事,刚才通电话的时候他环视四周,发现装换洗衣物的背包不在,估计在另一个房间。

他未加思索就打开了房门,看清门口站着的人时,瞳孔倏地收缩,微抿的唇角也跟着绷紧。

唐柊的头发湿淋淋的,冒着一点儿热气,好似完全没察觉到来自尹谌的威慑,探头探脑地往房间里看,张口问道:"这个房间就你一个人吗?"

尹谌没作声,握着门把的手稍一用力。

门即将关上时,唐柊在外面抵住门框,急急道明来意:"我房间的淋浴器坏了,能不能借你房间的卫生间冲个澡?"

尹谌不想让事情变得麻烦,还是稍微松了劲儿,对门外的人道:"找前台换房。"

唐柊无辜地说道:"我头发还湿着,不方便下楼啊。"

"房卡,"尹谌道,"我去帮你换。"

"不用那么麻烦,我就……"

唐柊这边还在坚持,这时来送包的男同事从走廊那头走了过来。

为了拿包,同时也不想把事闹大,尹谌不得已将半合的门打开,唐柊趁此机会钻进去,闪身拐进洗手间。

尹谌把装行李的包随手扔在桌上,双肘撑膝,在床边坐了会儿。

短暂的十来分钟,他好像想了很多事,又好像什么都没想明白。随着洗手间的门打开的声音,纷乱的思绪瞬间收拢,尹谌站起来,打开包拿出准备好的换洗衣物。

等尹谌出来的时候,唐柊正双手捧着手机在玩什么游戏,眼睛盯着屏幕一眨也不眨,得空说了句:"等一下啊,这轮马上结束。"

见他聚精会神分不出别的心思，尹谌本想说什么，终是没说，走到房间里侧靠窗的床边坐下。

不到两分钟，房间里响起一段"Game Over"的音乐，唐柊发出一声轻轻的叹息，然后说话算话，放下手机面向尹谌说道："现在的手机也能玩贪吃蛇，就是好难啊，触屏太灵敏了，比在有按键的手机上玩难多了。"

没得到回应，唐柊也不气馁，自顾自地换角度移动位置，从靠外面的床转至过道。

这时，尹谌站了起来，行至窗边，说："你可以走了吧？"

唐柊挠了挠脑袋，说道："头发还没干呢……出去会着凉的。"

这家宾馆是普通的连锁酒店，房间设施老旧，没有单独配备吹风机，只能去走廊刷卡借用，某一瞬间，尹谌竟生出了去给他找个吹风机的念头。

唐柊被尹谌冷冷瞥来的一眼弄得打了个寒噤，抓着自己半湿的头发，没心没肺地笑道："再等一下嘛，我待会儿就走。"

这一等就是一个多小时。

尹谌不值班的时候习惯早睡，靠在床头看了会儿书，便有了些许困意。

唐柊趴在另一张床上玩手机，大约是怕发出的声音影响到尹谌，玩了几分钟就换成翻看床头放着的宾馆菜单。

他看书喜欢动嘴巴默念，以为那点儿气音旁人听不见，边从上往下读，边大惊小怪地倒抽气道："矿泉水 10 元，啤酒 20 元，啧……真贵啊。"

看完他便爬下床，倒了两杯水，一杯自己喝，然后将另一杯轻手轻脚地放在尹谌床头。

临近十点半，尹谌合上书，把边上的台灯调暗。

正常人看到这样的举动都知道他准备睡了，唐柊也不例外。

"你要睡啦？"唐柊坐直身体，爬到床边，赤脚踩在地板上，"那我帮你把灯关了。"

他说的是顶灯，开关在门口的墙壁上。

尹谌没阻止他，以为他关完灯就会离开。

唐柊侧身关灯的时候，放在衣服口袋的一串钥匙掉了出来。

尹谌定睛看去，钥匙串上面挂着一个熟悉的钥匙扣。

唐柊的注意力也被突然出现的钥匙扣吸引了过去，他盯着看了片刻，咧开嘴粲然一笑，说："我们在南城的街上买的，你的那个……还在吗？"

这话犹如投入湖中的石子，在沉寂中抚平漾开的涟漪，随后恢复先前的平静。

尹谌没有回答唐柊，而是低声道："不是不要了吗？"

唐柊的身体剧烈地颤抖了一下，低垂着脑袋，后背弓起，他怎么会不知道尹谌问的是什么。

七年前，他把尹谌给他的一切都丢弃在那个雨夜，任由冰冷的雨将它们打湿。

唐柊抬起头道："要的，我要的，我怎么会……"

"你是不是……真的很讨厌我啊？"唐柊眼里不知何时噙了泪，他强迫自己扬起嘴角，"可是，可是我还是想和你做朋友，我们重归于好，好不好？"

尹谌再度咬紧牙关，绷紧的下颚拉成一条锋利的线。他用表面的无动于衷压下翻腾的情绪，无甚温度的目光落在唐柊身上，冷淡地说："你要明白我们七年前就没有关系了，请你离我远一点儿。"

尹谌的这番话，让唐柊语塞，他起身打开灯，将门打开，默默地离去。

南城的秋天与首都有诸多不同，比如这里潮湿多雨，而首都则干燥多风。不过今年反了过来，这阵子首都阴雨连绵，南城则晴空万里。

尹谌醒来时不到七点，阳光从未拉严实的窗缝里透进来。

上午十点半的飞机，九点之前出发都来得及。尹谌先给住另一个房间的同事发了消息，得知刘医生因为宿醉还在睡，他便决定先起床出去溜达一圈。

洗漱完毕，尹谌乘电梯下楼，到外面沿街散步，顺便给自己和同事买了早餐。

回到宾馆，他先敲开另一间房间的门，把包子和豆浆递进去，同事打着哈欠问他昨晚睡得怎么样，他说："挺好的。"

尹谌又嘱咐了一句:"准备出发的时候叫我。"

303号房在走廊的另一头,他到地方边拿卡边拐弯时,冷不丁对上了门口站着的人。

唐柊见到尹谌便问道:"怎么起这么早?我还以为你已经退房走了呢。"

尹谌刷卡进门,唐柊跟在后面进去,举了举自己手中的早餐说道:"我给你买了早餐,包子和豆浆,你以前最喜欢吃的。看着比我做得好,面团又白又软,你尝尝看?"

尹谌看也没看一眼,只说:"我吃过了。"

"吃过了啊……"唐柊呆呆地重复了一遍,拎着袋子的手垂了下去,"我应该早点儿起来的,没想到你起这么早。"

尹谌没再说话,拎起桌上的背包进卫生间收拾洗漱用品。

因为尹谌准备退房了,所以就将房间门大开着,这里隔音一般,开着水龙头也能听到外面的声音。

唐柊在门外打电话,说话声混杂在脚步声中忽远忽近:"是啊,还在南城……今天赶不上,晚上首都那边还有工作……'糖葫芦'想我了吗?告诉它过阵子我就来接它……奶奶,你也一起来呗,我现在赚钱啦……那好吧,首都的气候确实不太好……吃了,吃了,最近都挺好的,没什么不良反应,您就放心吧。"

尹谌收拾完出去的时候,唐柊刚挂电话,看见尹谌拔了房卡要走,忙拎起放在桌上的早餐疾步跟上。

酒店前台只有一名服务员,尹谌先过去退房。唐柊戴上口罩,跟在后面把房卡递过去,一面等服务员办退房手续,一面不住地瞟尹谌,生怕他一声不吭地走了。

尹谌暂时走不了,因为同行的两位同事还没下来,他走到待客区的沙发上坐下。宾馆大堂面积不大,更没有隔音可言,前台的对话一字不落地传进了他耳朵里。

"您是319号房住客?"

"是啊。"

"实在对不起,昨天交接班匆忙,没来得及报修您所在房间的淋浴器故障,今早刚刚核实了这个失误,非常抱歉影响了您的入住体验,我们正向上级申请给您补偿。"

"啊……没关系,我去别的房间洗过澡了,补偿就不用了。"唐柊说着扭头往尹谌那边看了一眼,又转回去继续说道,"记得找人修一下,小心下次被别的客人投诉。"

尹谌等了几分钟,接到同事发来的消息说他们马上下来,便站起身,准备先去外面打车。

退完房在边上翻看杂志的唐柊立刻跟上,他的视线里只有尹谌,别的都无暇关注,走到门口被蜂拥而入的一帮人围住的时候人还是蒙的。

"唐柊!你真的是唐柊吗?"

"我喜欢你很久了,从你刚出道时就喜欢你了。"

"来南城怎么不告诉我?我可以去接你,带你住豪华酒店。"

"光看眼睛就知道你本人比照片上还要好看。"

……

事出突然,唐柊没来得及躲避,就被这群粉丝你一言我一语地淹没了。

唐柊记得不久之前助理说过有些私生饭仗着自己是粉丝耀武扬威,跟踪追车、改航班、查私人住宅地址……行为极其恶劣。

此刻的他慌乱不已,在接收到来自四面八方压迫感的瞬间,他就双腿打战,后背也开始冒冷汗。

他踮起脚越过人群往前张望,只看到尹谌快步走出大门的身影,后来不知被谁推了一下,唐柊一个趔趄,差点儿摔倒,站稳后再抬头张望,就什么都看不到了。

好在这里是公共场所,宾馆前台见事态不妙,立刻呼叫保安维持秩序,唐柊便借机撤退,打算在前台的指引下从后门离开。

那几个人见他要走,放弃跟保安缠斗,转过来继续堵他。

唐柊被充满压迫的嘈杂声弄得头昏脑涨,混乱中,只听见一声命令般的"走",嗓音低而沉稳,让他紧绷的神经立刻放松下来。

耳边的喧嚣声渐渐远离,唐柊在心里默数,第二百八十七步的时候,前面的人停住了脚步。

"到了,"尹谌转过身,说,"前面左拐,路口可以打到车。"

唐柊看了尹谌一眼,他脸上仍找不到冷漠以外的表情,好像他只是随手救下了一个素不相识的路人一样。

唐桄连道了几声"谢谢"，还鞠了个躬，标准的九十度，跟他在粉丝见面会上鞠的躬一样真诚。他自己没觉得哪里不对，倒是把尹谌给弄愣了。

尹谌没再说什么，接了个电话就转身往宾馆的正门方向走去。

"注意安全，一路顺风！"他冲尹谌的背影挥手，然后用无人听见的声音喃喃自语，"我们首都见。"

天快黑的时候，戴着帽子和口罩全副武装的唐桄从高铁站出来，一眼就看见一袭醒目红衣的助理钱小朵。

唐桄坐到车上，钱小朵边拧钥匙打开车内暖气边问道："冯姐拨的款不够吗，你干吗坐火车回来？"

冯姐是唐桄的经纪人，当年就是她把唐桄从餐厅传菜岗位上挖出来，送进娱乐圈的。

"够啊，"唐桄知道钱小朵心疼他，搪塞道，"我想坐火车嘛，正好是从我家乡到首都的，多难得。"

钱小朵翻了个白眼，说："于是你浪费了人生中宝贵的四个半小时。"

唐桄傻笑了一会儿，不知想到什么，又笑不出来了。他坐着发了半分钟呆，然后拍拍驾驶座的椅背问道："药呢，帮我带了吗？"

钱小朵从包里翻出一个写满英文的药瓶，说："救命药，怎么会忘！"

唐桄接过药瓶，熟练地拧开瓶盖，倒出两颗扔进嘴里，再喝一口矿泉水，闭眼咽下去。

由于年纪相仿，钱小朵和唐桄的相处模式更接近朋友，她看着唐桄吃药，表情也跟着狰狞起来，揶揄道："总觉得你吃的是断肠毒药。"

"差不多，"唐桄又喝了一口水，拍拍胸口疏通食道，"副作用发作的时候生不如死。"

钱小朵打了个寒噤，叹道："这药是用来促进身体恢复的？就不能不吃吗？"

唐桄拧上瓶盖，说："不吃可能真的会死。"顿了顿，他又说，"但我想活着。"

车子开在路上，唐柊歪坐在后座，看起来恹恹的，没什么精神，钱小朵怕他在车上睡过去，耽误晚上的拍摄，想着法子逗他说话："那你这次跟冯姐请假去南城就为了参加同学聚会？"

"嗯，"唐柊眼睛半合，声音拉得很长，"很重要的同学聚会。"

和世界上所有的粉丝一样，钱小朵对唐柊抱有强烈的好奇，于是她开口问道："上次粉丝提问，你说最好的朋友是在南城上学的时候遇到的，这次你是不是见到他啦？"

唐柊刚要回答，兜里手机这时铃声大作。

是一个归属地为首都的未存储号码，扫一眼尾号就知道是谁了，唐柊按了挂断，没到半分钟，对方又打了过来，他再次挂断。

"尹谦？"开车的钱小朵问。

唐柊"嗯"了一声，总是带笑的嘴角垮着，睫毛在眼下投落一片阴影，一副不太开心的样子。

钱小朵从后视镜里观察他的状态，继续与他搭话道："冯姐说了，尹家咱们惹不起，最好温和处理，别让他一个不高兴……"

"我懂，"唐柊知道她要说人情世故，"圆滑机灵一点儿嘛，动动脑子嘛，冯姐都快把我耳朵念出茧了。"

钱小朵笑道："你知道就好。"

车内静默了一阵儿，唐柊低垂眼帘："这次聚会我看到他了，但他还是没有原谅我。"

"他？"钱小朵的关注点立刻跑偏，"最好的朋友？"

唐柊没否认，将自己这几天的所作所为大致叙述了一遍，问："我是不是太心急了？"

钱小朵怕打击到他，隐晦道："确实……有那么一点点心急，你不是说要等身体完全好了再去找他吗？"

"计划赶不上变化，不急不行啊。"唐柊有些蔫了，"反正他就是不理我了。"

慢半拍的钱小朵突然想到一件事，问道："等一下，你们读一个学校，那他成绩好吗？"

唐柊说："他很优秀。"

他身体前倾，撑着下巴看向窗外，眼里映着点点灯光，继续说："读书的时候，他帮了我很多。"

263

从不错过任何故事的钱小朵追问:"那你们是因为什么闹掰的?"

刚弯出些许弧度的唇角僵住了,车子刚好拐弯,唐桭眼中的光影也随之熄灭。

唐桭深吸一口气,然后缓慢地呼出去。

"都是我造成的。"他平静地说。

回到首都,天气仍未转晴。

尹谌当天就回到工作岗位上,周五和周六两天把之前落下的值班补上,周日正好能休息。

这天晚上急诊科很忙,新病患一批接着一批地往里送,几个坐班医师忙不过来,于是尹谌接手给一位晕倒的老太太做了气管手术,又给一个喝醉酒打架弄伤胳膊的患者缝了针,忙完后,水还没来得及喝上一口,又有个从楼梯上滚下来满脸是血的青年被推了进来。

晚班时间是下午四点到隔天的零点,尹谌生生忙到凌晨近两点才下班。

神经紧绷久了,骤然放松的时候疲乏成倍袭来,回到办公室趴在桌上眯了会儿。

"别在这儿睡啊,尹医生,小心会着凉!"累极了的尹谌被江瑶叫醒。

尹谌慢吞吞地站起来,动了动僵硬的脖子,眼神还有点儿木。

江瑶拿起他挂在椅背上的外套递过去,关心道:"快回家睡吧,满打满算还能再睡五个小时。"

尹谌接过外套,道了声谢,走到门口发现人还跟在身后,转身问:"有事?"

"其实也没什么……"江瑶举起手中的袋子,"就上次我爷爷挂急诊的事,奶奶一定要感谢你,我跟她说医生不能收红包,她就做了些包子让我带给你尝尝。"

江瑶从尹谌的表情中看出他又想拒绝,但她已然有了经验,没等他开口就抢话道:"就几个自己家做的包子,老人家的一点儿心意,尹医生,你就收下吧,不然我回去没法儿跟爷爷奶奶交代。"

话说到这份上,再拒绝显得有些失礼。尹谌想了想,接了过去,礼貌地说道:"麻烦帮我向两位老人家转达谢意。"

"好的,包子都是蒸熟的,要吃的话用微波炉加热一下就行。"江瑶很高兴,语气都活泼起来,"那尹医生,你快回去吧,明天……哦,不,今天白天见。"

尹谌拎着包子走出医院,在大门的拐角处碰到唐柊时,他几乎没觉得意外。

不知从何时起,他仿佛默认了唐柊出现在哪里都不稀奇。

"刚出差回来就加班,你们医院怎么回事啊?"唐柊两手插兜,在风中缩着脑袋跟上他的脚步,"不过我也刚收工,一组照片拍了六个多小时,腿都站麻了。"

尹谌不知道该说什么,让他走他横竖都是不会听的,想躲开他的话似乎只有搬家和换工作这一条路。

就算搬了,唐柊也有本事再找来,所以现在唯一的办法就是无视,等他累了或觉得没意思了,自然会放弃。

抱着这样的想法,尹谌在路边拦了辆车。没承想唐柊早有准备,他这边刚拉开车门上去,唐柊便动作迅捷地绕到另一头开门上车,二人几乎同时占据后座的半边。

尹谌当即就伸手拉车门想要下去,唐柊先他一步对前面的司机道:"师傅,春韶湾。"

司机以为他们是一起的,油门一踩,车子"嗖"地开了出去。

这个时间不容易打到车,尹谌也不好意思麻烦司机再停车。反正唐柊报的是他家地址,总共也就二十分钟路程,尹谌既坐之则安之,松开了车门。

唐柊屏气凝神盯了一阵儿,确定尹谌打消了跳车的念头,才舒了口气。他注意到尹谌手上的袋子,问道:"这是什么?"凑近耸耸鼻尖,边看边嗅,"包子吗?"

尹谌"嗯"了一声。

唐柊靠近了点儿观察那包子,说:"一二三四五……才六个褶,手艺不怎么样啊,我至少能捏出十五个褶。"

跟自己做的包子做了一番比较后,唐柊找回了点儿自信。不过就一点点,他还是开心不起来,闷声问道:"我可以吃一个吗?今天到首都就赶去工作了,还没吃晚饭呢。"

尹谌下意识地皱了一下眉，然后又低低地"嗯"了一声。

车里开了暖气，广播里放着轻柔的音乐，因为疲累变得沉重的眼皮缓缓下沉，不多时，尹谌便睡了过去。

这场短暂的小憩格外舒适，至少比趴在坚硬的办公桌上要舒服得多，被窗外的灯光照醒时，尹谌还有点儿迷糊。

尹谌醒来的时机刚刚好，前面拐弯就是小区正门。

唐柊举起手中空空如也的袋子，笑道："那个……我好饿啊，一不小心就都吃完了。"

吃包子一时爽，闹肚子悔断肠。

第二天上工，唐柊每隔半个小时就跑一趟厕所。

钱小朵给他买了药，好奇地问："吃什么好东西了呀，肚子都吃坏了？"

唐柊猛灌一大口热水，无奈道："冷包子。"

钱小朵无语道："知道自己胃不好还吃冷的……吃了多少啊？"

唐柊伸手比了个"5"。

钱小朵目瞪口呆道："这是要囤膘过冬吗？"

唐柊摇头说道："一不小心吃多了。"

这时，他似是想到了什么，吩咐钱小朵道："帮我买几斤面粉，还有猪肉馅儿，收工之后送到我家。"

"又要做什么好吃的？我也要！"馋嘴的钱小朵非常乐意帮他采购食材，"送到新家还是旧家啊？"

"当然是新家，这次包子可能不够分，你的那份等下次吧。"唐柊冲她眨眨眼睛，"刚搬家，拜访邻居才是最重要的事情。"

周日难得休息，忙活了一晚上的唐柊还是早早爬了起来，洗脸刷牙，吃了两个自己前一天晚上做的包子，出门前往市郊的某大型摄影基地。

根据戚乐发来的消息，苏文韫这两天都在这边出差，唐柊在班级群里没能加上他的微信，打算亲自去找他。

戚乐的原话是"你离开那阵子，他天天盼着你回来，这些年虽然没提，但看他的样子也没多记恨你，好好道个歉，说明原因，他未必不能谅解"。

道歉是肯定要的,哪怕和好的机会渺茫,他也应该试一试。

辗转找到具体的棚,他进去的时候,苏文韫正在专心致志地调镜头,调整完毕举起来试,画面对焦在门口位置,正好迎上站在那里的人弯起眼睛冲他笑。

"苏苏,你做摄影师了呀?"唐柊和苏文韫搭话,"你唱歌那么好听,我还以为你以后会当歌手呢。"

苏文韫用镜头布慢条斯理地擦相机,嘲讽道:"会唱歌的跑来拍照片了,不会唱歌的成了大明星,那话怎么说来着……哦,世事难料。"

"不是什么大明星,混口饭吃。"唐柊知道他心里有气,尽量顺着他,"摄影师更好,受人尊敬,赚得也多,等以后你有空,我让经纪人约你给我拍……"

"不劳您费心,"苏文韫打断他的示好,"我就是个玩摄影的菜鸟,大明星的活儿我可接不起。"

唐柊被说得尴尬,轻轻地"哦"了一声。

一直到中午,唐柊都戳在棚里没走,还跟着工作人员一起订了份盒饭。

午餐时间,苏文韫一直忙着拍最后一组照片,唐柊怕他的饭放凉了,一直捧在手里焐着,趁无人注意,转过去把自己那份里面的虾夹到苏文韫那份里。

上学的时候两人家里条件都不好,经常这样换东西吃,苏文韫爱吃海鲜,唐柊连指甲盖大的虾米都会夹给他。

唐柊仔细把菜分好,确定看不出动过的痕迹,才盖上盖子转过去,不想正对上苏文韫隐带怒气的面孔。

被抓包的唐柊语无伦次道:"你的饭在这里,我……我下午还有事,先走了。"

说完,他拿起自己那份饭扭头就走,刚跑出去几步,就听见身后有人冲他喊道:"喂,你怎么不去找尹谌,跑这儿来干吗?"

唐柊以为自己听错了,试探着转过身,看见苏文韫双手叉腰站在那儿喘粗气,脑袋更乱了,顺嘴就说:"我……我马上就去。"

苏文韫开玩笑道:"行程安排得很紧凑啊,大明星果然日理万机。"

这回唐柊没在他脸上看到嘲讽,对方还是那个没事总爱调侃他两句，陪他度过许多艰难岁月的同窗好友。

这边昔日好友冰释前嫌，那边尹谌好不容易有个假期也不得闲。

上午先去了趟尹家，本想给尹正则做完基本的身体检查就走，谁料他那个一天到晚见不到人影的父亲居然回家了，一个电话把在外面玩的尹谦也叫了回来，老中青四个男人坐下来吃了顿气氛微妙的饭。

饭毕，趁着两位长辈去书房说话的间隙，尹谦拽着正在写记录表的尹谌东拉西扯，半天才切入正题，问他懂不懂怎么追星。

"哥，你是不知道，现在的明星架子可大了。"尹谦又气又愁，"我都跟朋友夸下海口说我一定会跟他成为好朋友，要是没成，就丢人丢大发了。"

尹谌给不了什么有效意见，眼皮都没掀一下，只说："以后别吹牛。"

尹谦又说："我看网上说他喜欢吃糖葫芦，养的狗都叫'糖葫芦'，你说我是每天给他送糖葫芦呢，还是干脆给他包个糖葫芦车？"

悬在纸页上的笔尖停顿了一下，尹谌抿唇不语。

尹谦又自言自语地说："我只是想认识他，好让我在朋友面前抬得起头。"

尹谌下午便离开了尹家大宅，回去之前，他先去了医院一趟。

他经手过的那位病人这天出院，他想送送她。

和刘医生一起赶到病房，病人已经在收拾东西了，家属见主治医师来了，围上前又是一顿千恩万谢。

刘医生在那边跟家属交代术后保养的注意事项，尤其强调需要家人配合的部分，尹谌这边趁病人还在，又翻开病例看了一遍，核对开的药的品种和剂量。

正看着，耳边突然炸开刺耳的玻璃破碎声，坐在床边的病人不小心将什么东西砸在了地上，偏头的瞬间，尹谌捕捉到了扩散在空气中的香味。

"不好意思，手滑了一下，把香水给砸了。"病人拿起一边的扫帚，尹谌要帮忙，却被她阻止了。

"别看这么小小一瓶，可耐用了，这瓶是我七八年前买的，还没用完。"病人垂头看着簸箕里的碎片惋惜道。

唐柊觉得自己最近好像时来运转了，上次延时收工正赶上尹谌下班，这天随便跑趟医院也能碰到刚查完房的尹谌。

　　首都的秋冬昼短夜长，白天没有夜里那么冷，唐柊用不着缩手缩脚，从郊区回来的路上一直捧着手机跟苏文韬聊天。

　　二人很默契地没提那七年，苏文韬问他："你这几天在忙什么？比上次同学聚会看着瘦了。"

　　唐柊不好意思说自己吃了五个冷包子闹肚子的事，只说："求人和好呀，还有搬新家了。"

　　苏文韬又问他："'尹大少'是不是很难说话，要我帮你吗？"

　　唐柊回："确实很难，他连我微信好友都不肯加……"

　　唐柊发完信息，紧接着又跟紧尹谌的脚步，可惜还是没能蹭上车。

　　这天尹谌自己开车，出了医院大楼就往地下停车场走去，唐柊看他掏出车钥匙才反应过来，转身就走楼梯往地面跑，打了个车往春韶湾冲。

　　出租车司机开车生猛，唐柊在小区门口下车后一路狂奔，终于在尹谌之前抵达楼下。

　　电梯里，好不容易平复呼吸的唐柊跟尹谌搭话："今天不是休息吗？干吗还去医院啊？"

　　尹谌像在思考什么，神色有些愣怔，下意识地回答："病人出院。"

　　唐柊忙抓住这个机会多说两句："什么病啊？严重吗？"

　　尹谌还在出神，答道："嗯，肿瘤。"

　　唐柊打了个哆嗦，眼帘也跟着低垂，小声说："肿瘤……听起来好可怕啊。"

　　电梯抵达二十楼，唐柊没跟着出去，站在轿厢里冲尹谌挥手道："待会儿见。"

　　尹谌没多想他的话，打开门进到家里，刚换好鞋，脱下外套，门就被敲响了。

　　尹谌刚进门不到三分钟，刚才还两手空空的唐柊就去而复返，拎着几袋不知道从哪里变出来的东西站在门口。

　　"这是我奶奶腌的咸鸭蛋，这是我做的包子。"唐柊展示完，由于腾不出手，索性把东西挂在门口他亲自组装的衣架上，热情地自我介绍，"你好，我是唐柊，刚搬到楼上的新邻居，你可以叫我唐木冬或者木冬冬！"

自那天起，尹谌的独居生活发生了一些不明显却足够让人察觉的变化。

比如楼上原本空着的房子有人搬了进来，他连续好几晚都能听到整理东西的声音，细碎的脚步声一会儿从卧室到客厅，一会儿从客厅到厨房，时而欢快急促，时而拖拉磨蹭。

再比如他经常会收到来自邻居的投喂，从包子、馄饨、葱油饼到饼干、曲奇、小蛋糕，应有尽有。自打有一天目睹两个家电城的搬运工扛了一个大烤箱上去，楼上住户待在厨房的时间就更长了，产出物也更加丰盛了。

尹谌不收的时候，唐柊就把吃的装袋挂在他家门把上，被抓包了就眨巴着眼一脸无辜道："我给楼上楼下的邻居们都送了啊，你家隔壁的小两口儿都说好吃。"

任由食物挂在门上会被物业找上门，扔掉了又可惜，尹谌陷入了两难。

好在楼上的新邻居也不是每天都有空，闲了没几天就开始早出晚归，也没空在医院楼下蹲了。

十一月的某一天，尹谌回家看到门上贴了张字条，上面洋洋洒洒写着几行字："最近太忙啦，好好照顾自己，等我回来哟！"

看到字条之后，尹谌松了口气，晚上他在厨房煮粥时，打开冰箱看见一排整齐的咸鸭蛋，耳边只有烧开的锅发出的咕嘟声，楼上使用率极高的厨房现在毫无动静，竟无端让人有点儿不适应。

不过这些小事很快就被其他更重要的事情取代了。

年底医院工作繁忙，还要准备月底的执业医师资格考试，尹谌每天两点一线，不是在家就是在医院，连着大半个月没回尹家。

其间尹正则三天两头给他打电话，没什么要紧事，说来说去还是那些老套话——

"能不能考上都无所谓，去医院工作也是为了历练，不求你在这方面有什么大建树，毕竟总要回来家里帮忙的。"

尹谌说自己没有转行的打算，尹正则就哈哈大笑道："现在没有，以后总会有的，只要是男人，都争强好胜，尹家迟早要交到你手上。"

虽然尹谌已经不为尹家所制约，但是这样笃定的话难免会让他有压力。

回想大学念到一半时，尹正则通过多方手段调查到他之前的学习成绩及大学成绩，甚至亲自到他学校找他谈话，经过一番据理力争两人达成一致，尹正则开明地表示未来由他自己选，但是户口要迁回尹家，族谱也要跟着改。尹谌为了继续念书而答应下来，却也埋下了隐患。

当时尹谌也征询过母亲的意见，向来不支持他与尹家来往的林玉姝却没来由地软化了态度，理由是"无论如何，你也是尹家人"，几乎没有对尹正则的安排提出反对意见。那时候，尹谌只当母亲上了年纪，想开了一些事，现在想想，才发觉其中的蹊跷之处。

林玉姝一向偏执，当年为了报复他父亲，报复尹家，不惜带他远走他乡，隐姓埋名。一个人的固有观念根深蒂固，哪那么容易改变？

然而目前的线索匮乏，尹谌想要从中总结出什么实在困难，他只好两边应付着，循着模糊的轨迹慢慢探索、搜集。

离执业医师资格考试还有一周时间，整天无所事事的尹谦也来凑热闹了，他先给尹谌打了个电话说："哥，听说那个小明星搬到你现在住的小区去了！"

难得休息的尹谌正在看书，闻言敷衍地"嗯"了一声。

"你猜他住在哪一栋？"尹谦自问自答，"就住你那栋，而且就是你家楼上，你说巧不巧？"

尹谌面无表情地应道："巧。"

半个小时后，尹谦就到了，先到楼上按门铃，见无人应门才灰溜溜地跑到楼下投奔尹谌，说："哥，你知道他一般什么时候回来吗？"

"你自己问他。"尹谌冷淡地说。

尹谦垮着脸道："他不接我电话啊。"

想到身在外地还每天早中晚三次不懈地加自己微信，甚至学会用备注唱歌吸引注意的某人，尹谌拿起手机点开微信，下方通讯录果然又冒出来一个"1"，点进去看，今天改唱儿歌了，备注栏里是无厘头的一行"找呀找呀找朋友"。

尹谌的手指在屏幕上悬空暂停，他觉得自己的犹豫来得莫名其妙,在身旁的尹谦不知道第几次拨电话被挂断后,果断地左滑删除了这条请求。

兄弟二人除了都姓尹,不管是长相还是性格,都没有相似之处。

尹谌继续静坐着看书,尹谦坐了半个小时就换了七八个姿势,最后实在闷得慌,便开门走了。

日子就这样在边工作边学习边忍耐各种各样的打扰下过去了。笔试那天,尹谌发挥得不错,如果这次顺利通过,明年春天他就可以拿证执业,成为正式医生。

刚出考场,刘医生就打电话来询问情况,尹谌如实说没问题,刘医生在那头爽朗大笑,问他在哪里,说要请他吃顿好的,犒劳一下他。

"不辛苦,都是应该的。"尹谌说,"今天有个老同学来首都出差,我跟他约好了一起吃饭。"

刘医生听了,像长辈般嘱咐道:"那你们年轻人玩去吧,顺便瞧瞧周围有没有适合交的朋友,别因为工作牺牲了个人生活。"

尹谌挂断后就给贺嘉勋打了个电话,问他:"我这边忙完了,你在哪儿?"

另一边,首都机场,背着不多的行李走出机舱的唐柊刚一接触到外面的空气,就打了个喷嚏。

秋末冬初的首都风很大,行道树叶子被吹得七零八落,枝丫在寒风中苟延残喘地挣扎。

待唐柊上了车,负责开车的钱小朵听说他晚上要去首都市中心的一家知名日料店用餐,惊讶道:"那家挺贵的吧,你居然舍得?"

唐柊对自己给人留下的抠门儿印象心知肚明,撇嘴道:"好朋友来这边出差,当然要请他吃顿好的。"

虽然唐柊刚从剧组出来,但第二天还是被安排了满满的工作。

钱小朵在饭店门口把唐柊放下,降下车窗,提醒他晚上早点儿睡,第二天别迟到。唐柊应着,心里想确实要早点儿回去,掐指一算上次给尹谌的包子他应该吃完了,得做新的送过去。

冰箱里还有面粉,肉馅儿可能不太够,回去的时候顺道去超市买点儿虾,这次做虾仁的吧。

唐柊一边走一边计划，走进苏文韫在微信里告诉他的那家饭店时都还在埋头思考，被服务员引到包厢，他刚要喊上一句"苏苏，你选这地方是想我破产吗"，抬头看见屋子里的三个人，登时瞠目结舌。

吃到一半，贺嘉勋和苏文韫便说有事先走了，抽拉木门关上后，本就不大的包厢霎时安静下来。

唐柊端起桌上的茶喝了一口，搓搓手，又喝了一口，确定对面的人暂时没有起身离开的意思，便硬着头皮道："那个，我不知道苏苏他们还约了你。"

好半天，他才听到一个低沉的"嗯"字。

一道道精致的餐食被送进包厢，二人拿着筷子面对面吃着。

唐柊的心思压根儿不在吃东西上，心不在焉地把生鱼片蘸了许多芥末，一口下去，呛得捂嘴猛咳，眼泪都辣出来了。

他扭头咳嗽了一会儿，转过头时见尹谌倒了杯茶放在他面前，先是愣了一下，而后拿起来喝，连说了好几声"谢谢"。

清淡的水冲散了刺激性很强的辣味。

这么一个小插曲后，唐柊没有先前那么畏缩不前了，总算起了个话头："这阵子是不是很忙啊？我看你都瘦了。"

尹谌抬眼，启唇似是想说什么，最后还是没说。

顺利地开了头，唐柊话匣子也开了，接着从拍戏时的见闻说到回家后的安排，问尹谌喜不喜欢虾仁馅儿的包子，没得到回答，又问他喜不喜欢吃日料，喜欢的话他可以学着做。

"日料我很少吃，虽然现在挣钱了，但也不能乱花嘛。"唐柊字斟句酌，生怕露出破绽，可急于讨好对方的目的根本掩盖不住，"你应该挺喜欢吃日料吧？以前在南城都没见你吃过，早知道当初就攒钱请你去吃日料了。"

提到过去，唐柊心头有些忐忑，好在尹谌没打算回答，他赶紧换了个话题，问道："不过上学应该也没办法常吃这个吧？你们学校的食堂都有些什么好吃的啊？有糖葫芦吗？"

尹谌沉默了一会儿，冷漠道："问这些做什么？"

唐柊又接着说："说起来南城学校的食堂我们当时都没什么机会去，据说现在的菜色比之前好多了，学生都不用整天往外跑了。我就是好奇嘛，想知道大学食堂是什么样子，是不是真的比外面便宜……"

往日的回忆经由他的话语连成片,尹谌似是想起了什么,面上隐约浮现几分阴霾,他用无甚起伏的声音说:"这跟你有什么关系?"

唐栐被噎了一下,嗓音渐渐压低:"就是……好奇嘛。"

他放下手中的筷子,做了几次深呼吸,说:"之前是我不对,都是我的错,我知道你还生我的气,我可以等你慢慢消气,等到你愿意跟我和好。在此之前,我不会再让你生气了。"

尹谌沉声问道:"为什么?"

纵有一千个一万个疑问想得到解答,到嘴边却只剩下三个字。

为什么那样做,为什么离开南城……再多的为什么,归根结底,他只想要一个答案而已。

唐栐知道现在是解释的最好时机,只要自己给他一个理由,无论多么荒谬绝伦,他都会接受吧。

只要能给尹谌一个小小的理由,他就可以自行把前因后果补齐,说不定自今日起,二人就能消除误解。

可是唐栐做不到。

"我当时觉得很累,想快点儿摆脱困境,想赚钱过好日子,又不想让你知道,让你觉得我是个虚荣的人,把钱财看得比朋友更重要。"唐栐说得既快又急,生怕一旦中断,这真假参半的剧情就续不上了,"现在我有钱了,我不怕了……"

唐栐的话还没说完,对面的尹谌就站了起来。

尹谌紧咬牙关,一字一顿地说道:"你不该隐瞒我的……"

唐栐的瞳孔猝然紧缩,嘴巴张合半天也没能说出话来。

逝去的时光无法倒流,过期的挽回毫无价值,现在说这些又有什么用呢?

唐栐不知道自己是怎么走到门口的,等尹谌把账结完之后,他才反应过来,仓皇地在背包里翻找钱包,又在尹谌的阻拦下停住动作。

"不用了,就当给你的酬劳,"尹谌又恢复到平日里冷静理智的状态,"谢谢你送的食物。"

唐栐捏着钱包的手指一紧,仿佛绷在弦上的箭只是被短暂冻结,此刻在一声令下后尽数向他射来,他的心被密密匝匝地刺着。

二人一前一后行至店外,望着融进浓稠夜色中的背影,唐栐大声问道:"你当医生,和我有关系吗?"

"没有。"

尹谌没有回头,任由冰冷的声音消散在深秋萧瑟的风里。

生活又回到了最初的状态。

不用看书备考的日子,尹谌继续两点一线,偶尔在下班路上拐个弯儿,和年底出差跟出门一样频繁的贺嘉勋一起吃个饭。

"来,咱哥俩干一杯,敬那段逝去的青春!"

尹谌轻碰杯沿,将剩下半杯茶水一饮而尽。

"话说……"老老实实喝酒的贺嘉勋打了个嗝,"你们还没和好吗?"

尹谌淡淡地"嗯"了一声。

贺嘉勋又开了瓶啤酒,"咕嘟咕嘟"往杯子里倒,说:"当年他不告而别,你还找了他好久……"说着又举起酒杯,"来,敬这段感天动地的友情!"

贺嘉勋喝多了脑子不清醒,说话颠三倒四,回去时在车上摇头晃脑地念道:"青春真像一道道新鲜美味的佳肴,虽然也有差的,但那盘子总是好的。"

尹谌家有专门的客房,将喝得烂醉的贺嘉勋扶到家里后,顺便帮他接了个电话。

"他喝多了,"尹谌背对着四仰八叉横在床上的醉鬼,"现在睡着了。"

电话那头的苏文韫表示知道了,挂电话之前忍不住提了句别的:"唐柊那天都跟你解释了吧?"

尹谌不知道苏文韫口中的"解释"跟唐柊给他的说辞是否一致,想来应该差不多,都避重就轻地带过了那七年。

尹谌"嗯"了一声,苏文韫接着道:"他一定有苦衷,你知道的,唐柊他不是那样的人。"

尹谌轻扯了一下嘴角,反问:"那他是什么样的人?"

苏文韫沉默了。

转眼进入腊月,与生活一同平静下来的还有楼上的动静,总是满屋跑的脚步声悄然消失了。

有一次尹谌下班回家早,在电梯里看见一个抱着大袋狗粮的年轻女孩儿按下二十一层的按钮后就把手机夹在肩膀和脸颊之间说话,言语中提了好几次"放心吧,一定把'糖葫芦'安顿好",尹谌这才知道那人不仅没搬走,还把狗带来了。

不过,这段时间头顶的天花板仍然很安静,尤其是先前总在厨房附近奔忙的嘈杂声消失了,连尹谦来这边串门儿,竖起耳朵细细分辨,都怀疑楼上是否真的还有人住。

"哥,你不会听错了吧?"尹谦再一次从楼上铩羽而归,简直要怀疑人生了,"我贴着门板都听不到一丁点儿动静。"

尹谌只说楼上有人,没讲狗的事,淡淡道:"楼道有监控,小心被物业当成贼抓走。"

尹谦完全不害怕,开玩笑道:"抓就抓呗,被抓了我就给他打电话。"

下午,尹谌去厨房倒水,端着杯子回到客厅时,先是看到尹谦慌慌张张把手机放回桌上,再定睛一看,发现是自己的手机,沉声问道:"干什么了?"

尹谦从小就有点儿怵这个大哥,挠头道:"我手机没电了,就借来打个电话。"

"打通了?"尹谌问。

"通了!他一看不是我的号码,才响两声就接了!"尹谦激动不过三秒,又丧了下来,"不过听见我的声音,又立马挂了……"

尹谌无言。

他的手机号从中学时代起就没换过,因为很少打电话,转学去南城后也没换,后来回到首都,自然就接着用了。

不过唐柊现在神通广大,调查别人住所都是分分钟的事,定然知道尹谦与他的关系。思及此,尹谌不禁拧眉,就是不知道唐柊是否还记得这个号码,若是因为熟悉的号码才接的电话,那这个乌龙他至少有一半的责任。

等了一阵儿,尹谌的手机毫无动静,唐柊既没有再打过来,也没有发短信询问,完全不符合他之前急躁冒进的行事作风。

尹谌又点开微信联系人,好友申请记录停留在两周前。

看着备注栏里的"对不起"三个字，尹谌的呼吸没来由地乱了半拍，眉宇即刻舒展开来，片刻后又阴云环绕。
　　面对通话时长仅有三秒的已接来电，尹谌犹疑良久，还是没有按下去。

　　虽然人与人之间的距离多数时候被可丈量的山川湖海拉开，但只要一方向另一方靠近，这距离即可迅速缩短。而中间隔着的若是时间，那这距离则比山高、比海深，足以令人望而生畏。
　　唐柊的"畏"来得比旁人要迟一些，他先前铆足劲儿地往前冲，遭受几次打击也全当作偿还旧债或者是历练，等到被当头棒喝，才发现自己搞反方向，爬错了山，但此时天已然黑透。
　　他茫然四顾，周遭荒芜，勇气随力气一起流失殆尽，连沿着上山的路再走下去的信心都没有了。
　　如果别人的成功凭借的是智勇双全，那他的失败便是由于既无勇也无谋，时机错，方法错，一步错，步步错。
　　拍完广告，坐在从外地回首都的飞机上，唐柊翻开了那本这么多年一直都没看完的《基督山伯爵》，书中的主人公越是足智多谋、运筹帷幄，就越反衬出他的笨口拙舌、行差踏错。
　　下飞机后，唐柊裹紧身上的羽绒服和围巾。这次的工作时间卡得刚好，工作结束才感觉身体有些不舒服，出去时遇到几个给他塞暖宝宝还有热水袋的粉丝，唐柊一一道谢，答应他们忙完这段时间会好好休息。
　　回住处之前，他让钱小朵在一间人少的药店前停车，亲自下车去买了一堆药。
　　"用得着这么多吗？"钱小朵有些震惊。
　　唐柊懒得告诉她手术后最难熬的就是后遗症发作期。
　　如果先前生病时的症状对于唐柊来说是发高烧那种程度的不舒服，那有了后遗症和药物副作用后的症状便是如同在发着高烧的情况下被扔到冰天雪地里，时不时还要挨上一鞭子一样难受，唯一的好处便是用剧烈的应激反应告诉自己——他还活着。
　　钱小朵摇头感叹道："你可真不容易，看你这样，我真希望能马上有特效药可以根治你的病。"

唐柊低头整理袋子里的药盒，笑道："也没那么恐怖。"

二人又聊了会儿别的事情。

"'糖葫芦'现在可懒了，你不在的这些天，我每天去给它喂食换水，想拉它出去走走它都不愿意，屁股一撅，搬都搬不动。"钱小朵告状道。

唐柊笑道："它年轻的时候不这样，活蹦乱跳的，不让它出去就挠门抓墙，可能是换了新环境，有些不习惯。"

前面是红灯，钱小朵转过头冲唐柊挤眼睛，说："偷偷告诉你，你们家楼下住了个超级大帅哥。"

唐柊没接话。

"个子很高，我在电梯里碰到过他两次，我的妈呀，站在他旁边，我的心脏就扑通扑通狂跳，不知道的还以为他是个明星呢……就是冷着脸，不太好接近的样子。"

唐柊说："嗯，是不太好接近。"

钱小朵一脸惊讶道："原来你见过他啊，他结婚了吗？有对象了吗？能住这种房子，经济能力应该也挺强吧？"

唐柊思索片刻，回答："他是尹家大儿子。"然后低声补充道，"也是我的好朋友。"

没有要紧事的时候，唐柊很少碰手机，换新手机之后碰得就更少了，实体按键到虚拟按键的转变让他很长一段时间都难以适应新手机，指尖戳在屏幕上除了滑，手指还冷得要命。

到家后他才把上飞机之前调成飞行模式的手机打开，信号跳出来后，先点掉几个来自尹谦的未接电话，再点开微信，回复苏文韫之前发来的消息。

"我到家了。"

苏文韫问他："接下来可以休息一周？"

"是的。"

回复完，唐柊把自他进门就跳个不停的"糖葫芦"抱起来搁在左肩上，走到阳台给狗盆添食加水。

蹲久了膝盖发软，他差点儿没站起来，扶着墙慢慢起身，拍了一把"糖葫芦"敦实的肉屁股，说："胖成这样还不肯下楼运动，小臭狗。"

已迈入老年的"糖葫芦"甩着尾巴"呜"了一声。

进房间拿起手机,看见苏文韬问"他有没有联系你",唐柊先是一愣,然后单手慢吞吞地打字:"没有。"

"为什么?上次谈话的情况很糟吗?"

"我把事情想得太简单了,也给他造成了很多困扰!"

"我搞不懂,有什么不能跟他说的?"

唐柊想了想,回道:"什么都不能跟他说。"

发完这条,他想起那天的尴尬场面,打字道:"抱歉,辜负了你和贺嘉勋的好意,让你们白忙活了。"

苏文韬回道:"没事,但你打字也太慢了,我这边盯着你正在输入中,眼睛都瞪酸了,还以为你要请我俩吃饭呢。"

唐柊沉寂许久的脸上终于露出了点儿笑,发了句:"想吃什么,随你们选。"

傍晚时分,许久不出门的"糖葫芦"终于在主人的软硬兼施下被牵出去遛了一圈。

这个小区管理很严格,养狗必须在物业登记。填写表格时,唐柊在时间那栏后面写下"到明年4月",想起自己当时一租就是半年的"壮举",当时有多兴奋,现在就有多惆怅。

"能怎么办呢,房租都交了,这地方好贵的。"回到家里,唐柊摸着"糖葫芦"毛茸茸的脑袋,"再忍四个月吧,一到期我们就搬走,找个比这里小一半的房子,够我俩住就行。"

"糖葫芦"似乎听懂了唐柊的话,"汪"了一声。

唐柊的身体开始出现一些不适,晚上他随便煮了点儿面条填饱肚子,早早洗过澡就上床休息。

他不想夜里被疼醒,便在睡前吃了颗助眠的药,没想到半梦半醒间还是被突然炸响在耳边的声音惊醒了。

唐柊抬起酸软的胳膊,冰凉的手搭在出了一层冷汗的脑门上,正琢磨着刚才那是什么声音,只听阳台方向又传来一声含混的呜咽。

是"糖葫芦"在叫。

凌晨一点半,刚下晚班的尹谌乘电梯回到家中,在客厅的沙发上

279

坐了会儿,上下眼睑刚要相碰他就猛地睁开眼睛,紧接着便站起身,前往厨房觅食。

他的食量偏大,每逢上晚班,到家后总要再吃点儿什么才好入睡。

打开冰箱,看见第二层角落那装在袋子里的最后两个包子,尹谌犹豫了一下,然后拿出来,找了个盘子倒进去,洒了点儿水,放进微波炉加热。

这天是周末,上午他去了趟尹家。不知是有心还是无意,尹正则把陆灵珊也约到了家里,陆灵珊听说他在医院工作,缠着他问了许多身体方面的问题,还说要去他们医院体检。

尹谌对陆灵珊的印象已经很淡了,将当初她追到南城的事也差不多忘干净了。尹正则不知从哪里得知此事,饭桌上提到时还夸陆灵珊眼光好,说什么"守得云开见月明",大有撮合二人的意思。

当着一桌人的面,尹谌什么也没说。

饭后尹正则单独找他到书房里说话,问他是否不喜欢陆灵珊,说:"要是不喜欢的话,爷爷给你挑个更好的,反正随你自己的心意。"

尹正则虽然说着给他自由的话,做的却是画地为牢的事。

尹谌推说不急,尹正则就拍腿爽朗大笑道:"行,不急,反正世上那么多家世好、长得也好的女孩子,总有能让你动心的。你啊,从小就不屑于掩饰喜恶,要是碰到了喜欢的,肯定早早就带回家给爷爷看了。"

尹谌当时没有反驳,现在听着微波炉运作的声响,看着窗外漆黑的夜色,忽而提起嘴角自嘲一笑。

他们都不知道,其实他早就变了。

充满棱角的性子在青春年少最敏感的那段时光里被磨平,他学会了掩饰,再不似从前那样自信狂傲,再不似从前那样对任何东西都志在必得,也不再似从前那样想要天上的月亮就敢徒手去摘了。

好比他面对喜欢的食物,因为舍不得太快吃掉,也学会了不再狼吞虎咽,而是把它留到最后品尝。

尹谌将热过的包子端上桌,香气随热气一起蒸腾。

拿着杯子回厨房倒水时,他忽然听见楼上传来"砰"的一声,是重物落地的巨响,然后急促的脚步声从卧室一路向厨房奔去。

紧接着,头顶炸开的碗碟破碎声令尹谌登时察觉事态有异,他把水壶放回去，细听楼上慌张忙乱的脚步声又传回卧室，约莫两分钟后又出来，疾步冲往大门方向。

　　此刻的唐柊惊惶失措，客厅的灯都顾不上开，摸黑随便抓了双鞋子蹬上，抱起躺在地上奄奄一息的"糖葫芦"推门而出。
　　深夜的电梯无人乘坐，开门的提示声在空旷的楼道里发出冰冷的回响。
　　门在眼前缓缓合上，电梯开始下降时，唐柊才从咯咯响的牙齿碰撞声中发现自己只穿了件毛衣就出门了。
　　"糖葫芦"更重要，他忍一忍就好。
　　不知是因为害怕还是冷，唐柊的手抖得厉害。他摸了摸怀中小狗的脑袋，"糖葫芦"眼睛都睁不开，瘫软在主人怀里，发出绵长而痛苦的哼叫。
　　电梯只下降了一小会儿，就在二十层停下了。
　　门打开的时候，唐柊还在发愣，等到看清面前站着的人时，更是愣到说不出话。
　　一身黑衣的尹谌大步走进轿厢，率先出声问："怎么了？"
　　"'糖葫芦'，好像病了。"唐柊还没反应过来，条件反射地回答，"可能是吃坏东西了。"
　　电梯门再次关上，右上角的数字缓慢跳动，唐柊在这安静的氛围中逐渐冷静下来。
　　他没有事先告诉对方，那就是偶然碰到，唐柊在心里这么想，虽然他实在想不出这个时间尹谌出门干什么。
　　楼层进入个位倒数，唐柊想着既是邻居，客气一下应该不至于招人烦，在抵达一楼的提示声响起前，抬头刚要说"那我先走了"，没想竟被对方抢了先。
　　"去宠物医院？"他顺手把"糖葫芦"抱过去，"我送你们。"

　　凌晨的道路像一条通往未知终点的缎带，漆黑漫长，蜿蜒扭曲，偶有来往车辆的灯光一晃而过，没人知道下一站会碰见什么。
　　唐柊抱着"糖葫芦"坐在后座，这是他第二次坐尹谌的车。
　　第一次是那天吃日料不欢而散那天，苏文韫适时在饭店门口出现，不由分说地让尹谌帮忙送他回家，理由是"反正顺路"。

这种要求尹谌不会拒绝，可那时唐柊失魂落魄，犹如失去了前行的目标，脑子里一团乱麻，什么都讲不出来，后来才借加好友的方式向尹谌说了句迟到的"对不起"。

那次他们一路无话，这次情况也差不多。

"糖葫芦"有些晕车，在唐柊怀里吐了两次，味道散在车里，十分难闻，唐柊腾出一只手要去开窗，前面的尹谌偏头道："不要开，外面冷。"

唐柊"哦"了一声，松开手坐回去，腰杆挺得笔直。

幸好他口袋里有面巾纸，处理了一下秽物，用过的纸被他团起来捏在手心，生怕不小心掉在车上，弄脏车内干净的皮质脚垫。

转了好几条街，他们才找到一家二十四小时营业的宠物医院。

下车时尹谌又主动把"糖葫芦"接了过去，唐柊还没来得及提醒他当心弄脏衣服，他就迈开长腿，大步往医院去了。

规模不大的宠物医院这会儿只有一个值夜班的医生，先看了一下狗狗的情况，询问唐柊："是吃了什么东西吗？"

"可能误食了老鼠药。"刚才唐柊在路上仔细回想了"糖葫芦"这天接触过的东西，"下午带他下楼了，在物业填表的时候没看住，我记得那边附近的草丛边上有放老鼠药。"

"下午？"医生托着"糖葫芦"的脑袋观察它的状态，皱眉道，"那应该早就发作了，怎么现在才送来？"

唐柊自责道："我今天休息得早，睡得也比较沉，没能及时发现它的异常。"

医生不再多说，开单准备给"糖葫芦"洗胃。

一听说要洗胃，唐柊便紧张道："它在来的路上吐过两次了，有没有什么口服催吐法可以代替？洗胃很难受的，它已经八岁了。"

医生说不行，再拖下去它随时都有生命危险，目前只有洗胃这一个办法。

看着"糖葫芦"的四肢被绳索绑住，脖子被卡钳固定，戴上开口器时还在痛苦地哼哼，唐柊心疼得攥紧双手，呼吸都乱了。

尹谌走到他身侧说："这边我看着，你去外面坐。"

282

唐柊摇头说："我就在这里。"

由于误食的是带有毒性的东西，洗胃进行了好几轮，来之前还有力气叫的"糖葫芦"被洗胃折腾到眼睛都睁不开，解开绳索后直接倒在唐柊怀里了，前一天还活蹦乱跳的小狗像被抽干了精气，动也不会动了。

医生给开了吊瓶还有其他药，并建议把狗放在医院观察两天，确保没事了再接回家，唐柊同意了。

尹谌去前台结账时，顺便问了些注意事项，回到里屋，就看到唐柊披着比他身材大至少两号的黑色外套，佝偻着肩膀缩成小小的一团。"糖葫芦"趴在他腿上打吊针，唐柊一只手搂着它，一只手小心地托着它扎了针的那条腿，再往上看，唐柊那双眼睛大而无神，瞳孔黯黑幽深，不知在看哪里，亦不知在想些什么，整个人丢了魂一样。

尹谌有须臾的恍惚。

他似乎见过唐柊这副样子，在七年前他们闹掰的那个下雨天。

看着"糖葫芦"挂完一瓶水，被安顿在有厚实棉垫和暖气的隔间里，二人才安心地离开宠物医院。

回去的路上，尹谌时不时透过后视镜往后座看，见唐柊靠在椅背上，似是睡着了，便将车内的温度又调高了两度。

到了春韶湾的地下车库，尹谌拔钥匙下车后，顺便把后座的门打开，等了一会儿也没见人出来，便扶着车门探身进去喊道："唐柊？"

连唤几声都没得到回应，尹谌立时伸手过去摇了摇唐柊，见他没反应，再用手背碰了一下他的额头，然后甩上车门回到驾驶座，刚熄火不久的车再次发动。

第九章　重归于好

早上五点半，正在值大夜班的江瑶伸着懒腰打了个哈欠，眼睛往门口一瞟，就看见尹谌带着一个人大步流星地走进来。

急诊楼的医生过来问情况，尹谌把昏迷不醒的人放上病床，说："他好像有些发烧。"

江瑶帮着去药房配了针剂，尹谌亲自给唐柊打。

唐柊昏迷中都睡不安稳，眉峰隆起，时而随着喘息发出痛苦的闷哼声。

尹谌的脸色越发阴沉，握着注射器的手却依旧很稳。

长长的针头扎进唐柊苍白的手臂，尹谌目不转睛地看着，然后用棉签轻按着拔出针头，见唐柊没有因为短暂的刺痛惊醒，这才舒了口气。

上午，尹谌有台刘医生主刀的手术要跟，查过房就换防菌服进了手术室，出来已是十点多，路过前台的时候被江瑶叫住了，说这层的休息室现在空着，问他要不要去躺一会儿。

"尹医生，你昨晚没睡吧？眼睛里好多血丝。"江瑶担心地问道。

尹谌摘下口罩道："不用，你不是也一夜没睡吗？"

江瑶把这话解读成关心，腼腆一笑，说："没事啦，我跟小姐妹调了班，帮她顶半天，中午就回去补觉。"

这会儿有点儿空余时间，尹谌打算去楼下唐柊的病房走一趟。

江瑶说："他醒来之后就出院了。"

尹谌愣了一下，问道："出院了？"

"对啊，本来要给他安排个全面的身体检查，他说不用了，回去休养就行，药都没拿就走了。"

出租车在小区后门停稳，唐柊付钱下车，即使腿还在打战，也不敢过多停留，裹紧衣服就往里面走。

进到家里，门"砰"地锁上，唐柊把戴了许久的口罩拉到鼻子下方，深深吸了一口气。

刚才醒来发现自己在医院，着实把他吓得不轻。自从当艺人以来，唐柊就没有大大方方地进过医院，头疼脑热之类的小病吃点儿药就扛过去了，即便万不得已要去复诊，他也会提前约好医生，尽量挑人少的时间去。

唐柊进房间把前一天买的药拆开，拿了两粒吞下，靠在床头躺了几分钟，觉得没那么难受了，才坐起来，扶着墙艰难地往厨房挪。

生病了需要营养，不吃东西是不行的，可上次出远门前他已经把冰箱清空了。

唐柊盯着冷藏柜里仅剩的一颗鸡蛋发了会儿呆，听到敲门声时，还以为是钱小朵雪中送炭来了，连门上的猫眼都没瞄一下就直接打开了门，待看见尹谌那张冷酷的俊脸时，差点儿以为自己在做梦。

"你来啦。"他像从前一样直接侧身让尹谌进去，等人真进去了才惊觉哪里不对，"你……你怎么来了？"

尹谌没答话，站在玄关处低头看鞋架，鞋架上并无多余的拖鞋。

唐柊顺着他的视线往地下看，也发现了这个问题，愣愣地说："没有其他拖鞋了……就这样进来吧。"

这时，他又想到了什么，一拍脑门，慌慌张张地往卧室跑。站在客厅的尹谌往开着门的房间轻扫一眼，见唐柊正背对着他蹲在床头柜前，把什么东西一股脑儿地往抽屉里塞。

"家里好乱啊，稍微收拾了一下，"出来之后，唐柊面上十分不好意思，指了指沙发，"随便坐。"

尹谌没坐。

他是来探病的，不是来做客的。他把手上拎着的东西放到桌上，先打开装着食物的袋子，用手背探了一下粥的温度，比刚买的时候凉了点儿，刚好适合入嘴。

病中的唐柊反应有些迟钝，捧起粥碗喝了好几口，才突然想起什么，抬头问："你不是在上班吗？"

"中午休息。"尹谌说。

"那……那你来这里干吗？"

"你的药落下了。"

"那这粥……"

"顺便。"

"哦，"唐柊恍然大悟，虽在意料之中，但还是不免失落，低头舀了一勺粥，说，"今天……谢谢你。"

填饱肚子，唐柊又回了趟房间，出来时手里拿着钱包。

他数了几张钞票递给尹谌,说:"'糖葫芦'的医药费,我的医药费,还有饭钱。"

尹谌都没有注意小票什么时候到的他手上，他就已经把账都算清楚了。

即便唐柊从小家庭条件不好，唐奶奶也教过他基本的待客之道，他让尹谌在客厅坐着，自己去厨房烧水泡茶。

方才吃的止疼药起了点儿作用，唐柊靠着料理台，腾出一只手狠捶几下胸口，抚平因为药物的影响而无规律收缩的心脏，心想好在尹谌等下就走，不然怕是顶不住了。

等到水烧开，拎起水壶转身的时候，猝不及防袭来的眩晕令唐柊膝盖一软，踩在地面积水上的拖鞋滑出去一只，水壶也险些脱手。

"我来吧。"

不知何时出现在厨房门口的尹谌走过去，自他身侧接过水壶放在料理台上，转身去捡滑到门口的拖鞋。

唐柊扶着桌沿，单脚向前蹦了两下，说："我自己来。"

话音未落，尹谌已经将拖鞋放到他的面前，唐柊伸脚便可以穿上。

他把脚伸进去，轻轻踩在地上，干巴巴地又道了声"谢谢"。

半个小时后，尹谌喝完最后一口已经凉透的茶，起身回医院。

路过虚掩着门的房间，看见躺在床上的唐柊，已经走到门口的尹谌又折了回去。

他推开门，一边放轻脚步，一边将地板上乱放的东西收拾好。

忽有音乐声自枕头底下传来，起初断断续续不太连贯，后面也许是弹熟练了,有了少许悦耳动听的意思。

是单手简化版的《小星星》,音质僵硬生涩,一听就是初学者用许久没调音的琴弹的。

循着声音的来源,尹谌摸到枕头边上一个约莫半掌大小的长方体物品。

扬声口没了遮挡,音量陡然拔高,唐柊却没醒,似乎把这音乐当成了催眠曲。

倒是尹谌无法继续保持平静,因为被他握在手中的东西,正是他当年送给唐柊的录音笔。

音乐声渐渐收尾,咔嗒一声后自动切换到下一首,嘈杂的环境音甫一入耳,尹谌就知道是什么了,那段记忆霎时涌入脑海。

冬季的早晨,喧闹的教室,各自占据课桌一角的两个少年低头认真学习,阳光透过窗户洒在他们细软的发梢上。

尹谌几乎是手忙脚乱地去找暂停键,老旧的录音笔按键却不灵敏,按了好几下才切断声音,两句诗只播放出来一句。

唐柊蜷了蜷身体,唇角向上弯起。

下午醒时,唐柊出了一身汗,补了两颗药,迷迷瞪瞪地摸到外面找吃的。

钱小朵刚好来送食材,进门后眼珠狡黠一转,说道:"有人来过!"

唐柊被吓清醒了,一脸惊讶地问道:"你怎么知道?"

钱小朵指着门口放着的黑色外套,说:"这大小,一看就不是你的啊。"

盯着特地叠好放在显眼处的外套愣了半天,唐柊这才意识到尹谌走的时候居然没把它带走。

厨房里,钱小朵猜测道:"是'尹大少'的?"

唐柊不吱声。

"那就是了。"钱小朵突然兴奋地喊道,"你们和好啦?"

唐柊摇头否认道:"'糖葫芦'误服老鼠药,刚好遇见他,就帮忙送医院了。"

被八卦吸引了全部注意力的钱小朵这才发现"糖葫芦"不在家,听说小狗已经洗过胃脱离危险,这才松了口气,道:"我看它平时胃口不怎么好啊，碗里经常剩饭，老鼠药难不成比狗粮香？"

唐柊："……"

钱小朵怕影响唐柊休息，没逗留太久。

她走前放下一瓶维生素，说是冯姐拨款买的。唐柊倒了一颗吃了，甜的，比药好吃多了。

唐柊把菜粥煮上，拖了张凳子在厨房里坐下，头疼，身体也疼，感觉像有蚂蚁在骨头上细细密密地啃。

他蜷起膝盖抱着腿，为分散注意力，捧起手机玩，贪吃蛇连输两把后，他心不在焉地点开微信，开始思考要不要问问尹谌什么时候来拿外套。

虽说这个理由光明正大，可唐柊还是不敢贸然联系，怕惹对方不快。况且他很清楚自己存有私心，若能借此和尹谌多聊一会儿，那就再好不过了。

唐柊将煮好的粥端上桌，就听到放在一边的手机连着振动了好几下，他拿起来一看，是安静了好几天的同学群开张了。

蔡晓晴说："本宫下周要去首都出差，在座的有人接驾吗？"

贺嘉勋回了句："我们班好几个在首都工作的呢。"

蔡晓晴问："除了尹谌，还有谁？"

贺嘉勋答："赵佳露，陆浩宇，李振。"

已是下班时间，尹谌大概在路上，没看到消息，前两位被提到的同学都出来说"随时欢迎"，只有最后那位李姓同学不按常理出牌。

李振道："不是还有大明星唐柊吗？你们还是老同桌呢。"

这是唐柊入群以来第一次被提及，他立刻正襟危坐，比有几百万粉丝的微博账号被提及还要紧张。

印象中读书的时候，这位李同学还跟风嘲笑过他，唐柊不确定他点自己名是不是别有用意，尽量淡定地回复："下周我要去外地，你具体周几到呀？"

唐柊发完这句后，刚才还热闹沸腾的群忽然陷入诡异的安静，好几分钟都没人再说话。

唐柊等了一阵儿，想着他们可能都去吃饭了，于是空出一只手拿勺子舀粥喝，另一只手紧握手机，唯恐错过重要消息。

等到晚上近七点，手机才再次振动。

尹谌回道："下周六天班。"

尹谌这个人气群员来了，一石激起千层浪，群里再度吵闹起来。唐柊却在琢磨，大家都吃完饭了，尹谌怎么才回家。

蔡晓晴道："这什么医院啊，苛待医护人员？"

赵佳露说："医生都是这么忙的啦。"

陆浩宇跟着说："我上次跟工程去首都，还想着有同学在那儿，但就怕大家忙，没好意思在群里吱声。"

贺嘉勋立马说："尹哥确实忙，我去首都好几次，约他都要排号。"

这时，李振又出来了，说："能有大明星忙？"

事到如今，要是再察觉不到这位同学的挑衅和嘲讽，唐柊就白吃这么些年大米了。

他碗洗到一半，直接擦干手，拿起手机打了句"我不是很忙"，又删掉，然后打了一句"不是大明星"，还是觉得不妥，正想着要不要私聊蔡晓晴问她到底什么时候来，群里有人接话了。

尹谌说："年底各行各业都忙。"

唐柊怔了一下，把尹谌这行字反复念了几遍，心道他是在帮我解围吗？

是吗？

应该不是吧，尹谌可能只是随口一说。

又过了十来分钟，圆场专家戚乐赶来了，先发一个火冒三丈的表情，接着在群里发："每次都趁我不在偷偷聊天！都给我滚出来，一个都不准跑！"

戚乐还私聊了唐柊，让他放宽心，说自己会去做李振的"思想工作"。

唐柊觉得没必要，反正他们也没什么机会碰到，正准备打字感谢戚乐的好意，突然听到楼下传来一声剧烈的轰响，脚下的楼板都跟着震了一下。

意识到下面是尹谌家的厨房，唐柊什么都没想就跑了出去。

等电梯太慢了，唐柊直接走的楼梯，敲门时用了十足的力气，"哐哐"的巨大声响顿时填满楼道，隔壁的小两口儿闻声探出脑袋问道："你也听到爆炸声啦？我们还以为听错了呢。"

约莫一分钟后才有人来开门。

看见尹谌好端端地站在门口,身形挺拔,表情淡定,唐柊稍稍放下心,边往里屋张望边问:"怎么了,什么声音啊?"

"炸了,"尹谌平静地说,"微波炉。"

等弄清楚炸的是放进微波炉里的鸡蛋时,唐柊迷茫地眨了眨眼睛,实在想象不出这是尹谌能干出来的事。

微波炉里层的不锈钢内胆糊满了黄白交错的蛋花,有的半熟,有的还在流动,顺着敞开的门稀稀拉拉地滴在料理台上。

在唐柊第三次问尹谌要抹布时,他拿了个钢丝球过来,唐柊抬头看到他困到失焦的眼神,还有颓然灰败的脸色,这才明白过来他是累得头脑不清醒了。

由于前一天整夜没睡,白天又上了一天班,能安全到家已经不容易,恍惚之下把鸡蛋当成别的东西放到微波炉里加热也不是完全不能理解。

"你先去休息吧。"唐柊催他回屋躺下,"我稍微收拾一下就走。"

因为缺乏睡眠而呆愣的尹谌格外听话,放下抹布就出去了,没多久又返回来,站在厨房门口看向灶台方向,说:"包子。"

唐柊扭头,看见摆在干净盘子里的两个眼熟的包子,问道:"你本来打算热这个?"

尹谌没点头也没否认,只说了两个字:"你吃。"

"我刚吃过饭,不饿。"唐柊把盘子端起来,又不知道该放到哪儿,嘴快地问,"你喜欢吃我做的包子吗?"

唐柊问完就后悔了,那天在日料店门口,尹谌早把包子钱一并给他了,为的就是跟他划清界限。

尹谌果然没说话,直接转身出去了。

除了擦微波炉,唐柊顺便把厨房也收拾了一下。

尹谌不喜欢洗碗,仗着天冷没苍蝇,在水池里堆积了不少用过的餐具。

唐柊与他相反,从小擅长家务,进娱乐圈之前又在饭店后厨干过近两年,不到十分钟就把锅碗瓢盆洗得干净锃亮,顺便用洗洁精兑上水，把灶台和油烟机仔细擦了一遍。

收拾完后又烧水煮鸡蛋，全熟的和溏心的蛋各煮三个，应该够尹谌这两天吃了。

唐柊找了个大小合适的容器把煮好的鸡蛋装好，放在料理台上显眼的位置，原打算在卧室门口偷瞄一眼就走，没想到一出去，就看见尹谌坐在沙发上睡着了。

唐柊想尽可能多待一会儿，又回到厨房做了两个菜。

尹谌买回来的食材多是比较好处理的，番茄焯水去皮，切成片和鸡蛋一起炒；再切两个土豆，多放青椒和红椒，装盘的土豆丝香里透着辣，最合尹谌口味。

做完两个菜，唐柊扶着灶台边稍事休息，又想着再做个汤，打开冰箱门翻找，还真让他从犄角旮旯里翻出半包干紫菜。

反正用的都是尹谌家的食材，不至于再被还回来，唐柊便撸起袖子大胆上了。

他打算先用葱爆香后再加水，这样做出来的汤比较有味道。

将紫菜泡在盆里后，切葱的时候唐柊身上没力气，特地换了把轻便的水果刀。

结果唐柊还是没能扛过身体里一阵阵席卷而来的抽痛，在一个借喘息缓和的间隙手抖了一下，水果刀锋利的刀尖戳进手指，当即便有血流出来。

尹谌睁开眼睛，入目是一室温馨的灯光，入耳是略显急促的脚步声，紧接着便有饭菜的香气飘进鼻腔。

"你醒啦。"唐柊来的时候没顾上换鞋，还穿着他那双走路动静不小的木底拖鞋，从厨房出来，"我用你家食材简单炒了两个菜，你饿的话就随便吃点儿。"

言罢唐柊便往门口走去，速度之快，经过尹谌身旁甚至带起了一阵风。

刚醒的尹谌尚未恢复全部神志，他下意识地站起来跟到门口，送客的姿态令做客的唐柊紧张起来。

唐柊将背在身后的手挪至身侧，藏在黑暗里，另一只手握住门把，扭头道："不用送啦，我就在楼上。"想了想，还是没忍住嘱咐，"以后不要把鸡蛋放进微波炉里热，去壳的也不行。"

尹谌愣了一下，在那两三秒里迅速捋了一遍睡前发生的事，然后不自在地点了点头。

"那我就先走啦。"

唐柊说着拧动门把，右脚抬起，还没来得及跨出去，便被叫住了。

"手破了？"玄关昏暗，尹谌的声音也很低，"怎么弄的？"

唐柊紧张地掩饰道："没什么，切菜的时候不小心……"

"我看看。"

尹谌低头在不怎么明亮的灯光下观察对方的手。

唐柊主动往后撤退，说道："真没事，我已经清洗过了，回去贴个创可贴就好。"

他抽手有点儿急，扭动中肩膀碰到门框，连带手臂也被猛撞了一下，他脸色一白，喉咙里发出闷哼，听声音就知道疼得厉害。

尹谌从他的反应发现异状，出于医生的职业习惯，二话不说把人扯回去，然后便看到了唐柊上臂内侧那些狰狞的伤口。

那些伤口创面极大，几乎占据整条细瘦手臂的一半，凹凸不平的青紫伤疤交错纵横，虽已愈合，但看着很是骇人。

唐柊吓得心脏都停跳了几拍，边把袖子往下拉说："以前生病时难受，就抓了几下，没养好就这样了，现在不会乱抓了，已经没事了。"

尹谌是医生，唐柊只好拿生病当万能的借口，将伤口的成因换了个方式讲出来。

接着便是长久的沉默。

单从表情，唐柊很难判断出尹谌在想什么，但从他刚刚的反应里，唐柊猜测他应该在生气。

这让唐柊产生了片刻的茫然。

他在生什么气？气他笨手笨脚，让他看到这么恐怖的伤口，还是……唐柊近乎无措地思考着原因，忽略了尹谌变得沉郁的瞳孔。

"当初带你出国的那个朋友呢？"尹谌问。

十八岁的唐柊有着一双布满厚茧的粗糙的手，尹谌以为这双手经过七年的呵护保养，定然会变得柔软娇嫩，和其他从小娇生惯养的孩子一样，然而……

唐柊唇瓣微张，眼中迷茫更甚。

他觉得哪里出了错，又不知道是从哪里开始错的。

就像他知道尹谌在问什么，却不知该从何答起一样。

继续编谎话会将尹谌推远，而遵从内心可能会把尹谌推得更远。可是这件事他坚守了七年，已经成为信仰般的存在。

随着深深吸进的空气充盈肺腑，唐柊想，就让我再自私一次吧，虽然命运总爱跟我开玩笑，但它也不是没给过我机会，哪怕是从指缝里漏出的一点点。至少能再和尹谌重逢，便足够幸运了。

唐柊稳住战栗不止的心神，努力提起嘴角。

对他来说，越是真话，越要拼尽全力才能说出口。

"我的朋友……"他嗓音喑哑地说，"从来都只有你呀。"

时间一分一秒过去，尹谌始终一言不发。

唐柊像个把头探出壳外的乌龟，遇到危险又胆怯地缩了回去。

他以为尹谌会问他刚才的话是什么意思，问他这几年究竟去了哪里，饶是准备好了说辞，他仍然没有任何底气。

准备离开的时候，他听到了尹谌说的话，唐柊起初以为是自己听错了。

"什么？"他颤巍巍地问。

"不是做了饭吗？"尹谌重复道，"一起吃吧。"

把厨房里的菜端上桌，落座前，尹谌给唐柊拿了片创可贴。

唐柊受宠若惊地接过，撕开往手上贴的时候嘴角压不住上翘，说："你家的刀好快啊，一看就知道不常用。"

尹谌对此不置可否。

吃饭的过程中，他注意到唐柊右手执筷左手扶碗，上臂几乎贴着身体不动的姿态，显然是习惯了以这样拘谨的姿势用餐，好像下意识地藏着什么，也可能这样可以减轻身体疼痛。

吃过饭，唐柊主动去洗碗，摞起的碗碟却被尹谌夺了过去。

唐柊跟到厨房待了一阵儿，见实在没有能插上手的地方，便退了出去，拿起手机回消息。

苏文韫这天出去拍片了，刚刚才到家，看到群里的对话，私聊唐

293

柊道:"他们一个个吃饱了撑的,别理。"

"你怎么连自己好兄弟都骂啊?"

"他欠骂,等我回去帮你抽他。"

"别啊,回头他更讨厌我了怎么办?"

"我能把他怎么样啊,也就狠狠抽他几下。"

"我怀疑你在安慰我。"

"你今天心情不错?"

"你怎么知道?"

"猜的。"

二人你一句我一句地聊了一会儿,这时,尹谌从厨房出来了,给唐柊倒了杯热水摆在桌上,问:"'糖葫芦'什么时候出院?"

唐柊太久没有听到狗狗的名字从尹谌嘴里说出来,先是一愣,然后立刻接话道:"刚才医生给我发消息了,说'糖葫芦'恢复得不错,明天就能接回家了。"

说起来"糖葫芦"这个名字还是尹谌给取的,听他毫无顾忌地喊这个名字,唐柊觉得好像又回到了那段无忧无虑的青涩时光。

"明天我休息,"尹谌说,"跟你一起去。"

次日唐柊起了个大早,开锅烧水热牛奶,刷牙洗脸穿新衣。

他把去年买的还没穿几次的羽绒服拿了出来,头发也对着镜子梳得蓬松柔顺。平时不上台时他没有化妆的习惯,可是病中气色实在太不好了,唐柊灵机一动,在苹果肌上抹了点儿腮红,看起来总算没那么惨白了。

电梯在二十层停下时,尹谌刚好拎着两颗鸡蛋开门出来,说道:"昨天你煮的,吃不完。"

去宠物医院的路上,唐柊瞪了那两颗煮鸡蛋许久,好半天才下定决心剥开一颗,磨磨蹭蹭的,满脸都写着不情愿。

尹谌开车很专注,停在红灯前才发现唐柊已经吃掉一颗鸡蛋了,略带惊诧地问:"你不是不吃煮鸡蛋吗?"

"啊?"唐柊腮帮子鼓鼓的,张开嘴时露出嘴里还没有咽下去的蛋黄。

原来这两个鸡蛋是尹谌给尹谌他自己带的。

唐柊既羞愧又惊讶，羞愧的是吃了人家的鸡蛋，惊讶的是他还记得自己不吃煮鸡蛋。

车子停在宠物医院门口，尹谌就着唐柊带的热牛奶把另一颗煮鸡蛋吃了。

他们老远就听见"糖葫芦"的叫声，等进到医院里，这家伙叫得更欢，在隔间里甩着尾巴不停转圈，又抬起前肢扒拉门，差点翻墙而出了。

医生给开了点儿保养肠胃的药，唐柊有些担心，问要不要再开点儿别的，医生说："不用，你家狗狗恢复得很好，瞧着哪像八岁的狗啊，比八个月的还精神。"

隔间门一开，"糖葫芦"就冲了出来。唐柊张开双臂准备抱它，谁知这小臭狗扭着屁股自他身侧越过，往后面的尹谌跟前跑去，挠着他的裤腿哼哧哼哧求抱抱。

尹谌把它拎了起来，一只手抱狗一只手拎药，走出去两步，扭头对还呆立在原地的唐柊道："不走吗？"

唐柊猛然回神，忙抬脚跟上："哎，来了！"

没人能说清楚现下的状况算怎么回事。

作为当事人之一的唐柊也对尹谌的态度感到稀里糊涂，是感谢他昨天做的那顿饭所以态度暂时软化，还是因为医生职业性地对病人的照顾，或是邻居之间的互帮互助？他不敢妄下论断，更不敢将真实情绪流露。

即便如此，他们能维持这样正常来往的状态就很好了，尹谌至少不再像之前那样抗拒他了。

路过超市，尹谌停车下去买东西，唐柊也跟了去。病还没好的唐柊不适合去人流量大的地方，便戴着口罩在门口转悠，看见有贴膜的小摊子，蹲在边上围观了会儿，经过一番讨价还价，跟摊主买了两张膜。

回到春韶湾，走进电梯里，唐柊先占据有利位置按下"21"的按钮，然后手指悬在写着"20"的按钮边上，偏头小声问道："刚才买膜的时候摊主多送我一张，我看你手机膜裂了，要不要我帮你贴啊？"

尹谌还没回答，他怀里的"糖葫芦"先"呜"了一声，似在替他答应。

尹谌没让唐柊等太久，缓缓道："那麻烦你了。"

295

唐柽到家先把手机拿出来摆在桌上，重操旧业的他有点儿激动，先拿自己的手机做了个实验，确定现在流行的钢化膜比从前的软膜好贴多了，才给尹谌的手机贴。

一气呵成，贴得很完美，把焕然一新的手机交到尹谌手上的时候，唐柽感觉自己在学"糖葫芦"摇尾巴讨赏，虽然尹谌可能只把这当成邻居间的礼尚往来而已，轻描淡写地说了句"谢谢"。

不知不觉一上午过去，唐柽想留尹谌吃饭，理由倒是足够正当，他说："麻烦你跑了两趟，差点儿影响你工作了……我昨天买了不少菜呢，就留下陪'糖葫芦'吃一顿吧？"

"汪！""糖葫芦"听到"吃"字就激动地叫。

唐柽以前脸皮薄，被人在背后说道两句都胸闷气短，所以在他看来，脸皮厚当属优点，至少能觍着脸豁出去把人留下来吃饭。

总之人是留下来了，唐柽一改前一天做菜粥时的敷衍了事，把钱小朵送来的大部分食材都洗干净切了，做了牛腩炖萝卜、老母鸡汤和山药炒木耳。

当医生的辛苦唐柽都看在眼里，他暗下决心，这顿至少让尹谌胖三斤。

客厅里的尹谌并不知道自己即将发胖，陪"糖葫芦"玩了几次扔球捡球的游戏，大龄狗的体力不比从前，溜了几圈就累得吐舌头，扒着尹谌的腿讨吃的。

尹谌在客厅转了一圈，没找到给狗吃的东西，他走到厨房门口，刚要出声询问，就见唐柽把手机夹在肩窝里，边切菜边跟谁讲着电话。

"我好着呢，食欲也好得很，今天做两个大菜……想呀，好想奶奶呀，下个月就过年了，我争取早点儿收工早点儿回去……想吃奶奶做的酒酿小元宵了。"

锅里"咕嘟咕嘟"在煮着什么，时间在朦胧的画面中回溯，尹谌记起很久以前他也是这样对自己说话的，大眼睛里满含涉世未深的天真。

如今这份天真竟一分不少地保留在他身上，好像这七年他被保护得很好，只是不问世事地睡了一觉，现在又完完整整地回来了。

吃过饭,唐柊笑道:"茶泡好啦,来陪'糖葫芦'喝一杯。"

趴在一旁的"糖葫芦"都懒得叫唤了,它十分郁闷,因为唐柊只给它挖了一勺狗粮,里头还混了两颗药,既没给它吃牛肉,也没给它喝茶。

"糖葫芦"突然觉得自己被利用了。

为把泡好的茶安然运送到沙发前的矮几上,唐柊来回走了好几趟,木质鞋底在地面敲出嗒嗒嗒的轻快节奏。

喝了两口茶,他猛然从尹谌看向地面的视线中意识到什么,问:"我在家穿这双鞋,是不是吵到你了?"

"没有。"尹谌淡然道。

"肯定吵到你了,我明天,不,今天下午就换其他拖鞋。"唐柊说着就把鞋子脱掉放在一边,赤脚踩在地毯上,"这是粉丝送的,挺好看的,我就拆开穿了……"

尹谌的视线又移到摆在桌上的木质小收音机上。

"啊,这个也是粉丝送的,放在这里当装饰。"唐柊的声音低了下去,"我现在睡前不听广播了,听别的了。"

二人相顾无言地坐了一阵儿,没有什么可聊的,就一口接一口地喝茶。

不多时尹谌便喝完了,唐柊要去帮他添,起身时目光扫过阳台,眼睛一亮,惊喜道:"下雪了!"

首都的雪不似江南那般婉约,才刚下起来,鹅毛大的雪片就散了满天。

唐柊爱雪,曾经最大的愿望就是来首都看雪。

去年这个时候他也在生病,无以缓解的病痛伴着严重的后遗症击垮了他本就疲惫不堪的身体。他躺在医院的病床上,连着呼吸机,偶尔还要靠打营养针过活,冬天有多长,他就昏睡了多久,醒来时雪早化了。

所以这是他第一次看到首都的雪,刚好尹谌也在,唐柊心想,老天爷还是待他不薄的,以后再也不怨他老人家了。

沉稳的脚步声自身后传来,尹谌行至唐柊身侧,把那双他刚脱下不久的木拖鞋放在脚边。

唐柊的注意力全在外头的雪上,眼睛都不舍得眨一下。

这场景令他想起了那年和尹谌来首都看雪的约定,他喃喃自语道:"是不是真的跟沙子一样,风一吹就飞起来了?"

二人并肩立于窗前,漫天飞舞的雪花从眼前飘过,在他们看不到的地方落定。

尹谌轻而缓地叹了口气,道:"下去看看不就知道了?"

雪很大,落满草坪和枝头,不多时,地面也覆上一层厚厚的纯白。

唐桄特地等了两三个小时才下楼,脚踩进雪里,留下一串深浅不一的足迹。

他走一小段就回头看一眼,刚踩出来的新鲜脚印被落下的雪次第抹平,双手插兜的人不紧不慢地跟在他身后。

这一刻,唐桄忽然觉得他们的友情并无变化。

正值周末,小孩子三五成群地来到楼下的空地打雪仗,白皑皑一大片雪很快被弄得乌七八糟。

唐桄沿着墙根没被人踩过的地方走,冷不丁被一个扔偏的雪球砸中脑袋,正瞪大眼睛四处张望是哪个小屁孩儿时,尹谌绕至他身前,说:"天快黑了,我们回去吧。"

到了晚上,唐桄还有些恍惚,接冯姐的电话时都在走神,冯姐喊了他几声,都唤不回他的魂,干脆挂掉电话,直接打了个视频过来。

按下接通,映入眼帘的就是冯姐那张凶神恶煞的脸,唐桄发自内心地"啊"了一声。

"别告诉我这是你第一次跟人视频。"画面里一头干练短发的女人把镜头拉远,"靠近点儿,让我看看你的状态怎么样。"

唐桄把脸凑近,眯起眼睛不敢看视频里的人,直接夸:"姐姐,你今天好美啊。"

冯姐翻了个白眼,说:"少拍马屁,刚才被我吓到鬼叫的人是谁?"

"第一次开视频,不习惯嘛。"唐桄有些不好意思地说,"没想到画面这么清楚,跟看电影差不多。"

冯姐有些无语,说:"叫你早点儿换手机你偏不肯,粉丝还以为公司苛待你,不给你发工资,让你连个像样的手机都买不起。"

唐桄想了个主意,说道:"那下次粉丝见面会我跟他们说,是我不肯换,跟公司没关系。"

"那他们肯定以为是公司逼你这么说的，还不如不说。在粉丝眼里，经纪公司就是专门压榨艺人的贼窝。"

唐柊笑得整个人都在颤。

冯姐本名冯洁，三十五岁，手里带了好几个艺人，她平时很忙，难得抽出空跟唐柊聊天，东拉西扯几句之后便切入正题："这几天身体如何？"

"挺好的。"

"给你放长假就是让你好好休息，别再把自己弄得像去年那样，不行的话千万别强撑，我帮你再要几天假。"

"知道啦，我有分寸。"

"希望你是真的有……对了，新房子住得怎么样？"

"也挺好。"

"……"

尹谌轻松了不到一天，周一大清早的就起床上班去了。

雪从前一天下午一直下到这天凌晨，出于安全考虑尹谌没有开车，地铁上人挤人，即便提前了二十分钟出门，他还是踩着点走进医院大楼。

刘医生比他来得还晚，说在家门口滑了一跤，又回去换了一身衣服，进办公室先把热茶倒上，揉着腰感叹道："这天气，要不是病人需要咱们，谁不想待在家里吹暖气打麻将啊。"

尹谌当时没什么想法，等到查完房路过前台，看到几个护士都换上了棉鞋、抱着暖手宝时，忽然想起那个从入秋开始就特别怕冷的人。

怕冷还不自觉，昨天那么大的雪，一个人在前头蹦蹦跳跳，雪落了满头满脸也浑不在意，若不是自己喊他回去，不知还要在雪里傻站多久。

进手术室前的空闲时间，尹谌拿出手机翻通话记录，目光在大半个月前那个仅接通三秒的号码上停留片刻，又切换到微信，点开下方的通讯录，没有新好友提醒。

倒是在"永远的三（2）班"群里不断有新消息跳出，尹谌眼尖地捕捉到唐柊的名字，点进去稍做浏览。

"我和唐柊都在，你忙完了打我电话。@蔡晓晴。"

299

消息是苏文韫发的。

唐柊这天本来没打算出门，苏文韫来首都出差，他也只计划把人请到住处坐一坐，毕竟生病不适合瞎跑。

不过在听说蔡晓晴也是这天到，并在苏文韫三寸不烂之舌的劝说下同意一起吃饭之后，唐柊当即改了主意，对电话里的苏文韫说："地址发来，我马上到。"

他把自己裹成球，到外面还是冷得要命。由于天气原因不好打车，唐柊站在路边抖出重影才等到一辆，到苏文韫说的咖啡馆后，他捧着热茶缓了半天，手脚才将将恢复知觉。

蔡晓晴是临近中午的时候到的，见到唐柊，她起初板着冷脸不愿搭理，后来换了个地方，开了两瓶酒，围着小圆桌从工作谈到生活，再追忆到校园时光，说起蔡晓晴总是上课时看漫画，还有贺嘉勋总是考不好回家挨妈妈打等趣事后，三个人笑作一团，那些隔阂和罅隙仿佛在这些欢声笑语中被逐一填平。

"你说你浑不浑蛋吧，我买了一兜棒棒糖和辣条，就等着跟你一起吃，结果你一声不吭就走了，害得我只能自己一个人吃，那一个月我胖了五斤，整整五斤！"蔡晓晴伸出手，张开五指比了个"5"。

本来挺搞笑的一件事，唐柊听了却笑不出来，抬手跟她击了个掌，说："对，我就是浑蛋，这五斤算我的。"

"哼，说得倒轻松。"蔡晓晴夹了颗花生米扔嘴里，嘎嘣嘎嘣咬得生响，"我胖了，之前说欣赏我的男生立马不跟我玩了，你就不一样了，消失得无影无踪，大家都还记挂着你，尹谌还进省队了。"

尹谌当年进省队的事唐柊听别人说了，他满心愧疚道："是我对不起他……也对不起你们。"

气氛瞬间变得沉重，苏文韫默不作声地给二人倒酒，蔡晓晴到底心软，仰头一饮而尽，然后摇头晃脑地戳了戳唐柊的胳膊，像他们还是同桌时那样打趣道："不过我也不亏。"

唐柊眼眶通红地应道："嗯？"

"当年我就在想啊，我的小同桌唐木冬到底有多好看，竟然出国了，现在还是大明星！"蔡晓晴靠过去，盯着唐柊的脸，"这么一看，确实好看。"

唐柠哭笑不得地夺过她手里的酒杯，说："你别喝啦，净胡说八道。"

蔡晓晴竖起一根手指摇了摇，说道："我没胡说，那些在背后骂你的人其实都是嫉妒你，嫉妒你长得好，成绩也好，还那么努力，要是你不走，我可能也会把你当'男神'。"

这话让唐柠愣怔良久，大约是怕唐柠骄傲自满，蔡晓晴话锋一转，道："可是你这个小浑蛋玩起了半路消失，一点儿也不懂得珍惜！"

唐柠又是一愣，随即弯起眼睛说："对不起！"

其实他一直很珍惜。

下午蔡晓晴和苏文韫都有工作，便先走了，唐柠一个人在咖啡厅坐着蹭暖气，等时间差不多了，就打车去医院等尹谌下班。

也许是太久没在医院大门口碰到的缘故，尹谌看到唐柠的时候有些惊讶，随后便冷着脸越过他往前走。

唐柠跟在尹谌后面，问他"今天辛不辛苦""累不累"，尹谌没应。

晚高峰的地铁依旧挤得像沙丁鱼罐头，偏偏这时候有人打电话来，唐柠一只手扶着栏杆一只手接电话，听到尹谦的声音时脸色一变，立即大声说道："你再换号码给我打，我就报警了。"

到站时，电话里的人还在跟唐柠扯皮，尹谌听到他的语气从起初的强硬到逐渐软化，最后不知那头说了什么，唐柠应了一声"好吧"，挂电话时还无奈地叹了口气。

出了地铁站，二人走在路上，未化尽的雪被踩严实后，路更加湿滑难行，小区的路有专人负责铲雪，然而由于道路宽，铲得比较粗糙，某些边角的位置没铲干净，唐柠在通往楼洞的拐角处脚下一滑，若不是尹谌手疾眼快扶了一把，他大概率会摔个四脚朝天。

到电梯跟前，唐柠还惊魂未定，看见有人从地下停车场直接乘电梯上来，鞋子和裤腿干干净净，不由得羡慕道："有车真好。"联想到这里的停车费和房价，接着又感叹道，"有钱真好。"

电梯门向两边打开，随后缓慢地合上，站在电梯里的两个人前后错开，谁也没去看对方的表情。

尹谌薄唇紧抿，周身气场极冷。

他忘不了那句"可是现在你没有钱"，当初唐柠就是为了钱离开的，既然能为了钱离开一次，就能为了更多的钱再次离开。这是铁一般的事实，与信任与否无关。所以那天唐柊说的话，无论尹谌信与不信，都毫无意义。

唐柊显然也意识到了这一点，在电梯上升的过程中始终保持沉默，只在抵达二十层时低声问道：“晚上一起吃饭吗？你的外套还在我家呢。”

回答他的是尹谌远去的背影，以及再次合上的门。

唐柊觉得一切都被自己搞砸了。

他乘电梯到二十一楼，摸钥匙的时候还在发蒙，见钥匙半天插不进锁眼，这才发现自己的手在不住地哆嗦。

唐柊在外面待了一天，又没吃药，此时药效耗尽，他站在玄关把全身的口袋摸了个遍，空了半板的药不慎从口袋边缘滑落。

他循声蹲下去找，屋里没开灯，颤抖的手掌撑在地板上一寸寸摸，摸索了半天却什么都没找到。

情绪波动对生病中的唐柊的影响比想象中的还要大，虚软的腿支撑不住，唐柊"扑通"一声双膝跪地，耳边传来一阵接一阵的嗡鸣，安静的空间里回荡着急促的喘息声。

胸膛剧烈地起伏着，痛感好似开了闸的洪水，顷刻间便席卷全身，唐柊靠咬着舌头维持理智，不让自己陷入混沌，吊着一口气趴在地上继续找药，手心贴着冰凉的地面，一线之隔，上面是人间，下面是地狱。

已经有改变了，这回真的在往好的方向发展了，唐柊想，我不想死，我还不能死。

电梯门打开，尹谌看到的便是这足以令心脏骤停的一幕。

大门半开着，唐柊倒在地上，身体因为痛苦蜷成一团，"糖葫芦"围着他"汪汪"地叫，见尹谌来了，它边跳边叫，像是在求他救救自己的主人。

尹谌快步上前，将唐柊扶起送到客厅的沙发上。正要转身时，衣袖被拽住了，唐柊虚弱地喊了几声"药"，涣散的视线望向门口。

等尹谌真要去帮他拿时，他又想起了什么，摇摇头道："不要，不要了，你走吧，外套就在门口……你走吧。"

几乎是瞬间,长久压抑的怒火自胸腔炸开,尹谌仿佛整个人都要燃烧起来,说:"不要?"他的语速也不自觉加快,"你在要我是吗?"

半昏半醒的唐柊听见尹谌带着狠厉的声音,语无伦次道:"要,要的,我怎么会要你呢?你可是我这辈子最好的朋友。"

唐柊的声音随着喘息变得微弱,断断续续地重复着那几句话。

尹谌转过身,逼问道:"你想要什么?"

即便面白如纸,涔涔冷汗自脸颊滑落,唐柊还是扯出一个明艳的笑容,对他说:"我要你原谅我。"

唐柊说这话的时候不知存有几分意识,但是尹谌知道自己是完全清醒的。

他将药寻回,给唐柊倒了一杯热水。

唐柊哑声道歉:"对不起。"

许久没有睡过安稳觉,唐柊醒来看着床头闹钟上的时间,还以为自己睡了一整天,等回想起睡前发生了什么时,连忙翻身下床,连蹦带跳地往屋外跑。

在房门口碰到听见动静赶来的尹谌,唐柊有些尴尬道:"我……我去做饭……"

冰箱里还有些前一天的剩菜,热一热就能上桌。

吃过饭,唐柊感觉自己的身体比前一天好一点儿了。

等到唐柊想起门口的药还没捡,已经是喝过茶之后的事了。

唐柊慌慌张张地跑到门口,趴在地上找,手伸到鞋柜底下摸了半天,忽而听见身后传来一句:"药吗?放在茶几上了。"

他扶着墙爬起来,小步挪到茶几边,趁尹谌没往这边看,迅速把药拿起来塞进口袋。

饭后不久,尹谌起身要走。

唐柊把人送到门口,给他递外套时,摸到了衣服侧边有一处不平整,抖开一看,果真是个破洞。

"可能是送'糖葫芦'去医院那天不小心弄的,"唐柊自责道,"我这就帮你补上。"

尹谌说不用,唐柊还是往里屋走去,说道:"很快的,就五分钟!"

他指挥"糖葫芦"帮他拿工具,"糖葫芦"在对新家不熟悉的情

303

况下,还是很快将针线盒找了出来,用牙齿连拖带拽地叼到唐柊跟前,唐柊摸着它的头夸它乖,"糖葫芦"则骄傲地抬头甩尾巴。

唐柊做针线活儿的动作更娴熟了,穿针引线一气呵成,捏着绣花针的手灵活翻飞,不到三分钟就缝好了,打结剪线的动作快到尹谌都没看清。

"你看看,是不是一点儿都看不出来?"唐柊展开衣服给尹谌检查,"黑衣服最方便了,耐脏还耐磨,随便缝一下就跟新的一样。"

尹谌接过外套,摸了一下缝补过的位置,细密的针脚,稍微凸起的一小块,手感与当年绣在校服上的极其类似。

现在情境和心境却大不相同了。七年过去,唐柊越是擅长做这些,就越代表他这些年过得不好。

说不定比他看到的还要不好。

走到门外,按下电梯按钮,尹谌回过头时,见唐柊还呆站在门口。

唐柊不太自在地搓了搓衣角,说:"那个……回去早点儿睡,明天还要上班呢。"

"去医院做个全面的身体检查,"电梯快到二十一层的时候,尹谌对唐柊说,"别再吃止疼药了。"

唐柊暗自庆幸当时掉的是止疼药,而不是别的什么药,不过身体检查是不可能安排的,一来他对自己的身体状况清楚得很;二来病情好转了就该立刻投入到工作中去,挣钱才是他的头等大事。

冯洁知道唐柊病刚好,刚复工就没给他安排费体力的工作。

正好临近新年,有几套杂志图的拍摄,地点都在开着暖气的棚内,唐柊拍得轻松,闲暇时就捧着手机发微信消息练习打字。

唐柊在班级群里发了句"出来聊天了,朋友们"。

苏文韫秒回:"我今天忙,你找班长玩去。"

唐柊说:"班长可能也在忙。"

苏文韫回:"等等,我拉个群。"

不多时,一个五人小群就建起来了,唐柊点进去一看,群名叫"欢乐六缺一"。

随后,苏文韫在群里喊道:"戚乐,出来迎客!"

戚乐貌似真在忙,好一会儿都没出现,先出来的是蔡晓晴——

"我是被拉进了什么神秘组织吗？"

唐柊见了，回道："你们都在啊，好开心！"

这句话才刚发出去，群界面就蹦出来一条提示——小小贺已退出本群。

"小小贺"就是贺嘉勖。

唐柊顿觉尴尬，在群里问苏文韫怎么办。

苏文韫说："我回去揍他，这家伙现在和我合租！逃不了！"

蔡晓晴调侃道："苏苏也太凶了吧，上学的时候没看出来你居然这么凶！"

"我也没看出来！"这句是戚乐发的。

戚乐一来，苏文韫就去忙了，群里的三个人开始讨论群名的含义。

戚乐问："是新出了什么六人麻将游戏吗？"

蔡晓晴说："班长，你好笨，明显是六个人缺一个啊。"

戚乐恍然大悟，回："哦，我知道了，缺尹同学，我去把他拉进来？"

蔡晓晴赶紧说："别了，别了，他可能不愿意。"

蔡晓晴道："咳，迟早会进来的，我们几个先玩着。"

唐柊应了个"嗯"。

戚乐又问："不过现在这个群该改名叫'六缺二'了吧？"

唐柊："……"

唐柊于心有愧，默默地往群里发了个红包。

连着几天的工作都在首都，无论地方有多远，唐柊每天晚上都会赶回春韶湾。

没想到尹谌比他还忙，就算不值夜班也几乎没在晚上八点前到过家，唐柊每次急匆匆赶回家做了饭，去楼下敲门都无人应，想去医院接人又怕在路上错过，心想加不上微信好不方便啊，真想在尹谌身上安个追踪器。

为了不再给尹谌造成困扰，这种违法乱纪的事唐柊只敢偷偷想，事实上他连个电话都不敢拨。

然而尹谦又跟到家里来了，推着个勉强能挤进电梯的糖葫芦车，健步如飞地往唐柊家里钻。

"是你同意我来看你的，"尹谦理直气壮道，"不能说话不算话啊。"

唐柊无比后悔在电话里答应他这件事。

当时尹谦求唐柊再给他半个月时间，到年底唐柊要是还是不想和他做朋友的话，他就放弃，再也不出现在唐柊面前。

唐柊就是被"再也不出现"这个条件诱惑，权衡之下勉为其难答应了。

世上最难买的当属后悔药，唐柊很快就后悔自己做的这个决定，他个头儿和力气都不敌尹谦，跑不过尹谦也就罢了，门也关不上，那糖葫芦车现在就卡在门口，轮子在地上刺啦作响。

"几根糖葫芦，又不值钱，你就收下呗。"

尹谦在门外推销，门里的狗狗"糖葫芦"听到自己的名字，上蹿下跳地叫："汪汪！"

"不要，你拿回去自己吃。"唐柊威胁道，"物业的人待会儿就来了，他们会把你轰走的。"

尹谦浑不在意道："我哥就住楼下，到时候我就说是来探亲的，谁敢轰我走。"

唐柊无言以对。

十千米外的医院里，尹谌无缘无故打了个喷嚏。

一边的江瑶关心道："是不是着凉了啊？最近降温了，尹医生要多穿衣服多喝热水哟。"

尹谌应下了。

这天难得下班早，尹谌在办公室看了一会儿手术记录。

翻到一场只有简短一页的治疗记录时，想起之前外派南城协助做那台手术时遇到的同行，尹谌比对了一下手术地点和主刀医师，认为这可能就是那位同行说的几年前在南城独立进行的二次修复手术。

时间是七年前的一月底，差不多是学期末，尹谌粗略估算了一下，那会儿他还在南城念书。

由于不是本地的手术记录，患者信息大多保密，既没有名字，也没有身体状况等信息，术后的结果也不详细，只知道是个男性，做手术的时候十八周岁。

怀着对病例深入研究的想法，尹谌打算找刘医生问问有没有关于这场手术的更多资料,不过刘医生已经准备下班了,说要回去跟家人过节,让他自己先上网找找看。

尹谌随后接到母亲的电话,才想起来这天是冬至。

林玉姝让他去拿水饺,他以最近忙为由推到了周末,随后换好衣服下楼,便碰到了捧着塑料盒来给他送水饺的江瑶。

"昨天晚上和家里人一起做的,馅儿弄多了就多包了几个,尹医生,你拿回去吃吧,应该刚好够你吃一顿。"

这回没有非收不可的理由,尹谌拒绝道:"家里有剩菜,不用了,谢谢。"

江瑶又道:"可以留着明天早上吃,下锅煮开就行,很方便的。"

"我一般不在家吃早饭,"尹谌撒了个无伤大雅的小谎,"你留着自己吃吧。"

江瑶脸色一白,慢慢收回了捧着盒子的手。

尹谌回到家,进到屋没多久,门被敲响了。

打开门,就见唐桎穿着一身毛茸茸的家居服,有些局促地指了指门板说:"贴在上面的便利贴,你看到了吗?"

"没有。"尹谌说。

"啊……"唐桎面露遗憾,"可能又被清扫楼道的阿姨收拾掉了。"

见尹谌没阻止,唐桎厚着脸皮跟进了屋。

不知道是不是因为尹谌那天默认的原谅,唐桎近来比之前胆子大了,经常来找尹谌。

吃完饭,尹谌就进到书房打开电脑查阅文献,好在门没关,唐桎可以坐在客厅的沙发上捧着手机聊天,时不时往书房里瞟一眼。

一旦专注起来就容易忽略时间这个毛病,尹谌也有。

他的视线移到屏幕右下方时,发现已经十点多了,差不多该休息了,他站起来伸了个懒腰,脑海中不知怎的挤进了一些零散的回忆,突然想起被他忙忘了的一件事。

捧着空杯子走到客厅,看见卧在沙发上已经睡着的唐桎,尹谌愣了一下。

他以为唐桎已经走了,毕竟这里没什么好玩的,连个能说话的人都没有。

307

这会唐柊刚好也醒了，他小小地打了个哈欠，眯着惺忪睡眼看向面前的人，嘴角也跟着弯起，说："你忙完啦。"

从前的唐柊总在脸上抹脏兮兮的东西扮丑，现在成天以真面目示人，尹谌反而不习惯。

尹谌低低地"嗯"了一声，接着说："别在这儿睡。"

唐柊慢腾腾地坐了起来，道："不小心睡着了……那我先走啦。"

尹谌背过身去，不再作声。

唐柊撑着扶手站起来，手按到了扔在沙发上的外套下面的一个硬邦邦的东西上，只听"咔嚓"一声，他以为按坏了，忙伸手去摸，结果从口袋里摸出一根拦腰压断的糖葫芦。

唐柊盯着那根糖葫芦看了好一阵儿，试探着问道："这个……是给我的吗？"

尹谌还是背对着他，说："今天过节，冬至。"

"在哪里买的呀？"唐柊问，"我都没在这附近看到过。"

尹谌拿起还空着的杯子，说："医院旁边的便利店，路过看到就买了。"

唐柊低着头，小心地把压成两截的糖葫芦拼回去，轻轻地"哦"了一声。

有可能是被唐柊倒在门口那次吓到了，尹谌这几天都会把唐柊送到电梯口。

穿着毛绒家居服的唐柊站在电梯轿厢里向尹谌挥手道别，另一只手举着糖葫芦，笑着说："我等下就把它吃掉。"

早在准备去医院堵人之前，他就把那附近的地形研究清楚了，包括医院有几个门、周边有几家便利店。

哪有卖糖葫芦的便利店？从前南城没有，现在首都也不会有。

曾经的某一天，唐柊沿着那条小巷走出去，走了很长很长的路，在临近某所小学时终于看到一间炒货店，店门口立着一个储藏糖葫芦的玻璃柜，他买了一根，味道跟尹谌给他的一模一样。

日子就像握在手心里的水，攥得越严实，流逝的速度就越快。

转眼又到一年的尾声，元旦前一天，唐柊买了很多菜，没回自己住处，直接蹲在尹谌家门口等他回来。

不凑巧的是，尹谌这天加班，忙到天黑才到家，出电梯看见一团黑漆漆的东西团在门口，还以为唐柊又送了什么过来，走近一看，发现是人，讶然道："等了多久？怎么不给我打电话？"

唐柊站起来活动筋骨，无所谓地笑道："没等多久，我也刚收工回家。"

进到里屋他才反应过来尹谌刚才说的话，试探着问："以后……可以给你打电话吗？"

"如果有要紧事的话。"尹谌说。

唐柊思考了一下，上次晕倒在门口那种应该才算要紧事，这话问了等于没问。

尹谌能让他进门，愿意给他机会，他就已经很满足了。

跨年晚餐应当丰盛，唐柊鸡鸭鱼肉都买了，还买了两斤大虾，他洗完虾去掉虾线后，特地拍了张照片发给苏文韫，得到的回复是一把血淋淋的菜刀的表情包。

苏文韫问："你一个人吃得了这么多吗？"

唐柊答："谁说我是一个人吃？"

唐柊嘿嘿一笑，放下手机扭头一看，泡在水池里的卷心菜已经被尹谌捞出来放在菜板上切了。

"我来，"唐柊忙上前夺过刀，"你的手不是用来切菜的。"

尹谌没给他，"咔嚓"一下又是一刀下去，他想了想，问："那是用来干什么的？"

唐柊理所当然道："用来拿手术刀的啊，还有弹钢琴。"

尹谌眼睫半垂，没再言语。

菜端上桌后，唐柊在主人的允许下把电视打开，跨年晚会热闹的歌舞声充斥了整间屋子，让人的心情也跟着欢快的音乐声轻盈飞扬。

唐柊边剥大虾边跟着哼唱几句，见对面的尹谌放下筷子，赶紧收了声，道："影响你食欲了吧？我不唱了，我这就不唱了。"

尹谌把放在桌角的杯子推到了唐柊面前，里面装着饭前刚倒不久的热水。

"少喝饮料。"他提醒唐柊。

唐柊咬着筷子连"哦"好几声，接过杯子喝了一口水润嗓子。

这一顿饭吃得平静和谐，饭后二人照例一起喝茶。

唐柊这天泡的是蜂蜜水果茶，因为是第一次做，没把握好量，手一抖，蜂蜜放多了，成品茶甜得发腻，嗜甜如他，喝了都直吐舌头，便让尹谌别喝了。

"这喝了得高血糖，等下我泡新的。"

尹谌说不用，拿起唐柊放在一边的杯子，倒了点儿剩下的白开水进去，搅和搅和继续喝。

存着和尹谌一起跨年的想法，十点后唐柊还赖在他家没走。

尹谌这天没带工作回来做，捧着本医学方面的书坐在沙发上研读。唐柊拿起旁边的一本装模作样地看了会儿，引言都看不明白，干脆合上放回去，拿起手机玩贪吃蛇。

唐柊玩游戏前先调了静音，顺便翻了一下微信看有没有新消息。

"欢乐六缺一"的群成员都在忙，戚乐和蔡晓晴在家陪父母，苏文韫和贺嘉勋在外面跨年，大家各自发完红包就没声了，用行动诠释"还是现实生活更重要"这个人生哲理。

昨天贺嘉勋在"挨打"后再次被拉进群，虽然在群里一句话都没说，但唐柊发的红包倒是领了，这让唐柊松了一口气。

现在微信群是名副其实的"六缺一"了，唐柊扭头偷看身旁的尹谌，也许是心中的殷切呼唤太嘹亮，尹谌像是感知到了什么似的，偏过头问："怎么了？"

"没什么，没什么，"唐柊连连摇头，把话题引向不相干的事，"今天网上好热闹啊。"

唐柊最近学会了玩微博。

先前他的官方账号是公司在帮忙打理，现在他自己会玩了，一时新鲜，连着一周天天发微博，恨不得早中晚三次打卡报到。

原先高冷到只转发业务相关内容的偶像突然变成话痨，粉丝们傻眼了，以为公司给他换了人设，纷纷在评论里劝他少发点儿，走"高冷"路线比较容易接到优质代言。

冯洁和钱小朵也是这么想的，说正在给他接洽一个大牌香水的亚太地区代言，让他少说两句。其实唐柊闻过那个牌子的香水，是干净到有些清冷的味道，公司出的策划案也试图借此把他往高大上的方向包装。

这种操作在圈内很常见，唐柊就见过一个跟他同期出道的女性艺人，脾气火暴，公司硬生生给说成温柔善良，反正粉丝大多见不到明星真实的样子，说什么就信什么。

即便大家都心照不宣，可唐柊对这种事还是不太认可，甚至有些反感。想着既然不能频繁发微博，他就尽量多回复私信，当作给粉丝的回馈。

再过一个小时就是阳历新年，唐柊的私信爆炸了，多数是粉丝祝福，还有粉丝们分享的笑话和有趣的视频，唐柊边翻边笑，闷着声音不敢太吵，怕影响在看书的尹谌。

翻到一个眼熟的粉丝分享的一首英文歌曲时，唐柊停住下翻的手，念了一遍歌名："Sweeter Than F……Fiction（比小说更甜美）。"

从前上学的时候，他背英语课文就会不由自主地念出声，现在也是如此。唐柊边念歌词边尝试翻译，磕磕巴巴念到第三句，还以为自己没什么声，呢喃道："Slipped when you started running……running，奔跑，slipped，什么意思啊？"

"摔倒的意思。"一旁的尹谌出声道。

唐柊一个激灵，坐直身体道："对，摔倒的意思，我差点儿忘了。"

尹谌将手上的书翻过一页，问："你去的哪个国家？"

他问的是当年的事。

唐柊不假思索地说："美国。"

"哪个州？"尹谌接着问。

刚才还对答如流的唐柊眼神开始飘忽，手指不自觉地抠着衣角道："州？就……就首都在的那个州吧，名字我忘了。"

尹谌把目光从书页上移开，落在唐柊身上，语气一如既往的平淡，他说："大三的时候，我去美国交换过两年。"

"这么巧？说不定我们在街上碰到过呢。"唐柊摸了摸鼻子，像是不好意思般解释，"我很宅的嘛，平时都不怎么出门，所以英语都讲不好。"

尹谌的眼神中带着些微审视，嘴唇翕动，想说什么又咽了回去。

接着，他把唐柊念完却没弄懂的那句英文重复一遍："Slipped when you started running，当你开始努力奔跑却摔了一跤。"

听了他的翻译，唐柊愣神片刻，然后咧开嘴没心没肺地笑道："那就爬起来继续跑呗！"

新年新气象，元旦过后，唐柊的日常任务又多了一项——学英语。
但是他的英语有较重的口音，上学那会儿有尹谌这么好的老师在都没能纠正过来，现在自学简直难上加难。
唐柊私底下联系戚乐，用的也是应付尹谌的那套说辞，见戚乐深信不疑，他悬着的一颗心才放下，再也不避讳自己英语不好的事，以业务需要为由，高薪聘请在某培训机构当英语老师的戚乐教他。
"现在当明星还要精通外语？"戚乐感叹道，"真是三百六十行，行行不容易啊。"
唐柊讪笑道："谁说不是呢。"
戚乐说，想学好英语，尤其是口语，最好的方法就是进入优质的语言环境，如果周围都是讲英语的人，就不可能说不好。
唐柊属于填鸭式教育的受害者，让他死记硬背还好，一开口准完蛋，一句招呼打一半，脸先红了。
他鼓起勇气在一个英语沙龙报了名，周末前往参加，在咖啡馆外面老远就瞟见一个熟悉的身影，走近一看发现是尹谦，想也没想拔腿就跑。
虽说约定的半个月已经过去，但唐柊偶尔还是会收到来自尹谦的短信骚扰，这让他有些心烦，若不是为了方便旧朋友们联系，他早就换号码了。
虽然尹谌知道他的号码，但也没有主动联系的意思。

英语沙龙没参加成，唐柊突然拥有了半天的空闲时间。
他在街上漫无目的地溜达，首都的冬天北风呼啸，头顶的太阳也难以中和寒冷。仗着穿着低调没人认出来，唐柊像从前那样双手互插在袖子里，边走边发呆。
明明没有刻意掌控方向，但唐柊还是习惯性地走到了老地方。
医院门口人来人往，浮于表面的热闹下面藏着无可奈何的麻木和荒凉。
唐柊其实不喜欢医院，他曾在里面待了许多个日夜，时而清醒，时而混沌，唯一能感受到的便是无边无尽的痛苦。

唐柊仰头望向尹谌所在的科室大楼，张开嘴轻轻呼出一口白气，心想当医生也好，会有那么多人在他的治疗下不再痛苦，这份职业的伟大不是空口说说的。回想起崴脚那次在这里见到的身穿白大褂的尹谌，唐柊不由得眯起双眸，像是被那道光芒照得睁不开眼睛。

在门口游荡了一会儿，唐柊看了一下时间，准备出发去市场买菜。

临走时，他看见三五成群的人从他张望的那栋楼里出来，步履匆忙地往外跑，还大声地互相讨论着什么。

从谈话声中捕捉到"医闹"这个关键词，唐柊心头一紧，拉住其中一个年轻人问怎么回事，那人惊魂未定地说："那边有个病患没抢救过来，家属正在那儿闹呢，七八个医生护士都拉不住。"

唐柊扭头就往医院里跑，进到楼里，电梯人满为患，他当机立断改走楼梯。

接近三楼时听见那不同寻常的吵嚷声，紧接着在混乱中看到那个熟悉的身影时，唐柊仿佛瞬间失聪，有大约半分钟时间听不到任何声音，只凭着本能挤进人堆，拉住尹谌，问他发生了什么，除了脸还有没有哪里受伤。

楼下又上来几个人，医院保安也出动了，拦的拦，劝的劝，场面十分混乱。

十来分钟后，闹剧平息，病人家属坐在走廊的椅子上掩面哭泣，闻讯赶来看热闹的人将并不宽阔的走廊围得水泄不通，唐柊在不断的深呼吸中捡回些许意识，从旁边跟领导说话的护士口中拼凑出事情的前因后果。

说来并不复杂，一位去年十月份在这里做手术的患者，入冬之后身体每况愈下，家人当是正常的术后反应，等意识到问题严重送到医院，病人已经休克多时。外科的主任医师立刻带着助手进行抢救，然而还是无力回天。家属在一个小时前收到死亡通知单，深受打击，悲痛万分，情绪激动之下将全部责任推到医生身上，从而引发了这场闹剧。

尹谌是这场抢救的助手，而且去年十月的手术他也有参与。家属疯了似的冲刘医生挥拳出脚，他挡在刘医生面前，被病人母亲尖锐的指甲划破脸颊，此刻神色木然地站在人群中，好像不知道自己受了伤，即便伤口还在流血。

313

江瑶拿着碘伏和棉球急匆匆地赶来，用棉球蘸了碘伏往尹谌脸上轻轻擦。

休息室里，关上的门隔绝了外面的吵闹，安静的环境令屋内的人绷起的神经也放松下来。

尹谌坐在靠墙的椅子上，刚才还拿着手术刀的手垂放在腿上，需得仔细看才能看出些微颤抖。

这是他进入医院以来第一次有病人在他面前离世，心率拉成一条没有起伏的直线，机器连续发出刺耳的"嘀"声时，他的脑子里一片空白，呼吸仿佛也随之暂停。

明明不久前的某天，他还在查房时收到过来自这个病人的诚挚感谢，病人出院的时候他还特地赶回医院送行，仔细复核过她的用药，祝福摆脱了疾病的她健康长寿、幸福到老。

然而失败的抢救给他上了沉重的一课，让他看清了现实的残酷，更让他明白了医者的渺小，有些人不是他想救就能救回来的，世上多的是他束手无策的事。

耳边传来窸窸窣窣的响动，尹谌的意识从茫然中抽回些许，失焦许久的视线慢慢聚拢，落在面前的人身上。

发现唐柊在这里时，尹谌有些诧异。刚才场面混乱，他都不记得唐柊是几时出现的，也不记得自己是怎么来到这个休息室的。

作为医生，他的警惕性与观察力同样超群卓越，但他的警惕系统仿若从未给唐柊设限，或者说唐柊一直被他划分在标着"安全"两个字的范围内。

唐柊起身要走，打算给他一个独自冷静的空间。但转身的刹那，他听到了尹谌的声音。

"别走，"尹谌低声道，"你别走。"

尹谌嗓音里透着从未表露于人前的疲惫，以及很难察觉的一点儿脆弱。

回去时，唐柊第四次坐尹谌的车，但是第一次坐副驾驶座。

到春韶湾地下车库，唐柊心急火燎地开门下车，绕到驾驶座那边给尹谌开车门，看着他上电梯。

进家门的时候，尹谌说："我没事。"

唐柊眨眨眼睛说道："我知道你没事啊，是我害怕了，刚才那场面有些吓人，我可以在你家坐会儿缓缓吗？"

尹谌抿抿唇，什么都没说。

晚上吃过饭，尹谌照样坐在电脑前查资料做笔记。这天不知怎么的，他的注意力始终无法集中，稍一恍神就想到下午发生的事——沾满鲜血的无菌手套，起伏的波形变作直线，白纸黑字的死亡通知……尹谌闭上疲累的双眸，抬手搓了搓脸，起身时才看见唐柊站在书房门口，只探了半颗脑袋进来，眼里满是担忧。

尹谌起身去卫生间洗脸，想让自己回过神来，这时，他听见靠在门边的唐柊说："其实我觉得，医生的职责除了救死扶伤，还有另外一条经常被大家忽略的，那就是帮一个人的生命画上句号。"

尹谌愣了一下，在水流声中睁开眼睛。

"医生对病人来说是很重要的人，所以他们一定全身心信赖医生，哪怕最后没能留住生命，他们也不会生气，因为他们知道医生尽力了。"唐柊声线平稳，语速不快不慢，不知打了多久的腹稿，"能送他们安心走完最后一程，为他们的一生画上圆满的句号，已经是对生命最大的尊重，这样就已经足够了。"

水滴自发梢、睫毛滑落，在这番平实而真挚的安慰中，尹谌终于呼出沉积在胸口的浊气，混沌许久的视线也渐渐变得清明。

这天唐柊待到很晚才走。

唐柊站在门口，说道："'糖葫芦'还没吃晚饭呢，我得回去给它开个罐头。"

他回到二十一楼的住处，进到卧室里，先把床头抽屉里藏着的那些药拿出来，有包装的扔掉包装，瓶装的则把瓶身上的标签撕掉。

"糖葫芦"趴在他身边，不知道主人翻箱倒柜在干什么，无聊地打了个哈欠。

唐柊挨个儿收拾完，确定一个字母都没留下，才一屁股坐在地上，拎着"糖葫芦"的毛耳朵说道："不准告诉你哥，听到没？"

"糖葫芦"似懂非懂地叫了一声。

看着垃圾桶里满满的药盒和撕得七零八碎的标签，唐柊的心还没能完全从慌乱不安中脱离出来。

一个病人的离世都能让尹谌那样难过,唐柊不敢想象若是让他知道真相会怎么样。

无论如何都不能让尹谌看到这些,唐柊想:我会让那几年的事烂在肚子里,最后一个人带到棺材里,永远不让尹谌知道。

这次医闹事件来得惊天动地,去得悄无声息。

次日有几家媒体前来采访,都被医院以"我们有责任对患者的信息保密"为由挡了,逝去的病人家属冷静之后也接受了现实,着手准备逝去亲人的后事,没再蛮不讲理地追究医院的责任了。

身处外地某综艺录制现场的唐柊翻了翻网上的新闻,看到抢救走的是正规流程,网友们还算明事理,没有跟风讨伐医生,纷纷表示了对医生工作的理解,接着便深入讨论起了健康方面的话题。

话题老生常谈,无非是这几年人都不容易,生活成本那么高,生活习惯不好,唯恐搞垮自己的身体。一旦出什么事,医疗费用极其高,若是出生在穷苦人家,人生就如同开启了超级困难模式,难上加难。

对此本该感同身受的唐柊却觉得他们夸张了。

每个人都会碰到身不由己的事,人这一生总有一些困难是凭借自身的力量无法解决的。唐柊的天生乐观可能是受已经逝去的母亲的影响,他认为只要有一口气在,就可以再争一争、抢一抢,不该轻易放弃,更不该低头认命。

比方说现在,他看着手机上尹谌的号码,提起一口气按下去,想着要是五声"嘟"之内没接通就挂掉。

孰料响两声就接通了,听筒里传来一声充满磁性的"喂",唐柊耳膜一颤,想说什么都忘光了。

那头的尹谌没催,静静地等着,唐柊急得舌头打结:"我……我就是,就是想问问你明晚想吃什么,我今天晚上的飞机回首都。"

"不用了,"尹谌说,"你回去先休息。"

唐柊从他的语气中判断出他拒绝的主要原因是怕自己累着,心中有些感动,说:"那……那我们出去吃怎么样?苏苏给我推荐了一家餐厅,说比上次那家日料味道还要好。"

第二天是尹谌的生日,唐柊偷偷准备了几个计划,在家做饭是Plan A(A计划),出去吃是Plan B(B计划),只要主角愿意赏脸,唐柊都能安排得妥妥当当。

尹谌沉吟片刻，说："还是在家吃吧。"

唐柊正愣神时，又听他说："这次我来做。"

回首都之前，唐柊就让钱小朵把做蛋糕需要的材料买齐了。

即便对自己的手艺有信心，可念及这是重逢后给尹谌过的第一个生日，谨慎起见，唐柊还是请教了专业人士。

苏文韫听说他要做蛋糕，直接在群里喊人："木冬冬要给尹谌做蛋糕，贺嘉勋，你教教他。"

坐在候机室的唐柊惊得差点儿跳起来，瞪大眼睛盯着屏幕等了几分钟，见贺嘉勋迟迟没出声，刚要松口气，后台突然蹦出一条加好友的提醒，来自"欢乐六缺一"群的"小小贺"。

他屏住呼吸按下"同意"，等到贺嘉勋正儿八经开始跟他聊做蛋糕的事时，唐柊才确信苏文韫再次舌灿莲花地把心存偏见的人给说服了。

"还有什么不懂的吗？"贺嘉勋习惯发语音消息，讲完注意事项后又说，"我等下就睡了，过时不候啊。"

唐柊也回了一段语音消息："没什么要问的了，谢谢你。"想了想，他又按住语音键说，"那个，你不生我气啦？"

贺嘉勋直哼哼道："我气什么？"

唐柊知道他是在为尹谌抱不平，忙道："都是我不对，你们想气我多久都行。"

会生气的都是关心他的人，越是气他就越是关心他，这一点唐柊很清楚。

他们之间又不咸不淡地扯了两句，贺嘉勋的脾气来得快去得更快，还反过来问他："那什么，你和尹哥怎么样了？和好了吗？"

唐柊如实道："没怎么样，我还打算向你讨教经验来着。"

"我？别逗了，我工作不好，长得也一般，在处理人际关系方面更是不行。"

唐柊安慰道："谁说的？会做蛋糕就很厉害啊。"

这番话并没有起到什么安慰作用，贺嘉勋有这样的情绪显然不是一天两天了。

"好啦,你不用安慰我。"贺嘉勋故作轻松地自嘲,"我确实不聪明也不优秀啊,有时候我真的很羡慕你,你就安心吧,好好和尹哥解释,他会原谅你的!"

唐柊想辩驳两句,可话到嘴边还是吞了回去。

一月十五号傍晚,唐柊捧着蛋糕敲开尹谌家的门,还带上了来蹭吃蹭喝的"糖葫芦"。

尹谌准备了两块牛排,放锅里煎一下就能吃。

唐柊打开冰箱检查,发现确实没有其他食材,猜测道:"牛排是你的拿手菜?"

尹谌全神贯注地盯着锅,按照食谱掐着时间给牛排翻了个面,才开口说:"不是,方便。"

其实他一直没有过生日的习惯,每逢这天,家里人最多给他打个电话,上次过生日还是在南城的时候,同样的人,说不定蛋糕的味道也差不多。

好在牛排很大块,蛋糕也够分量,吃饱喝足的唐柊站起来揉肚子,在客厅和厨房来回走了几圈消食,等他发现带来的红酒还没开的时候,下酒菜已经被"糖葫芦"吃光了。

"小臭狗,你怎么这么能吃啊,一把年纪了不怕得糖尿病?"

唐柊捧着"糖葫芦"满嘴奶油的脸一顿猛搓,恨不得让它把蛋糕吐出来。

到底是大哥解救了它,尹谌问:"同事给了包花生米,可以用来配酒吗?"

唐柊思考了一下,说:"可以吧,白酒洋酒反正都是酒。"

尹谌便起身去拿。他当时随手一塞,忘记放在哪儿了,进到卧室里翻床上的外套,抬眼便瞥见了扔在床头的几根糖葫芦。

那是尹谦上次来串门儿时给的,说他买了一车没送出去,再不吃就要坏了。尹谌当然知道这糖葫芦原本是要给谁的,反正都是唐柊喜欢吃的东西,现在拿出去就当解决麻烦了。

可他做不出借花献佛的事。

左手花生米,右手糖葫芦,尹谌正犹豫着,门口突然传来声音:"我刚忘了问,那个花生……"

手一松,"咚"的一声,糖葫芦掉进了床边的垃圾桶里。

二十分钟后,二人安静无声地对酌,桌上摆着一盘花生米,还有刚才一起找到的一盒龙须糖。

唐柊不会鉴酒,分不出好坏,把红酒当饮料喝,仗着不如白酒辣喉咙连喝了好几杯,喝完又要再倒。

尹谌抬手阻止道:"少喝酒,多吃菜。"

唐柊打了个嗝,乖巧地点头答道:"好。"

中途尹谌接到了刘医生的电话,说刚刚才从同事那里得知这天是他的生日,让他出去一起喝两杯。

"不了,已经在家喝过了。"尹谌推托道。

刘医生又开始像长辈般唠叨:"小尹,你这样不行啊,难得下班早,还往家里跑,要多出去走走,才能交到朋友。"

尹谌笑了笑,没答话。

尹谌知道刘医生是担心上次的医闹给他造成心理负担,这些天总拉着他一起吃饭,他想让刘医生别再担心,却一直没找到合适的机会。

客厅传来杯碗的碰撞声,尹谌回头,看见唐柊撑着下巴坐在那里,摇头晃脑的,不知在嘀咕什么,昏黄的灯光落在他身上,给人一种暖融融的安心感。

他转回身,对电话那头道:"不是一个人喝的,和朋友一起。"

等他回到桌上,唐柊还在闷声嘟哝,脸上飘起的两朵红云证明酒精在体内起了作用,哪怕没醉,至少也微醺了。

尹谌把酒拿到他够不到的位置,然后把花生米推到他面前。

唐柊不记得自己喝了多少,却清楚地知道尹谌只抿了几口,远远达不到喝醉的量。

他有些紧张地问尹谌:"我们算是和好了吗?"

见尹谌没回答,唐柊双手撑着桌面,又说:"你还是没有原谅我……"

唐柊脑海中思绪杂乱,无暇关注旁的动静。这时,尹谌张口道:"我早就原谅你了,或者说我从来没有真正怪过你。"

尹谌的话将唐柊的思绪拉回现实。

唐柊战战兢兢地问道:"我们还是最好的朋友,对吗?"

熟悉的声音又在耳边响起,他听见尹谌说:"是。"

唐柊又开始轻声说"对不起",一遍又一遍。

尹谌显然不想再听这个,也没什么富余的耐心,直接道:"还会不辞而别吗?"

"不会了,"唐柊拼命摇头,说,"再也不会了。"

时隔七年的长谈,令二人都发出满足的叹息。但是唐柊闭口不提他这七年去国外的经历,所以尹谌也没有主动询问。

尹谌听着唐柊喋喋不休的话语,唐柊问什么,他就答什么。

聊完天后,唐柊起身道:"我回去给'糖葫芦'喂食了,它一早就在那儿挠门来着。"

自那天起,唐柊去尹谌家走动得更加频繁。

二人和好之后,唐柊经常趁尹谌不注意,蹑手蹑脚地回楼上吃药,被发现了就以"给'糖葫芦'喂食"为借口。

唐柊最近心情大好,这几天上工都朝气蓬勃,钱小朵见了直咂嘴,说他整个人气色好了很多。

他当着那么多人的面不敢说,回头就捧起手机发了条微博:"大海就是我故乡。"

粉丝们以为他想去海边玩,都在评论里喊话公司官博:"看把孩子都逼成什么样了?我们木冬冬想度假,赶紧给安排一下!"

下午冯洁立马一个电话打过来骂道:"我的祖宗,你再管不住发微博的手,我就把密码改了,你信不信?"

唐柊十分无辜地说:"唱歌也不行吗?"

在钱小朵的建议下,唐柊决定转战朋友圈。

他精心挑选了一张照片,却卡在了文案上,跑去请教苏文韬:"苏苏,苏苏,发朋友圈配什么文字比较好?"

苏文韬回:"那些花儿,盛开了,散落了。"

唐柊回了个省略号。

苏文韬又发来一条:"让泪水滴进海里,随浪而去。"

唐柊问:"苏苏,你怎么啦?"

"没什么,感慨人生。"

再晚一点儿,唐柊联系了贺嘉勋。

贺嘉勋说:"我在外面买东西呢,等会儿说!"

过了二十来分钟,贺嘉勋打来一个语音电话嘲笑他:"你怎么回事啊,发个朋友圈还要人教?"

"不是啦,就随便问问。"唐柊回道。

后来,唐柊的第一条朋友圈是在尹谌的指导下发的。

所谓"指导",就是简短的一句话——没什么想说的就发个系统表情。

唐柊舍不得放过这个机会,抱着手机输入半天,发出去左等右等,"欢乐六缺一"群里的朋友都来点赞评论了,就是等不到尹谌,这才想起来——好友还没加上。

于是他跑到隔壁房间,敲了一下尹谌的房门,说:"我好像听见你手机响了,快看看,是不是谁有急事找你。"

尹谌没办法,拿起手机一看,急事没有,久违的好友申请提醒倒是有一条。

这次通过得很顺利,唐柊伸出一只手到被子外面摸手机,窃喜之余开始打字炫耀最近通过刻苦学习小有所成的英语:"Hello,my bro!(你好,我的兄弟!)"

尹谌回了个问号。

"Could you please check out my friend zone?(你能看看我的朋友圈吗?)"

尹谌:"……"

随后尹谌回了个"OK"。

即便不太懂两个人明明在一个屋子里,为什么还要用微信交流,但尹谌还是顺着他,切出去点开朋友圈。

头像是白色小花的唐柊半个小时前发了条新动态,照片上的人一身居家休闲装,正专心致志地捧着一本书看,完全没意识到被偷拍了。

配文也是英文——You are my friend forever.(你是我永远的朋友。)

今年的春节在阳历二月初,医院有给尹谌批假,唐柊也有一周左右的休息时间。

眼看全国各大旅游城市即将被挤爆,唐柊未雨绸缪地打起了别的主意，说："不然我们去南城吧？外面人多，我们就待在家里，奶奶会给我们做好多吃的。"

尹谌知道他盼这个假期盼了很久，想着都在国外待过，便提议道："难得有长假，不如出国玩？"

"出国好贵啊，"唐柊掰着手指算了算，苦着脸道，"而且来不及了，我护照还没办呢。"

尹谌愣了一下。

唐柊立即抢话道："不是，不是，不是没办，是过期了没补办，年底给忙忘了。"

理由听着很充分，尹谌没再追问。

次日快下班的时候路过前台，听见几个护士在聊出国旅游的事，尹谌冷不丁又想起唐柊前一天的反常，他的护照没带在身边，便上网查了一下护照的有效期限——十年。怎么算时间都对不上。

难道是丢失之后再补办？

尹谌心中疑虑渐生，隐隐有些不安。

这天不用值班，尹谌换下衣服准备走的时候，办公室外的走廊突然传来一阵吵嚷声，尖锐高亢的女声夹在中间尤为刺耳。

尹谌去外面看发生了什么事，恰好碰到带着两个护士匆忙往诊室赶的刘医生。

"这个病人比较麻烦，"刘医生招呼他道，"小尹，你要是没事的话就过来搭把手。"

尹谌应下，返回去把白大褂穿上，跟着刘医生进到诊室里。

里面的状况没他想象的那么糟糕，不是上次那种抢救病危患者的紧急情况，而是患者不肯配合治疗，不给看也不让碰，送她来的男人都按不住她，她发了疯似的尖叫挣扎，声嘶力竭地喊着"我不做手术"。

不消刘医生吩咐，尹谌就知道自己是来干力气活儿的，他和两个护士分两边，按着患者的肩膀强行让她坐下，见挣不开，那个女人总算安静了，颓然地低垂着脑袋坐在椅子上。

刘医生拿起镊子开始检查，温声劝慰道："别紧张，我帮你检查看看，不一定要手术。"

尹谌在一旁看了一会儿刘医生检查的情况，据他的经验判断，情况并不严重。

女人看着约莫四十岁，穿着与她年龄不符的包臀裙，任由散乱的头发盖住面颊，干瘦的手垂在身侧。

看见套在她手腕上的碧玉镯子，尹谌眉宇微蹙，似是想起了什么。

经过检查，确认病人情况没有到需要做手术的地步，随后刘医生领着两个护士出去开药配工具。

送病人来的男人看着不像家属，早就跑没影儿了，尹谌在诊室的水池边洗了一遍手，擦干净刚要出去，忽然听到那女人叫他。

"这位医生，我们是不是在哪儿见过啊？"

尹谌转身，对上女人浓妆艳抹的面孔，这张脸若放在十年前兴许是漂亮的，可现在，配上这身不合时宜的打扮和遮盖不住的皱纹，给人的感觉只有古怪和惊悚。

"我说嘛，这么帅的医生怎么可能没印象。"得知不用做手术，女人又得意起来，咯咯笑了一阵，冲尹谌挑眉道，"南城，市郊影楼，对不对？"

尹谌仍旧没什么表情，冷眼看着她。

"那会儿你是唐柊的朋友，对吧？"说着说着，女人的面目变得狰狞。

尹谌感觉有些不适，抬脚便往外走。

"哎！帅哥，别着急走啊，我还没说完呢。"女人笑得讽刺，"你们还有联系吗？"

察觉到女人来者不善，尹谌站定脚步，眼里浮现一丝阴霾，说道："不管你是他的谁，最好别伤害他。"

女人先是被来自男人的警告震慑住，随即又状若无事地笑开了，说："他可是连亲爹都可以狠心不救的好儿子，我哪敢伤害他啊。"

出于逃避心理，他不想再听这个女人说下去。

尹谌大步流星地走到门口，那女人却不依不饶地在他身后说："你干吗非要和他做朋友？他和他爹一样，都不是好人……我所有的不幸都是拜他们所赐。和他做朋友，你也会不幸的。"

这天唐柊在城西的一个棚里拍杂志封面，尹谌让他发个定位，他研究了好半天才发出去,隔着屏幕惊讶道:"好厉害啊!定位超准的!"

尹谌从医院出来便驱车前往城西,到地方正赶上唐柊收工。戴着大红围巾的唐柊在人群中很扎眼,摇摇摆摆地从台阶上蹦下来,又返回去跳了一遍,像在消磨时间。

看见尹谌的车,唐柊先是不敢确定,等走近看清车牌号,当即撒腿奔跑过去。

"你怎么知道我在这儿?"唐柊恍然大悟道,"啊……原来你要我发定位是为了来接我啊?"

尹谌没否认,只说:"上车吧。"

唐柊忙说:"等等,小朵去挪车了,我得跟她说一声。"

钱小朵把车开到门口,自打听说唐柊这位帅到能当明星的朋友不仅是传说中的"尹大少",还是个医生,就在心里默默完成了从羡慕到敬仰的转变。

这会儿见到本尊钱小朵还有些紧张,掏了张名片双手递过去,自我介绍道:"我叫钱小朵,是唐柊的助理,叫我小钱或者小朵都行。"

原以为尹谌这种冰山贵公子不屑跟普通人打交道,没承想他竟接过名片认真看了一下,然后妥帖地放进口袋,说:"我没有名片,麻烦您记一下我的号码。"

回去的路上,唐柊问:"你为什么给她号码呀?"

尹谌一个淡淡的眼神扫过去,唐柊忙主动交代:"我就是好奇。"

"有事方便联系。"尹谌给了个简单的回答。

唐柊"哦"了两声,垂眼咕哝道:"有什么事直接问我呗……"

"我问你就会说吗?"

尹谌突然抛出的问题令唐柊打了一个激灵,他"噌"地坐直身体,结巴道:"会啊,当……当然会。"

尹谌的视线朝向正前方,抿着唇,像是提前知道了什么结果,所以什么都没问。

第二天是周末,唐柊有工作要赶,不情不愿地起了个大早,刷牙时差点儿把牙刷捅鼻孔里去。

吃过早餐,尹谌开车送他,唐柊睡了一路,到地方还在犯迷糊。

把人送到门口,尹谌没说话,眼里有让人读不懂的情绪。

唐柊以为他是因为起床气,笑嘻嘻道:"你好好休息吧!这几天我让钱小朵送我,今晚一起吃饭吗?"

"不确定,"尹谌想到这天要回一趟尹家,心情似乎不太好,脸上没有笑容,"晚饭你自己吃,不用等我。"

尹家大宅,与空荡冷清的气氛形成鲜明对比的是流水一样端上桌的热气腾腾的丰盛菜肴。

"爸又不回来?"尹谦大大咧咧地往椅子上一坐,冲管家道,"赶紧再拿两瓶酒来,今天我要跟大哥不醉不归。"

尹正则见他这懒散样就来火,拍桌子喝道:"别拿你那些个臭毛病带坏你哥!"

"这怎么能算带坏我哥?"尹谦拧开酒瓶,咕嘟咕嘟倒了满杯,"这叫及时行乐,对吧,哥?"

尹谌接过酒杯,放在跟前没动,洒到手上的酒液让他不适地蹙眉,拿起餐巾擦了擦手指。

他在想别的事,无暇关心桌上另外两个人在聊什么,被点到名才抬起头望向尹正则。

"年底了,医院工作很忙吧?瞧把你累得,脸色都不太好了。"尹正则抓住机会就不遗余力地劝尹谌回家帮忙,"还是待在自己家里好,上头有你爸照应着,正好还能帮我收拾收拾这个不学好的臭小子。"

尹谦嬉皮笑脸地指着自己的鼻子道:"说我啊?我哪里不学好了?"

用过午餐,尹谌照例给尹正则做常规的身体检查。

尹正则边伸着胳膊量血压,边教训不争气的小孙子:"当初就该把你送到部队里去,整治一下你这身纨绔性子,你跟你哥哥多学学,这样我也能省心些。"

尹谦从果盘里拿了个苹果抛着玩,听到尹正则的话,不由得反驳道:"谁说男人都要像大哥这么争气的?再说有大哥在,还要我争什么气啊?"

尹正则抄起听诊器就要砸他,被尹谌拦住,只好吹胡子瞪眼地骂道:"再敢和那些不三不四的人来往,我就打断你的腿!"

尹谦忙捧起桌上的英语书,装模作样地说:"爷爷,您息怒,我这就开始学习了!"

检查结束之后,尹正则和往常一样回房午休。

没有长辈在场,尹谦放得更开了,吹着口哨假模假样地看书,遇到不懂的单词就问尹谌,一问就懂,回头就忘,尹谌不厌其烦地念了好几遍,尹谦谄媚地笑道:"还是大哥最好了,之前老爷子非让我去那劳什子英语沙龙,那边一堆外国人,说的什么我一个字都听不懂。"

尹谌没领这个功,只问了一句:"准备出国?"

"嗯,再不出去老爷子真要打断我第三条腿了。"尹谦颓废地自我安慰,"出去也好,没人管得着我,换个地方继续玩。"

尹谌对他的生活态度不予置评,趁空闲拿起手机,点开浏览器搜索唐栎的资料。能找到的无非身高、体重、出生年月、爱好、特长这些,手指下滑,掠过长串的参与拍摄作品,一丁点儿出道前的经历都没找到,这让尹谌毫无头绪,甚至动了给钱小朵打电话询问的念头。

就是不知道她会不会说,说不定她了解的也不多,毕竟唐栎藏得那么严实,那七年仿佛凭空消失了,一点痕迹都没留下。

尹谌搜索资料的工夫,尹谦就坐不住了,丢下书,把那个被他扔得坑坑洼洼的苹果捡起来继续玩,边抛边感叹道:"唉,出国倒没什么,就是舍不得这里的朋友们。"

既然他提到这里,尹谌就顺便问了:"你之前想要和那个喜欢糖葫芦的明星做朋友来着,怎么样了?"

"没成功呗,白瞎了我的糖葫芦车。"说到这个尹谦就恼火。

尹谌刷着手机,状似不经意地说:"说明你对他不够了解。"

尹谦不服气地反驳道:"我怎么不了解?"

尹谌"嗯"了一声,尹谦觉得被敷衍,为了面子不服气道:"我还调查他了呢,出道那会儿他们公司对外宣称他喝过洋墨水,后来被八卦论坛扒皮质疑后,就不声不响地把这段经历从资料里撤了,我找人随手一查,结果你猜怎么着,他根本没出过国,土包子一个。"说着戏谑地嗤笑一声,"编造留洋经历自我包装,呵,现在的明星浑身都是心眼儿。"

下午走的时候，尹正则和尹谦一起把人送到门口。

听尹谌说血压值比上次记录的要高，尹正则叹气道："人还是得服老啊，想想八年前你愿意回尹家的时候，我还以为自己能在这个位置上再战二十年，帮你稳固江山，结果一半时间都没撑下来，就到该退位让贤的时候了。"

尹谦吊儿郎当地咬着苹果说："应该是六年前吧？"

尹正则先是一愣，随即笑道："对，对，对，是六年前，年纪大了，脑袋不中用了，小谌啊，你看爷爷都这样了，你可得早点儿回来帮忙啊。"

他们说的是尹谌上大二那会儿，因为成绩优秀，加上他在大学期间的种种优秀表现，所以尹家人着急让尹谌回归尹家户籍。在林玉姝的默许下尹谌一跃成为尹家名正言顺的继承人，尹家上下对他的态度也是从那时开始变得恭敬有礼。

不过仔细想来，尹正则的态度似乎转变得更早一些。

车子平稳地行驶在宽阔的马路上，尹谌握着方向盘的手时紧时松。他的大脑飞速运转，边回忆边整理，许多曾经被忽略的细节浮出水面，可惜全是零碎的片段，串不成一条完整的线索。

八年前……正是他在南城准备参加毕业考试的那一年。

唐桉的离开给了他很大的打击，那几个月他一心扑在学习上，旁的一切都不关注。现在想来，尹正则对他的态度就是从那个时候开始转变的，除却嘘寒问暖，更是关心他的前途，不仅主动帮着择校，还帮他求情避免他因打架滋事背处分。

他和母亲刚到南城的时候，尹正则应该就知道了，可他放任他们娘儿俩在外头待了两年之久，其间几乎不闻不问，怎么会从那个时候突然开始在意他？

后来他回到首都念大学，尹正则也十分重视，开学那天亲自开车送他去，希望他转系学经济管理的念头也从未断过，似乎从尹谌回到首都起就有意要把家业交由他管理。

可那个时候他并没有表现出什么能力，对尹家而言毫无价值。那会儿他一直都在隐藏自己的实力，真实的情况一直对外保密，只有他自己和母亲林玉姝两个人知道。

一个荒谬的可能在尹谌的脑海中逐渐成形。

他的手指不由自主地发力收紧，根根指骨与青筋在手背上微微起伏颤动。

此时天色尚早，尹谌在前面的路口调转车头，往市郊林玉姝的住处驶去。

刚过两个红灯，他就接到一个电话。

电话一接通，唐柊略显急切的声音就从扬声器里传出来："你在家吗？"

尹谌说："在路上。"

唐柊以为他快到家了，语调轻快地说道："我这边刚好收工，你别来接我，我买完菜就回去。对了，你想吃点儿什么呀？昨天吃了虾，今天吃鱼好不好？"

尹谌顿了一下，说道："我去我妈那边一趟，你自己吃。"

电话那头安静了片刻，随后唐柊小声地问道："怎么啦，为什么突然要去？"

"问她点儿事。"尹谌如实道。

不知是不是察觉到了什么，那头又沉默几秒，再出声时音量越发低弱："昨天不是说看过爷爷就回来吗……你回来好不好？我有点儿不舒服。"

终是担心唐柊，尹谌再次掉转方向，开往春韶湾。

车停在地下车库，乘电梯到二十层，电梯门刚打开，就看见唐柊蹲在门口。

尹谌看见门口摆着的超市购物袋，拧眉道："不是让你在家等我吗？"

唐柊摇头道："我想在你家门口等。"

进到屋里关上门，尹谌看出他脸色有些不对，起身去拿温度计时，唐柊拦住他："就是有一点点发烧，我吃过药了。"

尹谌转过身，唐柊弯着眼睛笑道："真的，就一点点。"

尹谌的声音都是冷的，问道："那为什么叫我回来？"

生病中的唐柊反应迟钝，缓慢地眨了一下眼睛，而后身体后倾，靠着沙发。

"因为你是医生啊,"唐柊侧着脑袋,轻声说,"你在的时候,我比较安心。"

晚上二人一起在电视上看唐柊上个月参加的综艺节目。

尹谌的卧室没有电视,唐柊抱着枕头窝在沙发上看,尹谌切了水果端出来,在他旁边坐下。

电视上正播到游戏环节过后的小采访,主持人问唐柊有什么想对节目组说的。

唐柊额上冒着豆大的汗珠,双手叉腰,喘着粗气道:"希望拍完能早点儿回家。"

周围笑声一片,有个同场嘉宾插嘴问:"这么着急回家,难不成在家里藏了宝贝?"

唐柊笑得眉眼弯弯:"是呀,家里有宝贝,我想它了。"

唐柊说的是狗狗"糖葫芦",粉丝们都知道他有一条养了很久的狗狗。

尾声是一天的行程结束,又困又累的唐柊趴在酒店的床上安静地发短信。

尹谌问:"'宝贝'是谁?"

唐柊笑道:"当然是你的弟弟,'糖葫芦'。"

唐柊的烧没多久就退了,准备开门回去。

看着唐柊准备离开的背影,尹谌温声道:"搬过来吧,我们一起合租,这样你可以省下不少房租,每个月和我平摊水电费就好。"

年前的最后一个周末,来首都出差的苏文韫掏出手机要唐柊请喝奶茶。

唐柊只听说过手机可以点外卖,还没有实际操作过,凑过去认真看流程,见不仅能点单,还能选择甜度和加料,感叹道:"好厉害。"

"别跟我说这七年你都是在外太空过的,"苏文韫以为他在故意装,"上学那会儿你不是玩过智能手机吗?天天上匿名论坛查资料。"

唐柊说:"我也只会上论坛嘛,输入网址就能发言,超简单。"

二人凑巧在一个棚里拍东西,中途休息的时候,苏文韫举着相机给唐柊拍了几张,翻预览图的时候毫不吝啬地夸他很上镜,说:"摄影师最喜欢你这种模特了,每个角度都好看。"

"模特也喜欢你这种摄影师,"翻到他前面拍的几张贺嘉勋的照片时,唐柊吹捧道,"拍谁都好看。"

第十章 回首往事

暮色四合,尹谌下了班就开车去往首都城郊。

下了环城高速,尹谌看着前方郁郁葱葱的山林,趁等红灯的时间给唐柊打电话叮嘱道:"我快到了,今天你自己吃饭。"

唐柊应了,嘱咐他开车慢点儿,注意安全,末了还不忘加一句:"早点儿回来。"

尹谌迫切地想知道当初发生的事情,前方红灯转绿灯,他一脚将油门踩到底,加快速度,想着快去快回。

从城区到市郊,道路逐渐狭窄的同时,国道上偶尔的坑洼也令车子颠簸不断,双车道对面的反方向已经堵了。

尹谌透过前窗依稀能看到有故障车停在路中间挡了道,没开多远,这边的车道也堵死了,他踩下刹车,见前面那辆车正好停在故障车的旁边。

前面的男车主开门下车,看样子是想帮对面的忙。

对面的车因故障抛锚,车头卡在两条车道的中间。车主是个长发披肩的中年女人,正比划着什么,二人弯腰下去看车胎,又直起腰来东张西望,接着,那女人便走到尹谌的车前敲窗户,礼貌询问道:"先生,你好,我的车爆胎抛锚了,请问有工具可以借给我用用吗?"

等尹谌解开安全带下车,那女人一拍手,惊喜道:"这不是小尹吗?我是刘阿姨啊,你妈妈的朋友!"

原以为在这里碰到是个巧合,后来帮着补车胎的过程中聊了几句,尹谌才知道这位在南城有过一面之缘的刘阿姨刚从林玉姝那边做完客出来。

"这不趁着年前放假,自己开车出来玩嘛,到了首都当然要来拜访老朋友。"刘阿姨跟从前一样话多,没人问,她也能说个不停,"这

331

地方真不错，空气新鲜，地方宽敞，就是路有点儿难走，幸好爆胎的时候开得不快，不然八成会出事故。"

尹谌应了几声，半蹲着专心配合男车主换轮胎。

刘阿姨在边上看，笑着说："你跟你妈可真像，都是冷清的性子，其实心眼儿特别好，刚才你妈就催我早点儿走，说这边天黑了不好开车，还给我拎了袋吃的，真贴心。"

尹谌"嗯"了一声，接过扳手把螺丝拧紧。

有备用车胎，车很快就修好了。

周围没地方可以洗手，刘阿姨从车上找来湿巾给尹谌擦手，二人于是在路边又说了会儿话。

"听你妈说你现在在市三医院当医生？啧，当初我就看出你将来肯定有出息。"

来自不熟悉的人的夸奖，尹谌只随便听听，礼貌应付两句。

林玉姝现在的住处在郊区一幢小楼的二层。

尹谌到的时候，她正在包饺子，桌上收拾得很干净，没有客人来访过的痕迹。屋里放着昆曲，这是林玉姝在南城那会儿添的爱好，闲来无事跟着哼上几句，权当平心静气，陶冶情操。

看见尹谌走进厨房，林玉姝道："不用帮忙，你去外面坐着。"

尹谌没听她的，洗了手帮忙擀饺子皮。

母子俩安安静静地包饺子，等把饺子放进锅里煮，又把碗筷放到外面的桌上，林玉姝看到尹谌带来的东西，边翻边念叨"别乱花钱给我买东西"，看到里面有一条大红色的围巾，忽而一愣，问："怎么买这么鲜艳的围巾？"

"送人的，"尹谌也从厨房里出来，"送给我的新室友。"

林玉姝讪讪道："你有室友啦？对方是谁啊，妈妈认识吗？"

"认识，"尹谌顿了顿，接着道，"他叫唐柊，是我在南城的同学。"

林玉姝有些吃惊地说："你和他那个时候不是闹掰了吗……他是个骗子啊，他骗了你。"

尹谌依旧冷静，回道："对，他是个骗子，您早就知道了。"

林玉姝嘴唇一抖，差点儿没维持住刚浮现的笑容，说："我也是听邻居说起才知道的，他辍学跑去国外的事闹得尽人皆知的……"

尹谌现在不想跟她探讨这些，他只关心一件事，直接道："您背着我找过他。"

林玉姝天生理智大于感性，急躁的情绪只维持了短短几分钟，就又冷静了下来。她抱胸在客厅里来回走了几圈，恢复了平时工作时的状态，答道："对，我是找过他，我告诉他你最终还是要回首都的。我让他不要毁了你的前途，让他好好想想。不过他肯定没听进去，因为之后你们还在一起玩。"

"您告诉了他我的身世。"

"对，是我说的。"林玉姝叹了口气，"我能有什么办法呢，他和你不是一路人，如果不是我……"

尹谌打断她的话，接着说："您还告诉了爷爷。"

面对儿子的步步紧逼，林玉姝额角青筋突突直跳，心想纸终究包不住火，但她还存有一丝侥幸，竭力否认道："怎么可能，如果我要告诉他，为什么还要带你躲到南城去？你知道的，妈妈最恨他们以是不是合格的尹家继承者来衡量你的价值。"

尹谌冷笑一声。

正是这个原因，让他忽略了一个摆在眼前最明显的可能。

林玉姝是个自尊心很强的女人，她宁愿放弃首都的一切也要带他去南城，并隐瞒他的真实身份，那比天还高的自尊心也不容许她在背后搞小动作。

况且那个时候她既没钱也没人脉，当时刚到南城的情景还历历在目，但凡她愿意放下脸面仰仗尹家，何至于住那样的房子？过那样的日子？

林玉姝现在能坦然地否认，也是仗着尹谌对这一点心知肚明。

可是尹谌不会忘记她对自己的儿子有多么强的控制欲。

尹谌违逆了她，以她的性格，这件事根本不可能像当初那样风平浪静地揭过去。

"妈妈没那么大本事，我哪有那本事啊？"林玉姝急于自证，咬牙切齿道，"是他说的对不对？除了他，没别人了！"

"因为你解决不了，所以你告诉了尹正则，"尹谌压抑着怒火，吐字依旧平缓清晰。

也许是飘散在屋里的乐曲声太过柔美悠扬，难听的话他挣扎了几次都没能说出口。

车开往市区第三人民医院的方向。

散落的拼图一片片被捡起放回原位,真相呼之欲出,像按下快退键的黑白电影,每一幕细节都有其用意,都能在这段既荒谬又残酷的故事中找到它的位置。

晚上八点还差一刻钟,唐柊打了个电话给尹谌,问:"什么时候回来呀?"

"要晚一点儿,"尹谌尽量让自己的声音听起来与平时无异,"去医院查点儿资料。"

"啊……回来用电脑查不行吗?"

"内部资料,网上没有,不能带出医院。"

尽管有些失落,但唐柊还是表示理解,接着嘱咐道:"那你路上慢点儿,天黑了,我看天气预报说可能会下雨。"

尹谌应下,挂断之前,他突然问:"你有想要的东西吗?"

电话那头的唐柊似乎吓了一跳,说:"为什么问这个?好突然啊。"

"想知道。"尹谌说。

"那你等我想一下,"即便觉得奇怪,唐柊还是很开心,琢磨半天,哼哼唧唧地说,"想要一串糖葫芦,嗯……再来一包菜园小饼就更好啦。"

"就这样?"

"嗯!"

接下来是良久的沉默,久到唐柊以为尹谌没在听,"喂"了好几遍,出神的尹谌才找回自己的声音,回了一句"好",然后挂断电话。

道路两旁的灯光照在地上,没有叶子的树影可怖似怪物。

尹谌望着漆黑的前路,封闭车内的窒闷的空气让他不由得收紧关节,指骨摩擦发出咯吱闷响。

他突然觉得自己是天底下最笨的人,他不懂曾经的自己为什么会把"贪婪"两个字加到唐柊身上,唐柊想要的东西从始至终都那么少。

就是那少得可怜的一点儿东西,他却舍不得放弃,死死攥在手心,因此承受了那么多本不该由他承担的苦难。

清丽婉转的昆曲忽远忽近地响了一路,至今仍萦绕耳边,是曾在龙藏河附近的小巷里听过的曲调——

梦短梦长俱是梦，年来年去是何年。

宛如刚从一场大梦中惊醒，为找回与现实相通的知觉，尹谌提了提僵硬的唇角。

他不知道自己现在是什么表情，只觉心底犹如北风过境，寸草不生，极目荒凉。

笨的明明是唐柊。

傻乎乎的唐柊不知道别人想要什么，只会拼尽全力为他身边的人驱赶梦中的恶，用单薄的身躯为他挡住那些可怕且残忍的真相，然后怀揣着一个对他来说遥不可及的愿望，拖着伤痕累累的身体穿越刀山剑雨。

市三医院外科，办公室亮着灯，急促的脚步声响彻空荡的走廊。

尹谌拿出放在抽屉里的往年的手术资料，循着印象往后翻，面上不动声色，但若是留心观察，便能发现他的指尖正在微不可察地发抖。

刘医生这天值班，进到办公室就看到身着便装的尹谌坐在桌前的椅子上，面朝什么都看不见的窗外，视线不知落在何处。

"不是去市郊看你妈妈了吗？怎么又回来了？"

尹谌回过神，把手上的资料放回桌上，缓声道："想查点儿东西，就回来了。"

刘医生摘掉口罩，见他看的还是自己借给他的那本资料，问："怎么，你上次问我的那个案例有新发现？"

"没有，"尹谌说，"网上查不到相关资料。"

"确实不好查，尤其是有些年头的手术案例。那时候技术不成熟，地方医院就更不用说了，动这种手术得做好必死的心理准备，医院也不敢大肆宣扬，万一失败了，传出去有损形象。"

听到"死"这个字，尹谌的眼皮跳了一下，心里不知想起了什么。

他看上去很平静，像是在借这份平静掩盖内里的情绪汹涌，微颤的呼吸是他不平静的唯一证明。

"那二次修复的恢复过程，真的像书上说的那么痛苦吗？"尹谌想再确定一遍这个手术的痛苦程度。

刘医生思考片刻，叹气道："这世上有很多感受是用文字和语言无法准确表达的,就以我见过的患者说吧,有的觉得很痛苦,生理上的疼痛让他宁愿放弃生命来终止这场折磨,也有觉得没那么疼的,这种人都更想活,活着对他们来说比什么都重要,所以在旁人看来堪比凌迟的痛苦也能熬过去。"

从医院出来,尹谌没有回春韶湾,而是发动车子前往位于城东的尹家大宅。

尹谌到的时候刚过十点,门口的门卫尽职地为他开门引路,驶过冗长的巷道,他顾不上把车在楼前停正,就下车大步往里面走。

尹家的佣工实行的是轮班制,二十四小时都有人应着,听门口接应的人说尹正则在书房里和尹谦说话,尹谌没理会他口中的"通报",径直往书房的方向走去,抬手就推开了虚掩着的门。

这个时间有客来访,里头的两个人都吓了一跳。

站在桌前的尹谦扭头见是尹谌,倒是兴奋多过惊讶,问道:"大哥,你怎么来了?难不成你是听到我心灵的呼唤,特地来解救我的?"

看样子这里正在进行一场祖孙之间的交谈,多半是尹正则单方面教训尹谦。

尹谌没空管那么多,他来这里的目的很明确,扭头对尹谦道:"你先出去。"

"唉,这就走了!"尹谦求之不得,边往门口跑边回过头说,"时间不早,我就先去睡了,爷爷,您和大哥慢慢谈。"

门"砰"地一声关上,少了个聒噪的人,屋里霎时安静下来。

桌上放着紫砂茶壶,尹正则慢条斯理地给自己倒了杯茶,说:"这么晚来找我,希望是很重要的事。"

尹谌没坐,目光凛冽地直视尹正则,连平日里出于礼貌的温和都省去了。

"很重要。"他说。

"那你今天算来得巧,平时这个点我已经睡下了。"尹正则示意尹谌坐,拿了个空杯子放在对面,"先坐下吧,慢慢说,咱们祖孙俩有好些日子没一起喝茶了。"

不知为何,尹谌觉得他知道自己想要问什么。

即便知道,尹正则仍然神态自若,因为在他眼中,这可能只是一件不值一提的小事，哪怕这件小事改变了一个人的命运。

尹谌突然觉得很难受，有一种被揪住心脏、扼住喉咙的窒息感。

可他还是要问个清楚，讨个公道。

"当年，是不是你让他离开的？"

袅袅热气混着茶香在屋内蒸腾飘散，想是猜到尹谌必是有把握才敢这样质问，尹正则呷了口茶，缓缓答道："是我让他离开的，不过我当时也是无奈之举，这样做都是为了你们好。"说着，他将双手放于桌面交握，依然是上位者的姿态，"至于那场事故，准确地说，是一场意外，并不是我伤害的他，造成那样的结果，我也很遗憾。"

即便对尹正则的性格和为人有一定的了解，但这番避重就轻的解释还是令尹谌心头震怒。

他很想问"你知道他这些年经历了什么吗？"，但他想，尹正则并不会在意。

时针缓缓走过"12"，日历后翻一页，已经是第二天了。

窝在沙发上打瞌睡的唐柊突然惊醒，撑着扶手坐起来朝门口张望，人没回来，打开手机，也没有新消息或者未接电话。

算算已有三个多小时，再麻烦的资料也该查出点儿头绪了吧？唐柊拨了尹谌的号码，将手机紧贴耳边，耐心地等待接通。

嘟声在安静的环境中格外响亮，唐柊边听边默默数着，一声，两声……十三声，十四声，随后嘟声停下，听筒里传来"您所拨打的电话暂时无人接听"的提示。

深夜寒风四起，唐柊握着手机走到窗边，有些茫然地向外张望。

雨已经落下来了，这个季节首都的降雨量极低，遮云蔽月的雨幕沉重而锐利，从形态上来说更似冰雹，砸在窗户上发出细密的钝响，唐柊的心跳声也跟着密集起来。

他又打了一遍尹谌的电话，还是没人接。他在屋里来回走了几圈，开始怀疑是信号问题，又走到阳台上打，还是没通。

唐柊焦虑的时候有啃手指的习惯，严重到他自己都没察觉到疼，食指的指甲就已经秃了一块。

尹谌从来没有拒接过他的电话，无论是学生时代还是重逢之后。唐柊的预感向来很准，他觉得一定是发生什么事了，八点多那通电话里尹谌的语气就不太正常,他顿时怪自己没有早点儿察觉。

唐柊给尹谌发短信说:"不用给我带东西了,你快回来好不好?"

难道是下雨天堵车,正好手机又没电了?

还是他查资料累了,在医院睡着了?

又或者没带伞,被困在路上了?

……

各种有道理或没道理的猜测将唐柊的脑袋填满,这种不安让他再也等不住了,他披上外套,抄起玄关的一把伞推门而出。

事实上,尹谌已经回来了,只是没有上楼,在楼下人行道旁的长椅上坐着。

头顶有交错的树枝遮蔽,几滴钻过缝隙的雨落在头顶时,他也只是缓慢地眨了一下眼睛。

鲜少有人知道尹谌曾接受过心理疏导。彼时的他戴着面具生活,因为家庭变故,他的自我认同感逐渐降低。他不认可自己出身名门的身份,甚至产生了强烈的逆反心理,一有人接近,就会心生抵触。

尤其在珍视的朋友唐柊离开之后,这种抵触愈演愈烈,到了不得不接受治疗的地步,后来在学校心理咨询室以及医院心理科的帮助下,他才慢慢恢复了过来。

心理医生们爱追根溯源,寻找心理疾病的诱因,最终将其归咎于那场大雨中的决裂。

可是就在刚才的谈话中,他亲自验证并推翻了长久以来坚信的东西,他的那些恨突然缺了支撑、没了落脚点,变得十分不讲道理,甚至有些荒谬可笑。

与此同时,又有另外一种更剧烈、更持久的恨蔓延上来,不仅造成了生理上的刺痛,还桎梏了他的脚步,让他只能坐在这里,不敢面对唐柊。

他恨自己心盲眼瞎。没能继续的学业、与社会脱节了一般的天真、说不好的英语、粗糙的双手、手臂上的伤痕……每一样都是摆在他面前的线索,他却到现在才将它们串联起来,拼凑出一段不堪回首的过往——

作为一个从小失去母亲、亲生父亲凶暴,继母刻薄的孩子,唐柊是和奶奶相依为命长大的。唐柊第一次受到严重伤害是在十五岁那年，加害者是他的亲生父亲。他因此身体和心理上留下严重后遗症，变得体弱多病。

尹谌从未听他提起过那件事，只能从数度将他惊醒的噩梦、简短的手术报告，还有那个宛如得了失心疯的女人的言语中勉强窥探到唐柊记忆中的一段模糊的画面——

潮湿的卫生间，肮脏的墙角，酒鬼父亲的虐打激发了唐柊的反抗和挣扎，他在慌乱的自保中不小心被父亲手上的刀所伤害，吓得父亲落荒而逃。

那天他父亲在逃跑的过程中出了车祸。好不容易抢救回来，身体却出现各种问题，持续治疗也仅仅只能暂时保住性命。家里的钱如流水一样往医院送。

他知道这是个无底洞，他们家就算倾家荡产也无法治好父亲。

他终于自私了一回，为了不再度陷入孤立无援的恐慌，也为了自己和奶奶的将来，哭闹着不让卖房子救父亲，父亲没能活过那年冬天，而邻居们把这个结果怪到他身上，都说他是不孝子。

继母怪他让她成了寡妇，邻居和同学说他冷血无情。他默默承受着大家的鄙夷。他刻意扮丑遮掩自己出众的容貌，他勤俭节约只为和奶奶好好生活。

再后来，他遇到了一个人。

在他眼里，那人是天上的星星，是长夜里的灯火。

为了和那人做朋友，他努力学习，积极面对生活，想着终有一天能不用掩饰伪装，和那人并肩站在阳光下。

就在这个时候，他从旁人口中得知，他生命中最重要的这个朋友不只是他心中的星，也是天上真正闪耀的星。

家庭环境的天堑鸿沟让他自卑，让他无措，后来出国的那些日子里，他开始后悔自己当初不辞而别，失去了尹谌这个最好的朋友。所以之后在收到警告，产生不祥的预感时，他想重新为他们之间的友情努力一次。

可是命运酷爱跟他开玩笑，总是在他看到希望的时候给他沉重的一击。

尹家找来的三个恶霸在无人知晓的地方恐吓他。

被充满恶意的人包围，唐柊曾经被伤害的恐怖记忆席卷而来，他挣脱他们，疯了一样跑到路上，被车撞成重伤。

有雨落在尹谌额上，顺着脸颊滑落至嘴角。

尹谌不知道当时的唐柊有没有哭，只能凭想象猜测他一定很害怕。

尹谌更不知道唐柊的身体由于遭受了二次受伤变得更严重，所造成的伤势严重到一次长达八个小时的手术都没能修复好。

白纸黑字的手术记录，虽仅有供同行参考的寥寥几行，但只需稍一细想，唐柊惨不忍睹的样子就浮现在脑海中——

术后第1天，患者两次全身抽搐，用药后陷入昏迷。

术后第3天，出现排斥反应，患者全身疼痛，注射镇静剂后仍无法正常入眠。

术后第15天，镇静剂用量濒临极限，采用物理方式将患者手足捆绑，防止患者自残。

术后第30天，患者体征不稳，脉搏、血压等指数下降，并伴有呕吐、眩晕症状。

术后第33天，患者陷入昏迷状态，体温偏低，采用鼻饲强制喂食。

术后第45天，鼻饲摘除，静脉注射营养液。

术后第60天，患者连续三天高热不下，根据医疗护理手册进行降温处理。

术后第61天，患者要求出院。

术后第80天，患者因抵抗力低下致肺部感染，引发高热，办理住院。

术后第100天，患者开止疼药，再次出院。

术后第121天，患者出现呼吸困难和呕吐症状，办理住院。

……

作为医护人员，初看这些文字，尹谌考虑的是当时的操作是否得当，并对这位病人在身体未愈的情况下几度要求出院的行为感到不解，认为这是一种对自己生命极度不负责任的行为。

而现在，这些文字带给他的全是触目惊心的画面，还有锥心刺骨的痛。

没有亲身经历，光看这简单的记录他都难以忍受，那当时的唐柊该有多痛呢？

哪有什么出国过好日子？退学之后唐柊就再没有进过比学校更好的地方！

因为缺钱，他先是躺在冰冷的手术台上，由着技术和设备都不达标的医院为他做风险极大的二次修复手术；因为缺钱，在那几年最重要的恢复期，他没有吃上对症的进口药，任由强力止疼药弄坏了身体；最后还是因为缺钱，在本该卧床休养的时候，拖着病体出去打工，没学历也没有足够的体力，唐柊能干的活儿很有限，他只能把布满伤痕的手在洒了清洁剂的凉水里泡了又泡。

唐柊过着朝不保夕的日子，在生死线上挣扎了足足七年，就为了他们再次重逢的时候，他能完好地出现在尹谌面前，跟从前一样对他笑，让他毫无负担地接受他。

雨还在下，尹谌像一尊立在雨幕中的雕塑。

随着出现在头顶的遮蔽物，刚才还肆虐嚣张的雨尽数收敛，周身被圈出一片无风无雨的地方。

"不回家，坐在这里干吗？"

清亮的声音仿佛来自遥远的天边，尹谌抬起头，对上唐柊充满担忧的眼神，思绪忽然飘到那年下着雨的天桥，那是他第一次感受到这样不计回报、纯真朴实的温暖。

也许是突如其来的一扯力道太重，唐柊手一松，伞"吧嗒"一声掉在地上。

沉默了大约三秒，唐柊轻拍尹谌的后背，说："怎么啦，又碰到不开心的事了？"

尹谌摇头否认。

"那是怎么啦？"不明原因的唐柊焦急道，"下着雨呢，我们先回去，洗个热水澡再慢慢说，好不好？"

尹谌嗓音低哑，问面前的人："你后悔吗？"

明明有很多话想说，有很多问题要问，可他最迫切想知道的还是——你后悔吗？

十七岁那年，选择了没能保护你的我做朋友，后悔吗？

后来选择"宁为玉碎,不为瓦全",后悔吗?

因为这些选择而付出了那样惨重的代价,你真的就从来没有后悔过吗?

尹谌宁愿他后悔,哪怕只有短暂的一瞬,他也能借这个理由不这么痛恨自己。

尹谌狠狠呼出一口气,看着站在面前的唐桉。

根本无须再问,他的答案早已深深刻在每一个含着泪的笑、每一次掷地有声的心跳里。

……

两千九百多天前,唐桉接到一通来自首都的电话。

"他现在不懂事,等到他明白过来自己因为友情放弃了什么时,一定会后悔……你也会后悔的。"

即便预知到危险,当时的唐桉仍然昂着头,如大人们嗤之以鼻的"年轻人头脑发热"那般坚定地说:"我不后悔。"

自那天起,他的答案再未变过。

站在雨中的唐桉愣怔许久,在雨水的浸润下沾染湿气的眼眸慢慢睁大,视线由迷茫转为清晰,不变的是与从前如出一辙的明亮与执着。

一声轻而缓的叹息之后,两道声音穿越时空在当下重叠,十八岁的唐桉和二十六岁的唐桉做出了同样的选择。

"我不后悔。"

我永远不会后悔。

收拢的伞被支在门边,地上积了一小摊水,透过被雨打湿的窗户,依稀能看到远处街道上忽明忽灭的灯火。

唐桉睫毛微颤,稍稍偏过头问道:"你还不睡吗?"

尹谌看着他,说:"你先去睡。"

"你回来之前我睡了一觉,"唐桉柔声说,"现在不困。"

一个不留神,四周阒然,窗外的雨声也听不见了。

唐桉不知道尹谌知道了多少,他不敢提也不敢问,甚至想就这样装作不知道,让它悄无声息地被掩埋在岁月中。

然而尹谌是不可能给他这个机会的。

沉默又持续了几分钟,尹谌终于问道:"为什么不告诉我?"

唐柊的嘴巴动了动，随后眼睫低垂，像个犯了错的孩子。

其实唐柊不是没想过和盘托出。

他想告诉他决裂时自己说的那些话都是言不由衷的，想问他还生不生气。

每当翻看日历，封锁回忆的玻璃窗都好像每天有人擦拭，那些画面始终那么近、那么清晰——

清晨落满阳光的操场，飘着钢琴声的音乐教室，隔着几条过道传到手里的字条，傍晚彩灯闪耀的旋转木马，盛夏时节拂面而来的风，甜腻的冰激凌和糖葫芦，游船时的有说有笑……

唐柊轻而缓慢地说："为什么要告诉你呢？"

尹谌琥珀色的瞳孔里闪过一簇暗光，问道："你怕我不相信你。"

不掺杂疑问的陈述句令唐柊有些慌乱，他连忙说："不是，我只是觉得没必要……"

话音未落，尹谌像是怕他又找借口轻飘飘地一语带过，压着嗓音一字一顿地问："你不说，凭什么觉得我不信？"

"我不想说，我为什么要说？"唐柊喉咙发紧，像是被逼得没办法了才给出回答，"是我自己愿意的，我能承担，也不觉得辛苦，说出来除了让你生气和难过，还能怎么样？而且，我可能……"

即便那个"死"字没有说出口，可那重量仍分毫不少地压在尹谌身上。

唐柊干咽一口空气，平复错乱的呼吸，哑声道："对，我就是怕你不信。我以为熬过去就没事了，不会再有更难过的关了。"

"应该告诉我，"尹谌说完，又机械地重复了一遍，"你应该告诉我的。"

唐柊深吸一口气，道："不，我不该告诉你。你在南城的时候，总是用冷漠把自己包得严严实实，我知道你很孤独。人都是这样的，表面上越是不在乎什么，心里其实越是在意，至少他们是爱你的，你也同样需要他们。"

"他们"指的是尹谌的亲人。

唐柊宁愿被恨着，也不想尹谌两难，更不想尹谌与他们决裂，失去亲人的庇护，没人比他更清楚孤立无援的滋味。

他替尹谌把一切都计划好了，为他卸去所有的心理负担，让他得到家人的重视及光明的前程,还有不被任何人拖累的轻松生活。

可尹谌依然怒不可遏,他气唐柊自作主张。

唐柊试图安慰尹谌,他道:"都过去了,都是过去的事了,现在没人能伤害我们,没人能把我们的友谊扯断了……不要难过,好不好?"

尹谌眼眸半合,清晰地说:"这次无论如何我都会保护你。"

两日后的除夕,首都街头巷尾张灯结彩,到处洋溢着过年的喜庆气氛。

站好年前最后一班岗,尹谌换下衣服,边走边给唐柊发消息,说一会儿就回去。

下电梯时碰到江瑶,小姑娘躲了他好一段时间,这天倒是没拔腿就跑,抱着记录板有些不自在地盯着墙面道:"尹医生,今天是夜班吧?"

夜班是从次日零点到上午八点,刚好卡在除夕和大年初一中间,被分配到这个时间的医生和护士已经抱头痛哭了好几轮。

尹谌对此并不在意,应道:"是的。"

"晚一点儿我们值夜班的同事会在那边煮水饺,"江瑶扭身指着一楼休息室的方向说道,"如果尹医生你忙完有空闲,可以过来跟大家一起过年。"

来自同事的正常邀约,尹谌没有拒绝的道理,便说:"有时间我会去的。"

正要走的时候,又听江瑶说:"如果,我是说如果有朋友在的话,可以一起来,过年嘛,热闹点儿才有意思。"

尹谌愣了一下,随即点头道:"好。"

出了医院,尹谌先打车前往尹家大宅。

到门口被管家请进屋后,坐在沙发上的尹正则见尹谌来了,很是意外,放下报纸,和蔼地笑着起身迎他,嘴里道:"你弟弟除夕在外头过,我还以为你也不回来。"说着他冲管家道,"赶紧让厨房加几个菜。"

管家应下,刚转身,尹谌便道:"不用了,我马上就走。"

没等尹正则反应过来,尹谌就走上前,从口袋里掏出一张银行卡放在桌上，解释道："这是我去南城的时候父亲给的卡，里面的钱一分没动，麻烦您帮我转交给他。"

尹正则愣了半晌才明白过来他是什么意思，面露愠色道："你这是要跟家里断绝关系？就为你那个朋友？"

尹谌皱了皱眉，他不喜欢听别人在什么都不了解的情况下定义唐桎，不过他也清楚老一辈人的思想根深蒂固，尤其是尹正则这种眼高于顶的人。

他从来没有试图改变他们的想法，他只顺应自己的意愿，但求问心无愧。

见他不说话，尹正则笑道："你现在还年轻，讲兄弟义气，等以后稍微成熟一些，就会明白我们都是为了你好。"

本想继续用沉默代替回答，可尹谌被身居高位者自大笃定的话弄得不太舒服。

或许是出于男人不甘落下风的本能，他改变了主意，说："可他是我的朋友。"

这话落在尹正则耳朵里，无非就是"幼稚"两个字，他嗤笑一声，嘲讽道："朋友和前途哪个更重要，作为男人，你应该有数。现在不听爷爷的话，将来你一定会后悔。"

想到他就是用这所谓的"后悔"言论威胁唐桎，让他吃了那么多苦，尹谌连一句反驳的话都懒得说，转身就走。

尹正则急了，但长辈的架子不容许他追上去，只好退一步，放低姿态道："就算你生爷爷的气，也至少先弄清楚事实，八年前，爷爷也没想到会弄成那样。"

尹谌的脚步顿住了。

"叫那几个人去只是为了吓唬一下他，并没有真正的想伤害他。"尹正则以为尹谌停下代表动摇了，趁热打铁道，"他受伤也完全是意外，当时收到消息我就立刻与他联系了，预备给他一笔补偿，他倒好，直接消失得无影无踪。这种情况，换谁都无能为力。"

听着恳切，实则稍一推敲便可知尹正则意在推卸责任。

尹正则叹气道："坐在这个位置上，很多事情都是身不由己。不过就这件事而言，爷爷还是该向你道歉，虽然不清楚他跟你说了什么，但我的过失我在这里认了。小谌，你这么聪明，你想想，难道他在这

345

件事里就一点儿错都没有？他现在突然旧事重提，你想过原因吗？"

尹谌站在原地，终于扯动嘴角，露出一个讥诮的笑。

大家都说他聪明，可他却觉得自己愚笨透顶，不然怎么会连唐柊的话是真是假都分辨不出，几句话就令他乱了阵脚，将违心之言信以为真。

他转过身，迈着不急不缓的步子回到客厅。

尹正则以为他被说动了，面上隐有喜色。

尹谌走到尹正则跟前，把从口袋里掏出来的车钥匙连同戴了许多年的那块玉也放下。

车是尹正则送给他的毕业礼物，玉也是尹家给他的东西。

"刚才忘了，"尹谌平静地说，"车上次停在外面就没开走，钥匙在这儿，使用期间的损耗已经换算成相应金额一并打在卡上。"

尹正则蒙了，尤其是看到那块祖传的玉坠，他心里一紧，连忙问道："这……这是什么意思？"

尹谌放下东西，直起腰看着这个让他觉得陌生的所谓"亲人"，想到唐柊拼了命都不想让他知道他们的真面目，只觉得寒心彻骨。

走到门口，尹谌深吸一口冬末不再凛冽的空气，说："他唯一犯的错，就是当初选择和我做朋友。"

言罢，尹谌毫不留恋地大步离去。

除夕夜，首都全市景观照明设施全开，街头巷尾亮如白昼。

唐柊在家里喝了碗粥垫肚子，临出门时才想起春联没贴，火急火燎地搬了凳子到门外，踮脚刚要爬上去，就被尹谌拦下。

尹谌接过对联，胳膊一举就触到了门框上沿，将左右两张对齐，扭头问："这样行吗？"

唐柊退到远处比画了一下，满意道："行，贴吧！"

进到电梯里，唐柊按下"B1"，尹谌按了"1"，把"B1"取消了。

"我没有车了。"尹谌说。

唐柊眨眨眼睛，没问怎么回事，似了然地点头道："没车没关系，低碳减排，以后你出门就骑共享单车吧。"

尹谌提前打的车已经等在楼下，去往医院的路上，唐柊扒着窗看外面的夜景，满眼新奇地说："首都过年比南城还要热闹啊，去年我都没顾上看。"

虽然没有明说缘由,可是尹谌却知道他"没顾上看"多半跟身体有关。

想到唐柊已经许多年没好好过春节了,今年又要在医院过,尹谌不免内疚地说:"抱歉,除夕夜还让你跟着我跑。"

"这有什么啊,"唐柊不以为意地说,"明天你还不是要跟我回老家看奶奶?"

尹谌轻轻一笑,道:"嗯。"

到医院时离零点还差十五分钟,尹谌让唐柊在休息室坐着,自己去更衣室换衣服,出来便看见好几个护士围在唐柊身边,正叽叽喳喳地聊什么。

见尹谌来了,唐柊站起来喊道:"我在这儿!"

尹谌去急诊科值班,唐木冬则留在休息室自己玩。

等尹谌给一个吃年夜饭时因为喝醉而磕破脑袋的病人缝完针后,他摘下手套洗过手,走出急诊楼。手机上有好几个来自林玉姝的未接电话,尹谌回了条短信说自己在医院值班,林玉姝问他明天回不回家,他只回了句"不了,明天要去南城"。

尹正则下午被气得不轻,估计短时间内不会再跟他联系。尹谌那个常年见不着面的父亲倒是发了条消息过来,问他怎么不接电话,又问他是不是疯了,大过年闹这一出,搞得家里鸡犬不宁。

尹谌没回他电话,他认为自己和这位名不副实的父亲已经两清了,除了逢年过节礼节性的客套问候,没必要再有其他瓜葛,于是只回了条"新年好"的短信,就把手机揣回口袋。

他拐进走廊,就听见休息室里传来阵阵欢声笑语,推开门,热气从煮着水饺的锅里漫溢出来,唐柊在朦胧的另一头跳起来冲他挥手喊道:"来吃饺子,刚出锅的!"

因为唐柊是公众人物,所以他吃饺子时都没敢把口罩完全摘掉。

好在是吃过晚饭来的,这会儿不是很饿。他夹起一个饺子,转过身去拉开口罩,把饺子塞到嘴里,再飞快地拉好口罩,整个动作一气呵成。

大家轮流吃饺子,两个急诊科的护士先走了,换了两个在住院部值班的来，其中一个看到唐柊，惊道："啊，你好像那个明星！"

唐柊干笑道："这戴着口罩能看出什么？"

那女孩儿撺掇："那把口罩摘下来对比看看？"

唐柊忙捂脸道："不不不，我最近长痘，还是不吓唬你们了。"

几人围着方桌边吃边聊，刚才说唐柊像明星的那个女孩子掏出手机翻照片给大家看，肯定地说："瞧这又大又圆的眼睛，你们说像不像？"

众人纷纷说像，另外一个护士姐姐凑过去看，不以为然道："我去年在导医台的时候见过一个更像的。"

见大家想听，护士姐姐便说去年秋天，有个光看眼睛就知道很好看的男生跑到医院来，趁人少跟当日的值班医生表拍照合影。

医护人员用餐如同打仗，不到一刻钟，休息室里的人就都散了。尹谌也准备回急诊楼，唐柊问道："这就走啦？"

"嗯，隔壁有折叠床，你困了就睡会儿。"

唐柊摇头道："我不困。"

尹谌又问："听说你以前偷偷跑来跟我的名字合影？"

"那个时候你都不理我，"唐柊双手叉腰道，"上学的时候你也忙，没空跟我合影，我都只能跟喜报上你的名字合影。"

尹谌不知道这件事，听他说那张照片是苏文韫帮他拍的，现在还存着底片。

"要拍吗？"尹谌站到唐柊身边，顺势拿出自己的手机，"要的话就在这儿多拍几张。"

唐柊扭头往门口看了一眼，见暂时无人经过，小声道："那就拍一张？就当是庆祝春节了。"

凌晨两点半，江瑶从急诊楼走出来，想着尹谌刚走不久，现在去休息室说不定还能碰上面，不由得加快脚步。

她走到休息室门口，里面很安静，灯光从虚掩着的门里透出来。她抬手刚要将门推开，就被门缝里的一幕弄得愣在原地——

尹谌在和别人拍照，他脸上的口罩虚虚地搭在脸侧，像是随手摘下来的。

唐柊发现了门口的江瑶，顺势将手机还给尹谌，微笑着示意江瑶可以进去,然后将剩下的几个饺子分给她。

尹谌这个时候和唐柊说他要回急诊科,让他好好在这里休息,唐柊点点头答应。

春节的急诊科也不清闲,等他们忙完回到家,已是大年初一上午近十点。

一夜没怎么睡,唐柊困得睁不开眼睛,倒狗粮时甚至掉了好几颗在地上。"糖葫芦"哀怨地"呜呜"叫,趴在地上一粒一粒舔进嘴里。

这一觉睡得很沉,醒来时刚过正午,唐柊仰躺着盯了一会儿天花板,忽而想起什么,"噌"地拥被坐起。

尹谌一进唐柊的房间,便看见唐柊挺直腰杆坐在床头,听到声音慢吞吞地转过头,迷茫地望向他问:"那这个房子,是不是也不能住啦?"

尹谌花了点儿时间向他解释,车子不是他买的,但房子是。

唐柊松了口气,说道:"原来你没骗我,真的是贷款买的。"

唐柊拍了拍自己胸脯,豪气地表示:"车没了可以再买,现在跟从前不一样啦,我有好多好多的钱,过完年咱们就去买!"

这番豪言壮语成功令尹谌低笑出声。

距下午去南城的飞机起飞还有一段时间,尹谌把笔记本电脑拿出来,当着唐柊的面把他全身体检的时间定下。

听到"检查"两个字,唐柊就控制不住地发慌,揉着酸痛的脖子说:"没必要做这么贵的检查,这两年已经稳定了,再说我的身体一向很好……"

尹谌严肃道:"有什么事情,等体检结果出来再说。"

唐柊又解释道:"真没事,我的身体我清楚。"

"为什么不去医院检查?"尹谌终于还是问了,"现在是重新做手术的最佳时期,成功的概率比二次修复手术高,术后的恢复时间也短很多。"

"当时的医生也是这么说的,"唐柊缓慢地摇头,"可是不行呀,我害怕自己会因为手术失败而死掉。"

回想起之前,尹谌淡淡地说:"那天,你看起来很冷漠。"

由于光线昏暗,唐柊无法看清对方的表情,不确定他是不是真的在兴师问罪,当年他拎起书包将东西倒在地上,连心爱的镜子也摔碎了。

唐柊急切地解释道:"我没有办法了,奶奶病了我很担心。当时我必须走,对不起,我……"

"该道歉的不是你。"尹谌摇头道。

错的是我,是他们。

出发之前,二人去了钱小朵家一趟,把"糖葫芦"托给她照顾几天。

钱小朵接到电话下楼,看见两位帅哥并排站在楼下等她,脑袋有点儿发晕,等二人一起微笑着对她说"新年快乐"时,就更晕了,她雀跃道:"叫我去接就行,干吗特地送来?"

唐柊说:"正好顺路,我们马上去机场。"

看到周遭无人,唐柊把口罩拉到下巴处,将牵着"糖葫芦"的绳交到钱小朵手上,尹谌则把装了狗粮等用品的包递给她。

钱小朵郑重地接过这个光荣的任务,把东西清点完毕,确认好一日三餐的喂食量,唐柊又从口袋里掏出一把钥匙递过去。

以为他是担心"糖葫芦"缺衣少食,钱小朵拍胸脯道:"不用,要是狗粮不够吃,我出去买就是了,保证饿不着它。"

"你拿着钥匙,闲着没事就去住,"唐柊认真道,"房子还有两个月才到期,不住就亏了。"

钱小朵道:"好吧……"

机场候机室里,唐柊把尹谌拉进名为"欢乐六缺一"的微信群。

群成员以一排感叹号欢迎新人进群,听说他们晚上到南城,又此起彼伏地闹开了。

唐柊切回微信界面,发现班级群也有新消息。蔡晓晴问大家过年有没有空,找个时间聚一下,戚乐连忙附和,说地方他来定,大家只管揣着钱去就好。

统计人数的时候,戚乐让去的同学在群里回"1",唐柊看到了好几个熟面孔,正纠结要不要问问身边的尹谌,便看见群里冒出一条新消息,尹谌也回了"1"。

他立刻也把输入框里的"1"发送出去,露在口罩外的两只眼睛弯弯的。

他们抵达南城时已是晚上七点多,从机场打车去市里,到地方刚好八点,也是家家户户最热闹的时候。

他们曾经待过的那片老城区已经拆了,正在盖新楼,唐奶奶现在住在离原来的地方两条街外的一个二十世纪九十年代建的住宅区里。

这里不像新式小区那样高楼林立,五层小楼低矮朴实,几乎每家的厨房都亮着灯,有的还开着窗,炒菜的香味从里面飘出来,散发着浓郁的家的味道。

下了车,唐柊就蹦蹦跳跳地往前跑,到一个挂着香肠和腊肉的窗口前,扯开嗓子喊:"奶奶,我回来了!"

门从里面打开,唐奶奶站在门口笑得见牙不见眼,先是被孙子抱了个满怀,在灯下细看他的脸,心疼他瘦了,又跟孙子带回来的朋友亲切握手,关心地问尹谌:"饿不饿呀?要不先吃个咸鸭蛋垫垫肚子?"

从前唐柊没钱,送礼只送咸鸭蛋,还跟唐奶奶说尹谌特爱吃,唐奶奶当真了。现在唐奶奶腌了一堆咸鸭蛋,说让他们带走的已经打包好了,冰箱里都是剩下的,这几天尽管敞开肚皮吃。

吃饭的时候,尹谌面前摆了三个蛋,吃了一个又添一个。

唐柊在旁边偷笑,尹谌不动声色地推了一个到他跟前,并在唐奶奶又要起身去拿的时候,用"咸鸭蛋里胆固醇和油脂超标,不宜一次性多吃"为由婉言阻止了,到底是劝住了年纪大崇尚养生的老人,避免了晚上口干舌燥而拼命喝水的尴尬。

吃过饭,唐柊出去丢垃圾,尹谌进到厨房帮忙,刚拿起一只碗,就被唐奶奶夺了过去。

"你这手是用来治病救人的,可不能干这些活儿。"

想来是唐柊告诉她的。

尹谌道:"奶奶,我没那么娇贵,家务活儿还是能干的。"

奶奶拗不过他,扔给他一块抹布,让他去擦桌子。

"听说你们和好了,我是真高兴啊。"自二人进门,唐奶奶脸上的笑容就没收过,"虽然他嘴上没说,可我知道他这些年都记挂着

351

当年的事，我都看在眼里。"

对于空白的那七年，尹谌心中犹存愧意。

唐奶奶见他那模样，就知道他把错都归咎到了自己身上，摇头劝道："那时候你们都还小，保护自己尚且不易，何必为此愧疚？当初奶奶也有错，要不是我被血肉亲情迷了眼，一心想救他爸，唐柊也不会被人指指点点这么多年。要不是我当时生病倒下，那个女人又来闹事，他也不会那么难，一个人背负那么多。"

兴许是回到老家的关系，唐柊这一夜睡得格外香甜，被苏文韫一个电话吵醒的时候还是蒙的。苏文韫告诉他同学聚会安排在这天中午，顾不上天冷，唐柊跳起来找裤子往身上套，冲电话喊道："我们马上来！"

穿好鞋子去到客厅，见自家奶奶和尹谌坐在桌前不知在聊什么，唐柊被唐奶奶一句"太阳晒屁股咯"说得难为情，尹谌则在一旁抿唇轻笑，唐柊没什么气势地瞪了他一眼。

聚会定在学校附近的餐馆，当年运动会之后的庆功宴就是在这里办的。

不知是有意安排还是无心插柳，连包厢都是当初那个，只不过包厢里头翻修过，显得高档精致了许多，桌椅也换了新的，连舞台上那台雅马哈电子琴都换成了真钢琴，壁灯一照，现场氛围显得颇为华丽。

由于是大家临时起意攒的聚会，班上有一半同学都没时间，当年挤得满满的包厢现下只稀稀拉拉坐了三桌，之后蔡晓晴又带了几个后来分到别的班的同学过来玩，场子才热闹起来。

不过这些与唐柊没什么关系了，他的出现虽不像上次那样令满场的人大跌眼镜，但由于那些流言尚未消散，还是很少有人愿意搭理他。

为了不让他难堪，戚乐把他的位子安排在苏文韫和贺嘉勖旁边。

饭前，三个人凑在一起玩斗地主，唐柊点背，连当了五次地主，被他们默契的配合打得毫无翻身之力，将牌往桌上一扔，鼓着腮帮子道："不玩了，你俩就会欺负我。"

尹谌坐在唐柊的右手边，这会儿被一个从事医疗行业的老同学拉着聊天。唐柊凑过去听了会儿，被那些专业术语弄得头晕，手撑着下巴，差点儿睡着。

不过他也提取到不少关于尹谌的信息，比如尹谌在校期间就在学术期刊上发表过多篇论文，参与了很多医疗项目的研究，并且从对方的恭维中得知尹谌年年都拿奖学金的事。听着听着唐柊就笑了起来，心想尹谌果然还是一如既往地优秀。

用餐期间，唐柊这桌稍显安静，大家都依稀记得去年秋天聚会的时候，唐柊觍着脸坐在尹谌旁边，结果遭到冷待的场面。

酒过三巡，不知谁起的头要玩真心话大冒险，戚乐开了三瓶啤酒，将酒倒给几个男生，又给每桌发一个空瓶子，一帮二十好几的青年重返少年时代，都兴致盎然地玩了起来。

因为家庭条件不好，唐柊上学的时候很少参加同学聚会，此时目不转睛地盯着桌子中间转的空酒瓶，满眼新奇。

可惜开头几轮都没转到他，唐柊偷瞄一眼身边的尹谌，见他面无表情地坐在那里，显然对这种游戏完全不感兴趣，更加好奇如果转到他，他会说些什么。

也许是天上的神仙这天没打瞌睡，听到唐柊的愿望，仙手一指，让缓慢转动的啤酒瓶口在对着尹谌的时候停了下来。

裁判蔡晓晴代表大家提问："尹谌同学当年为什么会选择当医生呢？"

在座的都知道尹谌当年是全校第一，也多少听闻了尹家的背景，对他不回去继承家业反而选择学医这件事抱有强烈的好奇。

沉默须臾，尹谌启唇道："当初是为了和朋友的约定，现在是为了帮助更多人。"

大家都没想到他会答得这么干脆，一时起哄声四起，还有人追问细节，尹谌均未回答。

孰料下一轮又转到他。

在一众催促声中，蔡晓晴继续顺应民意，问道："刚才说的那个朋友是谁呀？"

尹谌看着唐柊，声音低而沉稳地说："是他。"

吃完饭，留下帮戚乐计算账目和收拾残局的都是老熟人，唐柊和尹谌也欲帮忙，被贺嘉勋一只手一个往门口推，叮嘱他们："你们难得回来一趟，赶紧到处去转转，别留在这儿碍事。"

二人领了大家的好意，出了饭店就往龙藏河去。

大年初二，景区内称不上人山人海，却也是热闹非常。作为二人学生时代最常来的地点，龙藏河眼下的样貌看起来与从前无异，灯影摇曳，碧波荡漾，喧闹中自有一番宁静雅致。

到码头边，看见那排供人喝茶的休息桌椅被刷了锃亮的新漆，唐柊呵呵地笑了起来。

尹谌问他笑什么，唐柊说："我记得那时候你总爱耍酷，对谁都凶巴巴的。"

其实也算不上凶，只是有些冷漠。那时尹谌第一次来龙藏河，陌生的环境令他不自在，遇到在这里打工的同学也生不出什么同情心，顺手帮一把完全是下意识的反应。

"不过你很善良，"唐柊熟练运用打一巴掌再给颗甜枣的技巧，"还出钱请我坐船，虽然我都坐过好几次了。"

夸人也不忘嘴硬，尹谌勾了一下唇角，没戳穿他的小心思。

傍晚，穿过熙熙攘攘的河畔大道，拐进人烟稀少的羊肠小巷，瓦檐下悬挂的红灯笼照亮了脚下起伏不平的青石板。

唐柊仰头盯着巷口枝权交错虬曲的不知名老树看了一会儿，掰着手指计算它的年龄，算完扭头对尹谌说："我第一次来这里的时候，它还没这么老呢，现在树皮都打褶了。"

巷子里的商铺依旧鳞次栉比，卖镜子的铺面挤在各种新颖鲜艳的招牌中，存在感更加微弱。

店铺老板倒是浑不在意，听见渐近的脚步声也懒得抬头，直到唐柊脆生生地喊了声"何爷爷"，店老板才扶了扶鼻梁上的老花镜，脸上挤出条条皱纹，笑着朗声招呼道："小唐来啦。"

与其说是客人，唐柊在何老头眼里更像一位知交故友。

铺子里只容得下两个人，唐柊进去坐了下来，跟何老头把茶言欢。尹谌倚着木质窗框扫视店内陈设，还是老样子，商品款式都没怎么变，仍以古朴典雅为主。

许多年过去，何老头看着精神矍铄，但岁月还是在他身上留下了痕迹，一尺之距的柜台里的镜子图案他都看不清楚，让尹谌想起了早上对着窗外的阳光穿针引线的唐奶奶。

何老头说到孙子，未语先笑，缓缓开口说："我那个臭孙子啊，瞒着全家报了警校，这会儿在城南巡逻呢，可苦了我老伴和儿媳，大过年的还要轮班给他送饭。"

唐柊笑道："人民警察多光荣，我小时候也想当警察呢，可惜我体质太差了，连征兵标准都达不到。"

听说尹谌现在是医生，何老头夸道："医生好啊，妙手回春，受人尊敬。"

"才不好呢，"唐柊替尹谌谦虚地答道，"念那么多年书也才刚拿到职称，过年也休息不了几天，明天就要回去上班了。"

"那你呢，在做什么工作？"

"就给人拍拍照。"

"摄影师？"

"我是被拍的那个。"

"哟，模特啊？"

"模特谈不上，个头儿不达标，随便拍点儿封面什么的混口饭吃。"

"也好，你身子虚，这种轻松活儿正合适。"

……

他们聊着聊着，天色暗了下来，灯笼的光由朦胧变得清晰，从巷子的一头望去，串成一条红色的玛瑙项链。

唐柊说要出去买点儿东西，尹谌说帮他去买，他还不乐意，非要自己去，让尹谌到屋里等他。

第二次坐在这张小板凳上，心境的大不相同令尹谌有些怅然。

何老头给他倒了杯茶，边倒茶边呢喃："当时我就有预感，你俩的友情这么深，一定走不散。"

尹谌想起自己当年到处找不到唐柊，便跑来这里的事，何老头看出他的失落却没有点明，还状若无事地跟他聊天，那半个下午对当时满心疑惑、愤怒又失望的他来说是难得的一点慰藉。

指腹碰着温热的杯壁，尹谌点头笑道："借您吉言。"

"这跟我老头子没什么关系，"何老头道，"你俩啊，一个两个都往我这里跑，我就知道你们不会绝交的。"

闻言，尹谌忽然意识到了什么，问："后来他也来过？"

何老头拿起茶杯抿了一口，缓缓开口道："来过呀，就在你来之后没几天,大冬天的,下着那么大的雨,他跑到这儿的时候浑身都湿透了。"

提到那年冬天,尹谌倏地怔住。

"新书包也扔在地上不要了,捧着个四四方方的收音机,背面的镜子摔得稀烂,问我能不能修,我说要看看大小,不一定有合适的。"

回去时二人选择乘坐公交车。

上车的时候,正好这站下了一拨观光客,空出并排的两个座位,唐桉坐靠窗的位子,路上一会儿看窗外一会儿扭头看尹谌,实在憋不住了,转头问他:"你怎么不睡觉啊?"

"不想睡,"尹谌说,"睡不着。"

晚上到家,唐奶奶煮了酒酿小元宵,听说二人中午都喝了酒,出锅前又往里头兑了一勺白开水稀释,提醒他们少吃点儿。

唐桉口里称是,捧起碗来却刹不住车,"咕嘟咕嘟"连吞带嚼喝了个底朝天,舔着嘴唇又去盛了一碗。

也许是酒酿小元宵酒精含量不高的缘故,唐桉这天醉酒后的反应来得不甚明显,若不是尹谌见过他喝醉的样子,都不知道他是在耍酒疯。

屋里开了空调,唐桉只穿一件睡衣,为了方便活动卷起宽松的袖子,不慎被尹谌看见了他手臂内侧的伤痕。

尹谌偏头细看那处痕迹,似乎能看到它曾经流着血的样子。

"疼吗?"尹谌问。

"不疼,"唐桉回答得干脆,"已经长好啦。"

尹谌又指了指唐桉的腰侧,问:"这里呢,疼吗?"

唐桉闷声道:"奶奶是不是跟你说了什么?"

尹谌的双眸微微睁大,他没有想到现在的唐桉如此敏感,这都能猜到。

前一天洗碗的时候,唐奶奶趁有限的时间和他说了很多那些发生在他看不到的地方的事——唐桉这些年所经历的苦难。

除了承受来自尹正则的施压外,唐桉那位继母也趁火打劫来家里闹事,索要巨额钱财不成就撒泼哭闹,扬言要找人把唐桉毁掉,让他尝尝自己受过的苦,唐桉腰上的伤就是在那场撕扯中留的。

家里被砸得一塌糊涂，唐柊奶奶气急攻心，病倒住院，唐柊既要照顾奶奶，又要保护自己，精神时刻紧绷，几度濒临崩溃。

躺在病床上的唐柊不是没想过一死了之。

他的人生不过短短十余年就已历尽艰险，每当抱有期待，就被迎面而来的一记重锤击碎幻想。那时候他什么都没有了，被压断脊椎匍匐回黑暗里，目之所及，一切都是黑的，看不见丝毫光亮。

直到有一天，在唐奶奶的耐心安慰下，他终于想通，不再拒绝进食，开始接收外界的信号，听医生的话准备接受手术。

所以那天尹谌在学校见到的唐柊心灰意冷，撑着一口气没倒下已是不易，之所以会做出把那些平日里视若珍宝的东西倒在地上的举动，至少有一半源于绝望的自暴自弃。

"嗯，"他说，"奶奶让我好好照顾你。"

唐柊小声说："我也可以照顾你呀。"

两个人并肩而坐，尹谌有些失神，唐柊颇有些得意地笑道："尹医生又在回忆过去。"

唐柊收起笑容，别开脸看着地面，问："你的愿望是什么？"

重逢至今，这是他第一次跟尹谌畅聊心里话。

希望唐柊一生平安顺遂，无病无灾。

这便是尹谌最大的愿望。

大年初三，唐柊又像往常一样赖床了，他起来抱着枕头在家里溜达一圈，没找到尹谌，这时，从邻居家串门回来的奶奶告诉他："小谌说他有事要办，一大早就出去啦。"

唐柊没听他说过有什么事，犹疑地给他打了个电话，尹谌那头有点儿吵，说再过半个小时回来。

唐柊掐着表在家等，尹谌踩着点进门，唐柊问他去哪儿了，他说："到处逛逛，南城变化很大。"

"南城就多了几条地铁线，有什么好看的。"唐柊不怎么信他这个理由，追问道，"你跟奶奶说去办事，办什么事啊？"

尹谌见瞒不过他，从大衣口袋里掏出一根糖葫芦。

唐柊登时喜笑颜开，接过去剥开，边舔边问："在哪里买的呀，还是之前那家便利店？"

357

尹谌面不改色道："嗯。"

"哦……"唐柊眼珠一转，声音拉得老长，到底没揭穿他的谎言。

晚上尹谌要值班，二人下午就要回首都。

唐奶奶再次拒绝了一起去首都的提议，说等她老得走不动了再说，然后给他们大包小包塞了一堆吃的，香肠、腊肉和咸鸭蛋，应有尽有，看着足有一年的量。

到机场办完托运，唐柊坐在候机室里玩手机，想起尹谌的生日礼物还欠着，于是想给他补上，聚会那天饭店里摆着的钢琴倒是很适合尹谌，刚好苏文韫最近有教他怎么网购，他下了个购物软件，直接搜索关键词"钢琴"。

尹谌买好饮料回来，就看到戴着大红围巾的唐柊双手抱着手机，抿唇蹙眉，一脸苦大仇深的样子。等他走到跟前，唐柊就按灭手机屏幕，倒扣在腿上不让看。

他把热饮和一包菜园小饼递过去，唐柊美滋滋地拆开，拿了一块递给尹谌，尹谌接过放进嘴里，也举起手机点开购物软件。

"你要买什么呀？"唐柊问。

"没什么要买的，"尹谌说，"随便看看。"

唐柊撇撇嘴，心想：又有小秘密瞒着我了是吧？

他回头去群里找人玩，"欢乐六缺一"群已更名为"一个都不缺"，群里大家正在讨论一条南城本地的趣事资讯。

戚乐发来一个网页链接。

蔡晓晴说："天哪，这也太丢人了吧，三个街头恶霸当街被打得鼻青脸肿？"

贺嘉勋跟着道："哟，看这描述，对方只有一个人？咱们南城的男人这么菜的吗？"

贺嘉勋突然道："我突然想起尹哥当年也是一对三，把那三个人打得毫无还手之力，哈哈哈。"

唐柊眨眨眼睛，总觉得哪里有点儿奇怪。

他偏头看了看尹谌，见他神色如常，脸上和身上也没有受伤的痕迹，又放下心来，认为多半是自己想多了。

回到首都，唐柊在家好好休息了两天，尹谌值了两个夜班，终于到了体检日,尹谌一大早亲自送唐柊去,看着他做完所有检查,和那边负责的医生核对完所有检查项目和出结果的时间,才把人送回家。

唐柊被摆弄了一上午,胳膊上还挨了几针,吃午饭的时候都蔫蔫的,吃完就回房睡觉了,一下午都没醒。

唐柊睡到天黑,起来吃饭的时候已经好多了,全身无力的他瘫在椅子上,没什么精神地用勺子搅碗里的粥,咕哝道:"都怪你。"

尹谌一脸疑问道:"嗯?"

"我要是没去医院就不会这样,"唐柊理直气壮地说,"上学的时候就这样,现在还这样。"

想到那会儿唐柊在天桥摆摊儿的时候突然生病,这个黑锅尹谌大方地背了,应道:"嗯,都怪我。"

唐柊因为气虚体弱,吃过饭就躺回床上休息了。

尹谌买了鱼打算煲汤给他补身子,正用手机查菜谱,突然听见唐柊房间传来重物落地的动静,急忙推门进去一看,只见唐柊半个身体挂在床沿外,手上捧着刚从地上捡起来的录音笔,说:"录音笔坏了,不出声了。"

十分钟后,尹谌把鱼用保鲜膜封好放进冰箱,然后捧起唐柊搬来之后放在床头的《The Sonnets(十四行诗)》,随便翻开一页念了起来。

晨光熹微,屋内洒下第一缕阳光时,唐柊还在睡。

尹谌帮他量过体温,又观察了一下,确认他的状态还算比较平稳后,便准备去厨房继续对付前一天买的那条鱼。

刚刷过牙,门突然被敲响了。

尹谌想着物业也不可能这么早来扰民,走到门口时犹豫了一下,没直接开门,就这一会儿工夫,外面的人已等不及地嚷嚷道:"哥,是我,快开门啊!"

门一打开,拎着行李箱的尹谦就往里钻,却被尹谌抬臂拦住了。

"干吗呀?就让我进去呗。"尹谦哭丧着脸央求道,"年还没过完呢,老爷子就要把我扔到国外去了,要不是我聪明机灵,腿脚利索,今年内你就见不到好弟弟我了。"

尹谌不为所动道:"那就出国吧。"想了想,他又添了四个字,

359

"好好学习。"

尹谦发出"天要亡我"的哀号,拧眉示意他小声点儿。就在这时,一只黄白相间的小土狗从门边钻出来,仰着脑袋睁着大大的眼睛看向尹谦,然后很不友好地"汪"了一声。

尹谦横看竖看都觉得这狗眼熟,正思索着,就看见了从屋里走出来的人,他狠狠揉了揉眼睛,以为自己看错了。

"这……这……这不是唐……"

未说完的话被尹谌瞥来的一个冷冽眼神堵了回去。

还处在震惊中的尹谦脑袋里一团糨糊,冒出来的第一个念头是——大哥和唐柊认识?

尹谦走后,唐柊慢吞吞地洗漱,然后到厨房帮尹谌一起处理食材。

这天尹谌有班,唐柊打算趁最后两天休息时间给他送饭,正打算把橱柜里的饭盒拿出来清洗,外面的门再次被敲响。

尹谌手上拎着处理到一半的鱼,不方便,便让唐柊去开门。

原以为是尹谦那个咋咋呼呼的家伙又回来了,等对上盘着一头青丝的中年女人时,唐柊嘴角的笑容一僵,无言几秒,还是唤了声"阿姨好"。

尹谌让唐柊回屋待一会儿,这回唐柊乖乖地进去了。

唐柊在床边坐了几分钟,又站起来走了几步,心中的不安仍然无法平息。想到刚才林玉姝的脸色,唐柊蹑手蹑脚地走到门口,耳朵贴在门板上听外面的动静。

其实听不到什么,尹谌声线低,话又少,能听到的只有林玉姝大声呵斥的几句——

"要是知道你把不重要的友谊看得这么重,当年我无论如何也不会带你去南城。"

"对,我宁愿你认祖归宗,也不准你跟他做朋友。"

"就算我不计较,你以为尹正则会轻易放过你?"

"什么?你要放弃继承权?你疯了吗?!"

"那些本来就该是你的,是尹家欠我们母子俩的!"

林玉姝的音调一句比一句高,高到尖锐刺耳的程度。唐柊的心都悬到了嗓子眼儿,手不自觉地拧动门把,木门开了一条窄缝,说话声终于清晰地落入耳中。

唐柊的体检报告是尹谌去取的。

唐柊那天有个广告拍摄,是年前冯洁给他拿下的香水代言。

广告拍得很顺利,导演要求的那种神魂颠倒的状态,唐柊淋漓尽致地表现出来了。

拍完广告后,唐柊站在门口等钱小朵把车开过来。

门边有几个粉丝接他下班,边对着他"咔嚓咔嚓"拍照,边问他年过得怎么样。

"挺好的,"唐柊笑眯眯地答道,"闲了一阵儿,手机玩得更溜了。"

"木冬冬,你喜欢玩什么游戏啊?"其中一个粉丝问。

唐柊想了想,答道:"贪吃蛇,还有论坛。"

"论坛也算游戏?"

"嗯,论坛上有很多可爱的人,我上学的时候就喜欢去上面玩。"

有人问他最喜欢去哪个论坛,唐柊支支吾吾不肯说,只道:"这个你们自己猜啦,我不告诉你们。"

讨论声四起,大家你一言我一语,大胆猜测,最终答案出奇地统一——肯定是交友论坛。

好在钱小朵很快就把车开来了,避免了唐柊被"盘问"到当场"掉马甲"的惨况。

路上,唐柊还心有余悸,感叹道:"他们怎么这么聪明啊?我明明什么都没说。"

钱小朵扑哧笑道:"你就差把答案写脸上了,还用得着说吗?"

唐柊忙把口罩戴上,心想:这个世界对我们这种情感外露的人来说未免太危险了。

到市区的一条僻静道路,车子缓缓停下,唐柊戴着兜帽从车上下来,钻进停在路边等待的一辆黑色新车里。

唐柊直接上的副驾驶,关上车门刚想摘口罩,冷不丁想起刚才的事,睁大一双杏眼向驾驶座上的人求证似的问道:"你能看出我在想什么吗?"

驾驶座上的尹谌看了他一眼,拉动手刹,答道:"在想该怎么逃避接下来的检查。"

还没弄明白怎么回事，唐柊就被带到了市三医院外科。

刘医生脸上的招牌笑容也没能化解唐柊的焦虑，何况尹谌还板着脸戳在一旁，他把上衣掀起的时候，大气都没敢喘一下。

查看过伤口的状况，结合体检结果，刘医生判断道："多半是因为二次修复手术不彻底，留下了病根，所以这些年后遗症不少吧，是不是每到后遗症发作的时候就格外严重？"

唐柊不敢说谎，吞了口唾沫，说："是的……不过也没有很严重，就是偶尔有点儿疼。"

身体上的疼痛他早就习惯了，他认为这个不重要，所以说得轻松。

然而唐柊这情况落在医生眼里就不一样了，刘医生翻了他的手术记录，皱眉道："这个案例，我初看就发现有不少操作不当的地方，不仅手术细节没做好，术后恢复也不尽如人意。"

唐柊听他说着医学术语，紧张地捏紧裤腿的布料。

他本来就不愿回顾那些过去，更不想尹谌听了跟着担心，可隐瞒多年的真相从被揭开一角的那一刻开始，就遮掩不住了，好比打开潘多拉的魔盒，灾难、不幸和丑恶会接踵而来。

刘医生为了制定一个完善的治疗计划，表示必须弄清唐柊当时的情况。

"当时，我太小了，很害怕。父亲醉得失去了理智，一直打我，继母听到怕我出事，过来阻止。刀是在拉扯中划到我的，因为慌乱反而越扎越深，流了好多血……第一次修复做得还算成功。第二次是被车撞伤了……"

唐柊越说越怕，仿佛被拉回了那个场景中——黑暗的巷道，被逼迫得步步后退，鼻腔弥漫的血腥味……唐柊的身体不住地颤抖起来，手指关节因为过度使劲而变得苍白，几近说不下去。

旁边的尹谌低声安慰道："没事了，都过去了。"

由于手术记录上只有大约半年的记载，刘医生又详细问了唐柊恢复过程中的情况，做了整整三页的记录。

结束后，刘医生亲自送二人出去，笑道："有什么地方不舒服要及时来医院，哪里不舒服就跟医生说，不要藏着掖着，尹谌可是个不错的医生，你瞒着不说是以为他看不出来？"

唐柊不好意思地点头，蚊子哼哼般地说："谢谢刘医生。"

回去的路上，二人都没怎么说话。

尹谌给唐柊买了包菜园小饼，唐柊还局促着，听到一点儿动静都打哆嗦，鼓着腮瞪圆眼睛，像只被吓坏的小仓鼠。

尹谌到底没绷住，车停稳后，下来绕到副驾驶座那边打开车门，方便唐柊下车，问他："吓着了？"

唐柊摇摇头，答道："没有，我胆子很大的。"

尹谌不置可否，边走边问："现在没别人在，你是不是有话忘了跟我说？"

"是啊，你怎么知道？"唐柊咧开嘴，扬声道，"谢谢尹医生！"

尹谌愣了一下，似乎还不习惯被他这么称呼。

尹谌知道他是故意的，叹了口气，妥协般地想：以后再问吧，现在他开心才是最重要的。

检查结果不好不坏，刘医生建议动一次小手术，术后配合温补的药物治疗，争取在半年内将唐柊的身体调整到一个相对平稳的状态，不出意外的话，可以清除唐柊身上现存的80%以上的后遗症。

虽然尹谌很想直接帮他拿主意，但这种事还是该听取患者本人的意见，于是他把手术可能遇到的情况、危险等级还有手术可以解决的问题都告诉了唐柊。

听说又要动手术，唐柊起初有点儿蒙，反应过来后便下意识地抗拒。曾经的两次手术都给他带来了不好的结果，肉体和精神均受重创，现在他的恐惧完全出于本能。

可清除后遗症的诱惑力太大，在听说可以少吃好几种药后，唐柊动摇了。

他问尹谌："那……那这个手术是你给我做吗？"

"不是，"尹谌说，"刘医生比我有经验，他给你做。"

就在唐柊咬住下唇、面色再度紧张起来的时候，尹谌又道："我做副手，陪你进手术室。"

经过一整晚的考虑，第二天清晨，唐柊刷着牙吐字含糊地对尹谌说"我要手术"，然后迫不及待地去群里宣布了这个消息，像是在怕自己下一刻会反悔，所以干脆自断后路。

群里几人的反应堪称寻常,说"有尹谌在,没什么好担心的",唐柊也跟着放松下来,觉得先前小题大做了,不就是个小手术嘛。

然而私底下,他们都无比担心,全群的成员包括贺嘉勋都找尹谌私聊,有问手术情况的,有问需不需要帮忙的,还有拜托他尽全力哪怕缝针也得缝得整齐漂亮的。

尹谌一一应下,承诺道:"放心,手术我是副手。"

手术前两天,冯洁特地给唐柊提早批假。办理住院时的唐柊活蹦乱跳的,一副天不怕地不怕的样子,给奶奶打电话的时候也中气十足,说过两天手术结束还多了两天休息时间,没什么问题的话就回南城陪她打麻将。

尹谌也差点儿被他乐观开朗的模样骗过去,直到手术前一天晚上听见他在病床上翻来覆去的动静,才知道他其实内心也很慌张。

次日天晴,开春后草木抽芽,从病房的窗户往外面看,满眼郁郁葱葱,生机盎然。

手术室在楼上,被推进电梯的时候,唐柊还伸着脖子到处找尹谌,看到尹谌出现,他的内心才安定了不少。

尹谌问他怕不怕,他摇头说不怕。

"我只是突然想起来还有东西没给你,"唐柊看着尹谌,语气颇为轻松,"等出来之后,你记得提醒我一下。"

尹谌应道:"好,我也有东西要给你。"

下了电梯,推车行驶在空荡的走廊上,唐柊又改了主意,说:"什么东西啊?不然还是先给我吧。"

"我放在家里了,"尹谌说,"等你出院了回去看。"

唐柊突然有些心急,对手术的恐惧在此刻被尽数激发了出来,他没头没脑地说:"其实我……我很讨厌医院。"

推车停在手术室前的等候区,尹谌弯下腰听他讲话。

唐柊接着道:"可知道你是我的医生,我就一点儿都不怕了。"

尹谌低低地"嗯"了一声。

唐柊另起话头,说:"手术结束后,我们就忘掉过去伤害过我们的人,好不好?"

尹谌听懂了唐柊的意思,咬紧后槽牙,不想松口应下。

眼看就要进手术室，唐柊着急地催促尹谌答应他，结果只等来一声"不好"。

"不好，我不是什么好人，也没有你以为的那么善良。"尹谌不想骗他，一字一顿，说得艰难，"过去的事，我永远都忘不了。"

他忘不了当年伤害过唐柊的人，他做不到袖手旁观。

"那我们忘掉坏事，只记得开心的那些，好不好？"这回唐柊率先退让，提起嘴角，露出一个憧憬的笑，"除了首都的雪，你记不记得还说过要和我一起去看海？"

尹谌深呼一口气，敛去被往事牵起的冲动和暴戾，变得沉静温和。

"记得，"他认真地说，"等做完手术，我们就去看。"

唐柊却摇头笑道："不急。"

麻醉后的唐柊昏昏沉沉，手术灯照在头顶，他隐约听见刘医生和尹谌在小声交谈，后来有人问了他一句"感觉怎么样"，他有气无力地"嗯"了一声，随后只觉眼皮沉重，很快失去了意识。

手术进行得很顺利。

回到病房，唐柊趁麻醉效果没完全过去又睡了一觉，醒来时天还亮着，手上输着液，腰处包了厚实的纱布，他动了动脖子，全身麻麻的，痛感并不明显。

巡房的护士率先发现他醒了，等他被扶着坐起来靠在床头时，尹谌已大步如风地赶到，身穿白大褂，口袋里插了支笔，显然正在工作。

唐柊喝了两口水，道："你去忙吧，我没事。"

"不忙，"尹谌说，"可以陪你聊会儿天。"

边上的护士姑娘打趣道："尹医生可要小心了，每次一说不忙，马上就会来事情。"

这种医院里口口相传的"忌讳"，尹谌原本没放心上，孰料这天真给说中了，他刚放下杯子，想给没吃午饭的唐柊找点儿好消化的食物，外面就有人喊道："尹医生，诊室那边来了几个新病患，刘医生叫你快过去。"

毕竟是工作时间，唐柊催他赶紧去。

临走前，尹谌嘴角扬起微笑，他知道唐柊想要知道什么，走之前说了一句："手术很成功。"想了想，又添一句，"以后会越来越好。"

其实唐柊从来没有质疑过尹谌的话，术前的紧张完全是处在那种状态下无法自控的反应。

事后回想，唐柊觉得自己当时说的话傻得要命，像是生怕再没机会了似的，不知尹谌回过神来是不是也觉得好笑。

手术确实是场小手术，麻醉的药效过去后也没有太难受，顶多伤口有点儿疼。

唐柊吃过饭没事做，就用空着的那只手玩手机，先发微博告诉粉丝自己没事了，然后点开浏览器轻车熟路地上论坛，看了几个人在吐槽另一半或好友的帖子，笑得直打跌，能感觉到的那一点儿痛也被抛诸脑后。

临近傍晚，有人敲响病房的门，唐柊目瞪口呆，怎么也想不到前一天还在微信上说工作忙的老同学们这天居然都瞬移到了首都。

戚乐和蔡晓晴说他们是出差路过，唐柊满脸写着不信；苏文韫和贺嘉勋的理由更是扯淡——

"放了个假，来首都旅游。"

戚乐洗了个苹果，坐在唐柊床边削皮，边削边宣布："我下个月结婚，大家有空的话来喝个喜酒，没空的话微信转个账。"

病房里顿时炸开了锅，都在问他怎么一声不吭就把终身大事解决了，比人家在学校里就谈恋爱的手脚还快。

戚乐说是家里介绍的，对方也是个老师。

蔡晓晴感叹还是这样的婚姻稳妥，总比因为家里不同意折腾个你死我活的好。

"但苦尽甘来的感情更坚固，"戚乐职业病上身，"时间不会白白溜走，经历过总会留下痕迹。"

贺嘉勋竖起大拇指赞同道："班长，我跟你商量个事儿，到南城先别着急回家，跟我走一趟，我妈急需大师开化洗礼。"

苏文韫举手赞同道："我也要。"

几个人七拉八扯瞎聊了一阵儿，唯恐待久了影响唐柊休息，晚饭时间没到就要走。

唐柊留他们再坐一会儿，说："尹谌还没下班呢。"

"以后有的是机会见，"苏文韫说，"再说我们这次是来探病的，你没事我们就放心了。"

走前,戚乐如同长辈般语重心长地对唐柊说:"身体是革命的本钱,要照顾好自己。"

尹谌下班来病房看望唐柊。

术后餐食宜清淡,所以晚饭还是喝粥。尹谌见唐柊脸色有些不对,以为他不舒服,放下碗就要去拿温度计,被唐柊阻止了。

"没事,我没发烧。"唐柊轻声道。

饭后尹谌在病房陪着,尹谌捧着本书专注地看,唐柊则拿起手机逛论坛。

说到论坛,唐柊又想去看他的那幢"万层高楼"有没有新留言,点进去按倒序往上翻,跟帖都在预祝楼主手术顺利,唐柊开开心心地表示感谢,紧接着困意涌上,抱着手机打了个哈欠。

尹谌打完热水回来,就看见唐柊歪在枕头上睡着了,手指还按在亮着的屏幕上。

尹谌本想继续看书,突然想起刚才无意间瞥见的唐柊手机屏幕上的内容,便拿起自己的手机,搜索进入本国最大的交流论坛。

一进入主页面,他就看见首页飘着一个十分吸引眼球的标题——怎么主动交一个朋友?

点进去浏览,主楼是匿名的,发布时间是九年前的冬天。

楼主偶尔会出现一下,向大家汇报"进度",说到对方会有意无意地帮他,运动会替跑、帮他补习英语、陪他去天桥摆摊儿……

接下来便是开心日常。

也许是懒得再另外开帖,楼主有一搭没一搭地在这个帖子里讲之后发生的事,多数与那个朋友有关。网友们一面嫌弃他一点儿小事就发上来,一面又看得起劲,几天不发还有人刷屏催更。

再后来,楼主消失了一段时间,再次出现已是年底,不像平时那样絮絮叨叨发一大段,这次的更新只有短短几个字:他是天上的星。

此处算是这则帖子第一次爆发大规模讨论的引子,尹谌滑了好久都没翻到楼主的回应。

那时唐柊已经从林玉姝口中得知尹谌的身份,内心震动的同时又不愿轻易放弃这段友谊,现下回过头去想,唐柊的那些反常言行举止都得到了解释。

上万条回复的帖子,全部翻完也不过五六个小时。

尹谌想起了南城家门口的那条小巷,以及他们之间的承诺。

当时他想着,在漫长岁月中,他们会永远是最好的朋友,看着对方成家立业。

草长莺飞四月天,唐柊早早定好了回南城的机票,打算参加完戚乐的婚礼,再陪奶奶玩两天,然后从南城直接飞往南半球的海岛。

两天前的复诊确认唐柊的身体恢复得不错,一次长途旅行没有问题,二人便一起请了年假,收拾行李,说走就走。

尹谌背过身去接电话,唐柊百无聊赖地在机场大厅转悠,看见前头的商铺附近摆了架立式钢琴,有个扎马尾辫的小姑娘刚从琴凳上跳下来,拎起裙摆向驻足围观的群众行了个礼,收获一片掌声。

之后,小姑娘被一个母亲模样的女人带走,人群散开,唐柊跃跃欲试地走过去,伸出手放在黑白交错的琴键上,一根食指小心翼翼地按下去,再重复按一下,弹起了《小星星》。

唐柊曾经跟着视频学过,可惜他的手指关节僵硬,也没什么指法可言,弹得磕磕巴巴,毫无美感,他自己都听不下去。

他叹了口气,刚要收手,就见尹谌忽然走了过来。

"跟着我弹。"

尹谌按一下,唐柊就跟着按一下,简洁的旋律交织成奇妙的双重奏,没什么音乐细胞的唐柊初次发现弹琴是这么有趣的事。

一曲毕,尹谌像从前一样不吝夸奖道:"不是会弹吗?"

唐柊的思绪不期然飘往多年前那个久未打扫的音乐教室——有一个站在夕阳里弹《小星星变奏曲》的少年。

那时的唐柊只觉得尹谌很优秀,还不知道自己将会和这个耀眼的少年成为朋友,一起创造这么多的故事。

"我还会唱呢,"唐柊扭头看向尹谌,眉梢微挑,"不过,听过我唱歌的人都会被我灭口。"

尹谌神色严肃地配合,问:"那我现在是不是应该逃跑?"

"不,你不用。"

唐柊又说:"你说我们还会出去旅游吗?"

尹谌沉默了片刻，对唐柊说："要看你有没有时间，毕竟你是大明星！"

唐柊被他的话搞得哭笑不得，说："去！随时候命。"

初见时，尹谌以为唐柊是糖，可以给他带来甘甜。后来他发现这糖甜中带了点儿酸涩，是黯然忧伤，或许同喜怒哀乐之于人生一样，百味杂糅方为友情本味。

尹谌沉声应道："好。"

番外1　小意外

　　海岛旅行之后，回到首都，尹谌连上了两周班，唐柊也被安排了工作，南北两头来回跑，等两个人都闲下来，夏天已经过去一半。

　　烈日当空，暑气正浓，唐柊瘫在沙发上不想动，尹谌怕他着凉，连空调都不准他开，只一台电风扇摇着头呼呼地吹，聊胜于无。

　　唐柊咬着一根糖葫芦，额前的碎发被吹得忽起忽落，他身体偶尔还会有些不舒服，不过体温已经暂时稳定了。

　　唐柊侧过脑袋看着尹谌在键盘上打字，不抱希望地提议道："我们在家看个电影吧？"

　　尹谌看了一下时间，说："等我半个小时。"

　　他是个非常守时的人，答应的时间向来都分毫不差。三十分钟后，尹谌合上电脑，身体后仰，靠在沙发上说："片子挑好了吗？"

　　"马上，马上，再等一下。"

　　唐柊性子急，平时做决定的时候称得上杀伐果决，偏偏在挑选电影这事上特别磨叽。

　　主要原因是唐柊要求比较高，既希望电影搞笑有趣，又希望有点儿内涵，至少不能让尹谌觉得无聊，时间最好控制在九十分钟左右，太长的尹谌不一定能看完，上次去电影院就是看到一半人被医院叫走了。

　　怕什么来什么，就在这时，尹谌放在桌上的手机响了。

　　唐柊一听到他的手机铃声，就条件反射地深吸一口气，见他接起来，神色逐渐凝重，应了两声"好"，紧接着又说"马上就到"，提着的那口气顿时呼了出来，肩膀随之塌下，上扬的眼角也耷拉下来，跟小狗"糖葫芦"一个样儿。

　　尹谌挂掉电话，就听见身旁的人闷声问："又要去医院？"

"嗯，"尹谌站起来去卧室换衣服，"来了两个患者，都是急症，那边缺人。"

唐柊问："什么时候回来呀？"

尹谌摇头道："不确定，你自己吃饭，有事打我电话。"

关上门后，唐柊走向沙发，坐在刚才尹谌坐的位置，播放选好的电影。

明明是他最喜欢的动作冒险题材，但他看得索然无味，不到半个小时就抱着抱枕睡着了。

市三医院外科人手一直不太够。

尹谌这次被喊去加班，一去就是一整晚，半夜唐柊去了个电话，是一位护士接的，说尹医生忙完科室的事就赶去急诊科帮忙了，那边又来了两个患者。

唐柊起床把留好的晚餐从冰箱里拿出来加热，然后装进保温桶里带出门，到三院急诊楼把保温桶交给前台护士，向护士交代完以后就回去了。

唐柊中场休息时在门口碰到几个粉丝，哼着歌儿——给签了名，粉丝问他怎么这么高兴，他咧开嘴傻笑道："照片拍得好看呗。"

这天唐柊拍的是一部古代玄幻电视剧的定妆照，他饰演的是一个没什么存在感的小狐仙，戏份加起来不到两集。他是平面模特出身，接不到好角色也无所谓，反正他靠脸吃饭，要求不高，有钱拿就行。

经过两年多的摄影棚磨炼，当模特的工作他已经相当拿手了，拍完刚过正午，想着还能赶上给尹谌送饭，就急匆匆卸完妆往外赶，钱小朵已经在外面的车上等他了。

就这么短短几步距离，谁也没想到正门口拐角处会蹿出一个人高马大的男人。

尹谌忙了一整晚加半个上午，临近中午才得空在休息室躺了一个钟头。

他打唐柊的号码没通，正欲再拨一遍时，钱小朵的电话打了进来。

钱小朵急道："尹先生，您在忙吗？"

虽然二人早就互换了号码，但这是钱小朵第一次联系他，尹谌立刻问："什么事？"

"我们在城南医院，刚才唐柊受到粉丝惊吓，晕倒了，现在正在这边接受治疗。"

等到尹谌赶到那家离拍摄地点最近的医院时，唐柊已经醒了，看见他，愕然道："你怎么来了？"

尹谌没回答，大步上前查看他的气色，又迅速翻看了一下床头卡和头顶吊瓶的成分，最后扭头问钱小朵："人呢？"

钱小朵支支吾吾地说人已经跑了，尹谌又问监控看了没，钱小朵说正在调取。尹谌从进来起就冷若冰霜，所以钱小朵全程大气不敢喘一口。

尹谌拿出手机，翻到一个许久没打的号码，刚要按下去，坐在病床上的唐柊便伸手拦住了他，说："别打，不是他们。"

看得出尹谌有些生气，唐柊笑嘻嘻道："真不是，就一个粉丝，以前见过的，刚才太激动了才不小心冲撞到我，你别太紧张，先坐下陪我说说话，好不好？"

尹谌平复了呼吸，轻声答道："好。"

事实并不像唐柊说的那么轻松，那个冲撞他的粉丝很明显是有备而来。

他在拍摄场地周围埋伏多时了，故意等唐柊落单时才行动，毫不收敛地冲出来。唐柊猝不及防被对方拦住去路，没来得及绕道躲避，于是就被撞伤了。若不是钱小朵反应及时，下车大喊，后果不堪设想。

那人知晓唐柊刚做完手术，尚在恢复期，所以特地挑这个时间闹事。

在派出所弄清楚事情原委，确认闹事者只是个狂热粉丝，并没有人指使他这么做后，尹谌才打消了去尹家当面质问的念头，回到医院继续陪唐柊。

这次突发事件把唐柊身边的所有人都吓得不轻，钱小朵寸步不离地守在医院，唐柊的经纪人冯洁也立即订机票从外地往回赶，人还在飞机上，公司公关部就出了声明，告诉大家唐柊安然无恙，闹事者已经被警方逮捕羁押。

虽说唐柊的粉丝不多，但此事影响恶劣，在场有群众拍了照片并发到网上，照片上的唐柊双目紧闭，面色苍白，被人扶上了车。不多时就有人带头刷起了要求加重对袭击艺人的"私生饭"的惩罚的话题，热度居高不下，到深夜还位于话题榜前列。

打完点滴，唐柊火急火燎地想要出院，尹谌仔细确认他各项指标均没问题后才同意，让唐柊待着别动，他去办理出院手续。

最近发烧感冒的市民激增，缴费处大排长龙。尹谌办完出院手续回到病房，没见着人，便走到外面的走廊，听到诊室那头传来喧闹声，一眼望去，就见身形单薄的唐柊站在人群后方，正伸长脖子朝里面张望。

走近以后，依稀可以通过争论的内容辨别是一场病人与医生之间的冲突。这里是住院部，有些病人大约是怕有后遗症，不想治，大吼大叫地撒泼耍赖，盐水袋、药瓶、针头撒了一地，几名医护人员都控制不住场面。

尹谌说："走吧，手续办好了。"

"等一下，"唐柊说，"我想看看是什么情况。"

处于人群中心的医护人员按着披头散发的女人，她的叫嚷声渐渐停息，没了力气的身体像烂泥似的往下滑，不多时就在两名护士的搀扶下回到诊室。

从周围人的窃窃私语中可以得知这是一个丧偶的女人。

唐柊光听不说话，不知想到了什么，神色有些落寞沮丧。

回去的路上，唐柊有一下没一下地咬着手指，等红灯的间隙，唐柊怔怔地问道："我继母，就是那个姓赵的……她怎么样了？"

那个女人多年前离开南城来到首都，曾经在尹谌所在的市三医院就医，也是通过她，尹谌才找到探知唐柊过去的突破口。

"有段时间没看到她了，应该去疗养院了。"尹谌说。

听他这么说，唐柊松了口气，道："那挺好的……在疗养院待着总比一个人硬撑的好。"

回家之前，尹谌载着唐柊去了趟经纪公司。

到公关部门口，唐柊一个人进去，让尹谌在外面等他一会儿。

冯洁去别的部门转了一圈，回来的时候在尹谌跟前停住脚步，伸出一只手，自我介绍道："你好，我是冯洁，唐柊的经纪人。"

二人都知道有对方这么个人，却因为种种原因一直没见过面，尹谌同她握手，自我介绍后回敬一句"久仰大名"。

人来人往的走廊上，二人简单聊了几句，尹谌替唐桉表示了感谢，冯洁摆手推辞道："要不是他长得好，天生就是吃这碗饭的，我也不可能把他从饭店后厨揪出来。"

对于他知之甚少的那七年，尹谌想要了解更多，冯洁便把自己知道的都跟他讲了，尤其是刚遇到唐桉那阵子的事。

"起初他并不愿意进娱乐圈，我三番五次去那家饭店的后厨找他，他边刷碗边回绝我，说自己不走歪门邪道，我跟他解释了什么叫平面模特，还拿了正规的合同给他看，他才放下戒备。"

这令尹谌有些意外，毕竟按唐桉当时的状况，没有比进娱乐圈赚钱更好的出路了。

"你也没想到吧？要不是后来他付不上医药费，估计也不可能跟我签合同，真是个认死理的固执小孩儿。"冯洁笑道，"不过后来我问他当初为什么宁愿刷盘子也不肯进娱乐圈，你猜他怎么说？"

尹谌猜到原因说不定与自己有关，摇头静待下文。

冯洁叹了口气，说："他说他有个好朋友，特别优秀，正在念医科，就快毕业了，家庭也很体面，他不想自己的职业显得很不正经。他应该是对娱乐圈有什么误解。"

回到家里已是下午，唐桉进门蹬掉鞋子就冲进厨房，打开冰箱，拿出两捆蔬菜，冲外面喊道："时间不多了，今天中午就简单炒两个菜，行吗？"

尹谌说："不急，昨天上了夜班，下午可以晚点儿去。"

唐桉习惯提前做准备，还是固执地急着，快速炒完菜端上桌，吃完就对尹谌说："还有时间，赶紧补个觉，你放心睡，到点我喊你。"

唐桉做事雷厉风行、精气神十足，要是不说，没人知道他几个小时前还在医院打点滴。

接着唐桉转身要去客厅看剧本，尹谌叮嘱道："你可以先好好休息一下。"

唐桉点头应道："知道啦，你好好休息。"

唐桉准备下周就进组和自己的女神拍戏，尹谌给唐桉开了很多调理的药物,让他在剧组的时候记得服用。

唐柊现在对自己的身体格外珍惜,十分遵医嘱——遵的自然是尹医生的嘱。

认识尹谌这个朋友后,他始终都是自卑的,怕自己没资格当他朋友,怕自己不够好,跟不上尹谌的脚步。

番外2 小日常

　　夏去秋来，唐柊对市三医院越来越熟悉了。
　　天气转凉，食物更耐储存，结束工作闲在家的日子，唐柊会炒两个菜，煮一锅饭，兴致来了再煲个汤，把老大一个保温桶塞得满满的，给尹谌送过去作午餐。
　　唐柊做饭是一把好手，前台护士光看着他手里的饭盒都馋，尤其在唐柊数次用小饭盒给她们装一份试吃之后，更是对他的厨艺赞不绝口，但凡不忙都要跟他唠上两句。
　　"好吃吗？"唐柊问。
　　尹谌搁下筷子，拿面巾纸擦了擦嘴，说："好吃。"
　　唐柊眼珠子一转，说："瞧我这记性，都这么久了，老忘了问你有没有什么忌口。"
　　尹谌熟练地把空饭盒一个叠一个摞起，说："没有。"
　　"真的？"
　　尹谌看了他一眼，把摞好的饭盒又分开，用筷子把最后剩下的小半片番茄夹起来吃了。
　　唐柊瞪圆眼睛，问："你干吗呀？"
　　尹谌如念食堂标语般，说："浪费可耻，暴殄天物。"

　　俗话说："一回生，二回熟。"送饭的次数多了，唐柊不仅跟前台轮班的护士们打成了一片，还跟医院看门的老大爷互换了姓名。
　　有时候来得早，尹谌那边还在忙，护士们也没空跟他聊天，唐柊就跑到岗亭里和老大爷玩。
　　大爷姓李，六十岁不到，面色红润，声如洪钟，叉腰站门口一吼，最里头的住院部大楼都得抖三抖。

就是这么个膀大腰圆的北方老大爷,爱好竟然既不是遛鸟,也不是盘核桃,而是看偶像剧。

有一次唐桴看得太入迷,忘了时间,临近七点还在岗亭里窝着。

尹谌下班后里外找了一圈没见着人,便拨了个电话过去,听见欢快的铃声从岗亭方向传来,循声望去,唐桴的脑袋出现在窗口,喊了一声"等我一下",又缩了回去。

岗亭里欢声笑语不断,直到一集电视剧结束,片尾曲奏响,唐桴的屁股才离开凳子,意犹未尽地跟李大爷道别。

他坐在车上还不忘打开车窗,伸长脖子冲岗亭喊:"那个饼今天得吃完啊,菜不能过夜!"

李大爷大着嗓门"欸"了一声。

等到车平稳地行驶在路上,尹谌才问:"什么饼?"

唐桴说:"就是中午给你送的卷饼啊,还剩不少呢,给前台也送了些。"

尹谌问:"那几个护士?"

"嗯,她们平时待我好,正好烙了很多饼皮,让她们自己包着吃。"

尹谌抿唇,不再言语。

到家里,唐桴换了鞋后第一件事就是打开电视。

前一天饼皮买多了,再炒两个热菜,晚上还吃卷饼。

把菜和饼皮分成两份,眼看电视剧要开始播了,唐桴忙端着自己的那份到茶几上,边吃边看。

他刚卷了一张饼,就见尹谌也端着盘子来了,有些意外地问:"你不在饭桌上吃吗?"

尹谌在他身边坐下,说:"这里也有桌子。"

唐桴见他弓着背姿势别扭地夹菜,劝道:"你还是回饭桌上吃吧。"

尹谌没动,回道:"我也想看电视。"

"我知道你不喜欢看这些,平时又忙,我自己看也挺有趣的。"

越说越像是在责怪尹谌。

最后尹谌接话道:"嗯,我不是一个合格的朋友,连基本的陪伴也做不好。"

"你知道的,我不会说话,"尹谌不紧不慢地说,"你感兴趣的

377

东西我也插不上嘴……"

"你不需要改变自己，在我心中，你永远都是我最好的朋友。"

朋友的肯定让尹谌觉得很温暖，习惯了对周遭万物漠然置之的尹谌不禁对未来有了更多期待。

或许这就是友情的意义，也是友情应有的样子。

（全文完）